TOTE SCHWABEN LEBEN LÄNGER

AF202124

Max Abele hatte schon früh die Nase ständig in Büchern stecken, was ihn unheilbar phantasie- und kreativsüchtig werden ließ. Um diese Sucht zu befriedigen, wurde zunächst die Werbung sein Metier, bis er begann, eigene Welten in Form diverser Romane zu erschaffen. Geboren in Südamerika als Sohn eines ungarischen Vaters und einer ostpreußischen Mutter, lebt Max Abele heute in den Weiten der schwäbischen Pampa glücklich mit seiner Familie.

MAX ABELE

TOTE SCHWABEN LEBEN LÄNGER

Kriminalroman

emons:

© Emons Verlag GmbH
Cäcilienstraße 48, 50667 Köln
info@emons-verlag.de
Alle Rechte vorbehalten
Umschlagmotiv: Montage aus mauritius images/Heiko Osswald,
stux/Pixabay.com
Umschlaggestaltung: Nina Schäfer, nach einem Konzept
von Leonardo Magrelli und Nina Schäfer
Umsetzung: Tobias Doetsch
Gestaltung Innenteil: DÜDE Satz und Grafik, Odenthal
Lektorat: Christiane Geldmacher, Textsyndikat Bremberg
Druck und Bindung: sourc-e GmbH, Köln
Printed in Europe 2026
Erstausgabe 2021
ISBN 978-3-7408-1233-1
Originalausgabe
3. Auflage

Unser Newsletter informiert Sie
regelmäßig über Neues von emons:
Kostenlos bestellen unter
www.emons-verlag.de

Dieser Roman wurde vermittelt durch die
Montasser Medienagentur, München.

Der Schwabe im Moor
frei nach Annette von Droste-Hülshoff

O schaurig ist's, übers Moor zu gehn,
wenn weiße Schwaden dich umwehn.
Wenn bleich der Mond am Himmel steht
und der Schwab' im Grab sich dreht.

O schaurig ist's, übers Moor zu gehn,
lässt sich der Tod doch gern dort sehn.
Wenn flüsternd sich das Schilf bewegt
und sich im Schlick der Schwabe regt.

O schaurig ist's, übers Moor zu gehn,
wenn tote Schwaben auferstehn.
Hier geht der Kleeblattmörder um,
gibst du nicht Acht, macht er dich stumm.

Prolog

Juni 1985

»Rerrp-rerrp! Rerrp-rerrp!«

Um Himmels willen, was war das denn? Entsetzt hielt der Mann den Atem an. Stocksteif stand er da und lauschte in die nächtliche Stille.

Da – schon wieder dieses grauenvolle Geräusch! Als ob jemand mit einem harten Gegenstand über die Zähne eines Kamms streichen würde. Aber wer schlich schon um diese Zeit mit einem Kamm durchs Moor? Ein Moorgeist vielleicht? Schwachsinn! Was für ein bescheuerter Gedanke.

»Rerrp-rerrp! Rerrp-rerrp!«

Schweiß perlte die Stirn des Mannes hinab, das höhnische Schnarren jagte kalte Schauer über seinen Rücken. Angestrengt starrte er den Steg entlang, der sich eintönig und schier endlos vor ihm erstreckte. Inmitten eines Schilfgürtels gelegen, führte er kerzengerade über das moorige Gewässer, verjüngte sich in der Ferne zu einem lang gezogenen, diffusen Trapez und verlor sich schließlich im nächtlichen Dunkel und im aufkommenden Nebel.

»Rerrp-rerrp!«

Nicht schon wieder! Der Blick des Mannes bohrte sich in das vom bleichen Mondlicht beschienene Schilfdickicht – von wo, zum Donnerwetter, kam bloß dieses irre Geräusch?

Zögernd ging er weiter und gelangte schließlich zu einer Stelle, an der sich Bäume, Sträucher und andere Gewächse rechts des Stegs den Platz mit den Schilfstängeln teilten. Links öffnete sich dem Blick das offene Gewässer des Federsees. Still und dunkel lag er da. Irgendwie heimtückisch, wie ein schlafendes Monster. Erneut blieb der Mann kurz stehen, diesmal, um sich zu orientieren. Wann, zum Henker, würde er endlich die Plattform am Ende des Stegs erreicht haben, die ihm als Treffpunkt benannt worden war? Wo er den »Geheimnisvollen« treffen würde, diesen bescheuerten, geldgeilen Sack, dem er noch nie zuvor persönlich begegnet war. Gerade wollte er weitergehen – als er erneut innehielt. Ziemlich weit vorne, dort, wo der Steg endete, direkt über dem Freiwasser, schien für einen kurzen Moment ein winziges gelbes Licht aufgeblitzt zu sein.

Ein Irrlicht? Eine Sinnestäuschung?

Der Mann spürte, wie sich sein Herzschlag beschleunigte. Durchsichtige Nebelschleier, die wie besoffene Gespenster über die weitläufige Moorlandschaft torkelten, taten ihr Übriges, seinen Puls in die Höhe zu treiben. Selbst dem Vollmond, der schmutzig fahl am Himmel stand, schien die Angst ins Gesicht geschrieben – in seinem duckmäuserischen Licht nahmen sich die Gewächse wie die dunklen Silhouetten von Untoten aus. Wie die schwarzen Seelen derer, die ihrer schwarzen Taten wegen ins schwarze Moor verbannt worden waren. Vielleicht gab es sie ja wirklich, diese Spacken aus den alten Volkssagen. Die Untoten und Nachzehrer. Die Aufhocker und Hakenmänner. Steckte nicht in jeder Sage auch ein Körnchen Wahrheit? Sollte er ausgerechnet heute, an seinem zwanzigsten Geburtstag, das Opfer eines dieser nach Tod und Verwesung stinkenden Ungeheuer werden? Die, das Totenkopfgebiss bleckend, ihre Opfer hämisch grinsend auf den Grund des Sees hinunterzogen? Ihnen auf die Schulter sprangen und sie in die Fluten drückten, damit sie blubbernd in der sumpfigen Brühe ersoffen?

Nein, doch nicht er! Er, Anton Huber, von seinen Freunden Huber Toni genannt, der zukünftige Besitzer eines Millionenvermögens …

Aber halt! Vielleicht waren es ja gar nicht die Untoten, die etwas von ihm wollten. Vielleicht gab es ja noch eine andere Erklärung für das, was hier gerade abging. Eventuell wollte ihn nur jemand verladen. Ihm Angst einjagen. So eine richtige Verarsche mit ihm veranstalten. Jemand, der wusste, dass er heute Nacht hier sein würde. Aber wer? Etwa der, mit dem er sich hier treffen sollte?

Eigentlich undenkbar!

Und wenn doch? Was, wenn der Typ es sich anders überlegt hatte? Immerhin ging es um eine Menge Kohle. Konkreter: um ziemlich viel Kohle! Und Kohle verdirbt den Charakter. War derjenige, den er hier gleich treffen würde, etwa so blöd zu glauben, dass er ihm, dem Huber Toni, Angst einjagen und ihn in die Flucht schlagen könnte?

Erneut schnarrte es dunkel und geheimnisvoll aus dem Schilfdickicht. Abermals blitzte am Ende des Stegs direkt über dem See das winzige Licht auf. Geschätzte vier-, fünfmal hintereinander. Gegen seinen Willen erstarrte der Huber Toni aufs Neue.

Diese saublöde Inszenierung! Worauf hatte er sich da bloß eingelassen! Sich hier und heute zu dieser unchristlichen Zeit mit jemandem zu treffen, mit dem er sein Lebtag lang nie etwas zu tun gehabt hatte. Am liebsten hätte er kehrtgemacht und sich in seine Ulmer Stammdisco verkrümelt. Aber er hatte ein Vermächtnis zu erfüllen, er musste seiner Pflicht nachkommen, und er gehörte nicht zu den gewissenlosen Drecksäcken, die sich der Verantwortung entzogen. Außerdem, wie gesagt, ging es um Geld. Um sauviel Geld. Geld, das ihm, dem Huber Toni, nun mal zustand.

»Rerrp-rerrp! Rerrp-rerrp!«

Mist, elender! Er spürte, wie er in Wut geriet. Allmählich hatte er die Schnauze voll. Ob Untote oder andere ihm unbekannte Vollpfosten, sie konnten ihn mal. Und das kreuzweise!

»Saubleede Rendviecher, saubleede! Halbdaggl, elendige!«, brüllte er auf Schwäbisch in die moorige Nacht. Zum einen, um sich Mut zu machen, zum anderen, um ausnahmslos allen, die ihn kreuzweise konnten, die Meinung zu geigen. Gleich darauf präzisierte er auf Bayerisch: »Leckts mi doch am Oarsch, Saubagaasch, dreckerte! Kimmts her, i ziach eich an Scheitel mit der Schoassbirscht'n, dass'ser nimmer wissts, wias ihr hoaßts, damisch's Dreckspack, damisch's!«

Der Huber Toni war zwar ein wenig beschränkt, aber er war immerhin schwäbisch-bayerisch, also zweisprachig, aufgewachsen. Empfangen hatte ihn seine Mutter in Bad Buchau, geboren hatte sie ihn in Ulm, aufgewachsen war er in München und später wieder in Ulm. Auf diese Weise hatte er wunderschöne Zeiten sowohl in der bayerischen als auch in der schwäbischen Metropole verbracht und sich's gut gehen lassen, ohne je mit Wiedergängern, Vampiren und anderen Untoten konfrontiert gewesen zu sein.

»Rerrp-rerrp! Rerrp-rerrp! Rerrp-rerrp!«, tönte es schaurig aus dem Schilf. Das gelbe Aufblitzen wurde intensiver. Der Herzschlag des Huber Toni auch. Sein Fluchen und Brüllen brachte einfach nicht den erhofften Erfolg. Stattdessen schien sich das Grauen nur noch zu verstärken.

»Zusammenreißen!«, trat er sich in den Hintern. Unter Aufbietung sämtlicher Willenskräfte stapfte er weiter über die morschen Bohlen. Einige schwankten bedenklich, als er über sie marschierte, sie waren feucht und schmierig. Dann, plötzlich, registrierte er, dass sein Ziel kurz vor ihm lag – etwa zwanzig Meter weiter knickte der Steg nach links ab und endete auf einer Plattform. Wegen der Nebelschwaden, die mal dicht, mal weniger dicht über den See waberten, hatte der Huber Toni dies erst jetzt bemerkt. Plötzlich – was war das denn? – begann sich von der Plattform her etwas auf ihn zuzubewegen.

Er fing an zu zittern. Das war garantiert nicht der, mit dem er sich hier treffen wollte! Was da einen Meter achtzig über den Bohlen des Stegs heranschwebte, war kein Mensch aus Fleisch und Blut, sondern ein Totenschädel. Fahl schimmerte er im Licht des Mondes. Hin und wieder machte es klick, dann leuchtete links neben dem Schädel ein gelbes Flämmchen auf – das Irrlicht.

Immer näher kam der Schädel. Immer öfter blitzte es gelb auf. Immer kälter wurde dem Huber Toni. »Rerrp-rerrp! Rerrp-rerrp!«, schnarrte es aus dem Schilfröhricht, während der Schädel weiter auf den Huber Toni zusteuerte. Erst als er sich ihm bis auf etwa fünf Meter genähert hatte, verharrte er – und jetzt erst erkannte der Huber Toni, dass er es wahrscheinlich doch mit einem ganz normalen Menschen zu tun hatte. Einem aus Fleisch und Blut, dessen Gesicht von einer Screammaske verhüllt war. Um den Hals hatte der ganz normale Mensch einen ganz normalen schwarzen Schal geschlungen, der unter einem ganz normalen, bis zu den Waden reichenden schwarzen Mantel verschwand, unter dem ein Paar ganz normaler schwarzer Gummistiefel hervorlugten.

Toni hatte sich nur auf die fahlweiße Totenkopfvisage konzentriert; im Dunkel der Nacht war ihm der Unterbau, über den jeder normale Mensch unterhalb des Kopfes verfügt, völlig entgangen. Jetzt erkannte er auch, dass der Mensch aus Fleisch und Blut in der linken schwarz behandschuhten Hand etwas hielt, das wie ein Feuerzeug aussah. Es machte klick, und ein Flämmchen blitzte auf.

»Hast wohl gedacht, du könnest den Reibach deines Lebens machen, hä?«, tönte es dumpf hinter der Totenkopfmaske hervor.

»W… w… wieso?«, stotterte der Huber Toni, seine Stimme krächzte vor Angst.

Höhnisches Auflachen hinter der Totenkopfmaske.

»Stell dich doch nicht blöder, als du bist. Glaubst du tatsächlich, ich werfe so einem dahergelaufenen Haderlumpen wie dir mein Geld in den Rachen?«

»A… a… aber ich b… b… bin doch –«

»Ein Dreck bist du«, unterbrach ihn der Totenkopf zischend. »Ein Wurm, ein Nichts. Ich mach dich alle, du blöder Sack!«

Der Huber Toni runzelte die Stirn. Der Mann konnte sich offenbar nicht entscheiden; für was hielt er ihn denn jetzt? Für einen Dreck, einen Wurm, ein Nichts oder einen blöden Sack?

Er wollte gerade nachfragen, als er hinter sich ein leises Lachen hörte. Entsetzt fuhr er herum – und starrte in eine weitere Totenkopffratze; der Typ hatte einen Kollegen mitgebracht. Wie kam es bloß, dass er ihn nicht bemerkt hatte? Weder gesehen noch gehört hatte er ihn. Jetzt geriet der Huber Toni so richtig in Panik. Totenkopf Nummer eins vor ihm, Totenkopf Nummer zwei hinter ihm – allmählich begann er zu begreifen, dass es eng für ihn wurde. Saueng!

»W… w… was soll das?«, stotterte er Totenkopf Nummer zwei verzweifelt an.

Ein Klacken ertönte in seinem Rücken. War das etwa …? Eine blitzschnelle Drehung um hundertachtzig Grad bestätigte seine Vermutung. Totenkopf Nummer eins hatte eine Pistole entsichert; der mit einem Schalldämpfer versehene Lauf war auf Tonis Stirn gerichtet.

Plopp!

Mit weit aufgerissenen Augen und einem Loch über der Nasenwurzel kippte Anton Huber, genannt Huber Toni, lautlos nach hinten. Das zweite und dritte Plopp bekam er nicht mehr mit. Die beiden Schüsse trafen den hinter ihm stehenden Totenkopf Nummer zwei. Allerdings nicht in den Kopf, sondern in die Brust. Noch im Fallen gelang es Totenkopf Nummer zwei, sich in einem Reflex die Maske vom Gesicht zu reißen, was ihm aber nichts mehr nützte. Er erreichte nur, dass Totenkopf Nummer eins das ungläubige Erstaunen in seinem vom blassen Mondlicht beschienenen Gesicht wahrnehmen konnte. Und dass die Flüsterworte, die Nummer zwei hervorstieß, etwas deutlicher zu hören waren, als es hinter der Maske der Fall gewesen wäre.

»B… b… bist du wahnsinnig … du … du De… Depp!«, stieß er hervor, bevor er den Kopf zur Seite neigte und verschied.

Totenkopf Nummer eins beugte sich in aller Ruhe über den Leichnam des Huber Toni, durchsuchte akribisch die Taschen seiner Klamotten und nahm alles an sich, was er finden konnte.

Auch über die Leiche seines Totenkopfkollegen beugte er sich, mit dessen Klamottentaschen er in gleicher Weise verfuhr. Dessen Screammaske nahm er an sich.

Das Schwerste stand Totenkopf Nummer eins jedoch noch bevor. Zunächst hievte er die beiden Leichen ins Boot, das unterhalb des Stegs festgemacht war. Das war nicht so einfach, weil das Boot bereits etwas Tiefgang hatte und infolgedessen Wasser hereinschwappte. Kein Wunder angesichts des fünfzig Kilo schweren Granitklotzes, der schon im Boot lag und seiner Bestimmung harrte.

Nachdem er auch das geschafft hatte, ergriff Totenkopf Nummer eins die Ruderblätter und ruderte auf den See hinaus. An der Stelle, wo er am tiefsten war, hielt er inne und wischte sich den Schweiß von der Stirn. Nur die Nebelschleier, die über die glänzend schwarze Wasserfläche waberten, und der Mond, der sich geisterhaft darin spiegelte, waren Zeugen, als Totenkopf Nummer eins seinen toten Totenkopfkollegen und die Leiche des Huber Toni sorgfältig entkleidete, ihnen die Schuhe auszog und sich an diesen zu schaffen machte. So bestand nicht die Gefahr, dass man die Kleidungsstücke identifizieren könnte, sollten sie wider Erwarten irgendwann auftauchen. Dann befestigte er die beiden Leichen mit Kabelbinder und Draht an einer Stahlöse, die aus dem Granitklotz ragte, und ließ sie mitsamt dem Klotz in den dunklen Fluten verschwinden.

»Das wär's, würd ich mal sagen«, murmelte Totenkopf Nummer eins, nachdem das Blubbern der schwarzen Brühe aufgehört hatte. Als er Kleider und Schuhwerk in einen großen Plastiksack stecken wollte, fiel einer der Schuhe, die dem Huber Toni gehört hatten, ins Wasser und versank glucksend in den Fluten.

»Verdammter Mist!«, schimpfte Totenkopf Nummer eins, genau das hatte er vermeiden wollen. Ärgerlich beugte er sich über den Bootsrand. »Egal«, brummte er schließlich, ergriff die Ruderblätter und ruderte mit kräftigen Schlägen zum Ufer.

Im Moment, als er das Boot dort festmachte, tönte erneut der Ruf des Wachtelkönigs durch die Nacht

»Rerrp-rerrp! Rerrp-rerrp! Rerrp-rerrp!«, schimpfte der Vogel empört, bevor er sich mit unbeholfenem Flügelschlag aus dem Schilf in die dunklen Lüfte erhob, um sich einen anderen Platz zu suchen.

1

Fünfunddreißig Jahre später
Sonntag, 7. Juni

»Wieso, was is'n?«

Querlingers Stimme klang nicht nur verschlafen, sondern auch ungehalten. Er gähnte, was nicht von ungefähr kam. Schließlich hatte der Erste Kriminalhauptkommissar der Ulmer Kripo eine anstrengende Nacht *hinter* und einen sehnlichen Wunsch *vor* sich: endlich mal ausschlafen! Der gestrige Polizeiball forderte seinen Tribut. Vor allem das Rumtata der Blaskapelle »Swabian Brass Band« – furchtbar, dieses durch Anglizismen versaute Schwäbisch –, das bis in die Puppen gedauert hatte, dröhnte in seinem Kopf noch nach. Auch dem Alkohol hatte er sich nicht verweigern können, schließlich wollte er nicht als sektiererischer Gesundheitsapostel gelten wie Dr. Fachinger, diese Witzfigur von einem Kriminaloberrat. Ebenso hatten das verführerische Vorspeisenbüffet und das anschließende Fünf-Gänge-Menü ihre Spuren hinterlassen. Mit am schlimmsten aber war das Tanzen gewesen, auf das Luise, seine Frau, so scharf war wie der Fachinger auf eine Packung Biomohrrüben. Querlinger hasste nichts so sehr wie Tanzen. In dieser Hinsicht hatte ihm der Polizeiball wie jedes Jahr Entsetzliches abverlangt. Eine einzige Tortur, das Ganze …

»Etz komm endlich, Bärle, hilf mir halt e bissle!«, drang Luises Stimme energisch durch die Schlafzimmertür. Offensichtlich befand sie sich im Flur.

»Wieso, was isch 'n?«, wiederholte Querlinger seine Frage eine Spur genervter.

»Frog net lang rum, komm einfach«, befahl Luise.

»Jawoll, Frau General!«, knurrte Querlinger. Mit einem Ruck erhob er sich, schlug die Bettdecke zurück, schwang die

Beine aus dem Bett und inspizierte den Bettvorleger zu seinen Füßen.

»Wo sind meine Schlappen?«, rief er.

»Woher soll ich das wissen?«

»Ohne Schlappen mach ich keinen Schritt aus dem Schlafzimmer.«

Undefinierbares Rumoren. Schuhschranktür-auf-und-Zuklappen.

»Da!«

Die Schlafzimmertür ging einen Spalt weit auf, und die Schlappen flogen herein.

Da? Was sollte das denn!

»Bin ich vielleicht ein Hund, oder was?«

»Wieso ein Hund?«

»Dem wirft man den Knochen, den er fressen soll, auch einfach so hin!«

»Du sollst die Schlappen nicht fressen, sondern anziehen!«

Donnerwetter! Heute war das Mäusle ganz schön schlagfertig. Querlinger grinste.

Er schlüpfte gemächlich in die Schlappen und schlurfte in den Flur. Luise stand auf einer Trittleiter. Im Mundwinkel hatte sie einen Dübel stecken, in den Händen hielt sie einen Schlagbohrer.

»Also, was gibt's, wozu brauchst du einen müden, erschöpften Marathontänzer wie mich?«, fragte Querlinger, obwohl sein kriminalistisch geschultes Auge natürlich längst bemerkt hatte, dass der Handwerker in ihm gefragt war. Der Spiegel mit Konsole, der an die Wand gedübelt werden sollte, stand auf dem Boden.

»Marathontänzer? Da muss ich ja lachen! Ein Walzer und ein Tango, das war's. Beim Walzer bist du mir ständig auf die Füße gestiegen. Da hat dein Chef schon was Besseres hingelegt. Ein toller Tänzer!«, quetschte Luise zwischen den Zähnen hervor. Der Dübel im Mundwinkel hüpfte auf und nieder.

Sein Chef, der Fachinger! Natürlich! War ja klar, dass sie den mal wieder als leuchtendes Vorbild hinstellte.

»Ist auch das Einzige, was der Depp kann: tanzen! Ich brauch bloß an die Eiertänze zu denken, die der immer aufführt, wenn's drum geht, bei schwierigen Ermittlungen Nägel mit Köpfen zu machen.«

»Mensch, Bärle, sei halt nicht so gemein! – Apopo Nägel. Komm halt her und hilf mir mit der Spiegelkonsole, du siehst doch, wie ich mich rumquäle.«

Sie nahm den Dübel aus dem Mundwinkel und stieg von der Trittleiter.

»Es heißt nicht apopo, sondern apropos, Mäusle«, belehrte Querlinger seine Frau. »Das ist Latein und bedeutet so viel wie: ›was dies oder jenes betrifft‹. Mit dem Hintern hat das nichts zu tun. Auch wenn du gerade an den Fachinger gedacht hast, dieses Ober–«

»Stopp, Bärle, jetzt ist aber Schluss, gell! Sag du mal ›apropos‹ mit 'nem Dübel im Mund. Außerdem: keine ordinären Sprüche an so einem schönen Sonntagmorgen. Nicht dass du noch die Stimmung verdirbst. Wo doch nachher die Weißeneggers kommen.«

Querlinger stand schon auf der Leiter, um das Loch in die Wand zu bohren, als er erstarrte. Arnulf und Pati Weißenegger! Der Möchtegernakademiker und seine verschrobene Alte. Die hatte er völlig vergessen. Das drohte ja ein sauberer Sonntag zu werden.

»Ähm … also … Mäusle, ich glaub … ich, ähm …«

Es bedurfte nur eines Blickes von Luise, um ihn jäh verstummen zu lassen. Hektische rote Flecken erschienen in ihrem ansonsten recht hübschen Gesicht. Kriegsbemalung!

»Ich will nix hören, gell! Du gehst mir heute nirgendwohin. Die Einladung steht seit drei Wochen, und was ausgemacht ist, ist ausgemacht. Dass des klar isch!«

»Ich hab doch gar nix g'sagt, was regst du dich so auf?«, ging Querlinger in Verteidigungsstellung.

Luises Zeigefinger schoss in die Höhe wie eine nordkoreanische Rakete. »Aber du *wolltest* was sagen. Und ich weiß auch, was! Aber daraus wird nix, dass des klar isch.«

Dass des klar isch! Dass des klar isch! Als ob nicht klar wäre, dass …

Der Klingelton seines Smartphones auf dem Garderobetischchen riss ihn aus seinen Gedanken.

Ein Hechtsprung, ein Blick aufs Display – die Nummer des Kriminaldauerdienstes! Hoffnung keimte in Querlinger auf. Er drückte die grüne Taste.

»Querlinger! Was gibt's?«

»Oh, Herr Hauptkommissar, 'tschuldigung, jetzt hab ich mich glatt verwählt. Sandra Michelsen vom KDD. Ich wollt eigentlich Frau von Eulenburg sprechen, die hat ja heute Bereitschaftsdienst. Entschuldigen Sie, aber das ist mir jetzt peinlich und –«

»Nein, nein, passt schon. Was gibt's denn?«

»Menschliche Skelettreste, die man im Federsee bei Bad Buchau entdeckt hat. Die da auf dem Grund liegen. Die Kollegen vom Kriminalkommissariat Biberach haben angerufen und darum gebeten, dass wir jemanden schicken; die haben nämlich einen personellen Engpass …«

»Was? Um Himmels willen, das ist ja entsetzlich!«, brüllte Querlinger in sein Smartphone und schielte aus den Augenwinkeln zu Luise, die völlig verdattert neben der Leiter stand.

Die Beamtin vom KDD schien nicht minder verdattert.

»Was meinen der Herr Hauptkommissar, was ist entsetzlich? Dass die einen personellen Engpass haben?«

»Nein, generell. Das mit den Skelettfunden.«

»Ach so, ja, ähm … also na ja … ich wollt eigentlich sagen, die Frau Hauptkommissarin, Hauptkommissar Feigl und Oberkommissar Bödele sind schon am Fundort. Die Kollegen von der Kriminaltechnik auch. Ich wollt der Frau Hauptkommissarin nur eine zusätzliche Information nachreichen, nämlich dass sie –«

»Bin schon auf 'm Sprung. Ich ruf Sie von unterwegs an, Sie geben mir dann die Koordinaten durch!«, brüllte Querlinger und beendete kurzerhand das Gespräch. Jetzt war Glaubwür-

digkeit angesagt. Zitternde Stimme: »Mäusle. Ich … Was soll
ich sagen? Die verdammte Pflicht ruft mal wieder. Sie haben
im Federseeried bei Bad Buchau eine Leiche entdeckt, vielleicht sind Kinder drunter – Ogottogott! Sorry, aber sag den
Weißeneggers, dass es mir wahnsinnig leidtut. Ich muss mich
jetzt anziehen. Das mit der Spiegelkonsole machen wir später.«

2

Der Kommissar stellte seinen Wagen auf dem Parkplatz beim Federseemuseum ab. Vier weitere Fahrzeuge, darunter der Mercedes Sprinter der Spurensicherung und ein Streifenwagen, hatten sich bereits vor ihm hier eingefunden. Der Mini Cooper gehörte seiner Kollegin Janine von Eulenburg. Auch der BMW des Kollegen Bödele stand da.

Es war ein herrlicher, wenn auch etwas kühler Tag. Blauer Himmel, Sonnenschein, ein leises Lüftchen wehte. Querlingers Ziel war der Federseesteg, der einzige Zugang zu dem unter Naturschutz stehenden Gewässer. Am Ende des Stegs, so hatte ihn die Kollegin vom KDD unterrichtet, gab es eine Plattform, wohin die menschlichen Überreste des unbekannten Toten nach der Bergung gebracht worden waren. Etwa fünfzehn bis zwanzig Minuten würde er brauchen, um zur Plattform zu gelangen. Vorausgesetzt, er ließ es einigermaßen gemächlich angehen, was er auch vorhatte. Schließlich war er ja offiziell gar nicht im Dienst.

Beim Streifenwagen lümmelten mehrere Schutzpolizisten herum, die sich prächtig zu amüsieren schienen. Einer hatte gerade einen Witz erzählt, über den sich die anderen ausschütteten vor Lachen.

Querlinger trat auf sie zu, grüßte und zückte seinen Dienstausweis.

»Wer hat das Skelett entdeckt?«, fragte er.

»Zwei Studenten, die grad ihr Praktikum machen, Herr Hauptkommissar«, sagte der, der den Witz erzählt hatte.

»Aha, und was studieren die?«

»Vermessung und Geodateninformatik.«

»Und wie kommen die dazu, im See ein Skelett zu entdecken?«

»Die waren am frühen Morgen mit einem Boot unterwegs,

um für eine Geodatenstelle ein paar GPS-Daten abzugleichen. Dabei haben sie irgend so einen Stab in den Grund gerammt, um Tiefenmessungen vornehmen zu können. Als sie ihn wieder rausgezogen haben, hing ein Totenschädel dran. Daraufhin ist einer von denen runter und –«

»Wie, runter? Der wird doch nicht so verrückt gewesen und da runtergetaucht sein?«

»Doch! Und dabei hat er angeblich eine Menge Knochen entdeckt, wahrscheinlich ein komplettes Skelett. Er hat einen Mordsschreck gekriegt.«

Querlinger ging weiter zum Steg. Auch hier standen zwei Polizisten herum. Eine rot-weiße Flatterleine verriet, dass der Steg für den Publikumsverkehr gesperrt war.

Die eineinhalb Kilometer bis zum Ende des Stegs führten Querlinger durch eine hinreißende Landschaft. Die zwanzig Minuten vergingen wie im Flug. Wohin das Auge auch blickte: herrliche, unberührte Natur. Schilf, Moor und Wasser sowie blühende Streuwiesen und idyllische Fleckchen mit Baumbestand jenseits des Ufers. Am Horizont Wälder, Hügel und, von bläulichem Dunst umflort, der Bussen: der heilige Berg Oberschwabens. Über alldem der blaue oberschwäbische Himmel: ein wirklich paradiesisches Stückchen Erde, dieses Federseeried. Den Steg zu bauen war eine fulminante Idee gewesen.

Die Kollegen auf der Plattform liefen auf voller Betriebstemperatur: vier in weiße Tyvek-Anzüge gehüllte Mitarbeiter der Spusi oder, wie es fachlich korrekt hieß: des Erkennungsdienstes, auch KTU genannt, Kriminaltechnische Untersuchung, darunter der Leiter der Spurensicherung, Nepomuk Hofzitzel, sowie drei Beamte in Zivil. Obwohl die drei in Zivil ihm den Rücken zuwandten, wusste er sofort, wen er vor sich hatte. Schließlich gehörten Janine von Eulenburg, Guntram Bödele und Armin Feigl zu seiner Truppe. Hofzitzel kniete am Boden und erklärte Bödele und Feigl sowie den Kollegen von der Spusi etwas, die gebeugt um ihn herumstanden. Janine von Eulenburg stand abseits der Gruppe und ging ihrer Lieblingsbeschäftigung nach: Sie googelte auf ihrem Smartphone. Mit ihrer athletischen Figur erinnerte die hoch aufgeschossene Beamtin frappant an eine Diskuswerferin. Was ihrer Attraktivität keinen Abbruch tat. Hübsches, intelligentes Gesicht, strahlend blaue Augen, das brünette Haar zu einem Pferdeschwanz gebunden, der bei jeder Kopfbewegung keck hin und her wirbelte.

»Nach was googeln Sie denn schon wieder, Kollegin? Wie Sie sich, ohne abzusaufen, durchs Moor bewegen können?«

Die Hauptkommissarin hatte ihn aus dem Augenwinkel auf sich zukommen sehen.

»Nö«, antwortete sie trocken und ohne aufzusehen. »Ich suche gerade nach einer Anleitung, wie man seinem Chef taktvoll sagt, dass er sich gefälligst an den Dienstplan halten und seine Untergebenen nicht penetrant mit seiner Gegenwart traktieren sollte, wo er doch heute seinen freien Tag hat.«

Querlinger schmunzelte.

Armin Feigl und Guntram Bödele kamen angetrottet.

»Hey, Chef, du hast doch heute gar keinen Bereitschaftsdienst«, wunderte sich auch Kriminalhauptkommissar Armin Feigl.

»Genau! Treibt dich die Langeweile hier raus, oder fliehst du vor deiner Frau?« Guntram Bödele, der flachsblonde Oberkommissar, grinste anzüglich.

»Wieso sollte ich vor meiner Frau fliehen?«

»Na, so wie du dich gestern beim Tanzen angestellt hast, könnt ich mir vorstellen, dass sie dir ziemlich eingeheizt hat.«

Hundsveregg, das mit seinen Tanzkünsten hatte ja richtig Kreise gezogen.

»Gehe ich richtig in der Annahme, dass der saublöde Kommentar des Kollegen Bödele der Tatsache geschuldet ist, dass er bei seinem gestrigen Versuch, mit der hübschen Kollegin Petrarca anzubandeln, eine deutliche Abfuhr kassiert hat? Die zog es ja vor, mit dem Kollegen Heinerle ein paar Runden zu drehen.«

Das Grinsen verschwand schlagartig aus Bödeles Gesicht.

»Na und? Kann jedem passieren«, brummte er kleinlaut.

»Die Kollegen vom Kommissariat in Biberach? Wo sind die?«, wandte er sich an Eulenburg.

»Hauptkommissar Haberstroh und Oberkommissarin Steger? Die sind schon wieder weg. Sie müssten auf eine Dienstreise. Hätten 'ne Menge am Hals, wie sie sagen, und sind froh, dass wir uns komplett um das hier kümmern. Falls wir Unterstützung bräuchten, sollen wir uns an einen anderen Kollegen wenden, einen Kommissar Keller. Der Einzige, der derzeit die Stellung im Kommissariat hält. Personeller Engpass.«

Personeller Engpass. Querlinger seufzte leise, das kannten sie in Ulm auch.

Querlinger trat auf die Kollegen von der Spurensicherung zu. »Hallo, Abteilung KTU«, grüßte er.

»Hallo«, erwiderte die Abteilung im Chor, die sich offenbar noch immer um den Skelettfund auf der weißen Plane kümmerte. Querlinger sah sofort, dass es sich nur um den oberen Teil eines menschlichen Schädels, das *Cranium*, handelte.

»Kein Unterkiefer«, merkte Querlinger an.

»Der dürfte noch unten sein, da sollen noch weitere Knochen im Schlamm stecken. Warten wir, bis der Rest geborgen ist.« Hofzitzel deutete mit dem Kopf auf den See hinaus.

»Habt ihr schon Taucher geordert?«

Nepo nickte. »Die Wasserschutzpolizei Überlingen wird uns welche schicken. Und da der Fund eventuell für die Archäologen interessant sein könnte, haben wir auch das Landesdenkmalamt in Stuttgart informiert. Sind angeblich schon unterwegs.«

Es war natürlich richtig, das Landesdenkmalamt hinzuzuziehen. Schließlich galt das Federseemoor als eine der ergiebigsten archäologischen Fundstätten Europas.

»Na, dann warten wir mal, bis sie da sind. Bin gespannt, wie die die Knochen einschätzen.«

»Sind Sie sicher, dass Sie auf die warten wollen? Wollen Sie nicht lieber heimgehen und uns das Ganze überlassen? Wo Sie doch heute Ihren Freien haben«, insistierte Eulenburg erneut.

»Ich seh schon, Sie wollen mich unbedingt loswerden, gell, Kollegin?«

»Ich mein ja nur, Chef. Bis die vom LDA da sind, kann's dauern. Archäologen sind nicht unbedingt die Schnellsten. Die denken nicht in Stunden und Minuten, sondern in Zeitaltern«, grinste Eulenburg.

Tja, da hatte sie möglicherweise recht. Und eigentlich hatte er keinen Bock, sich über Äonen hinweg die Füße in den Bauch zu stehen.

»Die beiden Studenten, die den Schädel rausgezogen haben, was ist mit denen?«

»Um die hast du dich doch zuletzt gekümmert, Armin, wo sind die jetzt?«, gab Eulenburg die Frage an Feigl weiter.

»Vielleicht im Gasthaus Hecht, da hab ich sie befragt. Sie wollten sich aufwärmen und was essen. Aber ich weiß nicht, ob sie da noch sind.«

»Wieso aufwärmen? Ist zwar ein bisschen kühl, aber so kalt auch wieder nicht«, wunderte sich Querlinger.

»Denen war schon kalt, als sie den Schädel aus dem Wasser gezogen haben. Vor allem, als ihnen klar wurde, dass noch weitere Skelettreste auf dem Grund liegen. Du hättest sie mal sehen sollen. Die beiden waren totenbleich. Die haben mit den Zähnen geklappert, als ich sie befragt habe, so kalt war denen. Außerdem war der eine ja auch im Wasser.«

»Dieses Gasthaus Zum Hecht – wo ist das?«

»Wieso? Willst du sie auch noch befragen?«

»Zwei Befrager kriegen vielleicht mehr raus als nur einer«, meinte Querlinger sibyllinisch und nicht ohne Hintergedanken. Da er noch keinen einzigen Kaffee intus hatte, hörte sich das mit dem »Hecht« nicht schlecht an. Und hier vor Ort wurde er momentan ohnehin nicht gebraucht. Und eigentlich war er derzeit ja auch außer Dienst.

»Also, wo ist dieser ›Hecht‹?«

Feigl erklärte es ihm, und im Nullkommanichts war Querlinger auf dem Weg zu seinem ersten Kaffee an diesem Vormittag. Glaubte er zumindest.

Hätte er sich bloß anders entschieden! Als er eine gute halbe Stunde später – der Weg zurück über den Steg dauerte einfach – das Gasthaus Zum Hecht betrat, wäre er am liebsten sofort wieder umgekehrt. Aber da hatte Dieter Oxheimer ihn schon erspäht. Der kugelrunde, gerade mal eins fünfundfünfzig große Reporter mit dem feisten »Arschbagge-G'sicht«, der beim Südwestboten arbeitete, saß mit zwei blassen Jünglingen, denen man den Studiosus auf drei Kilometer Entfernung ansah, an einem Tisch. Weitere Gäste waren nicht im Raum. Nur in der Küche rumorte es; es klang, als ob Schnitzel geklopft würden. Kaum dass er den Kommissar zur Tür hereinkommen sah, griff Oxheimer nach seiner Mappe, sprang auf und steuerte mit einem hinterhältigen Graf-Dracula-Grinsen auf ihn zu.

»Oha, der Herr Hauptkommissar persönlich. Ja, ist das eine Freude«, begrüßte er ihn. »Schon lang nicht mehr gesehen, gell, Querlinger? Ich nehme an, du bist wegen der Wasserleiche da? Die beiden Herren haben mich schon informiert.« Oxheimer deutete mit dem Kopf auf die beiden Studenten am Tisch. »Du leitest doch bestimmt die Ermittlungen, oder seh ich das falsch?«

Rindvieh, saubleeds, dachte Querlinger. Dass sie sich duzten, bedeutete nicht, dass sie sich mochten. Im Gegenteil: Oxheimer war für Querlinger ein rotes Tuch. Ein schmieriger Giftzwerg. Trotzdem rang er sich zu einem Grinsen durch, das dem Oxheimers in puncto Hinterhältigkeit in nichts nachstand.

»Ja, der Herr Chefreporter persönlich, schau an. Wieder mal Blut geleckt, Oxheimer?«

»Könnt mer so nennen, Querlinger, könnt mer so nennen. Wird Zeit, dass jemand dem Chefermittler des K1 mal wieder auf die Finger schaut. Wie du weißt, war ich länger krank. Und zwar ernsthaft. Bin dem Tod gerade noch von der Schippe gesprungen – würd ich mal sagen.«

»Nicht nur dem Tod, auch dem Teufel – würd *ich* mal sagen. Jammerschade, dass die beiden auf dich verzichten mussten!«

»Noch immer der alte Charmebolzen, gell, Querlinger? Aber wie wär's, wenn du mal deiner Informationspflicht nachkämst, anstatt blöd daherzuschwafeln. Könnt ihr schon Näheres sagen? Wie die Person ums Leben kam? Wurde sie erschossen, erwürgt, erschlagen? Lässt sich schon was zur Identität sagen? Könnte es jemand sein, der schon lange vermisst wird?«

»Weder sind wir Hellseher, noch arbeiten wir mit Lichtgeschwindigkeit, Oxheimer, krieg das endlich mal in deinen Schädel rein! Und von wegen Wasserleiche. Du vergisst, dass wir es vorerst lediglich mit einem menschlichen Schädel zu tun haben. Und allein an dem abzulesen, wie der, zu dem er gehört, gestorben ist – da hätte selbst ein phantasiebegabter Medienfuzzi wie du seine Schwierigkeiten. Wir müssen warten, bis weitere Skelettreste geborgen sind, und das kann dauern. Es könnte sich auch um jemanden handeln, der schon Jahrhunderte da unten liegt. Da müssten dann die Archäologen ran. Und überhaupt: Wer hat dich über den Fund informiert?«

Es war eine rhetorische Frage; nicht nur Querlinger wusste, dass Oxheimer so ziemlich alles an Infos nutzte, was der Polizeifunk hergab. Allerdings hatte man ihm bis jetzt nie nachweisen können, dass er aktiv mithörte. So blöd war er nämlich nicht. Er umging das Risiko, indem er bestimmte Leute gegen »Honorar« für sich arbeiten ließ. Und weil diese bestimmten Leute ihren Lebensunterhalt mit bestimmten anderen Delikten verdienten und mit Abhören lediglich ihr Taschengeld aufbesserten, fiel dieses Risiko für sie nicht ins Gewicht. Natürlich gab es weitere Kontakte, die Oxheimer nutzte. Die sowohl hinunter in den Sumpf des organisierten Verbrechens als auch hinauf in die höheren Etagen der organisierten Polizei reichten. Munkelte man zumindest.

»Kann dir scheißegal sein, von wem ich das weiß. Wichtig ist, *dass* ich's weiß. Die Öffentlichkeit hat ein Recht darauf, umfassend informiert zu werden, nur darauf kommt's an. Und was das angeht, macht ein gewisser Kriminalhauptkommissar Querlinger den Presseorganen bekanntermaßen immer wieder Schwierigkeiten. Irgendwann kostet dich das Kopf und Kragen, das schwör ich dir!«

»Kümmere dich um deinen eigenen Kopf und Kragen, Oxheimer, da hast du genug aufzupassen. Und jetzt würd ich vorschlagen, dass du dich vom Acker machst. Ich hab nämlich zu tun.«

Oxheimers Dracula-Grinsen wich einem verkniffenen Gesichtsausdruck. Er erinnerte an einen dicken Ochsenfrosch, der einen fetten Wurm im Visier hat, aber nicht an ihn herankommt.

»Wenn's was Neues gibt – du weißt ja: Das K1 hat meine Telefonnummer. Auf gute Zusammenarbeit, Querlinger. Habe die Ehre.«

Die beiden Studenten – der eine blond, Bürstenhaarschnitt und Hornbrille, der andere schwarze Dreadlocks, Nickelbrille und Nasenpiercing – sahen Querlinger neugierig an, als er sich zu ihnen an den Tisch setzte. Sie hatten einzelne Brocken des Schlagabtauschs zwischen dem Kommissar und dem Reporter mitbekommen und wunderten sich, wie ein Kriminaler dazu kam, sich mit einem Medienvertreter derart zu fetzen.

»Tag, die Herren! Querlinger, Kriminalhauptkommissar, Kripo Ulm«, stellte sich der Kommissar vor. »Darf ich?« Er deutete auf einen der Stühle am Tisch.

»Ja, klar, Herr Kommissar, bitte sehr«, antwortete der Kleinere, der Blonde.

»Hauptkommissar, du Bachel«, zischte der mit den Dreadlocks ihm leise ins Ohr.

Querlinger grinste, er hatte ein gutes Gehör.

»Würden Sie mir Ihre Namen verraten?«, bat er höflich.

»Gerald Schubert«, antwortete der Kleinere.

»Heinz Dollinger«, sagte der Größere.

»Ich weiß, dass meine Kollegen Sie schon danach gefragt

haben, aber würden Sie mir bitte auch noch mal erzählen, wie Sie das Skelett entdeckt haben?«

»Ähm ja, also …«, fing Schubert an. »Wir sollen eine Geo-datenerhebung von der Gegend hier machen. Für eine neue Touristenapp: ›Wandern am Federsee‹. Da müssen wir auch diverse Vermessungen vornehmen beziehungsweise ältere Er-gebnisse überprüfen, auch was den See angeht. Tiefe und so weiter. Na ja, deswegen waren wir mit dem Boot draußen und haben an der tiefsten Stelle im See eine Nivellierstange in den Grund getrieben, um die Tiefe nachzumessen. Wir –«

»Wie tief ist der See dort?«, unterbrach Querlinger ihn.

»Knapp dreieinhalb Meter.«

»Okay, weiter?«

»Wir haben sofort gemerkt, dass da was war, hat sich irgend-wie komisch angefühlt. Dann, als wir sie wieder rausgezogen haben … puh …«

»Genau!«, sprang Dollinger seinem Kommilitonen bei. »Wir ziehen sie also wieder raus, und was sehen wir? Dass da ein ganzes Büschel Schlingpflanzen oder so was Ähnliches und ein Totenschädel dranhängen! Der muss sich in den Schlingpflanzen verfangen haben …«

»Umgekehrt, die Schlingpflanzen, oder was auch immer, sind im Lauf der Zeit mit dem Schädel verwachsen«, warf Schubert ein.

»Is doch wurscht. Uns traf jedenfalls der Schlag. Da hab ich meine Klamotten ausgezogen und bin runter –«

»Stopp, Augenblick! Sie wissen schon, dass das Tauchen im Federsee verboten ist?«, wandte sich der Kommissar an Dol-linger.

»Ja, klar, aber … meine Güte … in dem Moment sind mir andere Sachen durch den Kopf gegangen. Ich mein … man hört und liest da ja die gigantischsten Geschichten.«

Klar, das war nachvollziehbar. Auf dem Grund hätte ja auch ein gigantischer Schatz liegen können. *Fünfzehn Mann auf des toten Manns Kiste …*

»Konnten Sie da unten überhaupt was sehen?«

»Schon. Aber halt nicht so gut, nachdem ich den Schlamm aufgewühlt habe. Aber dass da Skelettteile liegen, das konnte ich klar erkennen. Die Knochen stecken im Schlick, ich glaub, so was wie einen Schuh hab ich auch gesehen. Ich hätte mir das näher angeschaut, wenn mir nicht die Luft ausgegangen wäre, ich musste schnellstens wieder rauf. Wir haben dann die Bull... ähm ... die Polizei verständigt.«

»Exakt so war's«, bekräftigte Schubert. »Mit dem Handy. Wir haben mit Hilfe der App auf unserem Smartphone die GPS-Koordinaten notiert und sind dann zurück zum Steg gerudert, den Schädel haben wir natürlich mitgenommen. Dort haben wir dann gewartet. Nach 'ner halben Stunde waren Ihre Kollegen da ... also die aus Bad Buchau. Die aus Ulm kamen 'ne Stunde später. Denen haben wir dann auch noch mal alles erzählt. Haarklein. Wie Ihnen. Aber da waren wir schon im ›Hecht‹. Uns war nämlich saukalt, wir brauchten dringend einen heißen Tee. Der Heinz musste außerdem warten, bis seine Unterhose trocken war.«

»Und was macht ihr jetzt? Wollt ihr wieder raus auf den See?«

»Nee, wir warten auf unser Schnitzel, das wir schon vor 'ner halben Stunde bestellt haben, und dann geht's ab nach Hause. Nach Biberach.«

»Ihr habt Schnitzel bestellt?«

»Klar, wir haben einen Mordshunger.«

Querlinger sah auf seine Armbanduhr: drei viertel zwölf. Eigentlich zu spät für einen Kaffee. Ob er nicht auch ...?

»Gibt's hier eine Bedienung, die sich hin und wieder mal blicken lässt?«

»Die hat frei, und der Koch ist krank. Der Wirt muss heut alles selber machen, zum Glück ist nicht viel los. Aber ich geh mal in die Küche. Wollen Sie auch was, Herr Hauptkommissar? Dann bestell ich's für Sie«, bot Schubert an.

»Ähm ... was gibt's zu dem Schnitzel dazu?«

»Kartoffelsalat. Den machen die hier selber. Sehr gut!«

Schnitzel und Kartoffelsalat. Der Klassiker. Blieb zu hoffen, dass der Chef den Kartoffelsalat genauso gut machte wie der Koch.

»In Ordnung, dann nehm ich das auch. Und ein Helles dazu.«

Das Essen war gut und die Unterhaltung mit Schubert und Dollinger sehr gepflegt. Querlinger hatte die Spendierhosen an und schlug den beiden vor, nicht nur das Schnitzel zu bezahlen, sondern auch noch einen Kaffee und ein Stück Torte zum Nachtisch.

Sie waren gerade beim Kaffee, als Querlingers Handy klingelte. Janine von Eulenburg.

»Hallo, Eulenburg, was gibt's?«

»Die vom Landesdenkmalamt haben endlich zurückgerufen. Zwei Archäologen und einige Helfer sind bereits unterwegs. Müssten in circa zwei Stunden da sein.«

Respekt. Die dachten ja doch im Stunden- und Minutentakt. Die Zeitalter schmolzen im Zeitraffer dahin.

»Und die Taucher?«

»Müssten ungefähr um die gleiche Zeit da sein.«

»Danke, Kollegin. Mich braucht ihr ja vorerst nicht, oder?«

»Überhaupt nicht, Chef. Fahren Sie nach Hause, wir informieren Sie dann.«

Nach Hause? Um Himmels willen! Dort erwartete ihn das nackte Grauen.

»Ihr könnt mich im Büro anrufen. Ich hab noch Schriftkram abzuarbeiten.«

»Am Sonntag?« Eulenburg klang, als hätte sie es mit einem Verrückten zu tun.

»Für den Rechtsstaat opfere ich auch gerne mal einen Sonntag, Frau Kollegin. Und zwar freiwillig«, schmunzelte Querlinger, und schon hatte er aufgelegt.

3

Gegen vierzehn Uhr rief Luise auf dem Handy an, um ihm mitzuteilen, dass die Weißeneggers kurzfristig abgesagt hätten. Arnulf käme »nicht mehr vom Klo runter«, ein Darminfekt.

Querlinger grinste, schwang seine Beine vom Schreibtisch und legte das Buch beiseite, in dem er gerade gelesen hatte. Das änderte die Lage natürlich schlagartig. Er hatte es sich notgedrungen in seinem Büro so gut es ging bequem gemacht und sich darauf eingerichtet, die nächsten Stunden mit Lesen zu verbringen. Ein Kaffeenachmittag mit den Weißeneggers endete gewöhnlich gegen halb sieben. Nun konnte er vier Stunden früher nach Hause.

»Oh, das tut mir aber leid, richte ihm schöne Grüße und gute Besserung von mir aus«, heuchelte er.

»Mach ich. Wo bist du gerade, Bärle? Noch in Bad Buchau?«

»Nein, nein, ich musste noch mal kurz ins Büro, ich bin aber gleich daheim.«

»Wir könnten doch wenigstens ins Kino gehen, wenn die Weißeneggers schon nicht kommen, oder? Nachmittagsvorstellung?«

»In welchen Film?«

»In der ›Lichtburg‹ zeigen sie ›Doktor Schiwago‹.«

O Gott! Der dreistündige Schmachtfetzen mit Omar Sharif. Aber immer noch besser als ein dreistündiger Horrorthriller mit den Weißeneggers. Außerdem würde er den Schiwago für ein ausgiebiges Nickerchen nutzen können.

»In Ordnung, Mäusle. Machen wir.«

»Also, ich lass dich hier raus. Geh schon mal vor und besorg Karten. Ich seh zu, dass ich irgendwo in dieser bescheuerten Gegend einen Parkplatz kriege«, schlug Querlinger seiner Frau genervt vor.

»Okay, aber beeil dich«, sagte Luise und stieg aus.

Beeil dich! Na toll! Als ob es von ihm abhinge, einen Parkplatz zu finden.

Im selben Augenblick fand er doch einen. Kaum dass er eingeparkt hatte, ging sein Handy. Bödele. Zuerst zögerte er, ranzugehen, er fand, dass er heute schon zur Genüge den pflichtbewussten Kriminalbeamten gegeben hatte.

Dann aber siegte die Neugier.

»Hallo, Chef, halt dich fest.« Bödele klang hektisch. »Die Polizeitaucher haben nicht nur Knochen von einer, sondern von zwei Leichen gefunden. Zwei fast vollständig erhaltene Skelette. Darunter auch ein zweiter Schädel. Bis alle Knochen geborgen sind, kann es aber noch dauern. Morgen wahrscheinlich. Aber es ist kein Fall für die Archäologen, die haben wir wieder nach Hause geschickt.«

»Definitiv nicht?«

»An dem zweiten Schädel hat der Hofzitzel eine Amalgamfüllung im Gebiss entdeckt. An einem skelettierten Fuß fand sich ein Fußkettchen mit einem Sternzeichenanhänger aus Plastik. Außerdem steckte noch ein orthopädischer Schuh im Schlick.«

Amalgam, Fußkettchen mit Plastikanhänger und ein orthopädischer Schuh! Tja, da waren die Stuttgarter Archäologen tatsächlich umsonst angereist.

»Und außerdem gibt's noch zwei Sachen, die höchst interessant sind …«

Pause.

»Dein dramaturgisches Talent in allen Ehren, Bödele, aber wenn du mir –«

»Die Füße beider Skelette waren mit Draht und Kabelbinder an einem Granitkopf festgemacht worden.«

»Was heißt Granitkopf?«

»Ja, halt an einer Skulptur. An einem Kopf, den so ein Bildhauer aus einem Stein rausgemeißelt hat. Wie sagt man noch? Irgendwas mit Bü… Bü…«

»Büste.«

»Genau.«

Das war ja übel. Mafiamethoden wie bei der Cosa Nostra? Und das am beschaulichen Federsee?

»Das heißt, sie sind ersäuft worden?«

»Nein, die Opfer wurden erschossen. Ein Schädel hat ein Loch, Ein- und Austritt des Projektils sind gut zu erkennen. Das andere Opfer wurde mit zwei Schüssen in die Brust getötet, Spuren an Rippe und Schulterblatt deuten darauf hin. Aber das muss die Gerichtsmedizin noch genauer klären. Den Granitkopf dürfte man ihnen post mortem verpasst haben. Sagt zumindest Dr. Brenner. Mehr nach der Obduktion.«

»Der Brenner? Der war auch da?«, knurrte Querlinger. Das Verhältnis zwischen ihm und Dr. Elias Brenner, stellvertretender Chef der Rechtsmedizin, konnte in etwa mit dem zwischen den Vereinigten Staaten und Nordkorea verglichen werden.

»Ja, klar, den sollen wir in so einem Fall doch immer hinzuziehen. Und zwar noch am Tat- beziehungsweise Fundort.«

Das stimmte. Brenner legte Wert darauf, sowohl den Fundort der Leiche als auch die unmittelbare Umgebung selbst zu sehen. Aber dass er sich von Ulm zum Federsee aufmachte, um sich ein paar Knochen anzuschauen, war schon sehr ungewöhnlich.

»Geschlecht der Opfer? Alter zum Zeitpunkt des Todes?«

»Beide männlich. Der eine jung, der andere deutlich älter, den Schädelnähten nach zu urteilen.«

»Hat er sich zur Liegezeit geäußert?«

»Nö! Aber wenn du mich fragst: Die liegen bestimmt schon Jahre da unten, wenn nicht Jahrzehnte.«

»Das ist mir klar, Bödele. Ich geh nicht davon aus, dass der Mörder die beiden erst vor zwei Tagen erschossen und ihnen anschließend fein säuberlich das Fleisch von den Knochen geschabt hat. Ich frag nach Auffälligkeiten, die eine zeitliche Eingrenzung erlauben.«

»Vielleicht findet der Brenner ja noch welche, wenn er sich die Knochen genauer anschaut.«

»Warten wir's ab. Wir werden uns auf jeden Fall die Beifunde genau ansehen.«

»Kann dauern mit den Befunden, sagt der Brenner.«

»Ich sagte *Bei*funde, nicht *Be*funde, Bödele. Fußkettchen, Amalgamfüllung, Granitkopf, orthopädischer Schuh: Vielleicht liefern die brauchbare Hinweise. Apropos Granitkopf – wie hat der Mörder die Leichen daran befestigt?«

»Mit Stahldraht. Der hat ein Loch in den Granitkopf gebohrt, den Stahldraht da durchgezogen und dann an den Leichen befestigt. Der Kopf war übrigens sauschwer. Er war fast ganz im Schlick versunken und von Wasserpflanzen überwuchert, wie die Skelettteile auch.«

»Was für ein Kopf?«

»Konnte man nicht genau erkennen. War ziemlich beschädigt. Wie wenn ihm jemand mit dem Hammer im Gesicht herumfuhrwerkt hätte. Aber die Janine meint, der Kopf erinnere sie an den alten Goethe.«

Unglaublich! Dem alten Goethe mit dem Hammer die Visage poliert! Das war ja wohl an Brutalität nicht mehr zu überbieten.

»Ja, gut, der Dichterfürst war auch ein Granitkopf. Der wollte nie einsehen, dass er sich mit seiner Farbenlehre verrannt hat.«

»Ähm … Farbenlehre? Wieso? Die Büste war doch nicht farbig.«

»Vergiss es, Bödele. Sollte ein Witz sein. Ich denk, ich weiß jetzt das Wichtigste. Alles Weitere morgen bei der Lagebesprechung.«

Kurzes Schweigen.

»Bödele, bist du noch dran?«

»Ähm … ja, Chef. Wann willst du die denn ansetzen?«

»Die Lagebesprechung? So gegen zehn.«

Erneutes Schweigen. Dann: »Kann sein …«, tiefes Einatmen, »dass ich mich morgen ein bissle verspäte. Ich muss zum Arzt. Dringend!«

Schweigen. Jetzt allerdings auf Querlingers Seite. Heraufziehende Gewitterstimmung.

»Brauchst du wieder 'ne Krankmeldung, oder was?«

»Nein! Es … es geht um eine … ähm«, Presswehen bei Bödele, »also halt um eine Schwangerschaft.«

»Waaaaas?«

»Ja, die Ivanka, die hat … ähm … die hat einen Schwangerschaftstest gemacht. Und der war alles andere als negativ. Und jetzt will sie's genau wissen und ich natürlich auch. Und deswegen geh ich morgen mit ihr zum Arzt.«

Querlinger war nicht auf den Mund gefallen, aber dieses offenherzige Geständnis seines Kollegen verschlug ihm dann doch die Sprache. Dass seine Truppe ihm hin und wieder etwas Persönliches anvertraute, war er gewohnt – aber das hier …?

»Die Ivanka! Ist das nicht die, die als Serviererin im Café Zum Türken arbeitet, deinem Lieblingscafé? Und der hast du ein Kind gemacht? Ich werd verrückt! Gratulation!«

»Herrschaftszeiten, Eugen, das ist doch noch nicht sicher. Deswegen will ich ja morgen mit ihr hin, zum Arzt. Aber dass das unter uns bleibt, gell!« Bödele klang auf einmal richtig stinkig.

»Ja, dann einen schönen Gruß an die Ivanka und alles Gute für euch zwei – beziehungsweise euch drei. Und dass das unter uns bleibt, ist selbstverständlich, keine Sorge. Aber jetzt muss ich Schluss machen, meine Frau wartet bei der ›Lichtburg‹ auf mich. Sonst krieg ich Ärger. Servus, Guntram!«

4

Montag, 8. Juni

Punkt drei Minuten vor zehn betrat Querlinger den Sekretariatsraum des K1. Er wirkte etwas aufgedreht. Was kein Wunder war, die morgendliche Rushhour hatte es mal wieder in sich gehabt, und in drei Minuten begann die Lagebesprechung.

»Guten Morgen, Angie. Wie steht's mit der Truppe? Sind schon alle da?«

»Bis auf den Bödele, Chef, der fehlt noch.«

Querlinger grinste. Klar, der hatte momentan andere Sorgen. Aber wen sie vor allem brauchten, war der Leiter der Spurensicherung.

»Der Hofzitzel?«

»Is da. Ach, noch was, Chef. Der Dr. Brenner hat angerufen. Er musste die Obduktion der beiden Skelette verschieben. Ich hab zusammengeschrieben, was er bisher weiß, und ein PDF davon ins Intranet gestellt.« Sie reichte ihm einen Ausdruck.

Querlinger warf einen kurzen Blick darauf. »Nicht grad viel«, knurrte er. »Aber was soll's. Nehmen wir halt zuerst die Beifunde aufs Korn. Gehen wir's an. Kommen Sie gleich mit?«

Im Besprechungsraum waren bereits Polizeihauptmeister Heinrich Heinerle – der Laufbahnwechsler war noch immer kein Kriminalkommissar, aber auf einem guten Weg dorthin –, Hauptkommissar Armin Feigl, Hauptkommissar Bernd Zimmernagel, Hauptkommissarin Janine von Eulenburg sowie Hauptkommissar Nepomuk Hofzitzel, der Leiter der Spurensicherung.

Es war vorgesehen, dass Janine von Eulenburg die Besprechung mit einer Zusammenfassung eröffnete. Gerade hatte sie sich neben der Magnettafel in Position gebracht und damit begonnen, als die Tür ging und Oberkommissar Guntram Bödele hereinschneite.

»Sorry«, sagte er nur. Er grinste breit, setzte sich auf einen Stuhl und schlug entspannt die Beine übereinander. Schade, dachte Querlinger, also doch keine Schwangerschaft.

»Also, Herrschaften, wie bereits bekannt, haben wir es mit zwei Skelettfunden zu tun, die gestern früh von zwei Studenten im Federsee bei Bad Buchau entdeckt wurden«, begann Eulenburg. »Beide männlich, beide –«

»Schon klar, dass die männlich sind, sonst hättest du Studentinnen und nicht Studenten sagen müssen«, unterbrach Bödele sie und lachte wiehernd.

»Ja, Wahnsinn, Bödele, hätt nicht gedacht, dass du dich so gut in Grammatik auskennst«, konterte Eulenburg trocken.

»Mich wundert's, dass er den Unterschied zwischen Männlein und Weiblein überhaupt kennt, wo er sich beim Polizeiball doch so schwergetan hat, ne Tanzpartnerin zu finden«, lästerte Heini in die Runde.

»Pass bloß auf, Polizeihauptmeister, gell!«

»Ruhe!«, mahnte Querlinger lautstark. »Auch wenn wir unter uns sind – das hier ist immer noch eine Lagebesprechung und kein Kabarett! – Machen Sie weiter, Kollegin!«, nickte er Eulenburg zu.

»Also«, fuhr sie fort, »was wir wissen, ist: Einer wurde durch einen Schuss in den Kopf, der andere durch zwei Schüsse in die Brust getötet. Das hat der Kollege Hofzitzel schon bald nach dem Bergen der Leichen festgestellt. Dr. Brenner hat das bestätigt. Der eine war zum Zeitpunkt des Todes noch verhältnismäßig jung, der andere deutlich älter. Ach ja, was dem Brenner auch sofort auffiel: Das jüngere Opfer weist einen ausgeprägten Klumpfuß auf. Dafür spricht auch der Schuh, der gefunden wurde. Offenbar eine orthopädische Spezialanfertigung. Darauf kommt der Kollege Hofzitzel gleich noch zu sprechen.«

»Wie jung beziehungsweise wie alt *genau* waren die Opfer zum Todeszeitpunkt?«, wollte Heinerle wissen.

»Kann der Brenner erst sagen, wenn er die Skelette osteologisch untersucht hat.«

»Und wie lange lagen die schon da unten – also die Skelette?«

»Diese Frage dürfte mit am schwierigsten zu beantworten sein. Ich schlage vor, weitere Fragen pathologischer Natur derzeit auszuklammern, die bringen uns gegenwärtig nicht weiter.«

Eulenburg setzte sich wieder, Querlinger stand auf und ging nach vorne.

»Sehe ich auch so, kommen wir zu den anderen Sachen. Wir werden uns zunächst sämtliche Vermisstenakten der vergangenen Jahrzehnte vornehmen und dafür das K7 mit ins Boot holen. Ich denke insbesondere an die Kollegen Petrarca und Henssler. Die haben uns schon beim Schwarze-Henne-Fall hervorragend unterstützt.«

Zustimmendes Nicken in der Runde. Die Kriminalinspektion 7, kurz K7 genannt, beherbergte die Abteilungen Einsatz- und Ermittlungsunterstützung, den Kriminaldauerdienst und die Datenstation.

»Ich finde, da können uns die Biberacher zuarbeiten. Die sollen in ihrem Archiv graben, das werden sie ja wohl trotz personellem Engpass hinkriegen«, meinte Zimmernagel.

»Okay«, stimmte Querlinger zu. »Dann würde ich sagen, Nepo, mach du doch bitte weiter. Könnt ihr schon was zu den Beifunden sagen?«

Querlinger setzte sich auf die Tischkante. Hofzitzel kam mit zwei Fotos in der Hand nach vorne.

»In den paar Stunden konnten wir natürlich nur wenige Spuren auswerten. Trotzdem gibt es ein paar hoffnungsvolle Ansätze. Zunächst zu diesem orthopädischen Schuh, die Kollegin Eulenburg hat ja schon darauf Bezug genommen.« Hofzitzel heftete die Bilder an die Tafel. Das erste zeigte einen durch die lange Liegezeit im Wasser stark mitgenommenen, seltsam geformten Schuh ohne Schnürsenkel. Das zweite war ein Detailfoto: die Aufnahme einer Ledersohle des Schuhs. Obwohl das Profil stark abgenutzt war – ein Zeichen, dass der Schuh oft und über einen langen Zeitraum hinweg getragen worden war –, ließ sich ganz schwach die Andeutung einer Prägung erkennen.

Nepo wies auf das erste Foto.

»Das hier ist der Schuh, den wir am Fundort der Skelette sicherstellen konnten. Er gehörte dem jüngeren der beiden Opfer. Und hier –«

»Moment!«, unterbrach Heinerle ihn. »Heißt das, dass dem Skelett die Schuhe ausgezogen wurden – also ich meine, als es noch lebte, das Skelett ... also ... der Mann von dem Skelett ... als der noch lebte?«

»Also so 'ne blöde Frage! Hast du schon mal erlebt, dass ein Toter sich die Schuhe ausgezogen hat?«, schoss Bödele seinen Giftpfeil ab, noch bevor Nepo antworten konnte.

»Guntram, deine Witze werden immer peinlicher.«

»Und deine Logik immer dämlicher. Meine Güte, da zieht's einem ja die Schuhe aus!«

»Schon gut, Schluss jetzt!«, intervenierte Querlinger. »Nepo, bitte, mach weiter.«

Hofzitzel hatte die Unterbrechung durch die beiden Streithammel mit stoischer Gelassenheit hingenommen. Heinerle und Bödele waren dafür bekannt, dass sie sich öfter zofften. Andererseits wusste jeder: Ging es ans Eingemachte und trat der absolute Ernstfall ein, hielten sie zusammen wie Pech und Schwefel.

»Ich komme zum zweiten Foto.« Nepo zeigte auf die Detailaufnahme mit der Ledersohle. »Diese Prägung hier auf dem Sohlengelenk ...«

»Was für ein Gelenk?«, hakte Feigl nach.

»Sohlengelenk. So nennt man das mit dem Untergrund nicht in Berührung stehende Sohlenteil zwischen Absatz und Ballenauftrittsfläche.«

»Aha!«

»Also bei dieser Prägung hier – leider ist sie kaum als solche zu erkennen – könnte es sich um ein Logo oder ein Markenzeichen handeln. Vielleicht das Firmenzeichen des orthopädischen Schuhherstellers. Mal sehen, ob wir das mit dem Computer rekonstruieren können. Wenn nicht, schicken wir den Schuh

zum LKA, die haben noch ganz andere technische Möglichkeiten. Sollte es sich tatsächlich um ein Logo handeln, könnte
uns das ein gutes Stück weiterhelfen, zumal ein maßgefertigter
orthopädischer Schuh nicht gerade zur Massenware zählt.«

»Na, dann hoffen wir mal, dass es sich tatsächlich um ein
Logo oder eine Marke handelt. Wie sieht's mit den anderen
Beifunden aus?«

»Bedauere, Eugen. Weitere Ergebnisse haben wir noch nicht.
Ist noch zu früh. Was das Fußkettchen mit dem Plastikanhänger angeht und die Kabelbinder, da werden wir schon noch ein
paar Tage brauchen. Eventuell lassen wir auch die Granitbüste
untersuchen, aber das wird man sehen müssen.«

Querlinger nickte. »Gut, ich denke, das war's dann vorerst.
Ich würde sagen, wir konzentrieren uns erst mal wie besprochen
auf eventuelle Vermisstenfälle, so es welche gibt. Feigl, Zimmernagel, vielleicht könntet ihr euch mit dem K7 in Verbindung
setzen. Und dann haben wir ja noch die Sache mit dem Brand-
anschlag in Ehingen am Hals. Versuchter Mord. Eulenburg,
Zimmernagel, Bödele, wie weit seid ihr damit?«

»Ermittlungen stehen kurz vor dem Ende, Chef«, antwortete Janine von Eulenburg. »Wir haben den Besitzer von dem
Elektroladen noch mal in die Mangel genommen, er hat endlich
gestanden. Der Bericht geht morgen an den Staatsanwalt.«

»Beweislage?«

»Sonnenklar. Absolut wasserdicht, Chef.«

»Na dann, Herrschaften, vielen Dank. Das wär's dann fürs
Erste.«

5

Dienstag, 9. Juni

»Hau bloß ab, du segglbleeds Rindvieh, du segglbleeds! Deine saudomme Sprüch stecksch d'r am beschte ins Fiedle!«, schrie der Schmied Schorsch dem Mann hinterher, der soeben eine Zwanzig-Cent-Münze in seine Mütze hatte fallen lassen. In makelloses Hochdeutsch übersetzt lautete der zweite Teil der Aufforderung in etwa: »Deine dämlichen Sprüche lässt du am besten in deinem Allerwertesten verschwinden!«

In seiner umgedrehten Kappe hatte der Schmied Schorsch bis zu diesem Zeitpunkt insgesamt drei Euro fünfzig liegen gehabt. Jetzt waren es nach Adam Riese drei Euro siebzig. Der Schmied Schorsch schnaubte vor Wut. Nicht wegen der mickrigen Einnahmen, die er in drei Stunden auf dem Münsterplatz mit Mundharmonikablasen erspielt hatte. Und auch nicht wegen der lächerlichen Zwanzig-Cent-Münze. Nein! Es war die Bemerkung, die der Mann zeitgleich mit dem Zwanzig-Cent-Stück hatte fallen lassen:

»Wie wär's mal mit geregelter Arbeit, Penner?«

Dieser geschniegelte, im dunklen Anzug daherkommende Lackaffe! Wahrscheinlich ein Banker oder ein anderer staatlich subventionierter Wegelagerer, der seinen Lebensunterhalt damit verdiente, anderen unter Vorspiegelung falscher Tatsachen das Geld aus der Tasche zu ziehen. Die gehörten doch alle über den Löffel balbiert, diese Mistsäcke. Über jemanden zu lästern, der sein Geld auf ehrliche Weise bei Wind und Wetter auf der Straße verdienen musste. Als Künstler. Als bester Mundharmonikaspieler im Umkreis von hundert Kilometern. Und dem das Geld trotzdem nicht reichte. Hinten und vorne nicht. Eigentlich wäre schon längst mal wieder ein Schlafsack fällig gewesen. Ein gesteppter und gut gefütterter. Aber woher den nehmen, wenn die

Einnahmen aus den Open-Air-Solo-Konzerten immer weniger wurden, weil die allgemeine Bevölkerung Open-Air-Kulturschaffende immer weniger wertschätzte?

Eine Schulklasse formierte sich hämisch lachend um den Schorsch. Viert- oder Fünftklässler. Sie hatten die Zwanzig-Cent-Episode mitbekommen.

»Was gibt's 'n so bleed zom Lache, ihr Deppen?«, fuhr Schorsch die Kinder an, die daraufhin schleunigst Reißaus nahmen. Er brummelte noch ein paar Verwünschungen in seinen verfilzten Bart und beschloss, in den Sack zu hauen und seinen Freund Berti Vogtländer aufzusuchen. Auf ernsthafte Mundharmonikamusikliebhaber brauchte er an diesem Vormittag eh nicht mehr zu hoffen. Da war es besser, erst einmal auszuspannen und sich in den Bretterverschlag unter der Promenadenbrücke zurückzuziehen, den er sich kürzlich gezimmert hatte. Selbstverständlich nicht ohne vorher die drei Euro siebzig in ein dringendes menschliches Bedürfnis investiert zu haben. Nein, nicht in Klopapier, in eine Flasche Rotwein natürlich. Die Promenadenbrücke – auf ihr verlief die Friedrich-Ebert-Straße – führte zwischen Xinedome und Busbahnhof über das Flüsschen Blau. Ein paar zugewucherte, vom Zahn der Zeit zernagte Stufen am Rand des Busbahnhofs führten hinunter zum Fluss, direkt unter das Bauwerk. Auf einem schmalen Betonstreifen, unmittelbar neben der Blau, hatte Schorsch seinen Unterschlupf errichtet. »Villa Blau« nannte er ihn. Der ideale Platz für einen Asphaltexistenzler, wie er einer war. Hier konnte er meditieren und in Ruhe lesen. Er war ein Vielleser, was man ihm, wenn man ihn so sah, nie zugetraut hätte. Er las alles, was ihm in die Finger kam – auch die Zeitung. Die besorgte er sich regelmäßig bei Berti Vogtländer, der in der Nähe des Busbahnhofs nicht nur einen Kiosk betrieb, sondern auch eine sehr soziale Ader besaß. Was ihn bewog, dem Schorsch einmal in der Woche den Südwestboten kostenlos zur Verfügung zu stellen.

Eine halbe Stunde später radelte er mit seinem mit diversen Plastiktüten voll bepackten Stahlesel – Marke »Adler«, ein unverwüstliches Vorkriegsmodell – in Richtung Villa Blau. Dort, wo die Stufen begannen, die zum Flüsschen hinunterführten, stellte er ihn neben den Resten eines Mäuerchens ab. Zehn Minuten später saß er in seinem Verschlag auf einem ausgebauten Autositz. Vor sich auf einer zu einem Tisch umfunktionierten Europalette die Flasche Rotwein, ein Baguette und eine Dose Thunfisch nebst Geschirr und Besteck sowie eine blütenweiße Papierserviette – Schorsch legte Wert auf gepflegte Esskultur. Er rieb sich fröhlich die Hände und freute sich auf sein Mittagessen. Noch mehr freute er sich auf den Südwestboten. Nach dem Essen würde er ihn im Licht einer batteriegespeisten Werkstattlampe von vorne bis hinten durchlesen.

Die letzte Lektüre seines Lebens.

6

Mittwoch, 10. Juni

Vor nichts außer Tanzen graute Querlinger so sehr wie vor einem Besuch im Sektionssaal der Abteilung für Rechtsmedizin an der Uni Ulm, dem Reich des Dr. Elias Brenner, in dem dieser zurzeit das Regiment führte. »Zurzeit« deswegen, weil Dr. Kathrin Rothschild, die eigentliche Chefin, mit der sich der Kommissar prächtig verstand, mal wieder auf Vortragsreise war.

In Begleitung von Bödele und Heinerle betrat Querlinger gegen zehn Uhr den stark nach Desinfektionsmitteln riechenden Saal.

Sie wurden bereits erwartet. Nicht nur von Ann-Sophie Matern, der Assistentin des Dr. Brenner, sondern auch von vier Studenten und sieben Studentinnen, die – so sollte Querlinger gleich erfahren – im ersten Semester Rechtsmedizin studierten. Sie würden heute ihren ersten Anschauungsunterricht von Dr. Brenner erhalten.

»Tag, die Herren«, begrüßte Ann-Sophie Matern Querlinger und seine beiden Kollegen. In der linken Hand hielt die zierliche Wasserstoffblondine einen Becher Kaffee, in der rechten ein Schinkensandwich. Hinter ihr, auf zwei Edelstahltischen, lagen die Skelette. Auf einem Tisch neben einem der Waschbecken in der Nähe der Eingangstür befanden sich ein Teller mit Sandwichs und belegten Brötchen, eine große Thermoskanne und mehrere saubere Tassen.

Ann-Sophie Matern biss in ihr Sandwich.

»Was zu essen? Kaffee?«, fragte sie.

»Danke, nein«, antworteten Querlinger und Bödele im Chor, während Heinerle zur Überraschung seiner beiden Kollegen mit einem »Ja, gerne« zustimmte.

Querlinger wusste, dass Heini die Abneigung gegen Besuche im Sektionssaal der Rechtsmedizin mit ihm teilte.

»Ja was? Wenn ihr keinen Hunger habt, ich schon!«, kommentierte Heini den Blick seines Chefs.

»Na denn, bedienen Sie sich!«, forderte Ann-Sophie Matern den Immer-noch-Polizeihauptmeister fröhlich auf. Sie wies auf den Tisch neben dem Waschbecken.

Heinerle bediente sich. Wenn auch etwas zögerlich. Einige der Studenten und Studentinnen glucksten. Von ihnen hatte niemand Lust auf einen Imbiss.

In diesem Moment ging die Tür auf, und Dr. Brenner stürmte mit wehendem Kittel herein.

»Morgen! Dann wollen wir mal!«, knurrte er, ohne die Anwesenden eines Blickes zu würdigen. Er eilte durch den Saal und postierte sich zwischen den beiden Edelstahltischen, auf denen die Skelette lagen.

Wenn Querlinger etwas auf den Tod nicht ausstehen konnte, dann einen von schlechter Laune begleiteten amputierten Guten-Morgen-Gruß. Und da es Dr. Brenner war, der sich so benahm, stach ihn mal wieder ganz besonders der Hafer.

»Wieso morgen, ich dachte heute«, grinste Querlinger ihn ungeachtet des Publikums an.

»Wie?« Brenner wirkte irritiert.

»Ich dachte, Sie wollten uns *heute* über die Ergebnisse der Obduktion informieren.«

»Will ich ja auch, deswegen bin hier. Und Sie doch auch. Was soll die blöde Frage, Querlinger?«

»Vielleicht können Sie sich ja mal entscheiden, Brenner. Heute oder morgen? ›Morgen! Wollen wir mal‹, so sind Sie doch grade hier reingestürmt. Oder sollte das vielleicht ein herzlicher Guten-Morgen-Gruß an uns alle hier sein?«

Ann-Sophie war die Schadenfreude anzusehen. Verhaltenes Glucksen auch aufseiten der Studenten.

Der Rechtsmediziner lief dunkelrot an.

»Das ist mir zu blöd, Querlinger. Sie können mich nicht

provozieren, merken Sie sich das.« Und an den Rest gewandt: »Kommen Sie bitte näher. Ich sag nichts zweimal.«

Alle traten näher.

»Wir haben hier zwei fast vollständig erhaltene Skelette, die vor wenigen Tagen aus dem Federsee geborgen wurden. Es handelt sich um die sterblichen Überreste von Mordopfern, beide männlich. Wie lässt sich Letzteres feststellen? Nun, zum einen am *Cranium* und zum anderen am Becken, dem *Cingulum membri pelvini*, wie wir Lateiner sagen.« Der Rechtsmediziner wandte sich dem rechten Skelett zu. »Sehen wir uns Hirn- und Gesichtsschädel, also *Neurocranium* und *Viscerocranium* an. An diesen drei Stellen«, er wies auf jeweils eine Stelle über den Augenhöhlen, unter den Ohren und am Hinterkopf, »ist die knöcherne Substanz stärker ausgeprägt, als es bei einem weiblichen Schädel der Fall wäre. Das Becken ist hoch, schmal und eng. Im Gegensatz zu einem weiblichen Becken, bei dem die beiden Beckenschaufeln ausladender sind und das *Foramen obturatum*, das Hüftbeinloch, eine dreieckige Form besitzt. Was das Alter der Opfer angeht, so dürfte dieses hier um zwanzig bis maximal fünfundzwanzig, das andere«, Brenner wies auf das Skelett auf dem anderen Tisch, »um einiges älter, ich schätze, zwischen vierzig und fünfundvierzig Jahre alt gewesen sein.«

»Sie sprechen vom Alter zum Zeitpunkt des Todes?«, fragte Bödele wichtigtuerisch nach. Irgendwie musste er sich ja bemerkbar machen. Vor allem angesichts des überwiegend weiblichen Publikums.

»Nein, er spricht vom Alter zum Zeitpunkt der Einschulung«, quatschte Heini dazwischen.

Brüllendes Gelächter. Sogar über Brenners Miene huschte die Andeutung eines Grinsens. Jetzt war es Bödele, der einen dunkelroten Kopf bekam, diesmal verzichtete er jedoch auf den üblichen Konter.

»Sie fragen sich, wie diese Altersbestimmung zustande kommt? Ich erklär's Ihnen«, fuhr Brenner gönnerhaft fort. »Der menschliche Schädel besteht aus zweiundzwanzig bis dreißig

Knochen, die über die Knochennähte miteinander verbunden sind. Und jetzt kommt's, Herrschaften …«, Brenner legte eine Kunstpause ein, »… die Beschaffenheit dieser Schädelnähte – wir nennen sie Suturen, vom lateinischen *sutura* abgeleitet – gibt Auskunft über das Alter einer Person beim Todeszeitpunkt. Eine stärkere Zahnung der sogenannten Schädelnaht weist auf einen jüngeren, eine verhältnismäßig begradigte, sprich eine mehr zusammengewachsene Naht, auf einen älteren Menschen hin. Eine genauere Analyse der vorliegenden Skelette ergab das Alter, das ich Ihnen bereits genannt habe – der jüngere dürfte zwischen zwanzig bis fünfundzwanzig, der ältere vierzig bis fünfundvierzig Jahre alt gewesen sein.«

Erneut machte Brenner eine Pause. Fast so, als ob er Beifall erwartete. Der aber blieb aus, stattdessen meldete sich Querlinger zu Wort, dem das alles viel zu lang dauerte.

»Ich brauche keine ausführliche Vorlesung in Anatomie, Brenner. Gibt es sonst noch relevante Befunde, die uns weiterbringen? Oder die Hinweise zur Tat geben? Wenn ja, schildern Sie uns diese kurz und bündig. Uns läuft die Zeit davon!«

»Okay, ich mach's kurz, dann bin ich Sie endlich los, Sie nerven, Querlinger.« Der Gerichtsmediziner begann so schnell zu sprechen wie ein Sprecher in einem Werbespot für Medikamente, der die Passage mit den Risiken und Nebenwirkungen spricht. »Also: Deformation des rechten Fußes beim jüngeren Opfer, ein sogenannter Klumpfuß, was auch den orthopädischen Schuh erklärt, der gefunden wurde. Wir haben Schuh und Fuß miteinander verglichen. Die Schuhgröße entspricht der Größe des Fußes, die Form des Schuhs stimmt mit der festgestellten anatomischen Anomalie überein. Zu den Verletzungen: bei dem jüngeren Opfer tödliche Schussverletzung im Bereich der Stirn, glattes Einschussloch direkt über der Nasenwurzel, Austrittsstelle des Projektils am Hinterkopf genau gegenüber der Eintrittsstelle. Der Täter muss die Waffe waagerecht auf Augenhöhe des Opfers gehalten haben. Unter Umständen wurde der Schuss aus sehr naher Entfernung abgegeben.

Beim Älteren finden sich Spuren von Schussverletzungen im Bereich des Brustkorbs und der Schulter, er wurde von zwei Schüssen getroffen. Die linke *Scapula*, das Schulterblatt, wurde rechts des Oberarmkopfes durchbohrt, außerdem wurde eine Rippe verletzt. Das Herz scheint nicht direkt getroffen worden zu sein, wahrscheinlich aber die Aorta. Beim älteren der beiden Opfer fanden sich Amalgamfüllungen. Ein Zahnstatus bei beiden Opfern wird vorbereitet. Wenngleich der wenig nützen dürfte, Zahnärzte bewahren Daten ihrer Patienten maximal dreißig Jahre auf. Meiner Erfahrung nach müssten die Skelette aber weit über dreißig Jahre da unten gelegen haben. Bemerkenswert ist: Der Täter muss die Leichen, bevor er sie versenkte, gänzlich entkleidet haben. Lediglich ein Fußkettchen mit Anhänger konnte die Spurensicherung wohl bergen. Das wär's. – Ach ja, bevor Sie mir mit der Frage auch noch auf den Senkel gehen, Querlinger: Es existieren derzeit keine verbindlichen Methoden, welche eine exakte Bestimmung der Liegezeit von Skeletten erlauben würden. An den Überresten selbst finden sich keine Hinweise, die eine genauere zeitliche Eingrenzung erlauben würden. Vielleicht lassen die Beifunde ja gewisse Schlüsse zu. Aber das herauszufinden, ist Ihr Bier beziehungsweise das Ihres Kollegen Hofzitzel.«

Heini riss seinen Arm nach oben. Herr-Lehrer-ich-weiß-was-Pose.

»Moment, Dr. Brenner, und wie steht's mit der Radiokarbon-, also der C14-Methode? Die ist doch als verbindlich anerkannt.«

Mildes Lächeln auf der Miene des Rechtsmediziners, dem Mitleidsbonus geschuldet.

»Wenn Sie eine Erklärung dafür haben, wie ein Fußkettchen mit Plastikanhänger und eine mit rostfreiem Stahldraht umwickelte Granitbüste ins 16. Jahrhundert oder in die Antike oder gar in die Steinzeit gelangen konnten, stimme ich Ihnen uneingeschränkt zu.«

Verhaltenes Lachen in der Runde.

Für Bödele *die* Gelegenheit. Was für ein Zufall, dass er erst gestern seinem Neffen bei den Hausaufgaben in Chemie geholfen hatte!

»Mensch, Heini, so 'ne blöde Frage. Die C14-Methode ist völlig ungeeignet für die Altersbestimmung von Knochen, die jünger sind als dreihundert Jahre. Das weiß doch jeder, der einigermaßen in der Schule aufgepasst hat.«

Eine Stunde später war Querlinger im Büro mit dem Unterzeichnen von diversen Anträgen, Berichten und der Durchsicht anderer Unterlagen beschäftigt, als es an der Tür klopfte.

»Herein! Hallo, Nepo, du? Nimm Platz! Was gibt's?«

»Wir haben uns das Fußkettchen und den Sternzeichenanhänger vorgenommen. Beim Fußkettchen handelt es sich um eine 925er Legierung, also Sterlingsilber. Es muss sich ursprünglich um ein Kettchen *ohne* Anhänger gehandelt haben. Der ist, wie du weißt, aus Kunststoff und wurde einfach mit einem Nylonfaden an dem Kettchen befestigt.«

Nepo klappte sein Notebook auf, stellte es auf den Schreibtisch und betätigte die Tastatur.

»Das hier ist, wie du siehst, der Anhänger, der an dem Kettchen befestigt ist. Das ist die Öse, an der der Nylonfaden hängt. Wir haben im Internet nach Herstellern von Modeschmuck recherchiert. Der Anhänger ist Teil einer Serie, deren Produktion Anfang 1985 startete. Der Hersteller saß in der Schweiz und ging 1986, also ein Jahr später, in Konkurs. Das hier ist schon ewig lange nicht mehr bei uns zu haben.«

»1985 begann die Produktion?«, brummte Querlinger. »Das heißt, unsere Leichen könnten schon fünfunddreißig Jahre da unten gelegen haben!«

»Aber auch nicht länger. Womit die Frage nach der maximalen Liegezeit geklärt wäre«, bestätigte Hofzitzel.

»Und auch, wie weit zurück wir nach eventuellen Vermissten forschen müssen. Gute Arbeit, Nepo. Aber weißt du, was ich mich frage?«

»Sag's mir.«

»Wie kann es sein, dass zwei im See versenkte Leichen über dreißig Jahre unentdeckt bleiben? Die Knochen lagen gerade mal dreieinhalb Meter unter der Oberfläche. Hast du dir mal das Wasser angesehen? Glasklar, du kannst bis auf den Grund schauen.«

»Also erstens: Das war nicht immer so, ich hab mich da schlaugemacht. Über Jahrzehnte hinweg, bis 2008, war der See Blaualgenbefall ausgesetzt, das Gewässer war eine einzige eklige Algenbrühe. Bei Blaualgen ist vom Grund nichts mehr zu sehen. Dann kam es im Sommer 2008 zu einem wochenlangen Fischsterben, schuld daran war ein Bakterium. Die Leichen wurden mitten im See versenkt, dort, wo er am tiefsten ist, wahrscheinlich zwischen Mitte und Ende der achtziger Jahre. Ergo vergingen Jahrzehnte, in denen sie vor sich hin skelettieren konnten. Zweitens: Der Grund ist sumpfig. Die Knochen steckten von Schlick überzogen im Schlamm, die kannst du nicht so ohne Weiteres als solche erkennen. Und drittens: Auf dem See herrscht kein regelmäßiger Bootsverkehr. Hier haben wir ein ausgedehntes Naturschutzreservat. Seit vielen Jahren ist das Fahren auf dem See nur in bestimmten Bereichen erlaubt, ansonsten ist er für die Öffentlichkeit gesperrt. Und nur in einigen wenigen, genau gekennzeichneten Bereichen darf geangelt und gebadet werden.«

»Verstehe. Das erklärt einiges. Andere Frage: Was ist mit dem Schuh? Gibt's da schon Ergebnisse?«

»Nein, wir konnten das Logo oder die Inschrift oder was auch immer nicht verifizieren. Der Schuh ist beim LKA. Sollen die sich damit rumschlagen, die haben da andere technische Möglichkeiten.«

Zwanzig Minuten später – Nepo war schon gegangen – saßen Querlinger Janine von Eulenburg und Armin Feigl gegenüber. Der Kommissar hatte sie soeben über die neuen Erkenntnisse bezüglich des Sternzeichenanhängers informiert.

»Maximale Liegezeit fünfunddreißig Jahre – puh, ganz schön lange!«, bemerkte Feigl.

»Wie sieht's mit den Recherchen zu eventuellen Vermissten aus, Armin? Sind wir da schon weiter?«, wandte sich Eulenburg an Feigl.

»Die Kollegen vom K7 haben erst gestern damit angefangen, aber wenn's überhaupt welche gibt, dürfte es sich um eine überschaubare Anzahl handeln.«

»So seh ich das auch«, meinte Querlinger. »Vielleicht könnten du und der Armin mal recherchieren, welche Schmuckgeschäfte, Händler, Großhändler und so weiter seinerzeit mit diesem Sternzeichenanhänger beliefert worden sind.«

7

Samstag, 13. Juni

Es ging auf ein Uhr dreißig zu. Nächtliche Stille hatte sich wie ein dicker Teppich über die Ulmer Innenstadt gebreitet und schluckte sämtliche Geräusche. Nur unter der Promenadenbrücke hatte der Teppich ein Loch, von dort drangen Lärm und der schwache Schein einer batteriegespeisten Werkstattlampe nach oben. Zwei in der Ulmer Asphaltexistenzlerszene bekannte Persönlichkeiten führten gerade einen lautstarken Disput über ein Thema, das unter männlichen Asphaltexistenzlern seit dem Turmbau zu Babel – dort wurde bereits Asphalt verwendet – immer wieder zu heftigen Kontroversen Anlass gab: Frauen!

»Halt dei bleede Gosch, Zigeiner, dreckerter, gell! Sonscht kriegsch oine aufs Maul, dass d' nimmer woisch, wie d' hoisch. Des isch nicht deine Anni, des isch meine Anni! Im Juli geh ich mit meiner Anni aufs Volksfescht, dass des klar isch! Aber vorher fahr ich mit ihr in Urlaub. An den Vierwaldstättersee.«

»Trau dich bloß, Schofseggel, miserabliger«, rief der »Zigeiner« und schlug dem Schofseggel die Faust zuerst ins Gesicht und dann in den Magen.

Der Schofseggel krümmte sich, hielt sich mit beiden Händen den Bauch und stöhnte. Aber nur kurz, das Stöhnen war mehr als Finte gedacht, wie der listige Blick von unten herauf verriet. Schon wähnte sich der »Zigeiner« als Sieger, als der Schofseggel urplötzlich seinen Oberkörper hoch und nach vorne schnellen ließ, wobei er seinen Schädel als Rammbock gegen das Kinn des »Zigeiners« einsetzte.

Der kippte nach hinten weg und blieb bewusstlos liegen.

»Reschpekt, des hot gsesse«, murmelte der Schofseggel, er war sichtlich stolz auf sich.

»Du bleibsch künftig weg von meiner Anni«, knurrte er, ließ

sich an der Seite des Bewusstlosen nieder und zog ihm einen Uraltgeldbeutel aus der Tasche. »Der isch ja von anno Tobak«, grummelte er. Er öffnete ihn, sah kurz hinein und nickte befriedigt. »Hauptsach, des, was drin isch, passt. Super Urlaubsgeld«, meinte er und ließ ihn in seine Tasche gleiten.

Dann verließ er den Ort des Geschehens unter der Promenadenbrücke, das Loch im Teppich der Stille schloss sich, wohltuende Ruhe breitete sich unter der Brücke aus.

Hätte der obdachlose, ursprünglich aus Dortmund stammende Karl Dobler, seiner mächtigen Nase wegen auch »Zinken-Karle« genannt, in dieser Nacht nicht ein dringendes menschliches Bedürfnis verspürt – nein, nicht nach einer Flasche Rotwein –, wahrscheinlich wäre die Szene unter der Ulmer Promenadenbrücke völlig dem Dunkel der Geschichte anheimgefallen. So aber wurde Zinken-Karle, gleich nachdem er sich hinter einem Mäuerchen oberhalb der Steinstufen, die unter die Brücke zur Blau führten, erleichtert hatte, unfreiwillig Zeuge der nächtlichen Auseinandersetzung zwischen dem Zigeiner und dem Schofseggel. Wenn auch nur akustisch. Es gelang ihm gerade noch, sich rechtzeitig hinter das Mäuerchen zu ducken, bevor sein Obdachlosenkollege Sepp Möhnle, der Schofseggel, auch als Stinker-Sepp bekannt – er hatte eine Schwäche für Weißlacker-Käse mit Zwiebeln –, das Treppchen hinauf- und in Richtung Busbahnhof davonhastete.

Was Weiber doch aus Männern machen können, dachte der Zinken-Karle erschüttert und entschloss sich, beim Schmied Georg, genannt Maultrommel-Schorsch, nach dem Rechten zu sehen. Er kannte die Villa Blau, so manche Flasche Rotwein hatte er in den vergangenen Wochen hier unten mit dem Schorsch geköpft.

Der Zinken-Karle stieg die Stufen zum Fluss hinunter, wandte sich nach links, sprang über einen kaputten Betonabsatz – und blieb erschrocken stehen. Nur wenige Meter von ihm entfernt unter der Brücke bot sich ihm ein schreckliches Bild. Hingestreckt vor seinem Verschlag und neben sich eine schummrig leuchtende Werkstattleuchte, lag der Schmied Schorsch. Auf dem Rücken, den Kopf bedeckt mit seiner geliebten Arabermütze. Völlig reglos. Alle viere von sich gestreckt. Wie tot.

»So ein Scheiß!«, murmelte der Zinken-Karle. Er lief zum Schorsch und beugte sich über ihn, ihn anzufassen traute er sich nicht.

»Schorsch!«

Keine Reaktion.

»Schorsch, he!«

Null! Nada! Nix! Der Schorsch rührte sich kein bisschen. Der Schorsch war tot. Mausetot!

Der Zinken-Karle spürte Panik in sich aufsteigen, gehetzt sah er sich um. Was sollte er nur machen? Die Rettung rufen? Unsinn, das waren ja nur Sanitäter, und Sanitäter waren gänzlich ungeeignet, Tote aufzuerwecken. Die Bullen informieren? Den Stinker-Sepp verpfeifen? Von wegen! Was, wenn sie ihm nicht glaubten, mehr noch, wenn sie *ihn* des Mordes verdächtigten? Dann hätten ihn nicht nur die Bullen, sondern auch der Staatsanwalt am Schlafittchen. Und er würde wieder in den Knast wandern. Und da er schon mal gesessen hatte – ein halbes Jahr wegen Randalierens und Körperverletzung –, hatte er absolut keinen Bock, noch mal den Gitterblicker zu spielen.

Aber was, wenn der Stinker wieder mordete? Und wieder und wieder? Würde er, der Zinken-Karle, sich dann nicht mitschuldig machen? Quatsch! Weshalb sollte der Stinker weiter morden? Er war schließlich kein Jack the Ripper, dazu fehlte ihm jegliches Format. Das mit dem Schmied Schorsch war eine einmalige Sache gewesen. Das war doch gar kein Mord, sondern Totschlag im Affekt, ausgelöst durch eine Provokation, so musste man das sehen. Nein, den Stinker anzuzeigen würde keinen Sinn ergeben.

Der Zinken-Karle erhob sich, warf einen letzten Blick auf den Schorsch, schlug ein Kreuzzeichen – man wusste ja, was sich in der Gegenwart eines Toten gehörte – und machte sich auf den

Rückweg. Es war höchste Zeit, es ging auf gefühlte zwei Uhr nachts zu, und er musste zurück in sein Domizil im Parkhaus Salzstadel.

Hätte er nur noch ein paar Augenblicke gewartet, nur ein paar winzige Augenblicke – dann hätte er das Blinzeln der Augenlider wahrgenommen, das verriet, dass der Schmied Schorsch vom Tod so weit entfernt war wie die Erde vom Mond. So aber bekam der Zinken-Karle weder das Blinzeln mit noch, wie der Schorsch sich mühsam erhob und mit einem zornig gemurmelten »Leck mi am Fiedle, des zahl i dir irgendwann hoim, Stinker« in seinen Verschlag kroch, um sich auf seiner alten Gummimatratze niederzulassen und in einen traumlosen Schlaf zu sinken. Nicht ohne vorher einen Schlummerschluck aus der Rotweinflasche genommen und die batteriegespeiste Werkzeuglampe ausgeknipst zu haben.

Tiiiiief einatmen und laaaangsam wieder ausatmen, befahl sich der Mann. Und noch mal tiiiiief einatmen und laaaangsam wieder ausatmen. Beim Atmen wölbte und senkte sich sein Bauch. Er atmete mit dem Zwerchfell, sein Arzt hatte ihm das empfohlen. Zwerchfellatmung, auch Bauchatmung genannt, sei die effektivste Art der Atmung und vertreibe die Anspannung, hatte der Arzt gesagt.

Und genau darum ging es dem Zwerchfellatmer in dieser Nacht: die Anspannung zu vertreiben, die sich seiner bemächtigt hatte. Einsam und allein atmete er dort, wo bis vor zwanzig Minuten noch der Zinken-Karle geatmet hatte. Bei dem Treppchen, das unter die Brücke zur Blau hinunterführte. Hätte er sich nur ein wenig früher auf den Weg gemacht – er wäre dem Zinken-Karle noch begegnet, und alles wäre anders gekommen.

»Packen wir's an, es gibt viel zu tun«, flüsterte der Zwerchfellatmer. Noch im Auto hatte er sich in einen Neoprenanzug gezwängt und eine Tauchermaske aufgesetzt. Nur so konnte er sicher sein, keine verräterischen Spuren am Ort seines Wirkens zu hinterlassen. Vorsichtig einen Schritt vor den anderen set-

zend, begann er, die von Moos überwucherten Stufen hinunter-
zuschreiten. Das Herz klopfte ihm bis zum Hals. Schließlich
wusste er nicht genau, was ihn ein paar Meter weiter unter der
Brücke erwartete. Nur in etwa. Nämlich, dass der Penner, der
sich ihm gestern am Telefon als Schorsch vorgestellt hatte, hier
hauste. Der Typ war so blöd gewesen, es ihm selbst zu verraten.
Er hatte überhaupt *einiges* über sich verraten. Was vielleicht den
paar Flaschen Pennerglück geschuldet war, die er intus gehabt
haben musste, er hatte ganz schön gelallt. Zum Beispiel, dass
er ein begnadeter Mundharmonikaspieler sei. Und dass er sich
furchtbar über »so einen Armleuchter« geärgert habe, der ihm
eine Zwanzig-Cent-Münze in die Kappe geworfen und ihn beleidigt habe.

Der Armleuchter mit der Zwanzig-Cent-Münze – welche
Zufälle es doch gibt, hatte Der-mit-dem-Zwerchfell-atmet
gedacht, nachdem das Telefongespräch beendet war, und un-
gläubig den Kopf geschüttelt. Die Unterhaltung hätte durchaus etwas Amüsantes gehabt, wären da nicht die Panikschauer
gewesen, die ihm während des Gesprächs eiskalt den Rücken
hinuntergelaufen waren. Was nicht verwunderte. Wenn einem
jemand eröffnete, bestimmte Informationen zu besitzen, von
denen man sicher geglaubt hatte, dass niemand außer man selbst
sie besitzt, war das durchaus ein Grund, in Panik zu geraten.

So war dem Zwerchfellatmer nichts anderes übrig geblieben,
als einem Treffen mit dem Schorsch zuzustimmen.

*Wie er wohl reagieren wird, wenn ich ihm sage, dass ich der
Armleuchter mit der Zwanzig-Cent-Münze bin?*

Der-mit-dem-Zwerchfell-atmet grinste hämisch. Eigentlich
hätte er sich erst morgen mit dem Penner treffen sollen. So
hatten sie es vereinbart. Aber manchmal gab es gute Gründe,
sich nicht an Termine zu halten. Wie in diesem Fall. *Jetzt* würde
er sich mit dem Penner treffen, *jetzt gleich*. Natürlich ohne
Ansage. Das war ja das Entscheidende an der Sache. Er würde
ihn überraschen. Das erhöhte die Chance, dass sein Vorhaben
gelänge.

Der Zwerchfellatmer zog mit der Linken eine Taschenlampe aus seinem Gürtel – die Rechte würde er gleich für das Messer brauchen –, knipste sie an und balancierte über den betonierten Absatz, der unter das Bauwerk führte. Ekelhaft rutschig und schmierig war es hier. Er gelangte zu einer Stelle, an der der Beton schon weggebröckelt war. Kurz entschlossen sprang er darüber hinweg und erreichte einen Verschlag. Der Lichtstrahl seiner Taschenlampe erfasste den Betonabsatz zu seinen Füßen, huschte über die von nassen Schlieren bedeckte Wand zu seiner Linken, an der der Verschlag auf wundersame Weise zu kleben schien, glitt über eine Graffitischmiererei, die es in sich hatte – »Stell dir vor, es ist Krieg, und keiner geht hin« –, hüpfte hoch zu der Decke aus mächtigen Betonträgern, streifte kurz die schwarzen Fluten der Blau und glitt wieder zurück zum Verschlag, aus dem ein rasselndes Geräusch drang. Der-mit-dem-Zwerchfell-atmet grinste erleichtert. Vielleicht würde er den Schnarcher gar nicht zu erschrecken brauchen, um ihn zu lähmen. Vielleicht würde er die Angelegenheit ganz problemlos erledigen können, gewissermaßen im Schlaf.

Ganz leise schlich er um den Verschlag herum auf die andere Seite. Verdammt eng war es an dieser Stelle, er musste achtgeben, nicht ins Wasser der Blau abzurutschen. Der Eingang des Verschlags war mit einer verrotteten, schmalen Tür verstellt, die der Penner aus dem Bauschutt gezogen haben mochte. Wie er es geschafft hatte, sie mitsamt den anderen Materialien hier herunterzubringen, war ihm ein Rätsel.

Der Zwerchfellatmer klemmte sich die Taschenlampe zwischen die Zähne, packte die schmale Tür und stellte sie beiseite.

Da lag er, der Penner, nur mit Unterhose und Hemd bekleidet. Auf dem Bauch. Die Decke hatte er im Schlaf von sich geschoben, sie befand sich am Fußende. Mit angehaltenem Atem beugte sich der Der-mit-dem-Zwerchfell-atmet zu dem Schlafenden hinunter und musterte ihn im Licht der Taschenlampe. Was ihm sofort ins Auge fiel, war ein markanter Leberfleck auf der rechten Wange. Der Zwerchfellatmer ließ den Lichtstrahl weiter über den Körper des Mannes wandern. Plötzlich zuckte er zusammen, seine Hand begann unwillkürlich zu zittern, ein Bild aus längst vergangenen Tagen schoss ihm in den Kopf. Das gibt's doch nicht, dachte er.

Doch die Irritation währte nur wenige Augenblicke. Ein laut gedachtes »Reiß dich zusammen« verjagte das Bild so schnell, wie es gekommen war. Der-mit-dem-Zwerchfell-atmet griff nach seinem Messer, das im Gürtel steckte. Ein verzerrtes Lächeln stahl sich auf seine Züge. Fast tat es ihm leid, dass er Schorsch, dem Penner, nicht mehr sagen konnte, dass er der Zwanzig-Cent-Armleuchter gewesen war; es wäre eine nette Pointe gewesen. Aber so wie er dalag, wäre es eine Sünde gewesen, ihn zu wecken …

Zwei Minuten später reinigte er die Schneide des Messers, indem er sie so lange in die Blau hielt, bis sie wieder blank und unschuldig glänzte. Dann nahm er sich die Klamotten des Schorsch vor. Akribisch durchsuchte er seine Hosentaschen und seine Jacke nach einem eventuellen Handy, mit dem der Penner ihn angerufen haben könnte. Aber er fand keines. Sein Blick fiel auf den Rucksack. Kurz entschlossen leerte er den Inhalt auf den Boden und durchwühlte ihn. Kein Handy. Der Penner hatte sicherlich keines besessen, wie wahrscheinlich die meisten seiner Pennerkollegen. Woher hätte er auch das Geld nehmen sollen? Er packte den Inhalt wieder ein, wollte den Rucksack dorthin zurückstellen, wo er gestanden hatte – und stutzte.

Der Strahl seiner Taschenlampe hatte ein Blatt Papier erfasst, das dort, wo der Rucksack gestanden hatte, auf dem Boden lag. Er las es und spürte, wie trotz der Zwerchfellatmung sein Herz zu rasen begann. Er las den Text ein zweites und drittes Mal, in der Hoffnung, einer Fata Morgana aufgesessen zu sein.

Nein! Keine Fata Morgana.

Der-mit-dem-Zwerchfell-atmet spürte, wie ihm schwindlig wurde. Drehte sich die Welt auf einmal verkehrt herum?

»Professor? Müller? Götzi? Verdammter Mist, das gibt's

doch nicht!«, murmelte der Zwerchfellatmer, dem blitzartig klar wurde, dass seine Mission noch längst nicht beendet war.

Zehn Minuten später – die Tauchermaske hatte er inzwischen abgenommen – stieg er in sein Fahrzeug, das er in Nähe des Busbahnhofs abgestellt hatte, und fuhr nach Hause.

8

Montag, 15. Juni

In Erwartung zweier Lkws mit Senf – Lkw: schwäbische Abkürzung für »Leberkäswecken«, auf Hochdeutsch »Brötchen mit Fleischkäse« – hatte Querlinger es sich gerade zur Mittagspause bequem gemacht, als es klopfte und Zimmernagel und Feigl hereintraten.

»Hallo, Chef! Es gibt Neuigkeiten!«

»Und die müsst ihr mir ausgerechnet jetzt auftischen.«

»Ja, schon, weil –«

Erneutes Klopfen, Eulenburg trat ein. In der Hand zwei Metzgertüten, denen ein wunderbarer Duft entströmte.

»Hallo zusammen! Neuigkeiten, Chef! Hab heute Morgen was Interessantes recherchiert.«

»Moment, Eulenburg, schön der Reihe nach. Zuerst die beiden und dann Sie. Aber vorher hätt ich gern meine Lkws. Und hinsetzen bitte, es stehen genug Stühle rum! – Also, Armin, was –«

Abermaliges Klopfen. Ziemlich energisch.

Querlinger verdrehte die Augen. »Was ist denn heut los?«

Heini trat ein.

»Um Himmels willen, Heini, bloß keine Neuigkeiten.«

»Doch! Und was für welche«, grinste Heini und setzte sich.

»Trotzdem, du bist noch nicht an der Reihe! Zuerst der Armin, dann Eulenburg, dann du. Also, Armin, was gibt's?«, sagte Querlinger.

»Wir haben zusammen mit der Petrarca und dem Henssler die Vermissten der letzten dreißig Jahre gecheckt. Weiter gehen die Akten nicht zurück. War relativ schnell erledigt, es gibt im ganzen Südwesten im besagten Zeitraum nur drei unaufgeklärte Fälle.«

»Nur drei?«

»Eine Frau und zwei Männer. Allerdings passen die Männer weder forensisch-anthropologisch noch zeitlich zum Opferprofil unserer beiden Federsee-Leichen. Der eine verschwand 1969, der andere 1973.«

»Genau«, ergriff Zimmernagel das Wort. »Der eine hieß Korbinian Weidenlehner. Zum Zeitpunkt des Verschwindens war er sechsundneunzig, also deutlich älter als unsere beiden Leichen. Das Altenheim, in dem er untergebracht war, hatte seinerzeit die Vermisstenmeldung aufgegeben. Wie gesagt 1969.«

»Und der andere?«

»Der war zum Zeitpunkt seines Verschwindens zwar erst fünfundzwanzig, also in etwa so alt wie unsere jüngere Leiche, trotzdem kann es sich bei ihm nicht um sie handeln«, schaltete Feigl sich wieder zu. »Der Vermisste dürfte nämlich ein total anderes Skelett gehabt haben!«

»Du machst mich neugierig, war das ein Alien?«

»Ein Liliputaner. Giovanni Rossi. Er gastierte 1973 mit dem Zirkus Ronaldo in Biberach und verschwand nach einer Vorstellung spurlos.«

»Wir haben uns auf Vermisste aus dem Südwesten konzentriert, also mehr oder weniger auf die Gegend zwischen Ulm, Biberach und Bad Buchau, richtig?«, hakte Eulenburg nach.

»Richtig. Wieso?«

»Na ja, wer sagt denn, dass die Opfer aus der Gegend waren? Was, wenn beide auf der Durchreise waren oder wenn sie – was weiß ich – in Hamburg oder Berlin getötet wurden und der Mörder sie einfach im Federseeried entsorgt hat?«

»Hm, berechtigte Frage«, brummte Querlinger.

»Aber wir können uns doch nicht die Vermissten der letzten dreißig Jahre aus ganz Deutschland um die Ohren schlagen, wie soll denn das gehen?«, regte sich Feigl auf.

»Das wäre nicht das Problem, ich hab da mal bei INPOL nachgesehen«, entgegnete Eulenburg. »Es gibt derzeit etwa elftausend Vermisste. Fälle, die erst wenige Tage alt sind, und solche, die bis zu dreißig Jahre zurückreichen. Nach dreißig Jahren wird eine Vermisstenakte geschlossen. Die Quote bei den Langzeitvermissten, also Personen, die länger als ein Jahr vermisst werden, liegt statistisch bei drei Prozent. Es ist ja wohl klar, dass da nicht viele drunter sein können, die seit über dreißig Jahren verschwunden sind. Unser Problem liegt unter Umständen woanders.«

Querlinger hatte sofort begriffen. »Verstehe. Wenn der Fall unserer beiden Federseeleichen länger als dreißig Jahre zurückliegt, bedeutet das, dass wir ein paar geschlossene Akten wieder aufmachen müssen.«

»Genau da liegt der Hund begraben«, nickte Eulenburg.

»Puh, das wird 'ne Sisyphusarbeit«, stöhnte Zimmernagel.

»Hilft alles nix, wir müssen da ran. Mord verjährt nicht, Herrschaften.«

»So seh ich das auch. Vielleicht könnten wir unsere Archivspezialisten darauf ansetzen, die uns schon beim Schwarze-Henne-Fall unter die Arme gegriffen haben«, schlug Eulenburg vor.

»KHK Heinrich Göppel und KHK Arthur Bommel? Einen Versuch wär's wert. War es das, was Sie neu recherchiert haben?«, wollte Querlinger wissen.

»Nein, es gibt noch was anderes. Es geht –«

Klopfen! Querlinger verdrehte die Augen.

Bödele trat ein und wollte gerade den Mund aufmachen, was Querlinger ihm mit einem verärgerten »Spar dir deine Neuigkeiten für später auf!« verbot.

»Ich wollt bloß ›Mahlzeit‹ sagen, ich hab doch gar keine Neuigkeiten«, maulte Bödele beleidigt.

»Bist du dir da sicher?«, feixte Heini hinterhältig.

Bödele sah ihn unter zusammengezogenen Brauen an, verkniff sich aber eine Antwort und nahm den letzten freien Stuhl.

»Also, Eulenburg, was wollten Sie sagen?«, forderte Querlinger die Kommissarin auf.

»Es geht um die Granitbüste, mittels derer die Ermordeten im See versenkt wurden.«

»Die malträtierte Goethe-Büste?«

»Nix Goethe!«

»Wie ›Nix Goethe‹?«

»Wagner! Bei dem Kopf handelt es sich nicht um Goethe. Das muss Wagner sein!«

»Hoi! Also nicht ›Fest gemauert in der Erden‹, sondern ›Carmen‹«, gab Bödele den Kulturfreak. »Die Oper mit der rassigen Spanierin. Tolle Frau. Die würd ich nicht von der Bettkante stoßen, olé!«

»Aber sie dich, Bödele, und zwar hochkantig«, warf Eulenburg trocken ein. »Ich glaub nicht, dass die sich mit ’nem Typen einlassen würde, der französische Komponisten mit deutschen Dichtern verwechselt und Goethe nicht von Schi–«

»Genau, Bödele, du Depp!«, fiel Heini ihr ins Wort. »›Fest gemauert in der Erden‹ stammt doch nicht von Goethe, sondern von Shakespeare und ›Carmen‹ von Moz–«

»Ruhe!«, brüllte Querlinger. Der Kommissar war fahlweiß im Gesicht. Von welchen Banausen war er hier bloß umgeben? Er würde dem männlichen Teil seiner Mannschaft VHS-Kurse verordnen müssen, damit die wenigstens einen Hauch von Allgemeinbildung schnupperten.

»Weiter, Eulenburg, fahren Sie fort. Wieso ist der Goethe auf einmal der Wagner?«

»Wie gesagt, das Gesicht der Büste ist total verhunzt. Ich hab das Foto auf dem Computer mal analysiert, also mit anderen Bildern von Goethe verglichen. Teile davon, die relativ gut erhalten sind, sprechen gegen die Gesichtszüge von Goethe, dafür umso mehr für die von Wagner. Die Stirn- und Augenbrauenpartie beispielsweise.«

Bödele ließ einen künstlichen Lacher hören. »Aufgrund von Augenbrauen- und Stirnpartie willst du bestimmen können, wen du vor dir hast? Also gesetzt den Fall, man würde von mir eine Büste machen. Wenn jetzt jemand mein Gesicht … ähm …«

»Red ruhig weiter, Bödele«, grinste Eulenburg. »Wenn jetzt der Heini deine steinerne Visage mit ’nem Hammer polieren würde, würde ich aufgrund deiner extrem niedrigen Stirn auf einen geringen Hirninhalt schließen müssen. Ich hätte dich sofort identifiziert.«

Schallendes Gelächter.

»Gut, und von welchem Nutzen ist es für uns, zu wissen, dass es sich um eine Wagner-Büste handelt?«, brachte Querlinger die Runde wieder auf den Boden der Tatsachen zurück.

»Na ja, von irgendwoher muss die Büste ja stammen. Vielleicht wurde sie entwendet. Aus einem Park oder was weiß ich, von wo. Wir könnten Fotos der Büste in den Medien veröffentlichen. Vielleicht meldet sich jemand.«

»Nach fünfunddreißig Jahren?«

»Warum nicht? Alternativ könnten wir einen Kunstsachverständigen hinzuziehen. Der sieht vielleicht Dinge, die wir nicht sehen.«

»Gute Überlegung, Eulenburg. Hängen Sie sich da mal ran. – Also Leute, das wär's erst mal, ich schlag vor –«

»Halt, stopp!«, rief Heinerle dazwischen. »Ich hab auch noch was zu verkünden.«

»Ach so, ja, sorry, dich hätt ich beinahe vergessen. Also?«

Heinerle grinste und sah mit einem boshaften Augenzwinkern zu Bödele hinüber.

»Unser Kollege Guntram Bödele wird stolzer Vater!«, verkündete er.

Die versammelte Runde war wie erstarrt, Bödele am erstarrtesten.

»Du … du … Woher weißt du denn das, du blöder …«, zischte er.

»Wahnsinn, gratuliere, Bödele. Ist doch super, das schafft der Heini nie!«, rief Eulenburg vergnügt dazwischen und rettete so mal wieder die Situation.

»Seh ich auch so, Bödele. Gratulation, auch von mir«, rief Querlinger nicht minder vergnügt.

Auch Zimmernagel und Feigl schlossen sich lautstark an.

»Das feiern wir, Bödele, wenn's so weit ist«, meinte Zimmernagel und klopfte ihm anerkennend auf die Schulter, was Bödele zu einem stolzen Grinsen veranlasste.

»Tja, der eine kann's halt, der andere nicht«, sagte er süffisant an Heinerle gewandt.

Der hatte sich das Ergebnis seiner Verkündigung deutlich anders vorgestellt.

»Ja, also dann ... ähm ... Guntram. Glückwunsch«, sagte er säuerlich.

Querlinger klatschte in die Hände.

»Und jetzt, Leute, würd ich gern meine Mittagspause fortsetzen, gönnt mir bitte meine zehn Minuten Yoga.«

Das war natürlich verschlüsselt. Im Klartext bedeuteten »zehn Minuten« eine Stunde, und »Yoga« war das Synonym für »Nickerchen«. Was dazu geführt hatte, dass in der Kriminaldirektion ein neues geflügeltes Wort Einzug gehalten hatte: »Querlinger'scher Yoga-Schnarch« ...

9

… aus dem der Kommissar keine zehn Minuten später durch einen obszönen Knall und ein hektisch gerufenes »Chef!« unsanft gerissen wurde.

»Sind Sie wahnsinnig, Angie, wollen Sie, dass ich einen Herzinfarkt kriege, oder was?«

»'tschuldigung, Chef, aber Sie hatten ja das Telefon umgestellt, wie jeden Mittag.« Angie reichte ihm einen Zettel mit der Bemerkung: »Jemand von der Stadtverwaltung Ulm hat angerufen. Zwei Ingenieure von der Abteilung Verkehrsinfrastruktur haben eine Leiche gefunden, einen Obdachlosen. Unter der Promenadenbrücke. Die Kollegen von der Schutzpolizei sind vor Ort. Die Spurensicherung ist auch verständigt.«

Querlinger hatte sich bereits erhoben, nahm seine Jacke, die über der Lehne seines Schreibtischsessels hing, und streifte sie sich über.

»Eulenburg ist in ihrem Büro?«

Angie nickte.

»Sagen Sie ihr bitte, sie soll sich fertig machen, ich warte auf dem Parkplatz auf sie.«

»Zwei Leichen im Federsee und jetzt noch ein toter Penner unter der Promenadenbrücke, so ein Mist«, knurrte Querlinger, nachdem Janine von Eulenburg zu ihm ins Auto gestiegen war.

»Tja, Chef, Leichen kommen oft im Kombipack daher. Wissen wir doch spätestens seit dem Fall Schwarze Henne. Außerdem heißt das nicht Penner, sondern Person ohne festen Wohnsitz. Etwas mehr Empathie für die sozial Benachteiligten unserer profitgeilen Gesellschaft, wenn ich bitten darf.«

»Oha, Kollegin, werden Sie jetzt zur Mutter Teresa der Obdachlosen?«

»So wenig wie Sie Bundespräsident werden mit Ihren politisch inkorrekten Formulierungen.«

Obwohl sie mit Blaulicht fuhren, brauchten sie wegen der mittäglichen Rushhour verhältnismäßig lange bis zur Promenadenbrücke. Der Zugang unter die Brücke war mit einer Flatterleine großräumig abgesperrt. Davor stand ein VW-Bus der Polizei, bei dem sich zwei uniformierte Beamte mit zwei Zivilisten unterhielten, einer der Beamten machte auf einem Klemmbrett Notizen. Querlinger trat an die Gruppe heran.

»Grüß Gott, Herr Hauptkommissar, hallo, Frau Hauptkommissarin«, grüßten die Beamten.

Sie erwiderten den Gruß. »Ich nehme an, Sie sind die beiden Ingenieure, die die Leiche entdeckt haben?«, wandte sich Querlinger an die beiden Zivilsten. Beide mochten um die vierzig sein und sahen blass aus.

»Genau. Wir sind vorhin runter, um den Zustand der Bausubstanz zu überprüfen, und da sind wir auf den Verschlag und die Leiche von dem Obdachlosen gestoßen«, sagte der Größere.

»Wann war das?«

»So gegen halb zwölf.«

»Woher wussten Sie, dass es sich um einen Obdachlosen handelt?«

»Ha, den kennt doch jeder«, mischte sich der Kleinere ins Gespräch. »Des isch der Penner, der wo immer Mundharmonika aufm Münschterplatz spielt – beziehungsweise g'spielt hot. Jetzt spielt er natürlich nicht mehr, weil, jetzt isch er hie.«

Jetzt isch er hie … Querlinger nickte verstehend. Wenn Schwaben vom Tod reden, sind sie nicht zimperlich.

»Und Sie wussten sofort, dass der Mann tot ist?«

»Ha, jetzt aber, ich bitt Sie, Herr Kommissar. Mit so 'm Schlitz im Hals, ko der nix me schwätze.«

Auch da hatte der Mann wahrscheinlich recht. Höchste Zeit, dass Querlinger sich mit eigenen Augen von dem Schlitz vergewisserte.

»Dann sehn wir uns den Herrn mal an«, meinte er zu Eulenburg. »Ziemlich feucht und schmierig hier, passen Sie auf, dass Sie nicht ausrutschen und im Fluss landen«, mahnte er besorgt, nachdem er mit ihr das Treppchen zur Blau hinuntergestiegen war und sie über den unebenen Betonstreifen balancierten, der unter die Brücke führte.

Vor einem Bretterverschlag, der schief an der Betonwand lehnte, standen zwei starke, von einer Batterie gespeiste Tatortleuchten. Ein Mitarbeiter der Spurensicherung und zwei Beamte der Schutzpolizei standen herum.

»Da drin im Verschlag liegt er, Herr Hauptkommissar. Der Kollege Hofzitzel und die Kollegin Tausendschön sind drin. Und der Dr. Brenner«, sagte der Schutzpolizist.

Die Geißel Gottes. Querlinger seufzte. Zusammen mit Eulenburg trat er näher und blickte in den Verschlag. Der Gerichtsmediziner kniete auf einer Plane neben dem Toten. Nepo machte gerade ein paar Fotos vom Inventar der Behausung: ein ausgebauter Autositz, eine umgedrehte Holzkiste, darauf eine batteriegespeiste Werkstattlampe, die natürlich aus war. Am Boden, an der Wand entlang sauber nebeneinander gereiht: ein Teller, ein zerbeulter Kochtopf, ein Esbit-Kocher, Besteck und, akribisch zusammengefaltet, eine Ausgabe des Südwestboten. Neben der Matratze, auf der der Tote lag: ein Rucksack. An die Betonwand gelehnt: ein altes Fahrrad.

»Tag zusammen«, grüßte Querlinger die Kollegen, die mit einem »Hallo« zurückgrüßten. Dr. Elias Brenner sah nur kurz auf.

Querlinger machte einen Schritt in den Verschlag und bückte sich zu dem Toten hinunter, der mit einem langen Schnitt um den Hals in einer riesigen Blutlache lag. Eigenartig: das selige Lächeln im Gesicht. Markant: der große Leberfleck auf der rechten Wange. Der Geruch ließ ihn kurz zurückzucken. Aber zumindest hatte die Anwesenheit der versammelten Truppe die Schmeißfliegen verscheucht.

»Todeszeitpunkt?«, fragte er Brenner.

»Bin ich Gott?«, eröffnete dieser den zu erwartenden Schlagabtausch.

»Zum Glück nicht, sonst müsste ich Atheist werden«,

knurrte Querlinger. Er hatte die Frage falsch gestellt. Den *genauen* Todeszeitpunkt würde der Mediziner erst nach einer Untersuchung im Labor sagen können.

»*Ungefährer* Todeszeitpunkt?«

»Sie sind tatsächlich noch lernfähig. Freut mich, Querlinger«, lästerte der Gerichtsmediziner. »Dürfte grob geschätzt mehr als achtundvierzig Stunden zurückliegen.«

Querlinger beugte sich weiter herunter. Jetzt erst sah er, dass das Kinn blau angelaufen war.

»Das ist doch kein Totenfleck, oder? So wie der Tote liegt, dürften die eher am Rücken zu finden sein.«

»Ist auch keiner«, knurrte Brenner, dem es sichtlich schwerfiel, den Kommissar recht geben zu müssen. »Außerdem dürften diese *Livores* nicht sehr ausgeprägt sein, bei dem Blutverlust, den der Mann erlitten hat.«

»Das heißt, wir haben es mit Gewalteinwirkung zu tun. Er hat einen Schlag gegen das Kinn abbekommen«, bemerkte der Kommissar mehr zu sich selbst.

»Nein, er wurde gestreichelt!«

Hornochs, bleeder, schoss es Querlinger durch den Kopf, aber er beherrschte sich.

Eulenburg schaltete sich ein. »Entweder ein Streit oder ein Unfall also. Der Mann hatte sich vorher mit seinem Mörder gestritten, der hat ihm einen Haken verpasst, oder er ist gestürzt und mit dem Kinn aufgeschlagen.«

»So ungefähr«, sagte Brenner. »Ach ja, noch etwas.« Er zog das Hemd des Toten über dem Steißbein ein Stück weit hoch und zeigte auf die entblößte Haut. »Der Mann hat sich ein Tattoo über dem Allerwertesten stechen lassen. Ein fünfblättriges Kleeblatt. So, und nun muss ich weiter. Ich hab meine Zeit nicht gestohlen.« Sprach's, klappte seinen Koffer zu und machte sich fluchtartig davon.

»Ein fünfblättriges Kleeblatt? Seltsam! Gibt es fünfblättrige Kleeblätter überhaupt? Also, ich meine in Gottes freier Natur«, wandte sich Querlinger an Eulenburg.

Die war bereits am Googeln.

»Es gibt tatsächlich Kleeblätter mit mehr als vier Blättern, wenn auch selten. Vielfiedrig … Sammelobjekte … den Rekord hält ein Japaner, der ein achtzehnblättriges Kleeblatt gefunden hat.«

»Wahnsinn! Vielleicht sollte er das bei Sotheby's versteigern. – Wie schaut's bei euch aus? Lässt sich schon was sagen?«, wandte sich Querlinger an Nepomuk Hofzitzel.

»Wir haben Faserspuren und Fingerabdrücke sichergestellt. Und einen Abfallbeutel mit Resten einer Mahlzeit: eine leere Ölsardinenbüchse, ein Kanten Brot, ein paar Krümel, ein halber Schokoriegel und eine fast leere Rotweinflasche. Den Inhalt des Rucksacks nehmen wir uns im Labor vor. Das Fahrrad kommt in die Asservatenkammer, zusammen mit den anderen Utensilien, die hier rumliegen. Wird aber dauern, bis alle Ergebnisse vorliegen. – Ach ja, hätte ich beinahe vergessen. Wir haben auch ein Durcheinander von Sohlenabdrücken von drei Paar Schuhen auf dem glitschigen Boden sicherstellen können.«

»Auf den ersten Blick also nichts Außergewöhnliches.«

Hofzitzel schüttelte den Kopf. »Es sei denn, die Kappe, die der Mann trägt, sieht man als was Besonderes an.«

»Sieht irgendwie orientalisch aus«, knurrte Querlinger.

»Und ziemlich teuer. Goldborte, komplexe Stickereien, richtig wertvoll, vermute ich mal«, ergänzte Hofzitzel.

»Das ist ein Araberkäppi. Nennt man ›Taqiyah‹«, belehrte Eulenburg ihre Kollegen. »Wird gelegentlich auch von Europäern getragen. – Moment, hier ist noch was.« Sie bückte sich und drehte gleich darauf einen Bleistift in der behandschuhten Rechten. Er trug eine Aufschrift: »Tabak und Zeitschriften B. Vogtländer«.

»Woher haben Sie den?«, fragte Nepo.

»Lag da unten neben der Matratze in einer Betonritze.«

»›Tabak und Zeitschriften B. Vogtländer‹. – Das ist doch der Kiosk beim Busbahnhof«, meinte Querlinger.

»Richtig. Nicht weit von hier. Vielleicht kannte er den Kioskbesitzer.«

»Vielleicht. Sicher hatte er noch andere soziale Kontakte. Wir werden uns im Milieu umschauen müssen. – Wir packen's dann, Nepo. Wann, schätzt du, hören wir von dir?«

»Morgen Vormittag.«

Querlinger wandte sich zum Gehen, Eulenburg folgte ihm. Noch hatten sie den tunnelartigen Bereich unter der Brücke nicht verlassen, als der Schatten eines Mannes den Ausgang verdunkelte. Gleich darauf tauchte der Schattenwerfer höchstpersönlich auf.

»Der Depp hat mir gerade noch gefehlt. Wie konnten die den überhaupt durchlassen? Der Zugang ist doch abgesperrt«, schimpfte Querlinger nicht gerade leise.

Dieter Oxheimer grinste höhnisch.

»Tja, da hab ich als investigativer Journalist so meine Tricks, Querlinger. Solltest du doch allmählich wissen. Im Interesse der Aufklärung der Bürger ist Kreativität gefordert.«

»Du bist ein kreativer Lügner und Desinformierer, Oxheimer. Der mündige Ulmer Bürger weiß, was er von deinen Schauermärchen halten muss. Und jetzt sieh zu, dass du Leine ziehst, hier unten ist ein Tatort, an dem gerade ermittelt wird.«

»Weiß ich, Querlinger, weiß ich, deswegen bin ich ja da. Du hast die dritte Leiche an der Angel. Drei unaufgeklärte Morde – dass dir da als leitendem Ermittler der Arsch auf Grundeis geht, kann ich gut verstehen.«

Querlinger wollte ohne Kommentar einfach weitergehen, doch Oxheimer wich nicht von der Stelle, an der es räumlich ziemlich eng herging. Und glitschig …

»Komm schon, Querlinger. Gib mir wenigstens ein paar Infos, dann kann ich dein Image in der Öffentlichkeit etwas aufpolieren.«

»Noch ein Wort, und ich polier *dir* gleich was auf, Oxheimer. Ich warne dich. Lass uns vorbei.«

»Mensch, Querlinger, sei halt nicht so …«

In diesem Moment geriet der Kommissar unverständlicherweise ins Rutschen, allerdings nur leicht. Dabei stieß er dem vor ihm stehenden Reporter aus Versehen – wie er später sagen sollte – den Ellenbogen in die Rippen. Oxheimer, so aus dem Gleichgewicht gebracht, wäre fast auf den glitschigen Beton geknallt, hätte Querlinger ihn nicht am Kragen gepackt und festgehalten. Sanft ließ er ihn auf den schmierigen, mit Schlamm und Algen kontaminierten Betonuntergrund hinuntergleiten.

»Oh, um Himmels willen, Oxheimer, hast du dir wehgetan? Entschuldigung, aber ich bin ausgerutscht! Soll ich dir aufhelfen?«

Mit einem Satz, den man ihm bei seiner Figur gar nicht zugetraut hätte, sprang der Reporter auf.

»Das wirst du büßen, ich hab Verbindungen!«, zischte er und stapfte fluchend in Richtung Ausgang davon.

10

Dienstag, 16. Juni

»Georg Schmied, Alter: fünfundfünfzig, geboren in Ehingen, seit 1992 ohne Wohnsitz, in der Szene bekannt unter dem Namen Maultrommel-Schorsch«, ratterte Heini gerade die Personaldaten des toten Obdachlosen herunter. Er war zusammen mit Zimmernagel mit den Recherchen betraut gewesen. Bereits gestern hatten sie damit begonnen, nicht nur über den Maultrommel-Schorsch, sondern auch über dessen Bekanntenkreis Informationen einzuholen.

Querlinger hatte die heutige Lagebesprechung, während der er sein Team für die weiteren Ermittlungen briefen wollte, auf sechzehn Uhr nachmittags verschoben. Heinerle, Bödele, Zimmernagel und Feigl waren bereits anwesend, Querlinger selbst war noch nicht da. Auch Janine von Eulenburg hatte angekündigt, später zu kommen. Nepomuk Hofzitzel von der KTU ebenso. Was die bereits Versammelten nicht daran hinderte, schon mal in eine Vorbesprechung einzusteigen.

»Wieso Maultrommel-Schorsch? Der Mann spielte doch Mundharmonika«, wollte Feigl wissen.

»Er hat seine musikalische Laufbahn als Maultrommelspieler begonnen und sich dann weitergebildet. Allerdings ist ihm der ursprüngliche Name geblieben«, sagte Heini.

»Wo weitergebildet?«, fragte Bödele.

»An einer Obdachlosen-Weiterbildungseinrichtung, so 'ne Art Penneruni. Da gibt's 'ne Stiftung in Ulm, die nennt sich ›Berber-Academy of applied street art‹, ›Berber-Akademie für angewandte Straßenkunst‹. Die Räume befinden sich in einer ausgedienten Lagerhalle im Industriepark West. Da unterrichten Dozenten von verschiedenen Kunst-, Design- und Musikhochschulen begabte Penner und solche, die es werden wollen.

Und das unentgeltlich! Den Dozenten soll das Ganze angeblich richtig Spaß machen. Ziel ist, den Wohnungslosen einen dritten Bildungsweg anzubieten. Das Projekt wird vom baden-württembergischen Ministerium für Bildung sowie vom Ministerium für Arbeit und Soziales mitgetragen. Ist ein Pilotprojekt und in dieser Form einzigartig in Deutschland.«

»Hoi! Wahnsinn! Und in welchen Disziplinen?«, wollte Bödele wissen.

»Musik, Graffiti, Kommunikationsdesign«, schaltete sich Zimmernagel ein.

»Was? Kommunikationsdesign?« Feigls Neffe studierte Kommunikationsdesign an einer Hochschule am Bodensee.

»Klar, die entwerfen zum Beispiel neue Logos für die sogenannten Zinken«, erklärte Heinerle. »Das sind grafische Geheimzeichen, die von Obdachlosen mit Kreide an Häusern und Eingängen angebracht werden und mit denen sie untereinander kommunizieren.«

»Wollt ihr uns verladen?«, fragte Bödele.

»Nie!«, beteuerte Heinerle. »Es gibt 'ne Unmenge solcher Zeichen, viele davon sind jahrhundertealt. Ich nenn euch Beispiele. Ein an die Mauer neben der Tür gemaltes Kreuz zum Beispiel bedeutet …«

»Dass da jemand gestorben ist«, warf Bödele ein.

»Nein«, widersprach Heini, »es bedeutet: ›Den Frommen markieren lohnt sich.‹ Ein Kreis mit einem Kreuz drin heißt ›Hier gibt es Fressi‹, drei waagrechte Striche untereinander tangiert von einem senkrechten heißt ›Hier wohnt Polizei‹, zwei runde Kreise nebeneinander ›Frau liebt Männer‹ …«

»Aaaah! Gut zu wissen«, feixte Bödele und hakte nach: »Und wofür brauchen die Obdachlosen neue Zinken … also … ähm … Zeichen?«

»Der Bedarf ist enorm. Denk doch mal an die neuen Kommunikationsmittel und technischen Möglichkeiten. ›Person besitzt Handy‹, ›Mann verfügt über Computer‹, ›Achtung, Mann setzt Drohnen zur Verfolgung ein‹. Oder denk an die neuen Gewohnheiten, die um sich greifen; ›Mann macht auf Frau‹, ›Frau macht auf Mann‹, ›Weder Mann noch Frau‹ und so weiter.«

»Und wieso heißt diese Weiterbildungseinrichtung ›Berber-Akademie‹? War der Gründer ein Berber aus Marokko, da kommen die doch her, die Berber, oder hieß der so mit Nachnamen?«

»Weder noch«, schaltete Zimmernagel sich in die Diskussion ein. »Wir haben da mal gegoogelt. Berber ist laut Wikipedia die gelegentlich verwendete Selbstbezeichnung einer sozial organisierten Teilgruppe Wohnungsloser. Es gibt sogar eine Website von denen: ›Berber-Info‹ nennt sich die.«

»So 'ne Art Obdachlosenorden?«

»Könnte man fast sagen.« Heinerle sah auf seinen Zettel. »Auf der Homepage steht Folgendes: ›Die meisten Berber lehnen Sozialhilfe vonseiten des Staates ab und leben von den Wohltaten anderer Menschen. Sie verstehen sich nicht als Bettler, sondern als Schnorrer, jedoch nicht im negativen Sinne.‹ Der Maultrommel-Schorsch gehörte zu diesen Berbern.«

»Donnerwetter. Die wollen nicht auf Kosten des Staates leben?«

»Genau!«

»Dann sind die nicht nur ein Orden, sondern würden auch einen verdienen!«

»Eigentlich schon.«

»Zurück zu dieser Stiftung – wie hieß die noch mal?«, fragte Feigl nach.

»›Berber-Academy of applied street art‹, ›Berber-Akademie für angewandte Straßenkunst‹«, antwortete Heinerle.

»Und wer ist der Stifter dieser Stiftung?«

»Dreimal darfst du raten.«

»Herrschaftszeiten, Heini, ich will nicht raten, da bin ich wie unser Chef. Also spuck's aus.«

»Unser Ulmer Modezar!«

»Was? Der Karl Lagerwald?« Feigl konnte es nicht fassen. »Und wie kommt der dazu, so 'ne Stiftung zu gründen? Davon hab ich ja noch nie was gehört.«

»Ich hab mal die Presseberichte über ihn nachgeschlagen. Der Mann polarisiert. Manche vermuten, dass er mit der Gründung der Stiftung sein soziales Image aufpolieren will. Es gibt nämlich Stimmen, die sagen, seine soziale Kompetenz würde so viel wiegen wie 'ne Portion Fliegenschiss. Andere sagen, die Stiftung beweise, dass er ein Herz für die sogenannten Benachteiligten der Gesellschaft habe. Aufgrund seiner Beziehungen konnte er das Bildungsministerium mit ins Boot holen.«

»Richtig!«, bestätigte Zimmernagel. »Ich hab einen Kommentar gelesen, in dem stand, dass er mit dieser Stiftung das soziale Fliegenschissimage loswerden wollte. ›Karl Lagerwald hat ein Herz für Wohnungslose‹, ›Karl Lagerwald schafft spektakuläre Bildungschancen für die sozial Benachteiligten der Gesellschaft‹, ›Karl Lagerwald, der Engel der Entrechteten‹, so in die Richtung. Hätte aber nicht so richtig funktioniert. Die Resonanz in den Medien sei nicht sehr berauschend gewesen. Und wenn ich mir das Ganze so überlege, dann –«

Die Tür wurde aufgerissen. Querlinger erschien mit einem Stapel Papiere unterm Arm, im Schlepptau Janine von Eulenburg.

»Tag, Leute. 'tschuldigung, dass ich mich verspätet habe, ich sehe, ihr seid schon mittendrin.«

Der Kommissar setzte sich an die Stirnseite des Besprechungstisches, knallte den Stapel Papiere auf denselben, griff in seine linke Jackentasche und ließ ein paar Erdnüsse ihren Bestimmungsort wechseln.

»Also, Guntram, Bernd, wie sieht's aus?«, fragte er kauend. »Ihr wolltet doch die Vita unserer Obdachlosenleiche recherchieren. Und deren Bekanntenkreis.«

In kurzen Sätzen wiederholte Bödele das, was er den anderen bereits zum Maultrommel-Schorsch mitgeteilt hatte, und fasste auch die Bemerkungen zur Lagerwald'schen Stiftung zusammen.

»Interessant. Die Karl-Lagerwald-Initiative zugunsten Wohnungsloser«, sagte Querlinger. »Ich meine, dazu schon mal was im Südwestboten gelesen zu haben. Ist aber schon länger her.«

»Also ich finde, wir sollten diesem exzentrischen, egogeilen Knilch mal auf die Finger schauen. Dass er sich für Obdachlose engagiert, ist doch nur Tarnung. In Wirklichkeit wiegt seine soziale Kompetenz so viel wie 'ne Portion Fliegenschiss. Und das Image will er loswerden«, trompetete Bödele.

»Interessant, dass er sich ausgerechnet die Tippelbrüder für seine Anti-Fliegenschiss-Kampagne ausgesucht hat«, warf Heinerle ein.

»Passt zu ihm. Hast du schon mal gesehen, wie der am Ende seiner Modenschauen mit seinen Models über den Laufsteg tippelt?«

Bödele nickte. »Stimmt! Der sieht ja selber aus wie ein Tippelbruder, so 'ne Art Edelpenner: grauer Zopf, abgeschnittene Handschuhe und ...«

»Jetzt aber mal langsam, Leute. Tickt ihr noch richtig?«, echauffierte sich Eulenburg. »Nur weil ihr diesen ›egogeilen Knilch‹ nicht mögt, muss er ja nicht gleich was mit dem Mord zu tun haben. Ich mag ihn auch nicht sonderlich, mir ist er zu arrogant. Trotzdem muss ich für ihn 'ne Lanze brechen. Dass er ein Künstlergenie ist, ist unbestritten. Und das mit dem sozialen Fliegenschissimage – na ja, das kann man so oder so sehen. Er hat sich jedenfalls sozial engagiert. Abgesehen davon sind mir abgeschnittene Handschuhe und Männerzöpfchen bedeutend sympathischer als Springerstiefel und rasierte Glatzen.«

»Is ja gut, Mutter Teresa. Reg dich ab. Wir haben bloß ein Späßle g'macht. Das mit den Springerstiefeln und rasierten Glatzen sehen wir genauso«, grinste Bödele.

»So is es«, stimmte Heinerle ihm zu. »Trotzdem wird's ja wohl noch erlaubt sein, mal drüber nachzudenken, dass unser bedauernswerter Maultrommel-Schorsch eine etwas extravagante Kopfbedeckung besessen hat. Billig war die nicht.«

»Ach, und du meinst, daraus auf eine Verbindung zu Karl Lagerwald schließen zu können? Etwas weit hergeholt, meine ich.«

Querlinger hatte dem Schlagabtausch schweigend zugehört

und nickte Eulenburg aufmunternd zu. Die Standpauke an Bödele und Heinerle fand absolut seine Zustimmung. Aber was Heinerle eben gesagt hatte, war vielleicht auch gar nicht so dumm.

»Also ich würd sagen, wir behalten deine Theorie mal im Auge, Heini. Wie sieht's mit dem sozialen Umfeld von dem Schorsch aus? Seid ihr da auf was Relevantes gestoßen?«

»Wir haben mal beim Betreuer des Obdachlosenheims beim Michelsberg nachgefragt, das von der Caritas betrieben wird«, begann Zimmernagel. »Der hatte zu 'ner ganzen Menge von Personen Kontakt. Zu den meisten allerdings nur oberflächlich und sporadisch. Regelmäßig – fast täglich – traf er sich in aller Regel nur mit drei Personen. Einem Josef Möhnle, genannt Weißlacker-Sepp, auch als Stinker-Sepp bekannt, mit einem Karl Dobler, Zinken-Karle genannt, und mit einer gewissen Annemarie Bertele, Spitzname Weißbier-Anni. Mit einem Gernot Zachbichler, genannt Professor, traf er sich etwa einmal im Monat.«

Gelächter in der Runde.

»Gesprochen habt ihr noch mit keiner der Personen?«

»Nein, dazu war die Zeit zu kurz. Die muss man erst mal alle auftreiben.«

»Der Betreuer dieses Obdachlosenheims – hat der sagen können, mit wem der Ermordete zuletzt Kontakt hatte? Oder *wahrscheinlich* Kontakt gehabt hat?«

»Nein! Er selbst habe ihn seit zwei Wochen nicht mehr gesehen, hat er uns verklickert.«

»Mehr als zwei Wochen? So lange?«

»Na ja, es ist ja nicht so, dass diese Obdachlosen regelmäßig in der Einrichtung auftauchen, im Sommer schon gar nicht.«

»Verstehe! Andere Kontakte außerhalb der Szene? Guntram, Armin, wolltet ihr euch nicht drum kümmern?«

»Haben wir, Chef«, bestätigte Bödele. »Wir haben mit dem Besitzer von dem Kiosk am Busbahnhof gesprochen, diesem Bertram Vogtländer. Von dem stammt doch der Bleistift, den wir neben der Leiche gefunden haben. Der Schorsch und er kannten sich gut. Der Vogtländer hat dem Schorsch regelmäßig

eine aktuelle Ausgabe des Südwestboten spendiert. Er hat nämlich wahnsinnig gern gelesen. Besonders das Feuilleton.«

»Genau«, pflichtete Feigl ihm bei. »An dem Tag, bevor der
Schorsch ermordet wurde, war er bei diesem Vogtländer gewesen. Er hatte ihn um ein Telefonbuch gebeten, weil er eine
Nummer raussuchen wollte, und um einen Bleistift und einen
kleinen Block, die der Vogtländer als Give-away-Artikel an gute
Kunden verschenkt. Er müsse unbedingt jemand anrufen, es
gehe um eine enorm wichtige Angelegenheit, hat er ihm gesagt.«

»Und wen wollte er anrufen?«

»Konnte der Vogtländer nicht sagen. Er hat ihn zwar gefragt,
aber der Schorsch hat nichts rausgelassen.«

»Hm«, meinte Eulenburg. »Den Bleistift haben wir gefunden, aber ich frage mich, was mit dem Notizblock ist, auf dem
er die Nummer notiert hatte.«

»Könnte der nicht in dem Rucksack sein? Den wollten sich
die Kollegen von der KTU doch noch vornehmen«, erkundigte
sich Zimmernagel.

»Haben sie auch gemacht«, bestätigte Querlinger. »Aber
bisher wurde nichts gefunden, was uns weiterbringen könnte.
Auch kein Notizblock.«

»Die sichergestellten Fingerspuren, sind die eigentlich vom
System schon geprüft worden?«, wollte Bödele wissen.

Eulenburg nickte. »Waren 'ne ganze Menge. Sind alle von der
KTU durch das AFIS gejagt worden, war aber nichts Relevantes
dabei.«

Die Tür ging, Nepomuk Hofzitzel trat ein, mit ihm Tamara
Tausendschön, eine seiner Mitarbeiterinnen, bei deren Anblick
Bödele regelmäßig Schweißausbrüche bekam. Nepo setzte sich
mit seiner Begleitung ebenfalls an den Tisch und bedeutete
Querlinger mit der Hand, einfach fortzufahren.

»Nächster Schritt, Herrschaften, wir konzentrieren uns
schwerpunktmäßig auf die vier Personen, die laut Betreuer
dieses Obdachlosenheimes mit dem Toten in engerem Kontakt
standen.«

»Könnte schwierig werden«, gab Bödele den Skeptiker. »Die vier Tippelbrüder …«

»Drei Tippelbrüder und eine Tippelschwester, Bödele, gell«, korrigierte Heinerle, beflügelt vom Anblick der Tausendschön. »Du hast anscheinend immer noch Probleme, Männlein und Weiblein voneinander zu unterscheiden, kein Wunder, dass du neulich beim Polizeiball …«

»Halt endlich die Klappe, Heini!«, unterbrach Querlinger ihn. »Übrigens: Ab sofort bitte ich, Bezeichnungen wie Tippelbrüder, Penner und so weiter zu unterlassen. Es handelt sich um Obdach- beziehungsweise Wohnungslose.« Und zu Bödele: »Was wolltest du sagen, Guntram?«

»Ja, also ich meine, es könnte schwierig werden, die vier … ähm … die drei Obdachlosen und die Obdachlosin aufzuspüren. Die dürften sich überall und nirgends rumtreiben.«

»Stimmt«, pflichtete Zimmernagel ihm bei. »Der Betreuer sagte uns, die hätten ein ausgedehntes Revier und hielten sich mal da und mal dort auf.«

»Und wie groß ist das … ›Revier‹?«

»Konnte er nicht genau eingrenzen. Also ich würd mal sagen …«, Zimmernagel machte eine Geste, die den Begriff »vage« ausdrücken sollte, »… in Ulm, um Ulm und um Ulm herum …«

»Aha, und ich dachte, in Hamburg, um Hamburg und um Hamburg herum«, spöttelte Janine von Eulenburg.

»Zur Sache, Leute, zur Sache«, mahnte Querlinger mehr Ernsthaftigkeit an. »Wir müssen da weiterkommen. Auch wenn's etwas aufwendig ist, wir müssen zusehen, dass wir an die Kandidaten herankommen.«

»Wenn wir dazu was sagen dürften?«, meldete sich Nepomuk Hofzitzel zu Wort.

»Immer zu, Nepo, immer zu!«

»Die Kollegin Tamara Tausendschön hat da was im Rucksack gefunden, was wir bisher nicht so recht einordnen konnten und für nicht wichtig gehalten haben. Vor dem Hintergrund dessen, was du gerade gesagt hast, könnte das allerdings von Bedeutung sein.«

»Und das wäre?«

»Kollegin, wollen Sie die Präsentation machen?«, wandte sich Nepo an Tausendschön, die aus einem Stapel DIN-A4-großer Fotos zwei herausgezogen hatte.

»Gerne, Chef.«

Tausendschön, in der Hand einen Stapel Bilder, catwalkte mit sicherem Schritt und atemberaubenden Beinen zu der Magnettafel an der Wand.

»Wir haben den gesamten Inhalt des Rucksacks fotografiert, Kolleginnen und Kollegen. Das meiste davon – wie Kollege Hofzitzel Ihnen ja bereits gestern sagte, Herr Hauptkommissar – ist wahrscheinlich für unseren Fall uninteressant. Unter anderem fanden wir eine Wanderkarte vom Vierwaldstättersee. Und hier die Aufnahme einer mit Bleistift geschriebenen Notiz, die wir auf der Rückseite einer Streichholzschachtel gefunden haben.«

Die schöne Tamara heftete zwei DIN-A4-große Fotos an die Tafel: Vorder- und Rückseite einer Streichholzschachtel. Auf der Rückseite die handschriftliche Notiz:

Nächstes Stammbrücken-Treffen, 15. Juni

»Und wie soll uns das weiterhelfen?«, fragte Heinerle.

»Ist doch klar!«, meinte Eulenburg, die sofort schaltete. »Stammbrücken-Treffen! Diese Wohnungslosen versammeln sich anscheinend regelmäßig irgendwo.«

»Könnte uns tatsächlich weiterhelfen«, konstatierte Querlinger.

»Verstehe«, grinste Bödele. »Der Otto Normalbürger hat seinen Stammtisch und der Otto Normalpenner seine Stammbrücke.«

»Irgendwie makaber, das Ganze«, sinnierte Eulenburg.

»Inwiefern?«, wollte Feigl wissen.

»Na ja, am 15. Juni war der Mann bereits mehr als achtundvierzig Stunden tot. Vorausgesetzt, dieses Stammbrücken-Treffen hat stattgefunden, dann ohne ihn.«

»Wenn wir jetzt noch wüssten, wo sich die Stammbrückler treffen, wären wir ein gutes Stück weiter«, meinte Zimmernagel.

»Vielleicht sollten wir noch mal beim Betreuer des Obdach-losenheims nachhaken«, schlug Feigl vor.

»Übernimm du das, Armin«, wandte sich Querlinger an Feigl, dann mit einem »Besten Dank, Kollegin« an Tausend-schön und dann an Hofzitzel: »Du hast doch noch mehr auf dem Schirm, Nepo, ich seh's dir an. Raus damit.«

»Das, was ich auf dem Schirm habe, hat nichts mit dem Mord an dem Obdachlosen zu tun, sondern mit den beiden Federsee-leichen. Wir haben das Resultat der Untersuchung des ortho-pädischen Schuhs. Wir hatten dazu ja das LKA eingeschaltet.«

»Ach, und?«

Hofzitzel ging unaufgefordert nach vorne und heftete fünf Bilder an die Tafel. Drei Fotos, die die Stelle zeigten, an der das Logo des Herstellers nur noch rudimentär zu erkennen war. Und zwei Bilder, die am Computer mit einem speziellen Programm in 3-D-Ansicht erstellt worden waren. Sie zeigten die komplette Rekonstruktion nicht nur des Logos – der ganze Schuh sah aus wie neu. Das Logo selbst bestand aus einem Kreis, der ein »W« umschloss, und einem kreisförmig angeleg-ten Schriftzug, der um das »W« herumführte: »Sanitäts- und Orthopädiebedarf Weh«.

»Oha!«, sagte Querlinger. »Logo und Name eines Sanitäts-und Orthopädiefachgeschäftes.«

»Genau«, sagte Hofzitzel. »Aus Ulm.«

»Gibt's den Laden noch?«

Hofzitzel nickte. Er zog einen Zettel aus der Tasche. »Hier! Hab dir die Adresse aufgeschrieben. Ist bereits im Intranet in der Fallakte eingetragen. Eine Adresse in Ulm-Wiblingen.«

»Na, dann kommen wir wenigstens im Fall der skelettierten Wasserleichen ein Stück weiter. Danke, Nepo.« Und an Eulen-burg gewandt: »Den Laden sehen wir uns morgen an.«

Bevor Querlinger die Truppe in den Feierabend entließ, besprachen sie noch, wer welche Recherchen in der Ulmer Obdachlosenszene durchführen sollte. Gleich ab morgen sollten zwei Teams im Milieu ermitteln. Feigl und Heinerle würden das eine und Bödele und Zimmernagel das andere bilden.

Als Querlinger an diesem Nachmittag aus dem Gebäude der Kriminalpolizeidirektion in der Lindenstraße trat, hörte er die Münsterglocke entfernt halb fünf schlagen. Und da der Tag schön, der Himmel blau und die Sonne richtig am Lachen war, beschloss er, sich auf ein gepflegtes Feierabendbier in der »Lochmühle« einzulassen. Kaum dass der Gedanke an ein kühles hopfiges Prickeln im Gaumen ein verklärtes Lächeln auf seine Miene gezaubert hatte, vibrierte sein Handy: Luise.

»Ja, Mäusle, was gibt's?«

»Hallo, Bärle, du kommst schon noch rechtzeitig, oder?«

Das verklärte Lächeln wich einem verqueren Stirnrunzeln.

»Rechtzeitig kommen? Zu was?«

»Bärle, ich warn dich, versau mir nicht den Abend, gell! Die ganze Zeit hab ich mich schon drauf gefreut.«

Ich warn dich ...

»Von was sprichst du? Auf was hast du dich gefreut?«

»Ha, des gibt's doch nicht? Des kannsch doch nicht vergessen haben?«

»Ja, was *sollt* ich denn nicht vergessen haben?«

»Dass wir heut Abend eingeladen sind. Die Weißeneggers feiern ihren dreißigsten Hochzeitstag.«

Heiliges Kanonenrohr!

»Um Himmels willen, Mäusle, das hab ich wirklich so was von total vergessen!«

Schweres Schnaufen am anderen Ende der Verbindung. Zornesschnaufen.

»Du kommst mir jetzt sofort heim und ziehst dich um. Damit wir rechtzeitig dort sind.«

»Wann sollen wir wo rechtzeitig sein?«

»Pünktlich um achtzehn Uhr in Söflingen, Straßenbahnhaltestelle Magirusstraße. Der Arnulf hat zur Feier des Tages eine Stadtrundfahrt mit der historischen Straßenbahn gebucht, dem Bierbähnle.«

»Was? Eine Fahrt mit dem Bierbähnle?«

»Ja! Und Essen und Getränke dazu. Er hat Musiker von der Swabian Brass Band engagiert. Es soll ein unvergesslicher Abend werden, hat der Arnulf gesagt, und den lass ich mir nicht versauen, bloß weil du mal wieder vergessen hast, dass du eine Frau hast, die solche Events liebt und gelegentlich mal aus dem grauen Alltag rausmöchte.«

Knacken im Hörer. Aufgelegt.

»Das überleb ich nicht«, seufzte Querlinger. Eine zweistündige historische Straßenbahnfahrt. Als alter Ulmer wusste er natürlich, dass eine Fahrt mit dem nostalgischen Bierbähnle ein Event war, das für Anlässe aller Art genutzt wurde. Vorausgesetzt, der Nutzer brachte zwischen zweihundert und vierhundert Euro auf. Dass das Bähnle von gestressten Ehefrauen missbraucht wurde, um dem »grauen Alltag« zu entfliehen, war ihm allerdings neu. Die Fahrt wurde in einem Triebwagen von anno dazumal unternommen und führte von Söflingen über das historische Ehinger Tor, den Hauptbahnhof, das Theater, das Ulmer Justizgebäude und vorbei am Stadion des SSV Ulm in die Friedrichsau. Je nach Gusto des zahlenden Nutzers konnte die Fahrt auch weiter bis Böfingen gehen …

»Mir bleibt nichts erspart«, seufzte Querlinger, schlug den Weg zum Parkplatz ein und trottete zu seinem Wagen.

Punkt achtzehn Uhr stand er mit Luise in Söflingen an der Straßenbahnhaltestelle Magirusstraße, wartete auf die Linie 1 und darauf, dass das Schicksal seinen Lauf nähme.

11

»Da kommt er!«, rief Luise mit leuchtenden Augen, während der Triebwagen zögernd heranrollte.

»Da kommt *es*!«, korrigierte Querlinger brummend.

»Wieso ›es‹?«

»*Das* Schicksal, nicht: *der* Schicksal.«

»Du bist unmöglich, Eugen. Reiß dich gefälligst zusammen!«

Die Straßenbahn hielt mit leichtem Bremsenquietschen. Mit dem gewohnten »Pfffhhh« ging die Tür auf. Während sie zustiegen, wurden sie mit einem dreifachen »Täterää« des Bläserduos der Swabian Brass Band und dem Gejohle und Geklatsche der Gäste empfangen. Die meisten waren anscheinend schon eingestiegen, während der Triebwagen sich noch im Depot befand. Mit einem »Pfffhhh« schloss sich die Tür wieder, und das Bierbähnle setzte sich ruckelnd in Bewegung. Kaum dass Querlinger und Luise sich der Halteschlaufen bemächtigt hatten, die von der Stange baumelten, wurden sie auch schon mit einem laut gebrüllten »Hallo, Freunde!« begrüßt. Es stammte von einem offensichtlich Verrückten, der beim Straßenbahnfahrer stand und ein Sektglas in der Hand hielt. Entsetzt starrte Querlinger ihn an. Der Typ erinnerte ihn irgendwie an Arnulf Weißenegger.

Der Mann sah aus, als wäre er einer schlechten Operette entsprungen. Gekleidet in einen von den Füßen bis zum Hals geschlossenen giftgrünen Overall, eine breite rote Binde um den Bauch, ein rotes Käppi auf dem rasierten Schädel und – Querlinger musste zweimal hinschauen – zwei rote, auf den Rücken gebundene Plastikflügel. Um die Schultern hatte der Mensch einen Bogen hängen sowie einen Köcher, aus dem ein Dutzend gefiederter Pfeile ragte. Bizarr!

Plötzlich dämmerte es Querlinger. Keine Frage: Der Verrückte, der da vor ihm stand, *war* Weißenegger. Allerdings nicht

Arnulf, sondern Amor Weißenegger, der sich in maßloser Überschätzung seiner selbst für den griechischen Gott der Liebe hielt. Aber wo Amor war, konnte seine geliebte Psyche nicht weit sein. Die geile Sterbliche, die am Ende der antiken Lovestory nach vielen Irrungen und Wirrungen zur Unsterblichen avancierte. Bloß – wo war sie, die gute Psyche?

Da! Es musste die Person sein, die sich gerade vom hinteren Ende des Triebwagens kommend mit einem Tablett Sektgläser in den Händen nach vorne bewegte. Sie schwankte leicht, was offenbar nicht nur dem Ruckeln des Bierbähnle geschuldet war. Der giftgrüne, knallenge Hosenanzug, das künstliche Haarteil, die grellrot geschminkten Lippen, der zu einem starren Lächeln geöffnete Mund und das blendend weiße Totenkopfgebiss – ja, das war sie, die Weißenegger-Gattin Patricia, von ihren Freunden kurz Pati genannt. Arnulf und Pati alias Amor und Psyche – was um Himmels willen hatten sich der Muckibuden- und Physiotherapiekettenbesitzer und seine Alte bloß dabei gedacht, ihre dreißigjährige eheliche Verkettung auf derart scheußliche Art zu demonstrieren?

Noch während solcherlei Gedanken durch den Kopf des Kommissars ratterten, setzte Weißenegger zu seinem Toast an: »Liebe Freunde, liebe Gäste, begrüßt mit mir meinen Freund, den bekannten Ersten Kriminalhauptkommissar der Mordkommission Ulm Eugen Querlinger und seine reizende Gattin Luise.«

Stürmischer Applaus. Der Weißenegger Amor hob das Glas.

»Lieber Herr Erster Hauptkommissar, liebste Luise«, auf Du und Du standen die Weißeneggers nur mit Luise, »es ist mir eine besondere Ehre, euch als Gäste zu unserem dreißigjährigen Ehejubiläum an Bord willkommen heißen zu dürfen.«

Mein Freund, der Erste Kriminalhauptkommissar der Mordkommission Ulm … Querlinger glaubte, im Boden versinken zu müssen. Er wünschte nichts sehnlicher, als dass auf der Stelle sein Handy vibrierte und er zu einem Einsatz gerufen würde – eine himmlische Vorstellung. Aber nichts da – wenn man dieses

Drecksding mal wirklich brauchte, ließ es einen schmählich im Stich.

Psyche alias Pati war inzwischen bei ihnen angelangt und forderte die beiden auf, sich ebenfalls ein Glas zu nehmen. Dem Gruppenzwang folgend gehorchte der Kommissar, wenn auch widerwillig. Gerade wollte er sich einen ersten Schluck genehmigen, doch Luise hielt ihn mit einem rüden Rippenstoß davon ab.

»Wart halt, du Bachel«, zischte sie ihm ins Ohr. »Als Ehrengast musst du zuerst eine kleine Rede halten und dann einen Toast ausbringen. ›Glückwunsch zum dreißigjährigen Hochzeitstag und danke, dass wir dabei sein dürfen‹ oder irgend so was.«

Eine Rede sollte er halten? Auf einer abgefahrenen Party wie dieser? Mit abgefahrenen Protagonisten, die sich für griechische Götter hielten? Das war nicht abgesprochen! Worauf hatte er sich da bloß eingelassen?

Es half nichts. Aller Augen waren erwartungsvoll auf den »berühmten Kommissar« gerichtet. Jetzt erst bekam er mit, dass er in einige von ihnen schon mal geblickt hatte. Ganz vorne saßen ein betagtes Bauunternehmerehepaar aus Elchingen sowie ein alter Apotheker und dessen Schwester, die er vor Jahren einmal im Zuge einer Ermittlung vernehmungstechnisch in die Mangel genommen hatte. Einen Mann glaubte er aus der Zeitung zu kennen, allerdings wusste er nicht, in welche Schublade er ihn stecken sollte. Er unterhielt sich lebhaft gestikulierend mit einer Greisin, die er noch nie gesehen hatte, deren schrilles Outfit ihm aber sofort auffiel. Knallrot geschminkte Botoxlippen, schwarze Brauen – Permanent-Make-up –, graues Haar mit violetten Strähnen.

Dann aber – er musste zweimal hinsehen, um sich zu vergewissern – sah er, wie ein kleiner Dicker, der hinter dem Bauunternehmerehepaar saß, sich von der Sitzbank erhob und mit einer Kamera auf ihn zielte. Querlinger spürte, wie ihm der Kamm schwoll. Das konnte nicht wahr sein. Sein ärgster Wi-

dersacher, der Möchtegern-Pulitzer-Preisträger Dieter Oxheimer, an Bord des Ulmer Bierbähnle? Was zum Henker hatte
Weißenegger geritten, diesen Vollhorst von einem laufenden
Meter zu seinem Hochzeitstag einzuladen? Woher kannte er
ihn überhaupt?

»Jetzt sag halt endlich was, und glotz nicht wie ein hirnam-
putierter Ochs!«, zischte Luise ihm ins Ohr.

»Ja ... ähm ... also ...«, startete der Kommissar einen ersten
kläglichen Versuch. Erschöpft schloss er die Augen. Wenn sich
doch bloß der Boden unter seinen Füßen auftäte ...

»Lieber Eugen, wie wir alle sehen, hat es dir vor Rührung
die Sprache verschlagen«, hörte er plötzlich eine hohntriefende
Stimme zu seiner Rechten sagen. Entsetzt riss er die Augen
wieder auf. Oxheimer stand neben ihm. »Vielleicht bist du ja
auch ein bisschen frustriert von den fruchtlosen Ermittlungen
der letzten Wochen, du weißt, was ich meine, also, lass mich
für dich einspringen«, fuhr der Reporter fort.

Frustriert von den fruchtlosen Ermittlungen! Was war das
hier – ein böser Traum?

»Wenngleich wir auch sonst immer auf zwei verschiedenen
Seiten stehen: Du, lieber Eugen, auf der dunklen Seite der Ver-
brechensbekämpfung und Desinformation, ich auf der Seite der
Öffentlichkeit und der Aufklärung – im Grunde waren wir uns
immer gewogen. Und so lass uns jetzt gemeinsam einen Toast
auf unser Jubelpaar ausbringen. Ein dreifaches Hoch auf Arnulf
und Patricia Weißenegger!«

Rufe, Johlen, Applaus. Oxheimer hob das Glas, kochend
tat Querlinger es ihm gleich. Dann aber ließ ihn ein zufälliger
Blick zur Seite schlagartig seine Chance erkennen. Oxheimers
Hosenstall stand offen! Ein Hemdzipfel lugte vorwitzig aus
dem Schlitz. Eine Einladung, der Querlinger nicht widerste-
hen konnte. Er sah sich um, die Konstellation war günstig,
sie standen dicht gedrängt. Pati, mit ihrem Sekttablett, befand
sich zu seiner Linken. Die Sekttulpe in der einen, griff sich
der Kommissar mit der anderen Hand blitzschnell eines der

gefüllten Gläser vom Tablett, ließ die Hand nach unten gleiten und goss Oxheimer den gesamten Inhalt in den Schritt. Parallel dazu rief er über sämtliche Köpfe hinweg: »Da kann ich meinem geschätzten Vorredner nur zustimmen. Ein dreifaches Hoch auf Arnulf und Pati! Und herzlichen Dank, dass wir dabei sein dürfen!«

Das Fluchen Oxheimers ging im erneut aufbrandenden Jubel und einem Tusch des Swabian Brass Duos unter. Panisch bemüht, den Hemdzipfel in den Schlitz zurückzustopfen und den Reißverschluss zuzuziehen, verzog er schmerzhaft das Gesicht; offenbar hatte er sich was eingezwickt. Was jedoch das kleinere Übel war. Das größere bestand in dem dunklen Fleck, der sich auf der hellgrauen Hose ausgebreitet hatte.

»Das hat Konsequenzen, Querlinger, das wird dir noch leidtun«, zischte er in einen erneuten Tusch des Bläserduos hinein.

»Hör auf, mir zu drohen, Oxheimer. Geh lieber zum Arzt und lass deine Inkontinenz behandeln«, raunte der Kommissar ihm zu.

Quietschend hielt das Bähnle an der nächsten Haltestelle. Unter gebührendem Gejohle stiegen ein Mann und eine Frau zu. Die Gelegenheit für Oxheimer, sich unbemerkt vom Acker zu machen. Noch bevor die Tür mit einem »Pfffhhh« schloss und Weißenegger die neu Zugestiegenen als Cousine und Cousin vorstellte, war er draußen.

Querlinger und Luise hatten inzwischen ihre Sitzplätze eingenommen. Luise saß neben Pati, Querlinger neben der Greisin mit dem fürchterlichen Outfit. Der Typ, der zuerst bei ihr gesessen hatte – der, den er aus der Zeitung kannte –, hatte es vorgezogen, zu rochieren, und den Platz gewechselt. Die Alte stellte sich ihm als Erzsebet Gräfin Békesi-Alaghy vor. Eine Ungarin durch und durch, wie er bald darauf feststellen sollte.

Lachen, Geplapper, Gekreische, während das Bähnle weiterfuhr, hin und wieder unterbrochen von einer peinlichen Weißenegger-Bemerkung oder einem seiner berüchtigten

Witze. Was die Gäste nicht zu stören schien, sie fühlten sich sauwohl. Weißenegger hatte die pfiffige Idee gehabt, an jeder Haltestelle Nachschub in Form unterschiedlicher Snacks an Bord zu nehmen. Gleich zu Beginn der Fahrt hatte er angekündigt, nacheinander die »Salate-Haltestelle«, die »Wecken-und-Würstle-Haltestelle«, die »Shrimps-und-Fisch-Haltestelle« sowie die »Käse-und-Dessert-Haltestelle« anzufahren. Den kulinarischen Schlussakkord würde die »Kuchen-Kaffee-und-Schnäpsle-Haltestelle« bilden.

Spätestens nach Passieren der »Wecken-und-Würstle-Haltestelle« stellte sich bei Querlinger Kapitulationsbereitschaft ein. Was sich als etwas mühselig erwies, war allerdings die Konversation mit der alten Gräfin. Ungarischer Hochadel. In den fünfziger Jahren emigriert nach Österreich, dann nach Deutschland. Ein Gestüt in Niederösterreich, eine Villa in Grünwald, ein Schloss bei Mochental, nahe Ulm. Und eine Penthousewohnung in der Ulmer City.

»Abär die gähört meinär Enkälin, Ilona von Békesi-Alaghy. Sie studiert Kunst und ist Moodel bei Karl Lagerwald, dem bärühmten Stardesignär.«

»Oh, bei Lagerwald. Interessant! Hat sie Erfolg?«

»Ärfolg? Abär natürlich, mein bästäs Kommissarchen. Sie schon auf den bärühmtästän Titelseiten zu sähän gäwäsen ist. In Dessus – Sie värstähän?«

Natürlich verstand Querlinger. Was er nicht verstand: Wie kam die Gräfin nur dazu, ihn »Kommissarchen« zu nennen und den Satz mit den Dessous leise schnurrend wie eine Katze von sich zu geben?

Etwa weil sie auf der Suche nach einem Kater war?

Gräfin Békesi-Alaghy klimperte mit den künstlichen Wimpern und rückte näher an ihn heran. Querlinger versuchte, etwas von ihr abzurücken, aber die Sitze im Bierbähnle waren ziemlich schmal.

»Und wie … ähm … kam Ihre Enkelin zu Lagerwald? Beziehungen, nehme ich an?«

Wimpernklimpern. »Abär Kommissarchen, was heißt Bäziehungen. Talänt! Großes Talänt! Ich känne Lagerwald zwar sähr gut, von frühär, abär wie gesagt: großes Talänt, meine Enkälin.«

»Sie kennen ihn von früher?«

»Ja, wir gäwäsän sind ein … nun ja.«

Das »nun ja« sprach Bände. Querlinger grinste. Die Gräfin zog ihr Smartphone hervor, drückte ein paar Tasten und hielt Querlinger das Display vor die Nase. Ein schlossähnliches Anwesen aus der Vogelperspektive.

»Ich wärde bald einä große Party gebän. Auf meine Schloss bei Mochental. Sie sind härzlich willkommen. Meine Enkälin kommt auch.«

Wimpernklimpern. Schmachtender Blick aus graublauen Augen.

»Oh, vielen Dank für die Einladung. Ich werde sehen, was sich machen lässt.«

Die Gräfin zeigte ihm weitere Bilder. Fotos von einem Park mit Bäumen und steinernen Skulpturen. Alter Baumbestand. In Form geschnittene Buchsbäume.

Querlinger gab sich beeindruckt: »Sehr schön, wirklich sehr schönes Anwesen!«

»Anwäsen? Gutäs Kommissarchen, das ist Schloss, nicht Anwäsän!«

»Ja, ja, natürlich. Ich wollte Schloss sagen.«

»Ich schicke Ihnen auf Händy Adrässe und Bilder. Gebän Sie mir Nummer?«

Etwas widerstrebend zog Querlinger eine private Visitenkarte aus der Hosentasche, die er ihr überreichte.

»Wunderbar. Sie Einladung von mir ärhaltän. Schriftlich.«

Das Bierbähnle war inzwischen an der »Shrimps-und-Fisch-Haltestelle«, sprich: beim Hauptbahnhof, angekommen. Jetzt erst fiel Arnulf Weißenegger das Fehlen des Reporters auf.

»Nanu, wo ist denn der Herr von der Presse, den ich engagiert habe?«

»Sie haben ihn engagiert? Er war also kein Bekannter oder Freund?«, fragte Querlinger.

»Ich habe ihn gebeten, Fotos zu machen. Es ist schließlich ein Event, das man nicht alle Tage erlebt. Es wird einen Artikel im Regionalen des Südwestboten darüber geben. Herr Oxheimer sollte die Bilder dazu liefern.«

»Ein Artikel im Südwestboten? Die drucken so was?«

»Ich habe eine große Anzeige über mein neu eröffnetes Therapiezentrum in Auftrag gegeben. Im Gegenzug sollte ich einen redaktionellen Beitrag erhalten. Wo er bloß hin ist?«

»Er ist an der letzten Haltestelle ausgestiegen. Ihm war nicht gut. Was man ihm ansah.«

»Tatsächlich? Hab ich gar nicht bemerkt.«

Querlinger heuchelte Bedauern und bedeutete Weißenegger, sich zu ihm hinunterzubeugen.

»Entweder er leidet an Inkontinenz, oder er hat sich die Blase erkältet«, flüsterte er ihm ins Ohr. »Er hatte jedenfalls auf einmal eine total verpinkelte Hose.«

»Um Himmels willen, aber dann kann er doch nicht arbeiten. Er versaut mir meinen öffentlichen Auftritt. Wer schießt jetzt die Fotos?«

»Na ja, ein paar Bilder hat er schon gemacht, vielleicht reichen die ja.« Im Stillen hoffte Querlinger, dass sämtliche Aufnahmen misslungen wären. Seine Gegenwart bei dieser verrückten Party öffentlich zu dokumentieren und sich mit Bild in einem Artikel neben einem stadtbekannten Spinner wie Weißenegger verewigt zu sehen – da konnte er sich weit Angenehmeres vorstellen.

Der letzte Halt der Hinfahrt war erreicht: die Friedrichsau, das beliebte Ulmer Naherholungsgebiet. Von Weißenegger zur »Kaffee-Dessert-Kuchen-und-Schnäpsle-Haltestelle« umfunktioniert.

»Alles aussteigen«, röhrte Amor, der Ulmer Liebesgott. »Hier werden wir die nächsten zwei Stunden verbringen. Bitte, mir zu folgen.«

Zwei Stunden! Nahm das Grauen überhaupt kein Ende?

Während das Bierbähnle leer weiterfuhr – in zwei Stunden würde es die Festgesellschaft wieder abholen –, steuerten Weißenegger und seine Gattin, gefolgt von den Gästen, auf eine mit Büschen umrandete, kurz geschorene Wiese zu.

»Aufgepasst!«, rief er und hob die Hände wie ein Dirigent. Querlinger ahnte Fürchterliches. Wie auf Kommando brachen die Mitglieder der Swabian Brass Band mit ihren Musikinstrumenten bewaffnet hinter den Büschen hervor, stellten sich in Positur und begannen »An der schönen blauen Donau« zu intonieren.

»Alles Walzer!«, brüllte Weißenegger. Und noch ehe Luise sich's versah, hielt der Plastikamor sie in seinen Armen und begann, sich mit ihr auf der Wiese zu drehen. Gleich darauf schwang auch der Rest der Bierbähnle-Besatzung das Tanzbein. Außer Querlinger.

Dann stand das Schicksal vor ihm. In Gestalt Patricia Weißeneggers.

»Damenwahl, Herr Kriminalhauptkommissar!«

Querlinger stöhnte, doch das Schicksal scherte sich einen Dreck darum. Als er sich mit Psyche auf dem Rasen drehte, schlug es ein zweites Mal zu. Vielleicht war das, was geschah, dem erhöhten Bierkonsum des Kommissars geschuldet, vielleicht auch einer tückischen Unebenheit im Rasen – jedenfalls stolperte Querlinger so unglücklich, dass er mitsamt seiner Partnerin zu Boden stürzte und flach auf sie zu liegen kam.

Gelächter. Verstörung bei Querlinger. Doch anstatt dass Pati ebenso erschrocken reagiert hätte wie er, trat ein verklärter Glanz in ihre Augen. »Oh, Herr Kommissar, Sie sind ja ein ganz Schlimmer!«, flüsterte sie.

Traumatisiert stand Querlinger später abseits der Tanzveranstaltung am Rand der Wiese und sehnte sich einmal mehr nach einem Anruf, der ihn zu einem Tatort beordern würde. Hätte er gewusst, dass sich Oxheimer, nachdem er ausgestiegen war, ein Taxi zur Friedrichsau genommen hatte – er wäre vermutlich noch traumatisierter gewesen.

»Hallo, Herr Kommissar, genug von der Party?«, fragte eine Stimme in seinem Rücken.

Querlinger drehte sich um und musterte den Mann. Es war der, der ursprünglich neben der Gräfin gesessen hatte. Der, den er aus der Zeitung kannte. Ein Mann Mitte siebzig, aber noch außerordentlich agil wirkend und gut aussehend. Plötzlich fiel ihm auch der Name wieder ein: Adam Zoller. Zoller war vor Jahren Vorstandsvorsitzender einer international tätigen Maschinenbau AG gewesen. In den Medien dafür bekannt, während seiner aktiven Zeit Kompromisse stets zulasten der Belegschaft geschlossen zu haben. Anstatt sich auch mal für die Belange der nach Tausenden zählenden Arbeiter und Angestellten einzusetzen, hatte er gegenüber den Aktionären und anderen VIPs aus Politik und Gesellschaft stets den Schwanz eingezogen, keinen Hintern in der Hose gehabt. Den Mann ohne Arsch hatte man ihn deshalb genannt.

»Ein bissle ausruhen halt«, antwortete Querlinger. »War heute ein harter Tag im Büro. Hab vorhin 'nen Schwindelanfall gehabt, wie Sie ja bestimmt mitbekommen haben. Muss den Kopf frei bekommen. Und die Luft hier in der Friedrichsau tut gut.«

»Stimmt. Gute Luft hier.« Adam Zoller atmete einmal demonstrativ ein und aus. »Und dieser Duft nach frisch gemähter Wiese … einfach herrlich, würde ich sagen.«

»Sie sind auch ein Freund des Jubelpaares?«

»Sagen wir mal … wir sind gut miteinander bekannt. Ich habe Herrn Weißenegger bei der Konzeption seines neuen Fitnesscenters beraten. Und ich bin schon lange Kunde bei ihm. Fitnesskunde, wenn Sie verstehen, was ich meine.«

Meine Güte, war der Typ umständlich. Was sollte daran nicht zu verstehen sein?

»Arbeiten Sie noch?«

Der Arschlose nickte. »Als freiberuflicher Consultant. Ich bin zwar in Rente, aber die Arbeit macht mir noch immer Spaß.«

»Tja, was mich angeht, ich hab noch ein paar Jährchen bis zur Rente.«

»Also ich würde mal sagen, die sitzen Sie als Beamter doch auf einer Arschbacke ab, oder?«

Querlinger verzog keine Miene.

»Stimmt!«, sagte er. »Ich hab so viel festes Sitzfleisch, dass ich das spielend schaffe. Im Gegensatz zu anderen, die statt einem Arsch Wackelpudding in der Hose haben.«

12

Mittwoch, 17. Juni

Christina von Flunkern blickte aus der gläsernen Kuppel des Cafés der Hamburger Seniorenresidenz Augustinum auf die Elbe hinunter. Kähne und Kutter, Schlepper und Krane – oder sagte man Kräne? – boten ein buntes Bild hanseatischer Betriebsamkeit. Ein herrlicher Anblick.

Wie jeden Nachmittag hatte sich Frau von Flunkern ihre »Belohnung« bestellt: einen Cappuccino und ein Stück Hamburger Torte. Jeden Tag feierte sie sich dafür, dass sie damals, vor über dreißig Jahren, ihrem Mann Theophil Amadeus von Flunkern die Pistole auf die Brust gesetzt und zu ihm gesagt hatte: »Theophil Amadeus, entweder wir verlassen zusammen dieses bescheuerte Ulm und ziehen nach Hamburg, oder ich verlasse dich und ziehe nach Buxtehude zu deinem Bruder Anselm Gottlieb.« Woraufhin Theophil Amadeus, der in seinem Bruder Anselm Gottlieb einen nicht zu unterschätzenden Konkurrenten vermutete, sich genötigt sah, dem Wunsch seiner Gattin zu entsprechen.

Zwei Jahre später hatte Theophil Amadeus das Zeitliche gesegnet; er war nach einem Spaziergang am Nordseestrand von St. Peter-Ording nicht mehr zurückgekehrt, weil er die Zeiten von Ebbe und Flut verwechselt hatte. Er war halt Ulmer, der gute Theophil Amadeus, und als solcher eher mit dem Glockenschlag des Ulmer Münsters als mit dem Gezeitenkalender von St. Peter-Ording vertraut. Nach seinem Ableben war Anselm Gottlieb für ihn in die Bresche gesprungen, allerdings nicht lange. Ein Jahr später war auch er über den Jordan gegangen. Besser gesagt: über die Elbe. Nach einem Zechgelage auf dem Restaurantschiff im Museumshafen war er von Bord gefallen und nicht mehr gesehen worden. Und so kam es, dass Christina von Flunkern, die vor ihrer Heirat Christa Wolfsperger hieß und als Hebamme gearbeitet hatte, Herrin über das Vermögen zweier gut situierter Männer wurde, mittlerweile drei Weltreisen auf einem Luxusliner und unzählige Aufenthalte am Gardasee hinter sich gebracht hatte und in der Augustinum-Seniorenresidenz das Leben einer lustigen Witwe führte.

»Bitte sehr, Frau von Flunkern, Cappuccino, Torte und Ihre Zeitungen. Nachdem Sie fast eine Woche weg waren, die Ausgaben der letzten fünf Tage«, sagte die Bedienung.

»Danke, min Deern«, sagte Christina freundlich, allerdings mit deutlich schwäbischem Einschlag. Sie nahm einen ersten Schluck Cappuccino und schlug die Ausgabe des Südwestboten vom 9. Juni auf. Die Zeitung war das Einzige, was Christina von Flunkern mit der ursprünglichen Heimat verband. Schon seit Jahren hatte sie das Blatt abonniert, das täglich ins Café der Seniorenresidenz geliefert wurde.

Christina blätterte ein wenig – und hielt plötzlich inne.

»Mord im Moor – Skelette im Federseeried entdeckt«, las sie mit wohligem Schaudern. Christina kannte das Federseeried, und sie liebte Krimis über alles. Umso mehr, wenn es sich um True Crime Storys handelte. Und wenn diese auch noch in der alten Heimat spielten – großartig. Dann aber, als Christina weiterlas, stellten sich ihr die Haare auf. Insbesondere, weil der Artikel von einem Mordfall berichtete, der in ferner Vergangenheit lag. Und – o Gott! – von einem Mann, der einen Klumpfuß hatte. Christinas Hände zitterten. Konnte es möglich sein? Ja, es konnte! Aber war es wirklich so?

Sie ließ die Zeitung sinken und sah nachdenklich auf die Elbe hinunter. Fragte sich, ob sie nicht unverzüglich die Polizei in Ulm anrufen und dort ihren Verdacht mitteilen sollte. Schließlich tappten die Bullen – wie Theophil Amadeus Polizisten immer genannt hatte – im Dunkeln. Zumindest was die Identität einer der Leichen anging. In diesem Fall handelte es sich also nicht um Bullen, sondern um Maulwürfe, konkreter gesagt: um blinde Maulwürfe. Vielleicht konnte sie wenigstens ein bisschen Licht in den polizeilichen Maulwurfshügel bringen.

Und noch eine Frage stellte sie sich, eine ganz entscheidende Frage: Wenn es wirklich so war, wie sie vermutete – wer war dann die andere Leiche? Sie dachte eine Weile nach und überlegte, ob sie außer der Polizei noch jemand anderen anrufen sollte. Dann aber, nachdem sie abermals nachgedacht hatte, entschloss sie sich, niemanden anzurufen. Weder die Polizei noch ihn. Noch nicht.

13

Donnerstag, 18. Juni

»Also, es gibt 'ne Menge Stammbrücken, die von den Obdachlosen regelmäßig angesteuert werden«, tönte Bödele, kaum dass
er zusammen mit Feigl, Heinerle und Zimmernagel das Büro
seines Chefs betreten hatte. Jeder griff sich einen der fünf Stühle,
die standardmäßig herumstanden, und setzte sich.

»Genau! War nicht so einfach, herauszufinden, wo unsere
Kandidaten sich treffen«, ergänzte Feigl.

»Helft mir mal schnell auf die Sprünge. Wer war das gleich
noch mal?« Querlinger nuschelte leicht, er hatte sich gerade ein
paar Erdnüsse eingeworfen.

Bödele zog einen Zettel aus der Hosentasche.

»Wir haben da eine Annemarie Bertele, genannt Weißbier-
Anni, einen Josef Möhnle, genannt Weißlacker-Sepp, des Weiteren einen Karl Dobler, genannt Zinken-Karle, und einen gewissen
Gernot Zachbichler, den man Professor nennt. Alle vier waren
mit Georg Schmied, sprich: mit unserem Maultrommel-Schorsch,
enger befreundet. Zu Möhnle und Dobler war der Kontakt am
intensivsten. Mit denen war er über viele Jahre hinweg fast täglich
zusammen. Annemarie Bertele kannte er seit einem Jahr, aber zu
ihr hatte er nur sporadisch Kontakt. Bis vor einem halben Jahr
der Kontakt intensiver wurde. Seitdem trafen sich die beiden fast
täglich. Den Professor, also den Zachbichler Gernot, traf er so
alle zwei Wochen. Und zwar zum Schachspielen.«

»Ich nehme an, die waren bei diesen Stammbrücken-Treffen
auch regelmäßig dabei?«

»Richtig«, ergänzte Zimmernagel. »Bis auf den Professor.
Der kam nur ab und an.«

»Und wo haben sich die immer getroffen?«

»Abwechselnd an zwei Treffpunkten«, erklärte Heinerle.

»Der eine liegt unterhalb der Herdbrücke, an der Adlerbastei, direkt an der Donau. Der andere unter der Gänstorbrücke, auch an der Donau, und zwar auf der Neu-Ulmer Seite. Wir, also der Armin und ich, haben uns den Treffpunkt bei der Herdbrücke vorgenommen und –«

»Und der Bernd und ich uns den unter der Gänstorbrücke. Danach haben wir uns getroffen, um uns zu besprechen«, bemerkte Bödele. »Aber –«

»Halt dei Gosch, wenn ich schwätz, und unterbrich mich nicht ständig«, fuhr Heinerle ihn an.

»Mandl dich bloß nicht auf, Polizeihauptmeister, gell!«

»Ruhe! Zum Donnerwetter!« Querlinger schlug mit der flachen Hand auf den Schreibtisch. »Ich frag und ihr antwortet, kapiert? Also, was haben sie ausgesagt?«

»Ähm … ausgesagt? Nix!«, bemerkte Heinerle.

»Was heißt: nix? Ihr habt sie doch befragt?«

»Wollt ich dir grad erklären, aber der Depp hat mich unterbrochen.«

»Jetzt reicht's aber!«, zischte Bödele.

»Ich hab doch g'sagt: Ruhe! Noch ein Ausrutscher, und ihr geht beide in den Keller Akten sortieren!«

Zimmernagel schaltete sich ein. »Chef, wir konnten sie nicht befragen, die sind nicht auffindbar, wie vom Erdboden verschluckt. Die haben sich schon seit Tagen in der Szene nicht mehr blicken lassen. Bei dem Stammbrücken-Treffen am 15. Juni war keiner von denen da, was sehr ungewöhnlich ist. Das fand turnusgemäß bei der Herdbrücke statt. Sagen zumindest die Obdachlosen, mit denen wir gesprochen haben. Wir haben versucht, so viele wie möglich zu befragen.«

»Genau«, bekräftigte Feigl. »Was die Informationen betrifft, hat sich ein Querschnitt ergeben. Alle sagen übereinstimmend, dass die vier Penner …«

»Drei Penner und eine Pennerin«, korrigierte Bödele.

»… dass die, die mit dem Schmied Georg Kontakt hatten, schon seit Tagen nicht mehr gesehen worden seien.«

»Eigenartig, das Ganze«, brummte Querlinger. »Da wird einer aus dieser mehr oder weniger verschworenen Gemeinschaft von fünf Obdachlosen ermordet, und sofort verschwinden die anderen vier in der Versenkung.«

»Du sagst es, irgendwie verdächtig«, nickte Zimmernagel. »Wobei, in einem Punkt muss ich dich korrigieren.«

»Und in welchem?«

»Die ›verschworene Gemeinschaft‹, wie du es formulierst, bestand im Prinzip nur aus vier Personen. Unserem ermordeten Schorsch, dem Sepp, dem Karle und dem Professor. Die Anni kam erst vor einem Jahr dazu.«

Querlinger legte die Stirn in Falten.

»Gab es einen bestimmten Grund, warum die vier Männer so speziell miteinander waren?«, wollte er wissen.

»Die hatten vor Jahren ein singuläres Erlebnis gehabt. Wären beinahe gemeinschaftlich abgesoffen«, antwortete Feigl.

»Wie das?«

»Sie hatten zusammen in einer Felshöhle am Ufer der Donau übernachtet. Dann war plötzlich Starkregen angesagt, und im Nullkommanichts war das Ufer überflutet, und die Höhle lief voll. Mehr als vierundzwanzig Stunden mussten sie bis zum Hals im Wasser steckend ausharren, bevor der Wasserpegel sank und sie völlig unterkühlt geborgen werden konnten. So was schweißt zusammen.«

Querlinger nickte. »Dieser Professor, was ist das eigentlich für ein Mensch?«

»Soll ein ziemlicher Eigenbrötler sein. Nicht gerade unfreundlich, aber immer kurz angebunden. Verbringt viel Zeit in diversen Büchereien und Gemeindebibliotheken, wo er stundenlang schmökert. Richtet sich manchmal seinen Schlafplatz am Blaukanal in einem Wald bei Söflingen her, in der Nähe eines Grillplatzes. Die haben uns genau beschrieben, wie man dahin kommt. Wir waren zweimal dort, haben ihn aber nicht angetroffen. Da lagen nur 'n paar Bierdosen rum.«

»Genau«, ergänzte Bödele. »Man müsste die Umgebung dort

ein paar Tage lückenlos überwachen lassen, irgendwann wird er vielleicht auftauchen.«

»Vergiss es! Der Fachinger bläst mir den Marsch, wenn ich beim derzeitigen Ermittlungsstand ein paar Kollegen von der Streife abstelle, um tagelang ein Waldstück überwachen zu lassen, in der vagen Hoffnung, einen Zeugen zu finden. Hin und wieder einen Beamten hinzuschicken, das geht in Ordnung.«

»Anscheinend interessiert sich derzeit außer uns noch jemand für ihn«, sagte Feigl.

»Wie kommst du darauf?«

»Mehrere von denen, die wir interviewt haben, gaben an, dass am vergangenen Sonntag ein Typ aufgetaucht sei, der nach ihm gefragt habe. Er wollte wissen, wo er den Professor treffen könne, er sei ein alter Freund von ihm.«

»Wie sah der aus?«

»Ziemlich groß. Schwarzer Mantel, riesige dunkle Sonnenbrille, schwarzer Hut mit breiter Krempe und schwarzer Vollbart.«

»Mit anderen Worten: optisch kaum zu identifizieren.«

»Richtig.«

»Hat er die entsprechende Auskunft bekommen?«

»Ja, nachdem er ein ordentliches Bakschisch hat springen lassen. Interessant ist aber, dass er noch nach jemand anderem gefragt hat.«

»Nach wem?«

»Kommst du nie drauf.«

Querlinger beugte sich ruckartig nach vorne. »Wenn du nicht sofort aufhörst, den Jauch zu geben, geb ich den Terminator, klar?«

»Er wollte wissen, ob die einen ›gewissen Müller‹ und einen ›Götzi‹ kennen würden. Die suche er nämlich auch. Das müssten Freunde des Professors sein.«

»Und?«

»Sie würden weder einen Müller noch einen Götzi kennen, haben sie ihm gesagt.«

»Und?«

»Nix und. Er hat sich freundlich von ihnen verabschiedet und ist gegangen.«

»Den Vornamen von diesem gewissen Müller hat er nicht genannt?«

»Anscheinend nicht.«

Die Tür ging. Janine von Eulenburg trat ins Zimmer und griff sich den fünften Stuhl. Querlinger sah kurz zu ihr hin, doch sie bedeutete ihm mit einer Geste, einfach weiterzumachen.

»Wie war das Verhältnis des Ermordeten zu den anderen aus der Szene? Gab es jemanden, der ihn nicht leiden konnte? Hatte er Feinde?«, wandte er sich wieder den anderen zu.

»Haben wir natürlich auch gefragt«, meinte Feigl. »Das Verhältnis zu den anderen im Milieu sei normal gewesen. Feinde habe er keine gehabt, hin und wieder habe es Zoff gegeben mit diesem und jenem, da seien auch mal die Fetzen geflogen, aber kurze Zeit später habe man sich wieder vertragen.«

»Genau«, bestätigte Zimmernagel. »Einer sagte, es habe richtige Versöhnungsfeiern gegeben.«

»Versöhnungsfeiern!«

»Ja. Einmal hätten ein paar von denen bei einer Veranstaltung in der Penneruni – ihr wisst schon, diese komische ›Berber-Akademie für angewandte Straßenkunst‹ – einen Dozenten von der Musikschule versohlen wollen, weil der ihnen verbieten wollte, während einer Vorlesung Alkohol zu trinken. Unser Maultrommel-Schorsch und ein paar andere waren dagegen, es kam zu einer Keilerei, der Dozent ging dazwischen und wurde krankenhausreif geschlagen. Er musste zusammen mit dem Schorsch ambulant in der Klinik behandelt werden. Am nächsten Tag herrschte wieder eitel Sonnenschein, und es wurde Versöhnung gefeiert, dass es nur so krachte.«

»Hatten die vier – oder fünf, wenn ich den Professor dazurechne – auch Zoff untereinander?«

»Ja, klar. Die haben sich auch schon mal die Nase blutig geschlagen.«

»Tja, was sich liebt, das schlägt sich!«, kommentierte Eulenburg.

»Hinterher haben sie sich schnell wieder vertragen. Das war
auch so, als der Streit in der Penneruni eskalierte. Da sind der
Schorsch und der Möhnle Sepp, also der Stinker, aufeinander
los, die standen da auf verschiedenen Seiten. Aber dann, am
nächsten Tag, wie schon gesagt, fand das große Versöhnungs-
saufen statt.«

Querlinger nickte abwesend. Diese merkwürdige Weiterbildungseinrichtung für Wohnungslose, die sie im Team etwas
respektlos Penneruni nannten! Die hatten sie im Rahmen der
Ermittlungen noch gar nicht in Erwägung gezogen.

»Wie wär's, wenn wir uns den Laden mal ansehen?«

»Welchen Laden?«, fragte Zimmernagel.

»Na, diese skurrile Berber-Akademie. Die Räume sind doch
in einer alten Lagerhalle im Industriegebiet West untergebracht.
Schaut euch einfach mal dort um. Vielleicht fragt ihr diesbezüg-
lich auch beim Leiter des Obdachlosenheims nach. Gibt's sonst
noch was, das von Interesse wäre?«

»Nichts«, meinte Zimmernagel.

Auch Feigl und Heinerle verneinten mit einem Kopfschütteln.

Bis auf Bödele. Ein sattes Grinsen stand in seinem Gesicht,
während seine Hand in die Hosentasche fuhr und einen zerknit-
terten, von Hand beschriebenen Zettel hervorholte. Er erhob
sich von seinem Stuhl und legte ihn mit einer betont theatrali-
schen Geste seinem Chef auf den Schreibtisch.

Querlinger furchte die Stirn. »Was soll das, Guntram! Bist du
frühsenil, oder kehrst du zu deiner infantilen Phase zurück?«

»Lesen, Chef, lesen!«, forderte Bödele Querlinger auf.

Der Kommissar faltete den Zettel auf, hob überrascht die
Brauen und sagte: »Was soll das? Woher hast du den?« Er reichte
den Zettel an Feigl weiter, der ihm am nächsten saß. »Lies vor!«,
befahl er ihm.

»Hallo, Anni-Schätzle,
morgen hol ich dich ab, und dann machen wir unter dei-
nem schönen Lieblingsbrückle an der schönen blauen
Donau schöne Sachen. Ach, übrigens, ich hab ein schönes
Lied für dich komponiert, das spiel ich dir auf der Mund-
harmonika vor.
Dein Schorschi.«

Versehen war die Botschaft mit einem gezeichneten Herz, in
dem ein gefiederter Pfeil steckte.

Feigl sah auf. Eiskalter Gletscherblick.

»Würd mich schon auch interessieren, woher du den Wisch
hast«, knurrte er. Auch in den Blicken der anderen las Bödele
alles andere als kollegiale Sympathie.

Der Oberkommissar rutschte unruhig auf seinem Stuhl hin
und her.

»Den ... den Zettel? Wo ... woher ... ich den hab? Den hat
mir einer von den Pennern gegeben, die ich befragt hab.«

»Und warum rückst du erst jetzt damit raus? Wir sind doch
ein Team, oder?«, blaffte Zimmernagel.

»Is doch klar, warum«, spekulierte Heinerle finster. »Lieb
Kind will er sich machen, der Herr Oberkommissar! Sich ein-
schmeicheln beim Chef. Sämtliche Lorbeeren allein einheimsen.
Nach dem Motto: Schauts alle her, was für ein toller Hecht ich
bin.«

Bödele, du Allmachtsdaggl! Querlinger spürte, wie ihm auf
einmal heiß wurde. Die Lage drohte zu eskalieren. Das hier
war mehr als das übliche Geplänkel zweier Streithähne, an das
sich das Team mehr oder weniger schmunzelnd gewöhnt hatte.
Diesmal hatte Bödele, dieser Vollidiot, den Bogen deutlich über-
spannt. Aber ein massiver Zwist in der Truppe war das wenigste,
was sie jetzt gebrauchen konnten.

Wieder einmal war es Janine von Eulenburg, die die Wogen
glättete.

»Tja, Guntram, du weißt schon, was dich das kostet. Eine

Runde für das ganze Team beim »Hockete« am Schwörmontag in der Friedrichsau.«

»Ähm ... ja ... klar. Is geritzt. Ich spendier auch zwei Runden. Sorry, Kollegen.«

Querlinger warf seiner Kommissarin einen dankbaren Blick zu.

»Also, Guntram, raus jetzt mit Sprache. Wie kam der dazu, dir einen Zettel zu geben, der an diese Weißbier-Anni adressiert war? Ich nehm jedenfalls mal an, dass sie die Adressatin war, oder?«

»Schon, ja. Also, das war so. Der Bernd und ich, wir haben die Penner, die wir bei der Brücke angetroffen haben, zwischen uns aufgeteilt. Einer von denen, die ich befragt habe, heißt Zoltan. Er hat den Zettel vor ein paar Tagen dort gefunden, wo die Anni ihren Unterschlupf hat, irgendwo an der Donau, Richtung Ehingen. Er wollte die Anni dort abholen, sie hätten nämlich ausgemacht, an diesem Tag mit dem Fahrrad nach Söflingen zu fahren. Aber er fand den Unterschlupf leer vor. Als er sich umsah, habe er einen zu einer Papierkugel zusammengeknüllten Zettel gefunden. Er habe ihn aufgefaltet und gelesen. Er hätte sich halb totgelacht, hat er mir erzählt.«

»Der Reaktion nach zu urteilen, war er also überrascht, dass der Schorsch ein Verhältnis mit ihr hatte.«

»Genau.«

»Und von den anderen will das keiner bemerkt haben?«

»Anscheinend nicht.«

»Hat er irgendjemandem von diesem ... Liebesbrief erzählt? Anderen Kumpels?«

»Sorry, hab ich vergessen, zu fragen. Aber ich nehm mal an, dass er es nicht rumerzählt hat, weil dann hätten die anderen davon gewusst und was darüber gesagt.«

»Hm«, brummte Querlinger, griff zu seiner Thermoskanne, die neben der Würfelzuckerdose auf dem Schreibtisch stand, und goss dampfenden Kaffee in den Schraubbecher. Ein verführerischer Duft erfüllte das Zimmer. Und neidische Blicke.

»Wollt ihr auch einen? Ich hab noch 'ne zweite Kanne da. Heini, hol die Tassen aus dem Schrank«, forderte der Kommissar Heinerle auf.

»Falls er sie noch alle im Schrank hat«, witzelte Bödele, worauf Heinerle sich ein Stück Würfelzucker griff und es ihm an den Kopf warf.

Zwei Minuten später saß jeder mit einer dampfenden Tasse da.

»Herrschaften, eine Sache hat jetzt Priorität. Wir müssen die abgetauchten Obdachlosen finden.«

»Heißt, wir starten einen Zeugenaufruf, wenn ich Sie richtig verstehe?«, fragte Eulenburg.

»Haben Sie richtig verstanden, Kollegin. Außerdem sollten wir an der Szene dranbleiben.«

»Wir schauen uns also regelmäßig dort um.«

»So ist es. Wir werden die Kollegen von der Bereitschaft bitten, an den entsprechenden Stellen zu patrouillieren und die Augen offen zu halten. Gibt es Fotos von den Kandidaten?«

»Da müssten wir beim Leiter des Obdachlosenheims mal nachfragen. Ich glaub, die führen dort noch richtig altmodisch eine Kartei mit Namen und Passfotos.«

»Wie machen wir im Federsee-Fall weiter?«, wollte Zimmernagel wissen.

»Morgen werden Kollegin Eulenburg und ich uns die Orthopädieschuhmacherei vornehmen. Ansonsten muss der Fall eben warten. Der tote Obdachlose hat Priorität.«

14

Freitag, 19. Juni

Der »Sanitäts- und Orthopädiebedarf Weh« war in einem modernen Werkstattgebäude im Industriegebiet Donautal an der Grenze zum Stadtteil Wiblingen untergebracht. Man betrat das Gebäude durch eine breite Glasdrehtür und gelangte in einen Empfangsraum mit Tresen. Und damit zu einem etwas eigenartig anmutenden Menschen, der hinter dem Tresen an einem Tisch saß und auf einer Computertastatur herumhackte; sein Alter mochte irgendwo zwischen dreißig und fünfunddreißig liegen. Eigenartig mutete er deswegen an, weil er über ein ziemlich eigenwilliges Outfit sowie über eine eigenwillige Frisur verfügte.

»Sagen Sie, Chef: Fasching, oder die Ulmer Fasnet, wie man hier sagt, ist doch schon vorbei. Oder hab ich da was nicht mitgekriegt?«, flüsterte Eulenburg Querlinger zu.

»Nein, nein, Fasnet ist definitiv vorbei. Der Typ da scheint es allerdings nicht mitgekriegt zu haben«, flüsterte der Kommissar zurück, während sie an den Tresen herantraten. Davor stand ein Prospektständer mit einer Anzahl Werbeprospekten, betitelt »Wenn's wehtut: Weh!«.

»Grüß Gott«, grüßte Querlinger laut und vernehmlich, der Typ blickte auf.

»Oh, guten Tag, ich hab Sie gar nicht reinkommen sehen, entschuldigen Sie«, rief er.

Die Frage Eulenburgs war angesichts der äußeren Erscheinung, die der Mann bot, mehr als nachzuvollziehen. Bis auf sein Gesicht schien alles an ihm aus schwarz-weißen Karos zu bestehen. Kariertes Hemd, karierte Krawatte, kariertes Sakko, karierte Hose nebst karierten Socken und – man wollte es schier nicht glauben – karierte Schuhe! Blickte man ihn länger an, drohte einem schwindlig zu werden. Mit das Interessanteste aber war die Frisur des Mannes: drei braune Strähnen, die über dem linken Ohr ihren Anfang nahmen und, akkurat über den blanken Schädel gekämmt, bis zum rechten Ohr reichten und so den Anschein erweckten, als wären sie mit Pattex festgeklebt worden.

»O weh, das tut mir aber leid, dass Sie uns nicht gehört haben, hoffentlich haben wir Sie nicht erschreckt, Herr …«

»Weh. Waldemar Weh, ich bin der Juniorchef. Zuständig für Marketing, Kundenpflege und Akquise. Was kann ich für Sie tun, wo drückt der Schuh?«

Querlinger zückte seinen Dienstausweis.

»Kripo Ulm, Hauptkommissar Querlinger, meine Kollegin Hauptkommissarin von Eulenburg. Wir hätten da eine Frage, Herr … ähm … Weh.«

»Was? Kripo! Um was geht's denn?« Waldemar Weh schien entsetzt.

»Um einen Doppelmord. Wir stellen Nachforschungen zu den Opfern an, eine Spur führt zu Ihrer Firma …«

»Um Himmels willen! Ein Doppelmörder? In meiner Firma?« Weh wurde leichenblass.

»Herr Weh, lassen Sie mich bitte aussprechen. Die Spur besteht aus einem maßgefertigten orthopädischen Schuh, der einem der Opfer gehörte. Auf der Sohle, besser gesagt auf dem Sohlengelenk, gab es eine Prägung. Die Spurensicherung hat es als Ihr Firmenlogo identifiziert.«

Waldemar Weh zog die Brauen hoch.

»Gibt es sonst noch eine Besonderheit?«

»Was für eine Besonderheit?«

»Na ja, irgendetwas, das die Kripo veranlasst, ausgerechnet hier bei uns zu ermitteln.«

»Außer dass dem Schuh der Schnürsenkel fehlte, keine. Aber hören Sie –«

»Mit anderen Worten: Nur weil das Opfer einen Schuh trug, bei dem der Schnürsenkel fehlt und der bei uns gefertigt wurde, glauben Sie, dass der Täter zu meinen Mitarbeitern gehört? Was ist das für eine Logik?«

Querlinger seufzte, Eulenburg grinste.

»Das behaupten wir gar nicht. Aber wir glauben, dass wir über diesen Schuh das Opfer identifizieren können, Herr Weh. Und deshalb –«

»Sie wissen also noch gar nicht, wer das Opfer ist?«

»Richtig! Der Schuh könnte etwas über seinen Träger aussagen. Wir würden Sie bitten, sich den Schuh anzusehen und uns den dazugehörigen Namen und die Adresse zu nennen. Vorausgesetzt natürlich, Ihre Kundenaufzeichnungen reichen entsprechend lange zurück.«

»Wie lange zurück?«

»Sagen wir mal, so bis 1985?«

Waldemar Weh sah etwas düpiert drein. »Soll das etwa heißen, dass Sie glauben, dass der Schuh schon vor so langer Zeit von uns angefertigt wurde?«

»So ist es.«

»Aber hören Sie mal! Kein Mensch trägt einen orthopädischen Schuh über drei Jahrzehnte hinweg.«

»Wir behaupten ja auch nicht, dass das Opfer ihn so lange getragen hat. Schauen Sie –«

»Ja, aber weshalb wollen Sie dann sämtliche Kundenaufzeichnungen prüfen, die bis 1985 zurückreichen, das ergibt doch keinen –«

»Herr Weh!« Querlinger wurde laut. »Können wir uns darauf einigen, dass wir die Fragen stellen und Sie einfach antworten?«

Waldemar Weh wollte offenbar zu einer renitenten Antwort ansetzen, besann sich aber eines Besseren. »Schon gut, was wollen Sie wissen?«

»Wie weit reichen Ihre Kundendaten zurück?«

»Na, da fragen wir doch mal meinen Vater.«

Karo-Waldi, wie Querlinger den Mann inzwischen in Gedanken nannte, griff zum Telefonhörer und wählte eine Nummer.

»Papa, könntest du mal nach vorne kommen? Wir bräuchten deine Hilfe ... Wie bitte? ... Ach, wer ›wir‹ ist? Nun ja, ich und zwei nette Leute von der Kripo ... Was gibt's denn da zu lachen? ... Ah so, jahaha, hihihi.« Karo-Waldi lachte herzlich und legte auf.

»Er kommt gleich, der alte Schwerenöter. Wissen Sie, was er gesagt hat?«

Die beiden Beamten wussten es nicht.

»Sie kämen gerade recht. Dann könne er sie nämlich fragen, ob sie den Typ jagen könnten, der ihm die Brötchentüte geklaut hat, die der Bäcker gestern vor seine Tür gelegt hatte.«

Querlinger und Eulenburg rangen sich ein müdes Grinsen ab.

Ein Mann – trotz seines Alters sah er aus wie das blühende Leben – trat in den Laden. »Ignaz Weh, grüß Gott, freut mich«, stellte er sich vor. Er sprach Schriftdeutsch, allerdings mit deutlich schwäbischem Einschlag.

Querlinger nickte dem Mann freundlich zu.

»Bei welchem Anliegen darf ich helfen?«, fragte Weh senior.

Weh junior erklärte ihm das Anliegen.

»Interessant. Sie möchten also etwas über einen Schuh wissen, dem die Schnur fehlt, den wir vor sechsunddreißig Jahren gefertigt haben?« Der alte Weh lachte amüsiert. »Soweit ich weiß, reicht unser Datenbestand bis in die siebziger Jahre zurück. Schauen wir mal, bis wann genau.« Er setzte sich an den Computer und hämmerte über die Tastatur ein paar Befehle in den Rechner.

»Unser Datenbestand reicht bis ins Jahr 1975 zurück, also fünfundvierzig Jahre«, bemerkte er stolz.

Querlinger war baff.

»Da schauen Sie, nicht wahr. Wir haben alle alten Kundenkarteien nach und nach digital erfassen lassen. Namen und Adressen unserer Kunden sowie die Artikel, die wir für sie gefertigt haben, inklusive sämtlicher technischer Angaben, wie Maße, Schuhtyp und so weiter«, bemerkte der alte Weh noch eine Spur stolzer, stand auf und entfernte sich mit einem »Ich hoffe, ich konnte helfen. Und jetzt entschuldigen Sie mich, ich habe noch eine Menge zu tun«.

»Donnerwetter!«, wandte sich der Kommissar an Weh junior, nachdem er sich vom Senior verabschiedet hatte. »Das heißt, wir …«

»Das heißt, Sie bringen uns den Schuh, und wir sagen Ihnen, für wen er gefertigt wurde. Jeder Schuh hat seine eigene individuelle Geschichte.«

»Und wenn der Schuh jahrzehntelang im Wasser lag? Können Sie ihn dann immer noch zuordnen?«

»Oh, er lag im Wasser?«

»In unmittelbarer Umgebung des Skeletts, zu dem er gehörte.«

»Ein Skelett? Mein Gott! – Aber ja, ich denke schon, dass noch eine Zuordnung erfolgen kann. Es sei denn, der Schuh wäre nicht mehr vollständig.«

»Wie, nicht mehr vollständig?«

»Na ja, wenn er zum Beispiel von einem Raubfisch, etwa einem Wels oder einem Hecht, zum Teil aufgefressen wurde, dann wird's schwierig.«

»Ein Raubfisch?« Querlinger wechselte einen Blick mit der Eulenburg. »Wie kommen Sie denn auf einen Raubfisch?«

»Also, wenn der Schuh neben einer skelettierten Leiche lag, dann muss es doch jemanden gegeben haben, der die Leiche bis auf die Knochen aufgefressen hat. Ein Raubfisch zum Beispiel. Oder mehrere.«

Die Logik des Karo-Waldi war umwerfend. Seine ichthyologischen Kenntnisse nicht minder.

»Also da kann ich Sie beruhigen«, grinste Querlinger. »Der Raubfisch, der die Leiche gefressen hat, hat sich nicht an dem Schuh vergangen.«

»Gut, dann bringen Sie uns den Schuh.«

»Wir möchten ungern das Original aus der Hand geben. Wir könnten Ihnen Fotos davon zur Verfügung stellen, die würden unsere Leute von der Kriminaltechnik anfertigen, sowie sämtliche Maßangaben. Würde Ihnen das reichen?«

»Versuchen können wir's ja mal.«

»Dann schicken wir Ihnen die Unterlagen noch heute zu. Per Mail, natürlich verschlüsselt. Das Passwort zum Öffnen teilen wir Ihnen telefonisch mit. Wir möchten Sie bitten, uns das Ergebnis so schnell wie möglich zu übermitteln.«

»Ziemlich kariert, die beiden Wehs, finden Sie nicht?«, bemerkte die Kommissarin auf der Rückfahrt zum Präsidium.

»Ich sage Ihnen, Eulenburg: Der ganze Fall ist irgendwie kariert.«

»Find ich auch. Ich hab das Gefühl, dass er noch viel karierter wird. Fehlt nur noch, dass wir ein kariertes Wochenende kriegen.«

15

Samstag, 20. Juni

Die Mondsichel am Himmel hatte sichtlich abgespeckt; noch war die heraufziehende Morgendämmerung schwarz wie die Seele des Zwerchfellatmers. Soeben war er aus dem Pick-up gestiegen, der auf ihn warten würde, bis er seine Mission beendet hätte. In seinen Neoprenanzug gehüllt und bewaffnet mit einer Taschenlampe, schlich er zwischen den Bäumen und Büschen am Ufer des Blaukanals entlang, der sich bei Söflingen durch eine wunderschöne Wald- und Auenlandschaft schlängelte – nein, »Blaukanal«, nicht »Blaumilchkanal«, der liegt doch in Tel Aviv! Dort, wo der Lichtkegel der Lampe auf den Boden traf, wich das Dunkel einem scharf begrenzten grellen Schein, der ihm den Weg wies.

Den Weg zu seinem Opfer, dem Professor.

»Arbeiten am Samstag. So ein Mist!«, schimpfte der Zwerchfellatmer. Am heiligen Wochenende zu schaffen – eigentlich ein Sakrileg für einen Schwaben! Am Wochenende hatte man zu grillen und zu chillen und nicht zu killen!

Doch was nicht zu ändern war, war eben nicht zu ändern. Der Professor hatte Vorrang. Absoluten Vorrang! Das war ihm klar. Natürlich würde er sich auch um Müller und Götzi kümmern müssen. Auch wenn deren Identität und Aufenthaltsort noch im Dunkeln lagen. Die Pennerkollegen des Maultrommel-Schorsch, bei denen er sich nach den dreien erkundigt hatte, hatten ihm nur zum Professor Auskunft geben können. Gegen ein ordentliches Bakschisch hatten sie ihm verraten, wo er seine »Sommerresidenz« – wie er sein Lager im Freien nannte – aufgeschlagen hatte: in einem Wäldchen bei Söflingen, am Ufer des Blaukanals. Sie hatten ihm den Weg dorthin genau beschrieben.

Er hatte diesen Weg am Vortag schon einmal zurückgelegt.

Um die Strecke zu checken. Als Generalprobe gewissermaßen und natürlich ganz normal angezogen. In Zivilkleidung, ohne Neoprenanzug und Tauchermaske. Und er hatte den Professor – um die sechzig, wallende weiße Mähne, Typ Albert Einstein – tatsächlich angetroffen. In kurze Boxershorts gekleidet, befand er sich vor einem luftigen Unterschlupf, der aus einer zwischen vier Bäumen gespannten Decke bestand, die so etwas wie ein Dach bildete. Über ein Lagerfeuerchen gebückt, bereitete er gerade sein Frühstück zu: Eier mit Speck. Ein Baguette lag auf einem weißen, auf dem Boden ausgebreiteten Geschirrtuch, daneben stand eine Thermoskanne mit Kaffee.

»Schönes Lager«, hatte der Zwerchfellatmer anerkennend gesagt und den verführerischen Duft eingesogen, der von dem Lagerfeuer ausging.

»Meine Freiluftsommerresidenz«, hatte der Professor nicht ohne Stolz geantwortet.

Ob es in der Sommerresidenz denn nicht ziemlich kühl hergehen könne, hatte der Zwerchfellatmer gefragt, vor allem nachts.

»Schon«, hatte der Professor zugegeben, aber da könne er sich auf seinen luftgepolsterten Outdooranzug verlassen, den er neulich geschenkt bekommen habe. Der schütze ihn gegen Feuchtigkeit, Kälte und Insekten.

»Ah ja, für alles gerüstet, Respekt!«, hatte der Zwerchfellatmer bemerkt.

»Morgenspaziergang?«, hatte der Professor ihn gefragt.

»Morgenspaziergang!«, hatte der Zwerchfellatmer bestätigt und verlangend auf die brutzelnden Eier geschielt.

»Kommen Sie, setzen Sie sich, seien Sie mein Gast«, hatte der Professor ihn aufgefordert; ihm war das Schielen nicht entgangen.

Was sich der Gast nicht zweimal sagen ließ und sich neben dem Lagerfeuer auf den Boden hockte. Als er den Professor so musterte, wie er über das Lagerfeuer gebeugt stand, hätte er um ein Haar eine unbedachte Frage gestellt, gerade noch rechtzeitig gelang es ihm, sie zu unterdrücken. Allerdings brannte ihm noch eine andere Frage auf den Nägeln. Die nach Müller und Götzi. Aber auch diese Frage hätte er im Moment nicht stellen können, ohne Verdacht zu erregen. Zumindest nicht direkt. Er zermarterte sich das Hirn, wie er es indirekt anstellen könnte, aber ihm fiel nichts ein.

Dann schlug der Zufall zu.

Der Professor hatte gerade das Taschenmesser beiseitegelegt, mit dem er das Baguette angeschnitten hatte, als der Blick des Zwerchfellatmers auf ein Messingschild am Griff des Messers fiel.

»Tolles Messer«, sagte der Zwerchfellatmer.

»Hab ich von 'nem Freund.« So wie er es sagte, war der Professor stolz auf den Freund. »Hier, sogar mit Widmung«, ergänzte er und ließ seinen Besucher die winzige Schrift auf dem Messingschild lesen.

Der-mit-dem-Zwerchfell-atmet traute seinen Augen nicht. Er konnte sein Glück kaum fassen. Er musste an sich halten, um seine Erleichterung nicht laut hinauszuschreien. Er war einen gewaltigen Schritt vorangekommen.

Der Professor, der das Leuchten in der Miene seines Gastes völlig falsch interpretierte, lächelte.

»Schon ganz scharf auf die Eier, was?«, fragte er.

»Und wie. Ich kann's kaum erwarten«, grinste sein Gegenüber.

Dann hatten sie gegessen, Kaffee getrunken, ein bisschen gequatscht, und der Gast hatte sich wieder verabschiedet. Außer Sichtweite des Professors hatte er sofort die Standortkoordinaten der »Sommerresidenz« in seine GPS-App eingegeben. Dies würde es ihm erleichtern, sie bei Nacht und Nebel wiederzufinden.

Der Zwerchfellatmer blieb stehen. Blickte durch die Gläser seiner Tauchermaske in den beginnenden Morgen. Nahm sie kurz ab und schnupperte. Der Duft nach Wald und Flur, Moder und

Wasser, Laub und Harz drang in seine Nase, ein olfaktorischer Genuss ohnegleichen. Nicht das geringste Lüftchen regte sich. Still ruhte der Wald, sämtliche Vögel hatten ihr Köpfchen noch unter dem Gefieder stecken. Nebelschleppen schleiften in niedriger Höhe über die trägen Fluten des Kanals und die angrenzenden Uferwiesen. Normalerweise jagten sie jemandem, der um diese unheilige Zeit rund um Söflingen durch Wald und Flur strich, Angst ein. Der-mit-dem-Zwerchfell-atmet sah das anders. Völlig entspannt sah er es. Der Nebel konnte ihn mal kreuzweise. Er ging weiter. Er hatte noch ein gutes Stück Weges vor sich.

Mehr als eine halbe Stunde später blieb er erneut stehen. Sah prüfend auf die GPS-App seines Smartphones, das er in den Gürtel geklinkt hatte. Registrierte befriedigt, dass ihn nur noch etwa fünfzig Meter vom Lager des Professors trennten. Die Dämmerung war auf dem Rückzug, im Osten brach sich das erste Licht des Tages Bahn, verschlafen begannen die ersten Vögel zu zwitschern. Die letzten Meter führten vom Ufer weg hinein in das angrenzende Wäldchen, in dem sich die professorale Freiluftsommerresidenz befand. Der Zwerchfellatmer musste grinsen. »Freiluftsommerresidenz«. So viel feinsinnigen Humor hätte er einem Penner gar nicht zugetraut.

Leise, auf jeden Tritt achtend, drang er in den Wald ein. Gut, dass feuchtes Laub und weicher Waldboden das Geräusch seiner Schritte dämpften. Dann sah er die diffusen Umrisse der Bäume, zwischen denen der Professor die Decke gespannt hatte. Gleich darauf stand er vor ihm. Hingestreckt auf dem Boden lag er, der Professor, auf einer Isomatte und gekleidet in einen Outdooranzug, dessen Reißverschluss er bis zum Hals zugezogen hatte. Ruhig und gleichmäßig atmete er vor sich hin. Wenn auch nicht mit dem Zwerchfell.

Der Zwerchfellatmer griff an seinen Gürtel und holte den Problemlöser heraus, der ihm vor wenigen Tagen schon einmal gute Dienste geleistet hatte. Leise, ganz leise ging der Zwerchfellatmer neben dem Professor in die Hocke – als dieser plötzlich aufsprang und in Richtung Blaukanal davonrannte.

Der Zwerchfellatmer wusste nicht, wie ihm geschah. Noch verblüfft von der Aktion des Professors, der offensichtlich einen verdammt leichten Schlaf besaß, verlor er zwar ein paar wertvolle Sekunden, fing sich aber sofort wieder und sprang dem Flüchtenden hinterher. Der stolperte, schlug längs hin, schrie jäh auf, erhob sich mühsam und rannte weiter. Allerdings mit deutlich verminderter Geschwindigkeit, offenbar hatte er sich beim Sturz verletzt.

Gleich darauf hatte der Zwerchfellatmer den Flüchtenden eingeholt und warf sich auf ihn. Der versuchte sich zu wehren. Erfolglos, anscheinend hatte er sich beim Sturz nicht nur das Bein, sondern auch die rechte Hand verletzt. Sie rangen miteinander, keuchten, wobei sie dem Gewässer des Kanals immer näher kamen. Dann ein letztes Aufbegehren des Professors gegen die drohende Nichtexistenz. Es gelang ihm zwar, sich aus dem Griff seines Peinigers zu befreien, doch dabei verlor er das Gleichgewicht und stürzte hintenüber in die Fluten der Blau.

Die Gelegenheit für den Zwerchfellatmer. Er warf sich ebenfalls in die Fluten, bekam den Professor mit beiden Händen bei der Schulter zu packen, drehte ihn mit Schwung in Bauchlage und drückte ihn unter Wasser, was angesichts der luftgepolsterten Kammern seines gesteppten Outdooroveralls nicht ganz einfach war.

Vier Minuten später trieb der Sommerresidenzler Gernot Zachbichler, genannt Professor, direkt auf die Klostermühle von Söflingen zu. Dem wasserdichten, luftgepolsterten Outdooroverall war es geschuldet, dass er nicht gleich auf den Grund sank, sondern kurz darauf bei der Söflinger Klostermühle für ein spektakuläres frühmorgendliches Event sorgte.

16

»Was is denn jetzt schon wieder?«, schimpfte Querlinger im
Halbschlaf. Das Summen des Smartphones hatte ihn unsanft aus
dem Schlaf gerissen. Er griff sich den Störenfried vom Nachtkästchen – das Display zeigte fünf Uhr drei – und schlich lautlos
wie ein Einbrecher in den Gang.

Jetzt erst drückte er die grüne Taste.

»Hallo, Herr Hauptkommissar. Sandra Michelsen, KDD.
Leichenfund in Söflingen, unmittelbar bei der Klostermühle.
Man hat eine männliche Leiche aus dem Blaukanal gefischt. Ich
soll Sie informieren.«

»Ich hab am Wochenende keine Bereitschaft. Soll sich Hauptkommissar Franzen mit seinem Team drum kümmern. Wenigstens vorläufig.«

»Das macht er ja auch. Aber der Herr Hauptkommissar hat
gemeint, es sei wichtig.«

»Und wie kommt der Kollege Franzen auf diesen verwegenen Gedanken?«

»Weil es sich bei der Leiche wieder um einen Obdachlosen
handelt.«

Heiliges Kanonenrohr! Hatte in der Gegend das große Pen-
nersterben eingesetzt?

»Wer ist sonst noch am Fundort?«

»Außer Hauptkommissar Franzen noch zwei weitere Kollegen vom KDD, die KTU und die Feuerwehr.«

»Wieso die Feuerwehr?«

»Die haben wir gebraucht, um die Leiche zu bergen. War
etwas kompliziert, die Situation.«

»Wieso kompliziert?«

»Na ja. Die Leiche kam auf dem Blaukanal dahergeschwom-
men und hatte sich in irgendwas verheddert. Die Feuerwehr
musste sie befreien.«

»Haben Sie sonst noch jemand von meiner Truppe informiert?«

»Ja, Hauptkommissarin von Eulenburg. Die will auch hinkommen. Sonst hab ich niemanden mehr erreicht.«

Querlinger mochte die ehemalige Klostermühle, in der ein kleines, aber feines Museum untergebracht war. Ihre Anfänge reichten bis ins 14. Jahrhundert zurück. Er war schon ein paarmal hier gewesen, um sich am Anblick der Mühle und dem Geräusch des Mühlrades zu erfreuen, das für ihn etwas Anheimelndes besaß. Das rötliche Fachwerk des weiß verputzten Gebäudes, der sich daran anschließende Holzbau, der die komplizierte Mechanik des Mühlenwerks beherbergte, das sommerlich-satte Grün der Büsche und Bäume auf dem Anwesen, der rauschende Bach – das pittoreske Ensemble und das ganze Drumherum strahlten eine Gemütlichkeit und Ruhe aus, die ihm aus seiner Kindheit auf dem Dorf vertraut waren. Ein Ambiente, das sein Schwabenherz hüpfen ließ.

Jetzt allerdings hüpfte etwas anderes in ihm: Ärger ob der Gaffer, die sich hier eingefunden hatten, als gäbe ein Zirkus eine Freiluftvorstellung.

Obwohl es noch früh am Morgen war, hatten sich ganze Trauben von Neugierigen um die Mühle herum gebildet; die Kollegen der Schutzpolizei hatten allerhand zu tun, um sie in Schach zu halten. Die Gegend um den Fundort der Leiche war großräumig mit rot-weißen Flatterleinen abgesperrt. Was dem Kommissar schon bei seinem Eintreffen aufgefallen war: die mit dem Drehen des Mühlrads verbundenen Geräusche waren verstummt. Man hatte es angehalten, um die Ermittlungen der KTUler nicht zu behindern. Die gingen an verschiedenen Stellen in ihren weißen Tyvek-Anzügen ihrer Arbeit nach. Hauptkommissar Franzen stand mit zwei Kollegen bei einer älteren Frau; offensichtlich befragte er sie gerade.

Die Leiche selbst lag, den Blicken der Gaffer entzogen, unter einem Tatortschutzzelt, in dem eine Mitarbeiterin der

KTU Fotos machte. Querlinger ging kurz hinein – und kam ziemlich blass wieder heraus.

»Der sieht ganz schön ramponiert aus. Dem Mann fehlt ja ein Auge. Schon erste Erkenntnisse? Todesursache?«, fragte Querlinger den Leiter der Spurensicherung, Nepomuk Hofzitzel.

»Vermutlich ertrunken.«

»Todeszeitpunkt? Was schätzt du?«

»Ich bin zwar kein Rechtsmediziner, aber mein geschultes Auge sagt mir, dass der Mann vor fünf, sechs Stunden noch gelebt hat. Aber warten wir die Ergebnisse der Obduktion ab.«

»Was sagt dir dein geschultes Auge noch? Mord? Unfall?«

»Könnte beides gewesen sein. Wie du gesehen hast, weist die Leiche Verletzungen auf. Schrammen, Kratzer, Hämatome. Außerdem fehlt dem Mann ein Auge.«

»Heißt: Die Verletzungen könnten ihm vor Eintritt des Todes zugefügt worden sein, sie könnten aber auch post mortem entstanden sein, während er den Kanal runtertrieb.«

»Exakt.«

»Suizid?«

»Eher nicht. Aber wie gesagt, wir sollten die Ergebnisse der Rechtsmedizin abwarten.«

»Mit anderen Worten: Der Brenner war noch nicht da?«

»Brenner kann heut nicht herkommen. Er schaut sich den Toten an, sobald er bei ihm im Institut eingetroffen ist.«

»Eulenburg wollte auch kommen. Ist die schon da?«

»Bis jetzt nicht.«

»Wo genau befand sich die Leiche? Die Kollegin vom KDD sagte, sie habe sich irgendwo verheddert.«

»Sie war vor dem Rechen an einem Eisenstab hängen geblieben, der aus der Kanalmauer ragte. Der Stab hatte sich im Hosengürtel des Mannes verfangen und seinen Körper auf diese Weise festgehalten, sodass er nicht weiter die Strömung runtertreiben konnte.«

Querlinger nickte verstehend. Der dem Mühlrad vorgeschaltete Rechen bewahrte dieses davor, mit Gegenständen traktiert zu werden, die mit der Strömung den Kanal hinuntertrieben. Vor Ästen und Unrat genauso wie vor toten Obdachlosen. Er beugte sich über das Eisengeländer, um sich die Stelle, an der der Nagel aus der Mauer ragte, genauer anzusehen.

»Eigenartig. Der Eisenstab befindet sich doch ein ziemliches Stück über der Wasseroberfläche. Wie kann er da mit dem Gürtel hängen geblieben sein?«

»Tja, hab ich mich auch gefragt. Müssen wir in aller Ruhe analysieren.«

»Wer hat die Leiche eigentlich entdeckt? Und wann?«

»Ein Mann. Er hat gegen vier Uhr früh den Polizeinotruf gewählt. Zwei Kollegen von der Schutzpolizei waren zehn Minuten später da, aber da war der Mann schon weg. Die Kollegen haben die Leiche im Kanal entdeckt und sofort beim KDD angerufen. Der Anruf ging um vier Uhr vierzehn ein.«

»Der Mensch muss in aller Frühe unterwegs gewesen sein.«

»Du sagst es.«

»Wo ist er jetzt? Habt ihr ihn befragt?«

»Konnten wir noch nicht. Er hat vergessen, seinen Namen zu nennen. Vermutlich vor lauter Aufregung.«

»Saublöd! Der Zeuge ist anonym?«

»So ist es.«

»Woher wisst ihr eigentlich, dass es sich bei dem Toten um einen Obdachlosen handelt?«

»Diese Frage kann ich dir beantworten, Kollege.«

Gerhard Franzen vom Kriminaldauerdienst war hinzugetreten. »Wir haben den Ausweis des Mannes bergen können. Er steckte in seiner Hosentasche. Es ist nur der Aufenthaltsort eingetragen, eine Wohnungsangabe fehlt. Klares Indiz, dass der Mann obdachlos gewesen war. Außerdem wohnt hier in der Nähe eine Frau, die ihn persönlich kannte.«

»Wie das?«

»Sie hat ihn hin und wieder für Gartenarbeiten eingespannt und ihm etwas Geld dafür gegeben.«

»Wie hieß der Mann?«

»Gernot Zachbichler, Spitzname ›Professor‹. Wissen wir von der Frau.«

»Ich werd verrückt!«

»Der Name sagt dir also was!«

»Und ob! Der war mit diesem Georg Schmied befreundet.«

»Du sprichst von dem toten Obdachlosen unter der Promenadenbrücke?«

»Richtig!«

»Na also, hab ich nicht gesagt, dass die beiden Morde miteinander in Verbindung stehen? Hatte ich im Urin. Ich hab dich nicht umsonst herbeordert. Übrigens, das sind die Habseligkeiten, die wir bei ihm fanden.«

Franzen reichte ihm einen transparenten Beweisbeutel, der den Ausweis, eine billige Armbanduhr, einen zerbissenen Bleistiftstummel sowie ein grün-weiß kariertes Taschentuch enthielt.

»Na, Chef, hatte ich's nicht prophezeit? Ganz schön kariert, unser Wochenende.«

Querlinger fuhr herum. Janine von Eulenburg war herangetreten.

»Nostradamus ist ein Waisenknabe gegen Sie«, brummte der Kommissar.

In diesem Moment trat eine Mitarbeiterin Hofzitzels aus dem Tatortzelt: Tamara Tausendschön.

»Hallo zusammen«, grüßte sie. Dann an Hofzitzel gewandt: »Hab was Interessantes entdeckt, Chef. Dreimal dürfen Sie raten, was.«

»Spannen Sie uns nicht auf die Folter. Oder wie mein Kollege Querlinger zu sagen pflegt: Geben Sie nicht den Jauch.«

»Kommen Sie! Ich zeig's Ihnen.«

Sie gingen alle fünf in das Tatortzelt. Tausendschön beugte sich zu dem Toten hinunter – sie hatten ihm inzwischen den Outdooranzug ausgezogen – und lüftete das Hemd über dessen Steißbein.

»Ja da schau her!«, entfuhr es Hofzitzel.

»Ein fünfblättriges Kleeblatt. Das gleiche Tattoo wie bei seinem Kollegen von der Promenadenbrücke«, bemerkte Querlinger verblüfft.

Eulenburg runzelte kurz die Stirn, dann holte sie ihr Smartphone heraus und öffnete ihre Fotoapp.

»Es gibt da einen bemerkenswerten Unterschied«, verkündete sie und zeigte den Umstehenden ein Foto.

»Wie man sieht, war bei diesem Schmied Schorsch, den wir unter der Promenadenbrücke fanden, das erste Blatt, von links gesehen, flächig mit Farbe ausgefüllt, die restlichen vier waren konturiert. Bei ihm …«, sie deutete mit dem Kopf zur Leiche, »… ist das zweite Blatt ausgefüllt, während das erste, das dritte, das vierte und das fünfte konturiert sind. Was zu der Annahme verleiten könnte …«

»Dass«, fiel Querlinger ihr ins Wort, »wir es eventuell mit fünf Leuten zu tun haben, die dieses Tattoo tragen. Bei jedem ist ein anderes Blatt ausgefüllt, während die restlichen vier konturiert sind.«

»Ein Quintett! Das heißt, es gibt unter Umständen drei weitere Träger mit diesem Tattoo?«, resümierte Hauptkommissar Franzen.

»Exakt.«

»Aber das könnte ja bedeuten, dass wir es eventuell mit drei weiteren Morden zu tun bekommen?«

»Unter Umständen schon. Nämlich dann, wenn der Mörder es auf das komplette Kleeblatt-Quintett abgesehen hätte«, spann Eulenburg den Faden weiter.

»Jetzt mal langsam!«, mahnte Querlinger, dem vor lauter Kleeblättern schlecht zu werden drohte. »Vielleicht haben wir es mit einem ganz banalen Zufall zu tun und ergehen uns umsonst in den kühnsten Phantasien. Wir werden jedenfalls in alle Richtungen ermitteln.«

Sie traten wieder ins Freie.

Ein Schutzpolizist in Begleitung eines Mannes, der einen

Schubkarren vor sich herschob, kam herbei. Auf dem Karren lag ein Gartengerät mit einer gebogenen, spitz zulaufenden Hacke, versehen mit einem langen Stiel. Der Mann, dick wie ein Walross, schwitzte wie ein Rhinozeros und roch auch so.

»Herr Hauptkommissar, der Mann möchte etwas sagen. Er möchte, dass seine Aussage protokolliert wird«, grinste der Polizist.

»Ähm … sind Sie der Kommissar, der wo des ganze versaute Schlamassel aufkläre soll?«, wandte sich der Dicke an Querlinger.

»Und wer sind Sie, dass Sie so daherreden?«, lautete die Gegenfrage.

»Was hoißt do: daherreden! Ich bin immerhin der, der die Leich g'funden hat. Ich hab heut Morgen um viere rum die Polizei informiert. Ohne mich hättet ihr ganz schön alt ausg'schaut, möcht ich bloß sagen, gell!«, regte sich der Dicke auf.

»Hoi, Sie sind also der Mann, der heut Morgen angerufen hat?«

»Ha, wenn ich's doch sag!«

»Ihr Name?«

»Hubertus Zängele.«

»Und Sie waren schon so früh unterwegs?«

»Ha, wenn ich's doch sag!«

»Wieso haben Sie nicht gewartet, bis die Kollegen da waren, Herr Zängele?«

»Mir hot's pressiert. Ich war aufm Weg zu mei'm Schrebergarten.«

»Zu Ihrem Schrebergarten. Um vier Uhr in der Früh?«

»Ha, wenn ich's doch sag!«

»Und dann sind Sie hier vorbeigekommen und haben die Leiche entdeckt.«

»Ha, wenn ich's doch sag!«

Zusammenreißen, Eugen! Reiß dich bloß zusammen!

»Gibt's noch andere Zeugen?«

»Woher soll ich des wissen?«

»Menschenskind, Sie müssen doch wissen, ob noch andere Leute unterwegs waren.«

»Ich hab koine g'säh. Um die Zeit sind bloß die Harten unterwegs, Herr Kommissar. Sie wisset doch: Nur die Harten kommen in den Garten.« Hubertus Zängele grinste.

»Die Harten, aha! Und Sie sind ein ganz Harter.«

»Ha, wenn ich's doch sag!«

»Sie waren also unterwegs zu Ihrem Schrebergarten, sind hier vorbeigekommen und haben die Leiche im Kanal entdeckt, die vor dem Rechen an einem Eisenstab hängen geblieben war, der aus der Kanalmauer ragte.«

»Bissle kompliziert g'sagt, aber so ung'fähr stimmt's.«

»Und wie lässt sich das Ganze weniger kompliziert sagen? Vor allem: genauer und nicht ung'fähr?«

»Also des war so: Ich lauf hier mit mei'm Schubkarren und mei'm Sauzahn am Kanal entlang –«

»Stop, Moment! Mit Ihrem Sauzahn?«

»Ha, wenn ich's doch sag!«

»Hundsveregg, was isch denn ein Sauzahn?«

»Des isch dieses Teil hier.« Der Zängele Hubertus wies auf das harkenähnliche Gartengerät, das auf dem Schubkarren lag. »Man könnt auch Harke dazu sagen. Wird zum Auflockern des Bodens verwendet. Sie sind koin Gartler, gell, Herr Kommissar?«

»Nein, aber ich bin trotzdem ein ganz Harter. Erzählen Sie weiter!«

»Also, ich lauf ganz g'mütlich am Kanal entlang, schau hoch, und was seh ich? Ein schwarzes Etwas, das den Kanal runterkommt. Hubertus, sag ich zu mir, Hubertus, das ischt ein Mensch. So wie der daherg'schwommen kommt, muss des ein toter Mensch sein, also eine Leich. Ich also meinen Sauzahn g'nomme, g'wartet, bis die Leich auf meiner Höhe war, und zack – hab ich den Toten am Haken g'habt und wollt ihn zu mir herfischen. Es hot aber nicht gleich funktioniert, er isch mir auskommen. Ich bin abg'rutscht und hab sein G'sicht erwischt. Fascht – aber nur fascht – wär ich ihm mit dem Sauzahn ins Maul neig'fahre, aber des hab ich grad noch verhindern könne. Beim zwoite Mol hot's dann klappt. Ich hab ihn bei sei'm Gürtel derwischt und ans Mäuerle ranzogen. Hab mich runterbückt und ihn mit 'm Gürtel an den Stahlstab im Mäuerle aufg'hängt.«

Alle hatten sie dem Mann fassungslos zugehört. Querlinger schlug die Hände vors Gesicht. Das also war des Rätsels Lösung. Wahrscheinlich auch die Antwort auf die Frage, wieso der Leiche ein Auge fehlte.

Der Kommissar nahm die Hände aus dem Gesicht.

»Und warum die ganze Aktion, Herr Zängele?«

»Ha, des isch aber saublöd g'frogt, Herr Kommissar! Ich hab die Leich doch fixiere müsse. Sonscht wär sie mir davong'schwomme.«

»Und dabei ham sie ihr das Auge ausfixiert.«

»Kollateralschaden, Herr Kommissar, Kollateralschaden. So was kommt halt vor. Aber Sie müsset zugäbe, ohne mich hättet ihr ganz schön alt ausg'schaut.«

Querlinger wandte sich leise resigniert an den Schutzpolizisten: »Herr Kollege, nehmen Sie die Personalien dieses Herrn auf und protokollieren Sie seine Aussage. Und entfernen Sie ihn von hier. Sonst gibt's möglicherweise einen weiteren Kollateralschaden.«

17

Sonntag, 21. Juni

Als Querlinger an diesem späten Sonntagvormittag beim Frühstück saß, war er so schlecht gelaunt wie lange nicht mehr. Was nicht daran lag, dass Luise mit der Bahn zu ihrer Schwester nach Holland gefahren war – genauer gesagt nach Utrecht – und ihn für einige Tage zum Strohwitwer gemacht hatte. Seine Gereiztheit war einzig und allein dem Umstand geschuldet, dass er an diesem Wochenende durcharbeiten musste.

»Mischt, elender! Hätsch bloß was G'scheits g'lernt, Querlinger!«, schimpfte er halblaut vor sich hin.

Nicht einmal das Frühstück, das Luise ihm noch zubereitet hatte, bevor sie gefahren war, konnte seine Stimmung heben: zwei hart gekochte Eier, Wurst, Käse, frisch aufgebackene Seelen und Brötchen, herrlich frische Butter, wunderbar fruchtige Erdbeermarmelade und ein Kaffee, der ein Adelsprädikat verdient hätte. Ganz im Gegensatz zu den anderen Wochentagen, an denen Luise ihm Müsli verordnet hatte, hätte er allen Grund gehabt, mit guter Laune in den Sonntag zu starten und mit Freuden sein Strohwitwerdasein zu genießen.

Pfeifendeckel! Sie mussten in den »Kleeblatt-Morden« vorankommen. Der Ausdruck hatte sich in das Ermittlungsvokabular des Kommissars inzwischen regelrecht eingebrannt. Gernot Zachbichler, genannt Professor, und Georg Schmied, genannt Maultrommel-Schorsch – beide Träger des ominösen Kleeblatt-Tattoos –, waren innerhalb von nur wenigen Tagen massakriert worden. Dass beide Morde zusammenhingen, sah ein Blinder mit dem Krückstock.

Gestern, wenige Stunden nach dem Bergen der Leiche des Professors, hatte sich ein Team, bestehend aus Zimmernagel, Feigl und Mitarbeitern der KTU, aufgemacht und den im Wald gelegenen Schlupfwinkel des Professors sowie seine spärlichen Hinterlassenschaften einer ausgiebigen Inspektion unterzogen. Auf den ersten Blick war nichts Weltbewegendes dabei herausgekommen. Noch waren die Spurensicherer dabei, mit gewohnter Akribie Faserspuren, Fingerabdrücke und andere Spuren auszuwerten und zu sichern. Doch bis erste Ergebnisse vorlägen, würde es Tage dauern.

Querlinger hatte beschlossen, zusammen mit seiner Kommissarin die Recherchen im Obdachlosenmilieu weiter voranzutreiben. Sie konnten nicht bis Montag damit warten; es bestand die Gefahr, dass der Mörder ein weiteres potenzielles Kleeblatt-Opfer im Auge hatte. Was ihm Sorge bereitete, war der soziale Sprengstoff, den die Morde bargen: Bei den Opfern handelte es sich um Menschen, die am untersten Rand der Gesellschaft ihr Leben fristeten. Leider gab es genug Idioten, die sie als Freiwild betrachteten. Anhänger extremer Gruppierungen mit wirren Ideen und menschenverachtenden Ideologien, die ihren Hass gegenüber sozialen Randgruppen offen auslebten und dabei auch vor einem Mord nicht zurückschreckten. Diese Art Übergriffe auf Obdachlose häufte sich, er erinnerte sich an einen Fall, bei dem das bedauernswerte Opfer mit Benzin übergossen und angezündet worden war.

»Drecksbagasch«, murmelte der Kommissar wütend. Köpfte sein erstes Frühstücksei und stellte sich vor, dass er statt des Eies gerade einen der Idioten vor sich hatte – um sich gleich darauf mit einem »Eugen, reiß dich zusammen, du bist wohl wahnsinnig« zur Ordnung zu rufen.

Zwanzig Minuten später – gerade hatte er das Geschirr in die Spülmaschine gestellt – klingelte es an der Tür.

Querlinger seufzte und sah auf die Küchenuhr: zehn Uhr achtundzwanzig.

Janine von Eulenburg war wie immer überpünktlich.

Sie hatten beschlossen, ihre Recherchen bei der Herdbrücke zu beginnen. Nicht, weil sie konkrete Anhaltspunkte gehabt hätten, dort auf etwas für den Fall Relevantes zu stoßen, aber irgendwo mussten sie schließlich anfangen. Recherchieren bedeutete in diesem Fall vor allem Erkundigungen einziehen über den möglichen Aufenthaltsort der drei Obdachlosen, die mit den beiden Opfern näher befreundet waren und sich nach dem Bekanntwerden der Morde in der Öffentlichkeit verdünnisiert hatten.

Als sie bei der Herdbrücke ankamen, trauten sie ihren Augen nicht.

»Was ist denn hier los?«, wunderte sich Eulenburg.

Ein gutes Stück von der Brücke entfernt, am Fuß der Adlerbastei, hatten sich knapp zwei Dutzend Obdachlose versammelt. Direkt unterhalb der Stelle, an der einst Ludwig Berblinger, der Schneider von Ulm, seinen berühmt-berüchtigten Flugversuch unternommen hatte und schmählich in der Donau gelandet war. Fünf von ihnen hatten diverse Instrumente oder Gegenstände, die zu solchen umfunktioniert worden waren, dabei. Auf einem riesengroßen Transparent war zu lesen: »Unvergessen – Schorsch & Gernot!«

»Ich werd verrückt! Die veranstalten hier eine Trauerfeier für ihre ermordeten Pennerkollegen – und zwar für *beide*«, bemerkte Querlinger verblüfft.

»Nicht Pennerkollegen, *Obdachlosenkollegen*, Chef! Wäre nicht schlecht, wenn Sie sich an Ihre eigenen Vorgaben hielten«, mahnte Eulenburg Political Correctness an.

Angesichts der Tatsache, dass der Professor erst gestern, Samstag, das Zeitliche gesegnet hatte und die breite Öffentlichkeit noch nichts davon wusste – die nächste Ausgabe des Südwestboten erschien erst morgen –, war der Kommentar des Kommissars mehr als berechtigt.

»Tja, Solidarität unter den Benachteiligten unserer ausgrenzungsgeilen Gesellschaft«, fuhr Eulenburg fort. »Die Buschtrommeln in der Obdachlosenszene funktionieren prächtig. Andererseits hat ganz Söflingen mitbekommen, was gestern an der Klostermühle los war, also brauchen Sie sich nicht zu wundern.«

»Auch wieder wahr«, musste Querlinger zugeben.

Inzwischen hatten sich sowohl oben auf der Bastei als auch an deren Fuß, am Ufer der Donau, ganze Trauben von Schaulustigen formiert.

»Was meinen Sie, Chef, sollen wir uns unter die Trauergesellschaft mischen?«

»Besser unter die Zuschauer. Aus ein bisschen Entfernung haben wir die Versammlung besser im Blick. Könnte mir gut vorstellen, dass die drei, die wir suchen, bei diesem Event mit dabei sind. Wir müssen nur die Augen offen halten. Wir wissen ja inzwischen, wie sie aussehen.«

Tatsächlich hatte der Leiter des Obdachlosenheims, Cornelius Lauterbach, ihnen noch am Freitag die Konterfeis der Gesuchten zur Verfügung gestellt. Annemarie Bertele, die Weißbier-Anni, Karl Dobler, der Zinken-Karle, und Josef Möhnle, der Weißlacker-Sepp, gelegentlich auch Stinker genannt, hatten für die Ermittler inzwischen ein Gesicht bekommen.

»Also ich weiß nicht, ob die drei dieses Risiko eingehen. Schließlich haben sie nach dem Mord am Maultrommel-Schorsch alles unternommen, um sich in Luft aufzulösen. Dafür wird es einen Grund gegeben haben.«

»Das hier ist 'ne Trauerfeier. Da erweist man den Verstorbenen die letzte Ehre, sofern man sie näher gekannt hat. Je tiefer die Beziehung, desto größer die Verpflichtung, anwesend zu sein. Zumindest die Weißbier-Anni dürfte hier sein. Die war mit dem Maultrommel-Schorsch verbandelt. Aber schauen wir mal, kommen Sie!«

Fünf Minuten später hatten sie sich unter die Zuschauer gemischt, die teils belustigt, teils ergriffen der bizarren Trauerfeier folgten, die nun begann.

Die Trauergemeinde stellte sich in Reih und Glied auf, fast wie bei einem Appell. Ein Mann, der einen Hut mit breiter Krempe und bunter Feder trug, ging zu einer zu einem Podest umfunktionierten Europalette und hob einen Stab, der wohl einen Taktstock darstellen sollte. Auf sein Zeichen begannen die fünf Musikanten – ein Blockflötist, ein Klarinettist, ein Geiger, einer, der einen Kochtopf mit einem Kochlöffel malträtierte, und sage und schreibe ein Maultrommelschläger – das Lied »Ich hatt einen Kameraden« zu intonieren, während der Rest dazu sang. Alle drei Strophen! Fehlerlos! Jeder Ton saß!

»Donnerwetter, hat was!«, flüsterte Querlinger seiner Kommissarin ins Ohr. »Sie könnten die Band doch für Ihre Hochzeitsfeier engagieren, so die mal anstehen sollte.«

»Wäre zu überlegen. Den Termin für meine Hochzeit würde ich dann auf den von Ihrer Beerdigung legen. So hätten wir beide was davon.«

»Schlagfertig sind Sie, das muss man Ihnen lassen.«

Die letzte Strophe war gesungen. Der Dirigent setzte zu einer kurzen Rede an.

»Liebe Trauergemeinde. Es ist ein furchtbarer Anlass, der uns hier heute zusammengeführt hat. Aber wie pflegte unser Professor immer zu sagen? ›Contra vim mortis non est medicamen in hortis.‹ – Gegen den Tod ist kein Kraut gewachsen.«

»Donnerwetter, eine akademische Trauerfeier unter Obdachlosen!«, gluckste Eulenburg.

»Tja, da schlägt voll die Penner–, sorry, Obdachlosenuni durch. Sicht- und hörbarer Erfolg für das baden-württembergische Bildungssystem«, feixte Querlinger. »Haben Sie die Fotos dabei?«

»Hab ich. Sie übrigens auch.«

»Ich? Ich hab keine Fotos mitgenommen.«

»Chef, Sie haben sie auf Ihrem Smartphone! Ich hab sie Ihnen vor 'ner Stunde per SMS geschickt. Wir leben im 21. Jahrhundert. Da läuft niemand mehr mit 'nem Foto in der Gegend rum wie weiland der trottelige Kommissar Maigret.«

»Hören Sie auf, Maigret zu beleidigen. Der beste Kommissar, den es je gab. Zumindest in der Literatur. Simenon les ich jeden Abend im Bett.«

»Werd ich in Zukunft auch machen. Dann schlaf ich vielleicht schneller ein.«

»Sie wissen schon, dass Sie eine literarisch unbedarfte Banausin sind, Kollegin?«

»Besser 'ne literarisch unbedarfte Banausin als ein unbedarfter Grufti in Sachen neue Medien, Kollege.«

Über der gegenseitigen Frotzelei hatten sie sich zusammen mit einigen anderen Zuschauern der Trauergemeinde bis auf etwa fünfzehn Meter genähert. Während sich der Trauerredner in Lobeshymen über die Verblichenen erging, musterten die beiden Kommissare, jeder für sich, die versammelte Obdachlosengemeinde und verglichen die Gesichter mit den Konterfeis auf ihren Displays.

»Also ich kann keinen der drei ausmachen«, bemerkte der Kommissar nach einer Weile.

»Ich auch nicht. Die sind nicht hier. Ich sagte doch, die scheuen das Risiko«, erwiderte Eulenburg.

»Für mich ein klares Indiz, dass sie Dreck am Stecken haben.«

»Für mich auch. Wie machen wir jetzt weiter?«

»Gute Frage. Ich denke, wir warten erst mal, bis die Trauergemeinde sich auflöst, dann reden wir mit dem Trauerredner. Der scheint mir unter den Brüdern was zu sagen zu haben. Vielleicht bringt der uns weiter.«

»Versuchen wir's. Würd mich interessieren, wer der Typ ist.«

»Von unseren Kollegen scheint jedenfalls niemand auf ihn gestoßen zu sein. Die hätten den nicht unerwähnt gelassen. Ich meine, so einer wie der fällt doch auf. Schon alleine wie der aussieht: wie ein bunter Hund.«

Die Trauerrede war zu Ende. Der bunte Hund verließ das Podest. Statt seiner traten die beiden Männer, die das Transparent mit den Namen der Toten trugen, vor die Versammlung. Der bunte Hund salutierte, legte die rechte Handkante an seinen Hut und rief: »Ein dreifaches Hurra auf Schorsch und Gernot. Mögen Sie im Himmel das bekommen, was sie auf Erden nie hatten – ein Obdach! Hipp, hipp, hurra!«

Das verhaltene Gelächter unter den umstehenden Zuschauern konnte die Trauernden nicht davon abhalten, ebenfalls zu salutieren und ein dreifaches »Hurra!« zu rufen. Kaum war es verklungen, begannen sich die Zuschauer wieder umgehend vom Acker zu machen. Die Trauergemeinde löste sich ebenfalls auf – allerdings auch die Trauer. Gelächter und Witze machten die Runde. Inzwischen hatten sich der bunte Hund und ein anderer Mann – auch er hatte zur Trauergemeinde gehört – auf einer Parkbank niedergelassen. Beide schienen eine lebhafte Konversation zu führen. Der Mann neben dem bunten Hund sah ausnehmend gut aus. Er hätte ohne Weiteres als Zwillingsbruder von George Clooney durchgehen können.

»Gott, schaut der blendend aus! Der ist mir schon vorher aufgefallen«, hauchte Eulenburg.

»Fehlt bloß noch, dass Sie mir in Ohnmacht fallen wie die weiblichen Fans von diesem Hollywoodschönling«, meinte Querlinger boshaft.

»Wenn Sie neidisch werden, lässt Sie das auch nicht besser aussehen, Chef«, konterte die Kommissarin.

Nur ein paar Meter von der Parkbank entfernt, auf der die beiden Obdachlosen saßen, befand sich eine weitere Bank. Sie war noch frei. Einer Eingebung folgend, steuerte Querlinger auf sie zu.

»Nanu, Chef, sind Sie schon so erschöpft, dass Sie sich ausruhen müssen?«

»Nein, aber vielleicht müssen wir gar nicht die Bullen rauskehren und eine Befragung starten.«

»Verstehe. Wir starten erst mal einen Lauschangriff.«

»Ist zumindest einen Versuch wert.«

Sie näherten sich der unbesetzten Parkbank wie zwei unschuldige Touristen und setzten sich.

Die beiden Obdachlosen waren nach wie vor in ihre Unterhaltung vertieft; sie sprachen Schriftdeutsch.

»Ein paar von uns haben jetzt Schiss. Ist auch nachzuvollziehen. Wäre nicht das erste Mal, dass so ein Wahnsinniger es auf uns abgesehen hat. Denk doch mal an den Hammermörder«, hörten sie den bunten Hund gerade sagen. Er sprach in verhaltenem Plauderton, aber doch so, dass man ihn verstehen konnte.

»Hammermörder? Welcher Hammermörder?«, wollte George Clooney wissen.

»Na, der Drecksack, der in Frankfurt mehrere von uns über den Jordan geschickt hat. Mit 'nem Schlosserhammer. Hat die Ärmsten im Schlaf überfallen und ihnen die Schädel zu Brei geschlagen. 1990 war das. Arthur Gatter hieß der Typ. Ging in die Kriminalgeschichte ein.«

»Hm«, machte Clooney.

Aus dem Augenwinkel glaubte Querlinger zu bemerken, dass er etwas verängstigt wirkte.

Eulenburg stieß ihren Chef in die Seite. »Interessanter Hinweis. Mit dem Fall müssen wir uns unbedingt beschäftigen, wenn wir wieder im Büro sind«, raunte sie und ließ ihren Blick die Donau entlangschweifen.

»Machen wir«, raunte Querlinger zurück und sah einer älteren Dame hinterher, die ihren Hund am Ufer entlang Gassi führte.

»Bleibt nur zu hoffen, dass die Bullen das Schwein bald zu fassen kriegen«, sagte Clooney nach kurzem Schweigen.

»Pah, die Bullen. Die kannst du vergessen. Falls es hier in Ulm so einen Irren gibt wie damals in Frankfurt, müssen wir uns schon selbst helfen. Ich hab da 'ne Idee.«

»Ach, und welche?«

»Lass dich überraschen. Besprechen wir heut Abend ausführlich beim Leichenschmaus im Maienwäldchen.«

»Apropos Leichenschmaus. Wann geht's los und wo?«

»So gegen halb zehn heut Abend. Auf dem Grillplatz beim Maienwäldchen wie gesagt.«

»Wieso erst um halb zehn?«

»Da ist die Stimmung heimeliger. Da leuchten die Lagerfeuer so schön romantisch.«

»Wer sorgt eigentlich diesmal für den Grill und die Kohlen?«

»Ich, der Zocker-Hannes und die Schnaps-Naddel.«

»Wieso die Schnaps-Naddel? Ich dachte, die bringt den Wodka mit?«

»Diesmal nicht. Die Naddel bringt die Kohlen vorbei und verkrümelt sich dann wieder. Die Mädels machen heute ihre eigene Party. Die wollen keine Mannsbilder dabeihaben.«

»Und was ist mit dem Schnaps? Sag bloß, es gibt keinen!«

»Natürlich gibt's Schnaps. Aber den bringt diesmal der Zoltan mit. Der ist günstiger rangekommen.«

»Hoi, wie das?«

»Gestern Nacht ist auf der B 11 ein Aldi-Lkw umgekippt. Die halbe Ladung landete auf der Straße. Unter anderem eine Palette mit Wodka. Einiges ging zwar zu Bruch, aber 'n paar Flaschen haben überlebt. Der Zoltan war gerade mit seinem Fahrradanhänger in der Nähe und … na ja …«

»Ah, verstehe, genial!«, meinte Clooney. »Fleisch, Bratwürste, Baguettes? Wer besorgt die?«

»Ronny, Conny und der Giovanni. Und für die Getränke sorgt der Franzose.«

»Der Franzose? Wieso nicht unsere Weißbier-Anni? Ah, verstehe, die ist auch auf der Mädelsparty.«

»Die ist auf gar keiner Party.«

»Warum nicht? Was ist mit ihr? Mich hat's eh gewundert, dass sie bei der Trauerfeier nicht dabei war. Der Stinker-Sepp hat auch gefehlt. Und der Zinken-Karle. Grad die drei, die mit dem Schorsch ganz speziell waren.«

»Was mit dem Zinken-Karle ist, weiß ich nicht. Keiner weiß das. Aber die Anni und der Sepp könnten ihre Gründe gehabt haben, warum sie nicht dabei waren.«

»Was für Gründe?«

»Na ja … ähm …«

»Was ist? Was druckst du so rum, Himmel noch mal? Rück endlich damit raus!«

»Du weißt es also nicht?«

»Nein, zum Henker. Ich war doch wochenlang weg, bin erst

seit Kurzem wieder in der Szene. Woher, bitte schön, soll ich was wissen?«

»Also pass auf. Der Schorsch und die Anni hatten ein Verhältnis. Die waren so was wie verlobt. Hat der Zoltan rumerzählt, der wusste bis jetzt als Einziger davon. Aber dann, vor zwei Wochen, hat der Stinker-Sepp sie ihm ausgespannt. Dass unser Schorsch nicht gerade amused darüber war, kannst du dir denken. Ausgerechnet sein Freund spannt ihm die Verlobte aus.«

»Sauerei! Wär ich auch nicht gewesen an seiner Stelle. Und jetzt ist er auch noch tot.«

»Eben. Und genau das ist die Crux.«

»Wieso die Crux?«

»Na, überleg doch mal, die Anni hat die arme Sau betrogen, und jetzt soll sie noch auf seine Beerdigung kommen? Die wär sich doch total schäbig vorgekommen.«

»Ah, jetzt versteh ich«, unterbrach ihn Clooney. »Vermute mal, deswegen war der Stinker-Sepp auch nicht da. Der wär sich auch schäbig vorgekommen.«

»Du sagst es.«

George Clooney rieb sich nachdenklich den Nasenrücken.

»Sag mal«, meinte er zögerlich, »könnte es nich noch 'ne andere Möglichkeit geben?«

»'ne andere Möglichkeit?«

»Na ja, könnte es nicht sein, dass … also, dass die Anni und der Sepp den Schorsch … ähm … du verstehst schon …«, Clooney legte die Kante seiner rechten Hand an den Hals, »… ich mein … vielleicht sind sie ja deswegen verschwunden«, ergänzte er.

»Fängst du auch schon an mit dem Schmarrn!«, regte sich der bunte Hund auf.

»So wie du reagierst, gibt's also noch andere, die der Meinung sind.«

»Ja, aber ihr spinnt doch. Ihr liegt falsch. Die Anni und der Schorsch –«

»Hallo, Herr Kriminalhauptkommissar, das ist ja eine Überraschung. Na, auch dabei, frische Luft zu schnappen?«, dröhnte eine Stimme hinter einem Busch hervor.

Der bunte Hund und George Clooney warfen einen entsetzten Blick zur benachbarten Parkbank, sprangen wie Springbälle hoch und suchten fluchtartig das Weite.

Auch der Kommissar und die Kommissarin waren erschrocken in die Höhe geschossen. Arnulf Weißenegger war inzwischen hinter dem Busch hervorgetreten. Querlinger musterte ihn wie der Löwe die Gazelle. Dem mehrfachen Physiotherapiepraxisketten- und Muckibudenbesitzer war es irgendwie gelungen, sich von hinten unbemerkt der Parkbank zu nähern. Weder der Kommissar noch Eulenburg hatten ihn kommen hören, zu sehr waren sie auf das Gespräch der beiden Obdachlosen konzentriert gewesen.

»Na, mein Bester, wollen Sie mich Ihrer charmanten Begleitung nicht vorstellen?«, forderte er den Kommissar auf, um das Vorstellen gleich selbst zu übernehmen. »Gestatten, Gnädigste, Arnulf Weißenegger. Sie haben richtig gehört: Wei-ßen-eg-ger. *Der* Weißenegger! Ich darf die größte Physiotherapiepraxiskette im schönen Schwabenland mein Eigen nennen.«

»Sehr erfreut. Janine Isolde Henriette von Eulenburg«, stellte sich die Kommissarin vor. »*Die* von Eulenburg. Aus dem Geschlecht derer von Eulenburg. Alter Adel. Ich darf die genealogische Verbindung zu einer der bedeutendsten deutschen Herrscherpersönlichkeiten mein Eigen nennen. Nämlich zu Friedrich Barbarossa, bekannt als Kaiser Rotbart. Mein Urururururururururgroßvater war seine rechte Hand.«

»Oh!« Weißenegger erstarrte vor Ehrfurcht. »Und was war seine Aufgabe als rechte Hand?«

»Er hatte den Auftrag, Störenfriede und Bittsteller, die sich unaufgefordert näherten, einen Kopf kürzer zu machen. Zum Beispiel Leute, die sich hinterrücks an Parkbänke heranschleichen und polizeiliche Ermittlungen stören. So was gab's schon früher. Und jetzt entschuldigen Sie uns. Wir haben zu tun. Sehen Sie genauso, Chef, oder?«

»Absolut. Meine Empfehlung an die Gattin, Verehrtester. Wir müssen weiter.«

»Sagen Sie – das mit dem Barbarossa, stimmt das?«
Sie befanden sich auf der Rückfahrt. Der Kommissar hatte beschlossen, erst Eulenburg heimzubringen und anschließend ins Büro zu fahren, um ein Buch zu holen, das er in der Stadtbibliothek ausgeliehen und vergessen hatte, mit nach Hause zu nehmen. Der trampeltierartige Auftritt Weißeneggers hatte ihren Recherchen ein vorzeitiges Ende bereitet.
»Natürlich! Was dachten Sie denn!«
»Kein Quatsch?«
»Kein Quatsch! Ich habe eine Genealogieagentur beauftragt, meine Abstammung zurückzuverfolgen. Zwanzig Seiten historische Fakten, hieb- und stichfest recherchiert.«
»Donnerwetter! Eine Nachfahrin der rechten Hand Kaiser Rotbarts in meinem Team, nicht schlecht.«
»Na ja, das mit der rechten Hand stimmt nur bedingt. Mein Vorfahre war eher so 'ne Art Stallknecht bei Barbarossa.«
»Also keine direkte genealogische Verbindung zum Kaiser.«
»Doch!«
»Wie jetzt? Verstehe ich nicht.«
»Ist doch ganz einfach. Da mein Vorfahr die Pferde gestriegelt hat, die Barbarossa mit seinem Hintern veredelte, indem er auf ihnen ritt, und ich von diesem kaiserlichen Stallknecht abstamme, gibt es über diesen Stallknecht durchaus eine genealogische Verbindung zum Rotbart. Leuchtet doch ein, oder?«
»Donnerwetter, so wie Sie die Dinge drehen und wenden, hätten Sie Politikerin oder Theologin werden sollen, Kollegin.«
»Danke, mein Job bei der Kripo reicht mir. Wenn ich dran denk, was ich hier alles drehen und wenden muss. – Wie machen wir jetzt weiter?«
»Da bin ich noch am Überlegen. 'ne Razzia in Söflingen auf dem Grillplatz beim Maienwäldchen, wo die Obdachlosen heut

Abend ihren Leichenschmaus abhalten, könnte was bringen. Ausweiskontrolle, Identitätsabklärung und so weiter. Allerdings bedürfte das erstens eines größeren Kontingents uniformierter Kollegen, zweitens einiger Vorbereitungen.«

»Und drittens der notwendigen Genehmigung. Das würden wir unmöglich in der kurzen Zeit hinkriegen.«

»Eben. Ergo müssen wir uns was anderes einfallen lassen.«

»Ergo nämlich was?«

»Wir beide werden uns heute Abend nochmals unters Volk mischen.«

»Unters fahrende Volk, wollten Sie sagen.«

»Exakt.«

»Mit anderen Worten, Sie glauben, dass, wenn wir heut Abend im Maienwäldchen von Lagerfeuer zu Lagerfeuer ziehen, die versammelte Trauergemeinde uns erzählen wird, was wir wissen wollen?«

»Uns nicht. Aber vielleicht denen, mit denen sie ins Gespräch kommen werden.«

»Und wer soll das sein?«

Querlinger grinste. »Na, wir beide.«

Eulenburg warf ihrem Chef einen besorgten Blick zu. »Geht's Ihnen gut?«

»Bestens!«

»Dann erleuchten Sie mich dummes Schaf.«

»Ist doch ganz einfach. Wir sind nicht wir.«

Erneut ein besorgter Blick seitens Eulenburgs.

»Ach, wir sind nicht wir?«

»Meine Güte, Kollegin, stellen Sie sich doch nicht so an. Wir gehen als Penn–… als Wohnungslose verkleidet zu dieser Trauerparty.«

Eulenburg verdrehte die Augen. »Chef, die kennen sich doch untereinander. Dass wir ihresgleichen sind, nehmen die uns doch nie ab.«

»Wir geben uns als Kollegen aus, die auf der Durchreise sind. Wir hätten gehört, dass es hier eine Riesensause gibt, und würden gern dabei sein, sagen wir denen. Und wir bringen ein Gastgeschenk mit: vier Flaschen Schnaps und zehn Paar Grillwürste.«

»Grillwürste? Schnaps? Heute am Sonntag?«

»Besorg ich in meiner Tanke, setz ich als Spesen ab. Was glauben Sie, wie willkommen wir denen sein werden.«

Eulenburg schüttelte unwillig den Kopf. »Jetzt hören Sie aber auf, das ist doch total bizarr, was Sie da vorhaben. Die zwei, die wir vorhin belauscht haben, werden uns sofort wiedererkennen. Das funktioniert nie.«

»Die werden uns nicht erkennen. Sie, Kollegin, ziehen sich ein paar alte Klamotten über, die nicht zusammenpassen, von mir bekommen Sie 'ne Perücke – langes schwarzes Haar – und 'ne Plastikbrille mit Riesengläsern, normales Plexiglas. Das Zeug liegt noch vom letzten Fasnetsball von vor über zwanzig Jahren bei mir rum.«

»Und Sie?«

»Ich zieh mir 'ne Halbmaske aus Latex über, Typ Runzelgesicht – sieht aus wie echt –, kleb mir 'n Bart an und setz 'n Schlapphut auf. Meine Frau hat fürs Rote Kreuz im Bekanntenkreis 'ne Kleidersammlung gestartet. Bei mir daheim im Keller stapeln sich zig Kartons mit ausrangierten Klamotten. Da können wir uns bedienen. Also, machen Sie mit?«

Eulenburg überlegte eine Weile.

»Nö, Chef, tut mir leid. Kinderfasching und Kasperletheater als Ermittlungsalternative? Das ist mir einfach zu schräg. Und zu unprofessionell.«

Querlinger seufzte. »Sie enttäuschen mich, Eulenburg. Versuch ich eben allein mein Glück.«

Sie waren mittlerweile vor dem Vierfamilienhaus angekommen, in dem die Kommissarin wohnte. Auf dem Platz vor dem Haus parkte ein Ford Mustang. Der Fahrer stand, die Arme vor der Brust verschränkt, lässig an die Fahrertür gelehnt: kompaktes Muskelpaket, blond, gut aussehend. Typ Bruce Willis, bloß mit Haaren und deutlich kleiner.

»Schauen Sie sich den an, Hollywood lässt grüßen«, feixte Querlinger, hielt am Straßenrand und stellte den Motor ab.

»Das ist Willi«, meinte die Kommissarin und öffnete die Beifahrertür zur Hälfte.

»Willi? Ich würde eher sagen, Willis. Bruce Willis.«

»Nein, nein!« Eulenburg schüttelte den Kopf. Der Pferdeschwanz wippte keck hin und her. »Das ist Willi, glauben Sie mir.«

»Ach, Sie kennen den?«

»Ich kenne den. In- und auswendig«, grinste Eulenburg.

Jetzt erst fiel bei Querlinger der Groschen.

»Ahaaaa, verstehe, Ihr Freund. Mit dem Sie Ihre Kinoleidenschaft teilen.«

»Bingo, Chef. Wir teilen noch paar andere Sachen.«

»Aber der ist doch ein gutes Stückchen kleiner als Sie.« Kaum war der Satz raus, bereute Querlinger ihn auch schon.

Eulenburg bedachte ihren Chef mit einem betont mitleidigen Du-armes-kleines-Würstchen-Blick.

»Chef, ich will Sie ja nicht neidisch machen, aber ich versichere Ihnen, an den Willi dürfte so schnell keiner rankommen. Selbst Sie nicht.«

18

Über dem gekiesten Platz beim Eingang zum Maienwäldchen lag ein unstet zuckender rötlich gelber Schimmer. Im Schein vereinzelter Lagerfeuer huschten gespenstische Schatten durch die Nacht. Sie gehörten den knapp zwei Dutzend abenteuerlich aussehenden Gestalten, die teils grölend und lachend, teils ganz normal durcheinanderquatschend und lebhaft gestikulierend von dem Platz Besitz ergriffen hatten.

Aus dem kompakten Dunkel des Wäldchens löste sich ein anderer Schatten, der sich zügig auf seine unruhigen Schattenkollegen zubewegte. Er gehörte einem Mann mit Mantel, Schlapphut, Bart und Nickelbrille, der selbst ein Schatten zu sein schien, so dunkel war er angezogen. In der rechten Hand trug der Schattenmann zwei prall gefüllte Aldi-Tüten, im Volksmund respektlos Pennerkoffer genannt, die andere hatte er um einen breiten Gurt gelegt, der sich um seine linke Schulter spannte und an dem eine Art Seesack befestigt war.

Der Schattenmann hielt inne und betrachtete aufmerksam die Szenerie. Dann entschloss er sich, auf das größte der Feuer zuzugehen, über dem, an einem dreibeinigen Eisengestell, ein großer Rost hing, von dem ein verführerischer Duft ausging. Der Mann schnupperte in die späte Abendluft. Hm, nicht schlecht. Die verstehen zu leben, dachte er.

Zwei Männer stellten sich ihm in den Weg.

»Hey, woher kommst du denn, Kamerad?«, fragte einer der beiden, ein kleiner Hagerer, misstrauisch.

»Bin aufm Weg nach Augschburg. Komm aus 'm Freiburgischen.«

»Und wie kommsch ausg'rechnet zu uns, nach Söflingen?«, fragte der Größere argwöhnisch, ein kompaktes Muskelpaket.

»Hab g'hört, do wird g'feiert. Wollt mit dabei sei. Hab au was mitbrocht.«

Der Muskelprotz und der Hagere wechselten einen kurzen Blick, den der Schattenmann nicht genau definieren konnte; um in den Gesichtern lesen zu können, war es an dieser Stelle zu dunkel.

»Soso, was mitbrocht hosch. Was denn?«, fragte der Muskelprotz.

Der bei der Ulmer Kripo beschäftigte Schattenmann und Erste Kriminalhauptkommissar Eugen Querlinger stellte die beiden Aldi-Tüten auf dem Boden ab. Dann entnahm er der einen eine Flasche Korn und der anderen einen Packen in Folie eingeschweißte Bratwürste, die er den beiden entgegenstreckte.

»Vier Fläschle Korn, jede zwoi Liter, zehn Paar Brotwürscht, dreiß'g Weggle und drei Tube Senf, scharf wie Harry«, verkündete er.

»Genehmigt. Kannsch dobleibe und mitschmore.«

»Mitwas?«

»Mitschmore. Mitfeiern. Du bisch no net lang oiner von uns, oder?«

»Wieso?«

»Ja, sonscht tätsch wisse, dass mir Berber zum Esse und Trinke Schmore saget. Stammt aus 'm Rotwelschen.«

Donnerwetter, so leicht konnte man enttarnt werden, wenn man in eine verschworene Gemeinschaft eintauchen wollte und sich nicht der adäquaten Terminologie bediente. Was hätte er jetzt darum gegeben, einen Blick in ein einschlägiges Wörterbuch werfen zu können.

»Ah so, ja, stimmt, hätt i fascht vergesse.«

»Name?«, fragte der Hagere.

Kurzes Zögern seitens des Kommissars.

»Heiner Seelig. Im Freiburgischen saget se Himmel-Heiner zu mir.«

»Wieso Himmel-Heiner?«

»Ha, weil die Seeligen alle in Himmel kommet.«

»Macht Sinn«, sagte der Hagere ernst und nickte.

Die beiden führten ihn zu einem Typen, der abseits vom Rest der Truppe für sich allein an einem Lagerfeuer saß und leise auf einer Mundharmonika spielte. Querlinger erkannte ihn sofort wieder: Es war der Trauerredner, der bunte Hund.

»Chef, der will mitschmore«, sagte der Muskelprotz. »Des isch de Himmel-Heiner aus Freiburg. Er isch auf d'r Durchrois nach Augschburg. Mir habet ihn überprüft, er isch mehr als sauber. Er hot vier Fläschle Schnaps, jede zwoi Liter, und zwanz'g Brotwürscht drbei.«

Der »Chef« nahm einen brennenden Ast aus dem Feuer und hielt ihn Querlinger vor die Nase. Die klassische Art, im Dunkeln jemanden zu identifizieren.

»Hab dich schon mal gesehen. Kommst mir bekannt vor«, knurrte er misstrauisch.

»Des isch aber komisch. Du mir auch. Wenn i bloß wisse tät, wieso?«

Der »Chef« schwieg einige Augenblicke, die er zum Abschätzen seines Gegenübers nutzte.

Die Visitation fiel positiv aus.

»Kannst bleiben. Können dich vielleicht noch brauchen. Setz dich her zu mir. Den Schnaps und die Würste gibt's du am besten dem Charly«, sagte er und deutete mit dem Kopf auf den Hageren.

Können dich vielleicht noch brauchen. Was sollte das denn heißen? Noch während Querlinger über die kryptische Bemerkung rätselte, riss Charly ihm die Aldi-Tüten aus den Händen und marschierte mit ihnen zum Grillplatz. Kurz darauf schmorten die Grillwürste auf dem Rost, später am Abend würden auch die Schnapsflaschen ihre Runden drehen.

Was Querlinger allerdings nicht mehr mitbekommen sollte.

Zunächst schien alles glattzulaufen. Eigentlich mehr als glatt. Querlinger hatte sich neben dem »Chef« – den echten Namen des bunten Hundes wusste er immer noch nicht – auf dem Boden niedergelassen und eine unverbindliche Plauderei mit ihm begonnen.

»Do isch's aber schee«, hatte er bemerkt und gefragt: »Gibt's 'n speziellen Anlass für des Feschtle?«

»Das ist ein Leichenschmaus«, hatte die düstere Antwort des Chefs gelautet.

»Hoi, ist jemand gestorben? Das wusste ich nicht, bist du deswegen so deprimiert?«, hatte Querlinger sich dumm gestellt und war dabei in sein übliches, mit schwäbischem Akzent versehenes Schriftdeutsch abgerutscht.

»Du sprichst auf einmal Hochdeutsch?«

Mist, dachte der Kommissar, schaltete aber unverzüglich. »Ich pass mich immer meinem Gegenüber an. Du redest Hochdeutsch mit mir, also red ich auch Hochdeutsch mit dir.«

»Aha.«

Deprimiertes Schweigen. Unterbrochen nur vom Knistern des Feuers und dem entfernten Gebrabbel der Leichenschmausgemeinde.

»Zwei von uns mussten ins Gras beißen«, nahm der Chef den Gesprächsfaden nach einigen Sekunden wieder auf.

»Krank? Unfall?«

»Nee. Sind massakriert worden.«

»Um Himmels willen, ermordet?«

Der Chef nickte düster.

»Wer waren die Opfer?«

»Georg Schmied hieß der eine, Gernot Zachbichler der andere. Für uns waren sie einfach der Maultrommel-Schorsch und der Professor. Nette Kerle, richtig anständige Berber.«

»Wurde der Täter gefasst?«

»Eben nicht! Läuft noch frei rum.«

»Keinen Schimmer, wer's gewesen sein könnte? Keine Verdächtigen?«

Kopfschütteln.

»Was sagen die Bullen?«

»Pah! Die Bullen! Das Einzige, was die uns sagen, ist, dass wir die Spekulierer aufhalten sollen.«

»Spekulierer?«

»Na, die Augen, Mensch!«

»Ach so, ja. Aber sie waren wenigstens da und haben mit euch gesprochen.«

»Haben sie. Das war aber schon alles.«

»Sie hätten deiner Meinung nach mehr tun sollen?«

»Klar, wir bräuchten Bullenschutz!«

»Bullenschutz? Wieso das denn?«

»Weil hier ein Psychopath rumläuft, der's auf uns abgesehen hat. Einer, der uns Berber nicht leiden kann.«

»Bist du da sicher?«

»Hundertprozentig! Damals 1990, in Frankfurt, gab's auch so 'nen Wahnsinnigen. Is nachts mit 'nem Hammer losgezogen und hat ein paar von uns brutal abgeschlachtet. Glaub mir, so einen haben wir jetzt auch in Ulm. Auch wenn ein paar andere von uns das nicht wahrhaben wollen.«

»Warum? Wie sehen die das?«

»Was den Mord am Schorsch angeht, haben die 'ne ziemlich absurde Theorie. Total bescheuert.«

»Nämlich welche?«

»Die glauben, dass es sich in seinem Fall um 'nen Testosteronmord gehandelt hätte.«

»Was für ein Mord?«

»Ein Testosteronmord. Die Hormone spielen verrückt. Der Verstand setzt aus. Und zack, schon ist es passiert. Ich weiß, wie das funktioniert mit den Hormonen, ich hab in meinem früheren Leben vier Semester Medizin studiert. Trotzdem: Ich glaub nicht an diese Version. Das ist oberblöd, viel zu weit hergeholt.«

»Versteh ich alles nicht.«

»Du musst ihm schon genauer erklären, was los war, wie soll er das sonst kapieren!«, ertönte plötzlich eine dunkle Stimme in ihrem Rücken.

Querlinger fuhr herum. Ein Mann ließ sich neben ihnen im Gras nieder. George Clooney. Querlinger erkannte ihn sofort, auch wenn er jetzt eine Schiebermütze aufhatte. Er musste den letzten Teil der Unterhaltung mitangehört haben.

»Willst du uns nicht einander vorstellen?«, wandte Clooney sich an den Chef.

»Der Himmel-Heiner aus Freiburg, der George Clooney aus Leipheim«, kam der Chef der Aufforderung nach.

Querlinger wirkte nur im ersten Moment verblüfft. Im nächsten schon begriff er, dass die schier unglaubliche Ähnlichkeit des Leipheimers mit dem berühmten Hollywoodstar eigentlich jedem auffallen musste, der ihm begegnete. Ihm den entsprechenden Spitznamen zu verpassen, lag auf der Hand.

»Also pass auf«, wandte sich Clooney übergangslos an Querlinger. »Der Schorsch hatte ein Verhältnis mit der Anni, wir nennen sie die Weißbier-Anni, weil sie sämtliche Weißbiersorten kennt. Dann kam der Weißlacker-Sepp, der –«

»Sämtliche Käsesorten kennt?«, fiel Querlinger ihm ins Wort.

»Richtig. Also, dann kam der Sepp und hat dem Schorsch die Anni ausgespannt. Und jetzt die Theorie: Die beiden kriegen Zoff, weil jeder will die Anni haben, das Testosteron kommt ins Spiel – und na ja, schon ist es passiert.«

»Also der Sepp wäre nicht der Erste, der einen Nebenbuhler aus Testosterongründen über die Klinge springen lässt«, meinte der Kommissar ironisch, die Unterhaltung bereitete ihm zunehmend Vergnügen.

»Eben. Und die Anni nicht die Erste, die zwei Männer dazu bringt, sich gegenseitig an die Gurgel zu gehen. Einige sagen sogar, die Anni könnte mitschuldig sein, weil sie es sich mit dem Schorsch anders überlegt hätte und den Sepp angestachelt hat, ihn … na ja, du weißt schon. Auf jeden Fall sind der Sepp und die Anni seitdem verschwunden.«

Der Chef schüttelte vehement den Kopf. »Nie und nimmer«, widersprach er Clooney. »Is doch oberblöd, was du da sagst, totaler Schwachsinn. Ich kenn die Anni und den Sepp. Die sind nicht verschwunden, weil sie den Schorsch auf dem Gewissen hätten. Zu so einem Verbrechen fehlt denen die Courage.«

»Du glaubst gar nicht, was für eine Courage jemand entwickelt, wenn sein Hirn in den Unterleib rutscht. Ob Männlein oder Weiblein, ist völlig wurscht. So jemand wird total unberechenbar, sag ich dir, die machen Sachen, sag ich dir.«

»Trotzdem, jemand umbringen is 'ne ganz andere Sache. Ich sag's noch mal: Denen fehlt die Courage zu so einem Verbrechen. Außerdem, wie passt denn dann der Mord am Professor mit ins Bild? Als der umgebracht wurde, waren der Sepp und die Anni längst über alle Berge. Hast du doch grad selbst gesagt. Der Mörder ist jemand anderes. Jemand der's auf uns abgesehen hat. Der Obdachlose hasst. Ein Verrückter, der einen Mordsrochus auf uns schiebt. Und darum müssen wir handeln.«

»Handeln, aha. Und wie?«

»Menschenskind! Hab ich dir und den anderen heute schon lang und breit erklärt. Wir müssen uns schützen. Und weil die Bullen dazu nicht fähig sind und wir denen egal sind, müssen wir selbst was auf die Beine stellen.«

»Fängst du schon wieder an mit dem Scheiß?«

»Kein Scheiß! Ich sag dir, das funktioniert. Lass uns Patrouillen bilden. So 'ne Art Berbermiliz. Oder hast du irgendwelche Streifen gesehen, die verstärkt unterwegs gewesen wären?«

»Wie stellst du dir das vor? Was soll die Miliz denn tun?«

»Nach Verdächtigen Ausschau halten. Jeden beim Wickel nehmen, der sich irgendwie auffällig zeigt.«

»Und wen willst du dafür hernehmen? Dafür brauchst du die richtigen Leute. Schau doch mal, was für ein abgehalfterter Haufen wir sind. Es gibt nur 'n paar wenige unter uns, die's mit so 'nem Killer aufnehmen könnten, wenn's ihn überhaupt gibt.«

»Ich kenn 'nen Kollegen aus Stuttgart. Ehemaliger Bundeswehrler, KSK, Kommando Spezialkräfte. Der war seinerzeit im Kosovo, als es da drunter und drüber ging. Der könnte uns ausbilden, der hat Erfahrung in so was. Der Zinken-Karle könnte ihn unterstützen. Der war früher auch beim KSK.«

»Ein Kollege aus Stuttgart? Und der würde kommen?«

»Klar würde der kommen. Er könnte 'ne schlagkräftige Truppe aus uns machen.« Der Chef geriet richtig in Fahrt. »So einen wie dich könnten wir auch gut brauchen«, wandte er sich an den Kommissar. »Groß, kräftig, Muckis! Du machst doch mit, oder?«

Grundgütiger! Eine Pennermiliz! In Ulm! Querlinger stellte sich vor, wie Zweiergruppen Obdachloser durch Ulm patrouillierten und jeden, dessen Nase ihnen nicht passte, anpöbelten.

»Na ja, so einfach ist das nicht«, beeilte er sich zu sagen. »Da bekommst du gewaltig Ärger mit denen von der Exekutive?«

»Weißt du was? Die von der Exekutive können mich mal!«

»Na, das werden sie garantiert nicht! Ich kenn die, hab meine Erfahrungen mit denen gemacht. Wenn die was nicht leiden können, dann selbst ernannte Schutzbrigaden, die sich in Konkurrenz zur Staatsmacht sehen.«

»Du machst also nicht mit?«

»Käme drauf an. Wenn Leute wie dieser Zinken-Karle mitmachen, dann ich vielleicht auch. Mit dem müsste ich mich mal unterhalten. Wo treibt der sich denn rum?«

»Weiß derzeit keiner. Ist abgetaucht. Will vielleicht zur Abwechslung mal in 'ner anderen Gegend Platte machen. Hat er schon öfter gemacht und war dann auf einmal wieder da.«

»Ähm … Platte machen?«

»Menschenskind, wo bist du denn vom Himmel gefallen? Noch nicht lange einer von uns, oder? Platte machen heißt: pennen, schlafen. Platte aufn Boden, hinlegen, schnarchen, fertig!«

Mist! Eine Hobo-Dictionary-App wäre jetzt Gold wert.

»Ja … ähm … also wie gesagt, ich muss mir noch überlegen, ob ich da mitmache.«

Vom Grillplatz kommend, näherte sich ein Mann. Er balancierte drei übereinandergestapelte Pappteller mit Bratwürsten und Scharf-wie-Harry-Senf in der Rechten. In der Linken trug er ein Einkaufsnetz, in dem sich mehrere Flaschen Bier und mindestens zehn Weggle befanden.

»Hier, Chef«, brummte er und stellte alles vor dem bunten Hund ins Gras.

»Bedient euch!«, sagte der Chef, holte sich eine Bierflasche aus dem Netz, öffnete sie mit den Zähnen und nahm einen kräftigen Schluck. Dann griff er sich eine Bratwurst, tunkte sie in den Scharf-wie-Harry-Senf und biss ein Stück ab, dass es nur so knackte.

»Worauf wartet ihr, greift zu!«, sagte er kauend und deutete auf die Pappteller.

Während sie aßen, musterte Querlinger die Leichenschmausszenerie. An einigen in der Nähe brennenden Feuern konnte er den einen oder anderen ausmachen, dessen Gesicht er sich bereits heute Morgen eingeprägt hatte. Frauen sah er keine. Was ihn veranlasste, entsprechend nachzufragen.

»Mädelsabend. Die machen heute ihr eigenes Ding«, klärte der Chef ihn auf.

»Könnte die Anni nicht auch dort sein?«

»Ausgeschlossen. Die hängt am Sepp wie 'ne Klette. Allein geht die nirgendwo mehr hin.«

In diesem Moment näherte sich der Dreiergruppe ein weiterer Mann.

»Ivor, du?«, rief der Chef und sprang auf. »Ich hab erst morgen mit dir gerechnet.«

»Hab's früher geschafft. Du hattest recht. Hab tatsächlich noch mal was gefunden. Komm mit!«

Sie entfernten sich ein Stück, blieben stehen und unterhielten sich. Querlinger sah, wie Ivor etwas aus der Hosentasche zog und es dem Chef gab. Der Chef faltete ein Blatt Papier hastig auseinander. Ivor griff abermals in die Hosentasche und förderte ein Feuerzeug zutage, das er mit einem Klick zum Leuchten brachte. Im Licht der Flamme warf der Chef einen längeren Blick auf den Zettel.

»Na also, wusst ich's doch«, rief er und winkte Clooney und Querlinger herbei.

»Und, was sagt ihr jetzt?«, fragte er triumphierend und hielt ihnen Zettel und Feuerzeug unter die Nase. Er enthielt eine handgeschriebene Notiz:

Abfahrt Ulm 6:59 Uhr, Ankunft Stuttgart 8:00 Uhr, Abfahrt Stuttgart 8:29, Ankunft Zürich 11:23, Abfahrt Zürich 11:35 Uhr, Ankunft Luzern 12:25.

Luzern? Querlinger benötigte nur den Bruchteil einer Sekunde, um die Tragweite der Notiz zu erfassen. Die Wanderkarte, die sie im Rucksack des Maultrommel-Schorsch gefunden hatten! Eine Wanderkarte vom Vierwaldstättersee. An dem die schöne Stadt Luzern lag!

Er beschloss, sich blöd zu stellen, vielleicht gelänge es ihm dadurch, weitere Informationen zu generieren.

»Wieso, was soll ich 'n dazu sagen?«

»Klar, kannste nich wissen«, meinte der Chef und klärte ihn auf. »Pass auf! Die Anni hat immer wieder mal davon gesprochen, am Vierwaldstättersee Platte zu machen. Als junges Mädchen habe sie davon geträumt, sollte sie mal 'nen Lover haben, mit ihm an den Vierwaldstättersee zu reisen. Clooney kann's bestätigen, mit dem hat sie auch schon mal drüber gesprochen, stimmt's, Clooney? Und jetzt das hier. Na, geht dir ein Licht auf?« Der Chef wedelte mit dem Zettel.

Querlinger stellte sich noch eine Spur dämlicher.

»Vierwaldstättersee? Ja und? Was hat der Fresszettel damit zu tun?« *Nur nicht auffallen, Eugen.*

»Mensch, du bist ja blöder als die Polizei erlaubt. Luzern! Müsste doch klingeln bei dir! Die berühmte Stadt am Vierwaldstättersee!«

»Ach so! Luzern liegt am Vierwaldstättersee. Verstehe! Die Anni könnte also am Vierwaldstättersee sein!«, rief der Kommissar, als hätte ihn die Erleuchtung der Welt getroffen.

»Nicht nur die Anni. Der Sepp ist garantiert auch da unten. Ich sag dir, die sind bestimmt auf Verlobungsreise.«

Clooney mimte weiter den ungläubigen Thomas. »Gut, kann ja sein. Trotzdem, genau wissen tust du's nicht. Niemand weiß Genaues. Außerdem: Die können den Schorsch umgebracht haben, bevor sie zum Vierwaldstättersee runter sind.«

»Mein Gott, bist du ein hartnäckiger Blödzapfen«, maulte der Chef. »Sorry, aber so viel Ignoranz geht mir auf die Blase, ich muss mal 'ne Stange Wasser in die Ecke stellen«, brummte er und ging in Richtung Waldrand.

»Wieso nennt ihr ihn eigentlich Chef?«, wandte sich Querlinger an Clooney.

Beide hatten es sich wieder am Lagerfeuer bequem gemacht.

»Er hat den meisten Grips von uns allen. Außerdem holt meistens er die Kohlen aus dem Feuer, wenn einer von uns mal Mist baut. Das wissen wir zu schätzen.«

Querlinger musste grinsen. Das gefiel ihm.

»Er kennt auch 'nen pensionierten Arzt, mit dem ist er per Du, von dem kriegen wir hin und wieder 'ne Behandlung zwischendurch, wenn's nicht anders geht. Oder auch mal Schmerztabletten«, merkte George Clooney weiter an.

»Und wie heißt er?«

»Dr. Ivan Mertens.«

»Ich meinte nicht den Arzt, sondern den Chef.«

»Ach so, der heißt Arthur Berger.«

Ein etwa vierzigjähriger Mann mit einer bis auf die Schulter reichenden, verfilzten blonden Mähne trat dazu, streifte Querlinger mit einem misstrauischen Blick, beugte sich zu George Clooney hinunter und flüsterte ihm etwas ins Ohr.

Clooney wirkte völlig entgeistert. »Ohne Scheiß?«, fragte er den Mann.

Der nickte nur. Clooney sprang auf. »Komm mit«, sagte er zu dem Blondmähnigen, den Querlinger im Stillen den »Flüsterer« nannte.

Sie entfernten sich einige Schritte, blieben stehen und tuschelten aufgeregt.

Der Blondmähnige entfernte sich wieder, nicht ohne vorher Querlinger ausgiebig von oben bis unten gemustert und ihm erneut einen durchdringenden Blick zugeworfen zu haben.

»Ich muss mal schnell was erledigen. Bleib sitzen, bin gleich wieder da«, wies Clooney den Kommissar an.

Bei Querlinger schrillten die Alarmglocken. Irgendetwas an dem Ton, den Clooney gerade draufgehabt hatte, gefiel ihm nicht. Er sah, wie der Typ, der Clooney etwas ins Ohr geflüstert hatte, von Feuer zu Feuer ging und intensiv auf seine Kumpels einredete. Clooney selbst war verschwunden. Wie vom Erdboden verschluckt.

In diesem Moment sah er den Chef wiederauftauchen. Im rötlich zitternden Schein der Lagerfeuer am Waldrand war seine Silhouette unzweideutig zu erkennen. Kaum war er aus dem Schatten der Bäume getreten, als er auch schon vom Flüsterer aufgehalten wurde. Auf einmal war auch Clooney wieder da, der Schattenriss mit der Schiebermütze war unverkennbar. Alle drei unterhielten sich. Clooney gestikulierte wild mit den Händen, als wollte er den Chef mit aller Macht von etwas überzeugen. Auch der Flüsterer fuchtelte wie ein Wilder herum. Wiederholt gingen die Blicke der drei in Querlingers Richtung. Das Feuer, an dem er saß, war inzwischen ziemlich heruntergebrannt.

Irgendetwas stimmte nicht. Etwas, das mit seiner Person zu tun haben musste. Die Erkenntnis durchzuckte den Kommissar wie ein elektrischer Schlag. Was hatte er bloß falsch gemacht? War er mit seiner Undercoveraktion zu weit gegangen? Hatte jemand seine Identität herausgefunden? Dann fiel sein Blick auf seine Füße, die er im Gras ausgestreckt hatte. Auf die nagelneuen Sneakers. Original Nike! Über zweihundert Euro hatte er dafür bezahlt …

»Hundsveregg!«

Querlinger sprang auf. Gut, dass er die Gefahr manchmal riechen konnte. Diesmal stank sie nach kollektiven Prügeln, verabreicht von einer Horde Obdachloser.

Der Kommissar griff sich seinen Seesack und lief so schnell er konnte in Richtung des Waldrandes, aus dessen Schatten er eine Dreiviertelstunde zuvor auf den von den Obdachlosen okkupierten Grillplatz getreten war.

Keine Sekunde zu früh. Hinter ihm lärmten Stimmen. Als

er sich umsah, nahm er mehrere Gestalten wahr, die ihm nachsetzten. Dunkel hoben sich ihre Umrisse vor dem vom rötlichen Schein der Lagerfeuer erhellten Hintergrund ab. Was, zum Henker, war hier los? Was war bloß in die gefahren? Als gälte es sein Leben, rannte der Kommissar weiter auf den Waldrand zu. Stolperte und stürzte, als er in das Dunkel der dicht an dicht stehenden Bäume eindrang. Die Stimmen näherten sich, schienen sich um ihn herum zu verteilen, Schritte raschelten im Unterholz. Fluchend rappelte er sich wieder hoch und kramte in der Manteltasche nach seiner Stablampe. Knipste sie an und hastete ungeachtet des Geräuschs, das seine raschelnden Schritte verursachten, weiter, während der Lichtkegel auf dem Waldboden nervös vor ihm herhüpfte. Schalt sich einen Idioten, als ihm klar wurde, dass der Schein ihn verraten könnte, hielt hinter einem dicken Stamm erschöpft inne, knipste die Lampe aus und rang nach Luft.

Plötzlich: Stille! Er lauschte, versuchte, seinen Atem unter Kontrolle zu bringen. Hatten sie aufgegeben?

Einige Minuten noch harrte er hinter dem Baumstamm aus. Als er sicher war, seine Verfolger abgeschüttelt zu haben, beschloss er, sich davonzumachen. Doch dazu musste er zu dem Weg zurückfinden, auf dem er hergekommen war. Vor lauter Durch-den-Wald-Hasten hatte er sich verlaufen. Die nächtliche Odyssee war noch nicht zu Ende. Erst nach einer gefühlten halben Ewigkeit sah er den Weg als graues Band zwischen den schwarzen Baumstämmen hindurchschimmern. Doch noch bevor er den Waldsaum erreicht hatte, hörte er es abermals rascheln. Die Sinne zum Zerreißen gespannt, drehte er sich einmal um die eigene Achse und sah sich um. Was war das nur für eine verdammte Nacht?

Da, wieder ein Knacken. Geräusche wie von schleichenden Schritten. Angestrengt starrte der Kommissar ins Dunkel – als jemand etwa drei Meter von ihm entfernt unvermittelt hinter einem Stamm hervortrat und wie ein Orang-Utan mit hängenden Armen stehen blieb. Der dunkle Geist des Waldes?

Nein, kein Geist. Rein optisch betrachtet, hätte der Typ sein Zwillingsbruder sein können. Trotz der penetranten Finsternis hatten sich Querlingers Augen so weit an die Umgebung gewöhnt, dass er den langen schwarzen Mantel und den Schlapphut erkennen konnte. Das Gesicht lag tief im Schatten der Krempe. Der Orang-Utan schien mindestens so überrascht wie er.

Plötzlich dämmerte es dem Kommissar, und er verfluchte seinen Entschluss, die Dienstwaffe nicht mitgenommen zu habe. Der Typ, der vor ihm stand, musste der sein, der sich bei den Obdachlosen nach dem »Professor«, dem »gewissen Müller« und »Götzi« erkundigt hatte. Der Mörder! Querlinger fühlte einen Schauer über seinen Rücken rieseln.

»Stehen bleiben, Polizei!«, brüllte er. Eine schwachsinnige Aufforderung, der Affenmensch hatte sich keinen einzigen Millimeter bewegt.

Dann aber, urplötzlich, fuhr die Hand des Affen in die rechte Manteltasche. Die Bewegung reichte aus, um Querlinger zu warnen. Er sprang zwei Schritte zurück und hinter einen Baum. Der Mann stieß einen ärgerlichen Fluch aus und verschwand in den Tiefen des Waldes.

»Hundsveregg«, murmelte Querlinger einerseits geschockt von dem Vorfall, andererseits erleichtert, dass der Spuk vorbei war. Die unerwartete Begegnung hatte ihm den Schweiß auf die Stirn getrieben. Er atmete schnell und heftig.

Kurz noch wartete er, bevor er aus dem Wald heraus auf den Weg trat, der zu seinem Auto führte. Noch immer saß ihm der Schreck in den Knochen. Aber auch Ärger darüber, dass es ihm nicht gelungen war, den Typ zu stellen. Er hegte nicht den geringsten Zweifel, dass er dem Mörder gegenübergestanden hatte. Er beruhigte sich erst, als er in seinem Terrano saß. Eine knappe halbe Stunde später fuhr er in die Tiefgarage, fünf Minuten später stand er vor der Tür zu seiner Wohnung – und erstarrte.

Jemand hatte sich am Schloss zu schaffen gemacht, die Tür

stand einen Spalt weit auf, Türknauf und Beschläge lagen auf dem Boden.

Der Einbrecher, der sich seit einigen Wochen in der Gegend rumtrieb – war er jetzt auch in seiner Wohnung? Nahmen die Überraschungen dieser Nacht denn gar kein Ende?

Querlinger schob die Tür vorsichtig weiter auf – und erstarrte aufs Neue.

Da war jemand. Er hielt den Atem an. Lauschte. Das Geräusch auf- und zuschiebender Schubladen drang gedämpft durch die geschlossene Wohnzimmertür in den Flur. Dieser verdammte Einbrecher! Der Kommissar schielte nach seiner Dienstwaffe. Sie steckte in dem Pistolenholster, das an einem Garderobehaken hing. Wenige Sekunden und drei Schritte später hielt er die Heckler & Koch in der Rechten, entsicherte sie, schlich zur Wohnzimmertür, drückte sacht die Klinke herunter, schob die Tür Millimeter für Millimeter auf und linste durch den Spalt.

Im Wohnzimmer brannte Licht. Eigentlich hatte er mit einem vermummten Eindringling gerechnet, der mit einer Taschenfunzel die Schubladen im Wohnzimmerschrank nach wertvollen Inhalten durchsuchte. Doch der Typ besaß augenscheinlich die Dreistigkeit, im hellen Schein der Wohnzimmerlampe auf Beutezug zu gehen. Da der Schrank an der Stirnwand stand, die er von hier aus nicht im Blick hatte, konnte der Kommissar nur den Schatten wahrnehmen, den der Mann im Licht der Wohnzimmerlampe warf.

Ein lautes Rumpeln, ein leise geflüsterter Fluch. »Aua, mein Fuß! Scheißdregg!« Der Idiot von Einbrecher hatte offenbar die letzte Schublade – Querlinger wusste, dass sie nur lose in der Führungsschiene hing – zu weit herausgezogen, sodass sie aus der Führung geglitten und ihm auf den Fuß gefallen war.

Die Gelegenheit für den Kommissar, das Schwein zu stellen.

Er stieß die Tür auf und sprang in den Raum.

»Hände über den Kopf und auf die Knie, Drecksack!«, schrie er.

Luise stand für gefühlte fünf Sekunden wie gelähmt …

Dann entlud sich der Schreck in einem lang gezogenen schrillen Schrei, dem sich ein erbarmungswürdiges »Bitte, bitte nicht schießen!« anschloss.

»Mäu… Mäu… Mäusle, duuu? Ich dacht, du bisch in Utrecht?«

Luise sah den »Penner«, der vor ihr stand, mit einem Ausdruck unsäglicher Verblüffung an.

»Eugen?«, schrie sie ihn schließlich an. »Ja, du Quadratsimpl, du verblödeter! Bisch du denn wahnsinnig, mich so zu erschrecken! Ich hätt einen Herzschlag kriegen und tot umfallen können. Da isch mer kaum ausm Haus, und schon gibt der verehrte Herr Gatte den Deppen! Und in was für einem Aufzug! Was soll das denn? Schpinscht du? Bischt du total plemplem, du Bachel? Soll ich die Sanis von der Klapse rufen, oder was?«

»Ja wie um alles in der Welt sollt ich denn wissen können, dass du nicht in Utrecht bei deiner Schwester, sondern hier bist? Du wolltest doch erst übermorgen wiederkommen?«

»Ach so! Und wenn ich mal weg bin, gibt dir das das Recht, wie ein Irrer durch die Gegend zu laufen, oder was? Frei nach dem Motto: Ist die Gattin mal in Utrecht, gibt der Gatte den Knecht Ruprecht? Schau dich doch mal an, wie du rumläufst! Total versaut, wie ein Penner.«

Das war die Höhe. Da arbeitete man am Wochenende durch, rackerte sich ab, während sich die liebe Ehefrau einen schönen Lenz machte, und zur Belohnung bezeichnete die einen dann auch noch als Irren und Penner.

»Ich hab ermittelt. Undercover. Im Obdachlosenmilieu. Und das am Wochenende. Und jetzt komm ich heim und muss mich von meiner eigenen Frau dafür auch noch als Penner beschimpfen lassen. Toll! Klasse!«

»Pffhh. Ermittelt. Wer's glaubt!«

»Glaub's oder glaub's nicht. Is mir wurscht. Aber interessieren würd's mich schon, wieso du hier in der Wohnung rumgeisterst, anstatt bei deiner Schwester in Utrecht gemütlich Kaffee zu saufen. Und vor allem, wieso das Schloss von der Wohnungstür aufgebrochen ist.«

»Erstens sauf ich um diese Zeit nicht mehr Kaffee, sondern, wenn überhaupt, Wein. Und zweitens hab ich vergessen, das Familienstammbuch von meinen Eltern mitzunehmen, das meine Schwester dringend braucht. Das war nämlich der Hauptgrund, warum ich zu ihr gefahren bin, gell. Hab aber erst kurz vor Düsseldorf g'merkt, dass ich's vergessen hab.«

»Aha! Und dann?«

»Ja, dann bin ich in Düsseldorf ausgestiegen und hab den nächsten Zug zurück nach Ulm abwarten müssen.«

»Aha! Und dann?«

»Und dann und dann! Frag doch nicht so blöd, kannst du dir doch denken. Ich hab versucht, dich zu erreichen, aufm Festnetz und aufm Handy. Nix. Also hab ich am Hauptbahnhof ein Taxi genommen.«

»Hierher in die Wohnung?«

»Nein, nach Timbuktu! Herrschaft, frog doch net so saubleed!«

»Du hast mir immer noch nicht gesagt, weshalb das Schloss aufgebrochen wurde.«

»Als ich unten aufm Hof ausg'stiegen bin, hab ich gemerkt, dass ich den Schlüssel vergessen hab. Der Akku von meinem Handy war fetzenleer, nachdem ich dich hundertmal versucht hab, anzurufen. Also hab ich den Taxifahrer gefragt, ob's ihm was ausmachen würd, den Schlüsseldienst anzurufen. Dann hat der gesagt, nein, das würd ihm nix ausmachen, einer schönen Frau könne er keinen Wunsch abschlagen. Es gibt halt noch sehr galante, höfliche und sehr gut aussehende Männer.«

Unglaublich, wie gemein und zielgerichtet Frauen verbale Spitzen einsetzen konnten.

»Ah ja, und ich bin ein alter, hässlicher Sack, oder was?«

»Ja, schau dich doch an, Menschenskind! Und stinken tust du ...«

»Das sind die Klamotten, die stinken. Die hab ich aus den Kartons rausgezogen, die *du* im Keller gestapelt hast. Lauter altes, stinkendes Zeugs.«

»Ja klar, jetzt bin ich auch noch schuld, dass der Herr Hauptkommissar stinkt.«

»Auf jeden Fall muss der Typ vom Schlüsseldienst ein Riesendepp gewesen sein. Ein Schloss derart hirnrissig zu killen, da gehört schon 'ne ziemliche Portion Blödheit dazu, ein Fachmann war das jedenfalls nicht.«

»Er war ja auch kein Fachmann.«

»Wie, er war kein Fachmann?«

»Beim Schlüsseldienst hat niemand abgenommen. Da hat der Taxifahrer gesagt, er hätte schon öfter mal Schlösser aufgemacht. Er hat einen Pannenkoffer mit Werkzeug dabeigehabt und … na ja, Hauptsach, ich bin reingekommen.«

Querlinger schlug die Hände vors Gesicht und ließ sich auf die Wohnzimmercouch fallen. Er war fertig mit der Welt. Luise kramte derweil ungerührt in der Schublade, die auf dem Boden gelandet war, nach dem Familienstammbuch ihrer Eltern.

»Hurra, ich hab's!«, rief sie schließlich triumphierend.

Querlinger sah auf. »Und jetzt?«, fragte er dumpf.

»Jetzt geh ich zu dem netten Taxifahrer runter, der unten wartet, und fahr wieder zum Bahnhof.« Sie sah auf ihre Armbanduhr. »Der nächste Zug nach Düsseldorf geht in einer Dreiviertelstunde, da muss ich dann umsteigen. Morgen in aller Frühe bin ich in Utrecht bei meiner Schwester.«

Querlinger schoss wie von der Tarantel gestochen hoch.

»Nix da, ich fahr dich zum Bahnhof. Zu dem Taxideppen läufst du mir nicht mehr hin. Der wird noch zudringlich, der saublöde Hund, der saublöde!«

»Eifersüchtig?«, fragte Luise in einem Ton, der Querlinger auf die Palme brachte.

»Nein, nur vorsichtig.«

»Wieso vorsichtig?«

»Ich will nicht wegen Überlassung einer gefährlichen Waffe

an einen leichtfertigen Vollidioten vor Gericht gestellt werden«, rutschte es ihm heraus.

»Aha! So siehst du mich also. Als gefährliche Waffe. Alles klar!« Luises Stimme bebte. »Dann bin ich ab jetzt nicht zwei Tage, sondern zwei Wochen bei meiner Schwester in Utrecht, du ... du ...«

Warum nur hatte er nicht den Mund gehalten? Sich zusammengerissen? Wahre Größe gezeigt? Er hatte es doch nicht so gemeint, wie er es gesagt hatte. So würde er jetzt geraume Zeit ohne sein Mäusle auskommen müssen. Allein zu Hause, allein bei den Mahlzeiten, allein beim Fernsehen, allein beim Spazierengehen, allein beim Durch-die-Stadt-Bummeln und natürlich auch allein im Schlafzimmer ...

Hundsveregg, warum musste ihn Luise aber auch so angehen! Ihn auf die Palme bringen, zum Deppen machen. Ihn demütigen und abkanzeln wie den letzten Heuler. Wo er doch tatsächlich nur seine Pflicht erfüllt hatte, was sie ihm partout nicht hatte abnehmen wollen. Vielleicht hätte er ihr die Szene im nächtlichen Maienwäldchen schildern sollen, um sie daran zu erinnern, was sie an ihm hatte. In welcher Gefahr er gestanden und was er in dieser Nacht alles durchgemacht hatte: »Stell dir vor, da springt mich so ein Typ an. Will mir das Messer in die Brust rammen. Konnt mich grad noch mit 'nem Sprung hinter 'nen Baum retten. Was, wenn der mich erwischt hätte? Dann wärst du jetzt Witwe. Schon mal drüber nachgedacht? Wahrscheinlich eher nicht, der Ersatz wartet ja schon vor dem Haus: ein Taxifahrer!«

Voller Selbstmitleid seufzte der Kommissar und begutachtete den Schaden, den der »galante, höfliche und gut aussehende« Taxifahrer an der Wohnungstür verursacht hatte. So schlimm wie zuerst befürchtet, war es nicht. Er würde morgen einen Handwerker kommen lassen, der das Ganze richten sollte. In diesem Moment sah er, dass die Tür zur Nachbarwohnung gegenüber einen Spalt weit aufstand. Die alte Kreszenz Rübenacker wohnte hier. Dieses wunderfitzige Weibsbild hatte garantiert den Krach gehört, den er und Luise veranstaltet hatten. Querlinger fragte sich, was sie mitbekommen hatte. Etwa alles? Von Anfang an? Wenn ja, dann wusste morgen halb Ulm von der Sache. Querlinger brauchte keine große Phantasie, um sich vorzustellen, wie die Kreszenz ihre Version der Ereignisse zum Besten geben würde. Sie habe mitbekommen, wie »die Frau vom Querlinger« einen »fremden Mann in die Wohnung geschleppt« habe. »Und dann isch der Kommissar hoimkomme und hot sie in flagranti erwischt und hot sich wie ein Wilder aufg'führt und hot sei Fraule g'schlage, und die hot plärrt und isch mitten in der Nacht abg'haut.« Und aus der Nase habe sie geblutet wie ein abgestochenes Schwein, würde sie hinzufügen. Als taffe Bäuerin hatte die Kreszenz einst auf dem heimatlichen Hof beim Schlachten selbst mit Hand angelegt.

Dies musste verhindert werden. Egal, wie!

Laut und vernehmlich klopfte Querlinger gegen die Kreszenz-Rübenacker-Haustür.

Im selben Augenblick linste die Alte hinter der Tür hervor. Sie musste schon die ganze Zeit über dort gestanden haben.

Künstliches Gähnen.

»Ja hallo, der Herr Kommissar, was gibt's? Jetzt habet Se mich mitten ausm Schlaf g'risse. Isch was passiert, kann ich irgendwie helfe?«

Zusammenreißen, Eugen, zusammenreißen!

»Frau Rübenacker«, irgendwie schaffte es Querlinger, freundlich zu lächeln, »das tut mir unendlich leid, dass ich Sie aus dem Schlaf gerissen hab. Aber kann es sein, dass Sie trotzdem den Krach mitgekriegt haben, den meine Frau und ich simuliert haben? Und auch, dass meine Frau mit einem fremden Mann hier aufgetaucht ist?«

»Äh … ja … äh … Herr Kommissar … was … was soll ich do drzu sage?«

Querlinger nickte verstehend. Er legte den Zeigefinger an die Lippen, sah sich verschwörerisch um und flüsterte: »Frau

Rübenacker, Sie wurden vorhin Zeuge einer geheimen strategischen Übung der baden-württembergischen Kriminalpolizei in Verbindung mit dem Staatsschutz. Angeordnet vom Innenministerium. Ausgewählte Beamte wurden gebeten, zusammen mit ihren Familien an der Übung teilzunehmen. Es sollte ein Einsatz während eines akuten Terrorangriffs geprobt werden. Strategisch existenziell wichtig zur Terrorabwehr, aber absolut geheim.«

»Oh, Jesses Maria und Joseph. Strategisch! Und au no geheim! Deswäge des ganze Gschroi, jetzt versteh ich.«

»Richtig«, nickte Querlinger tiefernst. »Aber was hier heut Nacht passiert ist, darf niemand erfahren. Niemand, ham Sie mich verstanden? Wenn Sie das weitererzählen, können Sie gerichtlich belangt werden. Sie sind jetzt offiziell Geheimnisträgerin, Frau Rübenacker. Auf strategischen Geheimnisverrat steht –« Querlinger musste kurz husten.

»Die Todesstrafe?«, hauchte die Kreszenz entsetzt.

»Ha noi, des nett grad. Aber Sie könntet in Knascht komme. Des wollen wir doch nicht, oder?«

»Herr Kommissar«, die Stimme Kreszenz' zitterte, »ich schwör beim Leben meiner Mutter, dass ich nix sage werd.«

Bei Querlinger schepperten die Alarmglocken. *Beim Leben meiner Mutter?* Die Kreszenz war Anfang achtzig!

»Ihre Mutter? Ja, lebt die denn noch?«

»Ha, natürlich! Im Altenheim. Sie isch hundertdrei und quietschfidel.«

Querlinger atmete auf. Dann passte das mit dem Schwur beim Leben der Mutter ja so weit. Er verabschiedete sich, ging in seine Wohnung, schloss die Tür und rückte die schwere Garderobenkommode davor. Überlegte, wie er morgen die Wohnung verlassen könnte, ohne zu riskieren, dass jemand Unbefugtes eindrang. Versiegeln, schoss es ihm in den Sinn. Ein polizeiliches Versiegelungsband an der Tür – das würde niemand wagen, aufzuschneiden. Gut, dass er einen kleinen Vorrat davon immer in seiner Aktentasche hatte. Querlinger ging ins Bad, legte die unselige Verkleidung ab und duschte lange und ausgiebig. Zuerst heiß, dann eiskalt. Die beabsichtigte Wirkung blieb nicht aus. Relativ entspannt und vor allem hungrig öffnete er gleich darauf den Kühlschrank. Zwei appetitlich verpackte Wurstbrote appellierten an seine Verantwortung, seinen Körper nicht mit leerem Magen ins Bett zu schicken. Eigentlich das Pausenvescher für morgen, aber … Moment! Morgen? Querlinger sah auf die Uhr: fast halb eins. So schnell verwandelte sich heute in morgen! Zeit, die Wurstbrote zu verdrücken und in die Falle zu gehen, ein weiterer stressiger Tag stand bevor. Aber mit vollem Magen schlafen gehen? Klar, wieso nicht! Schließlich gab es Einschlafhilfen. Ebenfalls im Kühlschrank. Eiskalt, hopfig frisch und mit der nötigen Drehzahl versehen.

19

Montag, 22. Juni

Gegen elf an diesem Montagvormittag saß der Kommissar un-
ausgeschlafen und in entsprechender Stimmung vor seinem
Frühstück. Vor einer halben Stunde hatte Angie Braun, seine
Sekretärin, ihn aus dem Bett geklingelt und gefragt, wo er denn
bleibe.

Er müsse einen unvorhergesehenen Auswärtstermin wahrnehmen und könne erst um dreizehn Uhr zur Lagebesprechung
ins Büro kommen, hatte er sie kurzerhand wissen lassen.

Die Wahrheit lautete: Er hatte verschlafen, der Grund war
banal. Gut anderthalb Stunden hatte er sich hin und her ge-
wälzt, bis er endlich in einen unruhigen Schlaf gefunden hatte.
Anderthalb Stunden, in denen ihm – das musste er sich zu seiner
Schande eingestehen – weniger der Krach mit Luise als vielmehr
das Ergebnis seines abenteuerlichen Undercoverunternehmens
durch den Kopf gegangen war. Seine Hoffnung, dass die drei
untergetauchten Obdachlosen bei der nächtlichen Trauerparty
auftauchen könnten, hatte sich nicht erfüllt. Dennoch war die
Aktion nicht ganz umsonst gewesen. Er hatte zumindest erfahren, dass man innerhalb der Ulmer Obdachlosengemeinde
darüber spekulierte, ob Anni Bertele und Sepp Möhnle den
Mord an Georg Schmied begangen hatten. Und dass die Möglichkeit bestand, dass sie sich am Vierwaldstättersee aufhielten.
Doch wenn die beiden wirklich für den Tod des Maultrommel-
Schorsch verantwortlich waren – wie passte dann der Mord
am Gernot Zachbichler, genannt Professor, ins Bild? Kam die
Theorie Arthur Bergers, den sie in der Szene »Chef« nannten,
der Wahrheit näher? Hatte in beiden Fällen ein Psychopath
zugeschlagen, der es auf die Obdachlosengemeinde abgesehen hatte wie weiland der berüchtigte Hammermörder von

Frankfurt? Unklar war auch, welche Rolle Karl Dobler alias Zinken-Karle, einer der drei untergetauchten Obdachlosen, in dem Drama spielte. Auch über dessen Aufenthaltsort, oder, um es treffender zu formulieren, darüber, wo er gerade »Platte machte«, herrschte Unklarheit.

Dann – und das war der bizarrste Vorfall in dieser Nacht gewesen – war da natürlich noch der dunkel gekleidete Typ im Wald, dem er begegnet war. Der Mörder? Wenn ja, was hatte er um diese Zeit dort zu suchen gehabt? Etwa ein neues Opfer?

Über all dem Grübeln war er endlich eingeschlafen und erst aufgewacht, als Angie Braun angerufen hatte.

Die Lagebesprechung heute sollte ein ganz besonderes Format bekommen. Zwar fehlten die Mitarbeiter der KTU, also des Erkennungsdienstes, die zu einem Seminar in Stuttgart waren, dafür hatten Kriminaloberrat Dr. Moritz Fachinger und Polizeipräsident Hubertus Kramer-Beutlin kurzfristig beschlossen, den Termin mit ihrer Gegenwart zu veredeln. Der Kommissar hatte erst auf dem Weg zur Kriminaldirektion in der Lindenstraße erfahren, dass sie dabei sein würden.

Als er zwei Minuten vor eins im Besprechungsraum auftauchte, waren Heinerle, Feigl, Zimmernagel, Eulenburg und Bödele bereits um den großen Tisch versammelt.

Punkt dreizehn Uhr ein Klopfen an der Tür, gleich darauf flog sie auf, und herein stürmten Gottvater und Gottsohn.

»Tag, werte Kolleginnen und Kollegen«, begrüßte Kriminaloberrat Fachinger die versammelte Truppe.

»Wunderschönen guten Tag zusammen«, schloss sich Kramer-Beutlin, der Polizeipräsident, jovial an.

Beide vermittelten einen gestressten Eindruck. Sie stapften vor zur Magnettafel neben dem Flipchart, an der gewöhnlich Fotos, Skizzen und Notizen die Falllage erklärten, und stellten sich nebeneinander in Positur.

Fachinger hob die Rechte zu einer unbestimmten Geste.

»Werte Kolleginnen und Kollegen, der Polizeipräsident und

ich haben beschlossen, heute an Ihrer Lagebesprechung teilzunehmen. Bevor Sie, Herr Kollege Querlinger, die Besprechung eröffnen, wollten wir ... ähm ... wollten der Herr Präsident und ich Ihnen sagen, dass wir uns durchaus der Tatsache bewusst sind, dass Sie angesichts des chronischen Personalmangels im K1 Enormes leisten. Ungeachtet dessen muss ich leider unser beider Verwunderung darüber Ausdruck verleihen, dass angesichts der aktuellen Lage einige unserer Ressourcen ignoriert werden, die wir bräuchten, um die Ermittlungen in Sachen Obdachlosenmorde voranzutreiben. Das muss sich ändern.«

Querlinger war nicht die leiseste Regung anzumerken, er glich einem Denkmal. Einer in Stein gemeißelten Skulptur von Rodin, Titel: »Der Ignorant«. Glücklicherweise war es Rodin nicht gelungen, in sein Meisterwerk hineinzumeißeln, welche wenig schmeichelhaften Gedanken sich hinter der steinernen Stirn verbargen.

»Ich muss Sie ersuchen«, fuhr Fachinger fort, »den Fall der beiden Federseeleichen ruhen zu lassen und Ihre Anstrengungen voll auf die beiden Obdachlosenmorde zu konzentrieren. Sie genießen absolute Priorität und haben im Fokus zu stehen. Übrigens: Konnten Sie heute Morgen schon einen Blick in die Zeitung werfen?«

Die Runde schwieg.

»Konnten Sie also nicht. Nun, ich habe es für Sie getan und bin auf einen für uns äußerst peinlichen, ich wiederhole: *äußerst peinlichen* Artikel gestoßen.« Fachinger zog den tagesaktuellen Südwestboten aus seinem Jackett, die entsprechende Seite war bereits aufgeschlagen: »›Welch eine Schmach für unser weltoffenes, tolerantes Ulm‹«, zitierte er. »›Ein Aufschrei geht durch die Bevölkerung. Zwei Obdachlosenmorde innerhalb kürzester Zeit. Wer ist die Bestie, die sich ihre Opfer unter den Ärmsten der Armen sucht? Was ist ihr Motiv? Die Polizei scheint wieder mal machtlos zu sein.‹« Fachinger sah Querlinger mit einem Blick an, als wollte er ihn damit durchbohren. »Herr Kollege, und so geht es weiter. Nicht genug damit, gibt es eine Unmenge von Leserzuschriften, in denen sich halb Ulm zu Wort meldet. Sozialarbeiter, die Sprecher der verschiedenen politischen Parteien, Wohlfahrtsverbände, sogar eine Schulklasse, alle geben sie ihrer Empörung Ausdruck. Die Presse macht Druck, Kollege Querlinger. Ich frage mich, wohin das noch führen wird?«

Querlinger schwieg. Was hätte er auch antworten sollen? Die Wut und Empörung, die sich in den Medien spiegelten, empfand er auch, und die Brisanz, die in den Obdachlosenmorden lag, unterschätzte er nicht. Aus Sicht der Öffentlichkeit schien sich die Polizei bis jetzt nicht unbedingt mit Ruhm zu bekleckern. Momentan, so gestand sich der Kommissar ein, liefen sie den Ereignissen hinterher, reagierten eher, statt dass sie agierten.

Fachinger, der das zerknirschte Schweigen des Kommissars mit offensichtlicher Genugtuung zur Kenntnis nahm, fuhr fort: »Eine Soko einzurichten können wir uns derzeit personalbedingt nicht leisten. Was bedeutet, werte Kollegen, Sie müssen effektiver und effizienter arbeiten.« Fachinger sah auf Kramer-Beutlin herunter, der, einen Kopf kleiner als er, wie ein Schuljunge neben ihm stand. »Nicht wahr, Herr Präsident?«

Der Hobbit nickte. »Genau, Sie haben es auf den Punkt gebracht, Herr Oberrat. Ich hätte es nicht treffender formulieren können. Aber bitte denken Sie daran, dass wir uns in einer halben Stunde wieder verabschieden müssen, wir haben einen äußerst wichtigen Termin wahrzunehmen. Kollege Querlinger bitte, Sie haben das Wort.« Kramer-Beutlin eilte zusammen mit Fachinger an den Besprechungstisch.

»Ja, also, Herrschaften, dann … ähm … wollen wir mal. Kollegin Eulenburg, bitte eine kurze Zusammenfassung der bisher bekannten Fakten. Aber bitte effektiv und effizient.« Querlinger blinzelte ihr verständnisinnig zu. »Bleiben Sie sitzen. Sie können vom Platz aus referieren.«

An Janine von Eulenburgs Zusammenfassung war nichts auszusetzen. Kurz, prägnant und dennoch umfassend. Obwohl sie Fachingers und Kramer-Beutlins wegen etwas ausholen musste. Als die Kommissarin gegen Schluss ihrer Darlegungen bei dem

Kleeblatt-Tattoo angelangt war, hob der Polizeipräsident interessiert den Blick.

»Fünfblättrig? Gibt es so etwas in der Realität?«

»Ja, Herr Präsident, gibt es. Ich hab das effizient recherchiert. Es gibt Dinge zwischen Himmel und Erde, von denen wir uns effektiv nichts träumen lassen«, meinte Eulenburg hinterhältig, die den Hang Kramer-Beutlins zum Esoterischen kannte.

»Oh, wenn Sie wüssten, wie recht Sie haben«, sagte der Hobbit ehrfurchtsvoll.

Gut, dass Fachingers Hang zum Pragmatischen die esoterische Unterhaltung beendete, noch bevor sie richtig angefangen hatte.

»Die Art und Weise, wie diese Tattoos angelegt sind, könnte Ihrer Ansicht nach also nahelegen, dass wir es mit weiteren Morden zu tun bekommen?«, fragte er stirnrunzelnd nach.

»Eine Theorie, Herr Oberrat, nichts weiter als eine Theorie. Aber man muss sie ernst nehmen«, entgegnete Eulenburg und fuhr mit der Zusammenfassung fort, an deren Ende die Schilderung der gestrigen Recherche anlässlich der kuriosen Trauerfeier stand.

»Resümee: Wir haben zwei Mordopfer, die dem Obdachlosenmilieu entstammen und kurz hintereinander getötet wurden, wir haben ein seltsames Tattoo, das auf eine Verbindung zwischen beiden hinweist, sowie drei Personen – zwei Männer und eine Frau – die in den Fall verwickelt scheinen, aber wie vom Erdboden verschluckt sind. Einer der beiden Männer und die Frau sind offensichtlich seit Kurzem ein Liebespaar.«

Fachinger wandte sich an Querlinger. »Was gedenken Sie im Fall dieser drei abgetauchten Obdachlosen zu unternehmen?«

»Wir starten eine Öffentlichkeitsfahndung. Haben wir schon vergangenen Donnerstag beschlossen. Wir wollten aber noch abwarten, ob es zusätzliche Hinweise gibt, die wir in die Suchmeldung aufnehmen könnten. Ich bitte Sie allerdings darum«, Querlinger setzte eine rhetorische Pause, »die Schweizer Behörden mit einzuschalten.«

Das saß! Schweigen am Tisch.

»Wie … was … a… aber wie… wieso denn?«, japste Fachinger.

»Weil es Gründe gibt, anzunehmen, dass sich Anni Bertele und Josef Möhnle, zwei der drei Gesuchten, in der Schweiz aufhalten, genauer gesagt: am Vierwaldstättersee.«

Verblüffung in der Runde.

»Wie kommen Sie darauf?«, hakte Fachinger ganz aus dem Häuschen nach.

»Ich habe gestern inkognito, aber sehr effizient in der Szene ermittelt und bin auf ein paar interessante Details gestoßen. Nebenbei bemerkt – Herr Oberrat, Herr Präsident – gestern war Sonntag!«

Querlinger schilderte den Verlauf seiner Ermittlungen in aller Ausführlichkeit. Lediglich die Begegnung mit dem Waldmenschen verschwieg er, das würde er später mit seiner Truppe besprechen. Erstauntes Murmeln, als er auf die Notiz mit den Zugverbindungen zwischen Ulm und Luzern zu sprechen kam.

»Haben wir nicht im Nachlass beziehungsweise im Rucksack vom Maultrommel-Schorsch eine Wanderkarte des Vierwaldstättersees gefunden?«, erinnerte Feigl.

»Genau, das ist ja das Frappierende, jetzt wissen wir auch, wieso«, entgegnete Querlinger.

»Ah ja, verstehe«, begann Zimmernagel zu kombinieren, »dann könnte doch Folgendes passiert sein: Die Weißbier-Anni liegt dem Maultrommel-Schorsch mit ihrem Vierwaldstättersee-Traum in den Ohren. Der verspricht ihr, mit ihr dorthin zu fahren. Dann, vor ein paar Wochen, kommt der Weißlacker-Sepp, spannt dem Schorsch die Anni aus, lässt ihn über die Klinge springen und tritt quasi sein Erbe an, zu dem das Versprechen gehört, mit der Anni an den Vierwaldstättersee zu reisen.«

»Bingo, Bernd! Die Theorie hat was«, meinte Querlinger und wandte sich an seine Vorgesetzten. »Herr Präsident, Herr Oberrat, ich darf Sie bitten, in Luzern um Amtshilfe nachzusuchen und die Ressourcen unserer Schweizer Kollegen anzuzapfen.«

»Nun ja, wenn das so ist, dann – was meinen Sie, Herr Präsident?«

»Zapfen Sie, Herr Kollege, zapfen Sie, schaden kann es nicht.« Er sah auf seine Armbanduhr und seufzte. »Oh, jetzt müssen wir aber weiter, Kollege Fachinger.« Und an die Runde gewandt: »Der Leiter des Dezernates für Bildung und Sport erwartet uns zu einem Arbeitsessen. Es geht um polizeiliche Aufklärungsarbeit an Schulen. Wir dürfen uns verabschieden.«

»Es gibt also nichts, woran sich die Identität dieses Typen auch nur ein bisschen festmachen lässt?«, fragte Feigl, nachdem sich die Tür hinter Oberrat und Präsident geschlossen hatte. Im Fokus der Besprechung stand die nächtliche Inkognitoermittlung Querlingers, im Besonderen die nächtliche Begegnung mit dem »Waldschrat«.

»Nichts!«

»Der Typ hatte sich doch bei den Obdachlosen nach dem Professor und nach ›Götzi‹ erkundigt. Wie haben ihn die noch mal beschrieben?«, wollte Eulenburg von Feigl wissen.

»Groß, schwarzer Mantel, Schlapphut, dunkle Brille. Also nichts, was uns weiterbrächte.«

»Wär vielleicht gut gewesen, Chef, wenn du die Obdachlosen gestern Abend nach dem Kleeblatt-Tattoo gefragt hättest?«, merkte Bödele wichtigtuerisch an.

Querlinger musterte ihn mit einem mitleidigen Sonderschullehrerblick.

»Klar, Mensch, du hast recht. Schweres Versäumnis! Ich hätt hingehen und fragen sollen, ob die nicht mal schnell die Hosen runterlassen und mir ihr Arschgeweih zeigen könnten. Oder so was in der Art.«

Die Runde feixte, offenbar hatte Bödele erst jetzt bemerkt, was für einen Mist er von sich gegeben hatte.

»Ich mein ja nur«, murmelte er eingeschüchtert. »Hätt ja sein können, dass … also … na ja …«

»Wie machen wir jetzt weiter?«, fragte Zimmernagel.

»Zunächst mal warten wir ab, ob die Öffentlichkeitsfahndung was bringt«, erläuterte Querlinger. »Außerdem schuldet uns die Spurensicherung noch ein paar Informationen; Fingerabdrücke, Faserspuren und so weiter. Vielleicht gewinnen wir hier Erkenntnisse, die uns weiterbringen.«

»Also ich hätte da noch mal 'ne Frage zu deiner gestrigen Undercoveraktion«, meldete sich Feigl zu Wort.

»Frag!«

»Was war eigentlich der Grund, warum die auf dich losgehen wollten?«

Querlinger zuckte mit der Schulter.

»Keine Ahnung, wie ich bereits sagte, ist aber sicher nicht relevant für den Fall«, meinte er leichthin. Er verspürte keine Lust, seinem Team das mit den Markensneakers auf die Nase zu binden. Zumindest nicht zum jetzigen Zeitpunkt.

»Vielleicht war die Verkleidung ja doch nicht so ganz perfekt?«, warf Bödele boshaft ein.

»Is doch wurscht«, wiegelte der Kommissar genervt ab. »Reden wir besser noch über ein paar Hausaufgaben, die zu erledigen sind. Die extravagante Arabermütze, die der Schmied Schorsch aufhatte und die ziemlich teuer gewesen sein musste: Wo hatte er die her? Und was den Professor angeht: Wie kam er zu diesem sauteuren Outdoororverall? Wie steht es um diese Berber-Uni? Da wissen wir noch viel zu wenig.«

Das Telefon auf dem Besprechungstisch klingelte. Eulenburg, die am nächsten saß, sah aufs Display.

»Die KTU. Ich dachte, die wären alle in Stuttgart«, sagte sie und hob ab.

»Ja? – Du bist es, Tamara. Bist du nicht in Stuttgart? – Ah ja, verstehe. Was gibt's? – Oh, sehr gut, Moment, ich schreib's mir auf.« Ein fragender Blick zu Angie Braun. »Könnt ich schnell den Block und den Kuli haben? – Also, Tamara, noch mal. Name? Adresse? – Okay, danke! Tschüss.«

Sie legte auf. »Der Weh von der Orthopädieschuhmacherei hat angerufen. Er hat Namen und Adresse von dem Kunden herausgefunden, für den der Schuh gefertigt wurde, den wir aus dem Federsee gefischt haben. Ein gewisser«, sie sah auf den Notizblock, »Anton Huber, geboren am 21. Juni 1965 in Ulm, seinerzeit wohnhaft in der Straubstraße in Ulm-Lehr. Die Rechnung datiert vom 7. April 1984 und ging an eine gewisse Marie Huber, gleiche Adresse wie von diesem Anton Huber. Marie war seine Mutter. Er hat bei ihr gewohnt.«

Für einen Moment herrschte Schweigen.

»Dann haben wir zumindest die Identität eines der beiden Opfer aus dem Federsee herausgefunden«, meinte Feigl schließlich.

»Das fast vierzig Jahre auf dem Seegrund lag und uns nur marginal zu interessieren hat. Zumindest zurzeit«, entgegnete Zimmernagel.

»Wieso das denn?«, wunderte sich Heinerle.

»Na, weil uns der Fachinger untersagt hat, im Fall der beiden Federseeleichen weiter zu ermitteln. Die Obdachlosenmorde hätten Priorität, hat er doch verkündet.«

»Der kann mich mal«, knurrte Querlinger. »Jetzt, wo wir schon mal 'ne akute Spur haben, gehn wir der auch nach. Eulenburg, das erledigen wir beide, und zwar gleich morgen.«

»Ja, aber wenn wir deswegen Ärger kriegen?«, gab Heinerle zu bedenken.

»Dann geht das auf meine Kappe. Wie gesagt, Eulenburg und ich nehmen uns die neue Spur in Sachen Federsee-Morde vor. Bernd und Guntram, ihr kümmert euch um das Araberkäppi und den Outdoorbveralls. Wahrscheinlich müsst ihr dazu noch mal das Umfeld der beiden Opfer durchleuchten. Armin und Heini, ihr recherchiert endlich in Sachen Obdachlosenuni, da ist immer noch nix passiert. Ich will wissen, wie es um diese skurrile Bildungseinrichtung bestellt ist. Welche Verbindungen existieren zu den Opfern? Wer sind die Dozenten, falls überhaupt von solchen die Rede sein kann, wie sieht es mit anderem Personal aus? Das wär's fürs Erste. Danke, Leute, und jetzt an die Arbeit.«

20

Dienstag, 23. Juni

»Hm«, murmelte Eulenburg.

»Hm«, knurrte Querlinger.

Das Mehrfamilienhaus in der Straubstraße in Ulm-Lehr, vor dem sie standen, war ziemlich betagt, hatte augenscheinlich noch nie eine Sanierung gesehen und sah entsprechend heruntergekommen aus.

Sicherheitshalber hatte Querlinger Bödele beauftragt, sich die Adresse, die sie von der Orthopädieschuhmacherei erhalten hatten, vom Einwohnermeldeamt bestätigen zu lassen. Bödeles Recherche ergab, dass Marie Huber tatsächlich noch immer dort wohnte, wo sie schon vor fünfunddreißig Jahren gewohnt hatte. Allerdings war keine Telefonnummer angegeben, und so hatten sie sich ohne vorherige telefonische Ankündigung auf den Weg gemacht.

»Na, dann schau mer mal«, meinte Querlinger und richtete seine Aufmerksamkeit auf das arg ramponierte Klingeltableau neben dem Eingang. Teilweise war die Schrift auf den Namensschildern stark fragmentiert, was den Eindruck erweckte, es handelte sich um altgermanische Runen.

»Können Sie auf diesen versifften Namensschildern den Namen Huber entziffern?«, wandte er sich etwas ratlos an Eulenburg.

»Nein, archäologisch gesehen bin ich genauso wenig eine Koryphäe wie Sie, Chef. Ich kann keine Hieroglyphen lesen.«

»Na, da bin ich aber so was von froh. Ich dachte schon, Sie hätten mir hier was voraus, Frau Hauptkommissarin.«

»Eines der ganz wenigen Gebiete, auf denen ich Ihnen nichts voraushabe, Herr Hauptkommissar. Aber es gibt auch Schilder, auf denen die Namen recht leserlich sind. Ich würde sagen, bei einem von denen klingeln wir jetzt und fragen einfach mal nach.«

Eulenburg klingelte bei »Breitsameter Henriette«.

Rauschen und Knistern in der Gegensprechanlage. Dann eine kreischende Frauenstimme: »Ihr Hundskrüppel, ihr verreckte, wenn ihr it glei die Klingel in Ruh lasset, gang i zur Polizei, ihr liederliche Saubande, ihr liederliche!«

Noch bevor die beiden Beamten etwas erwidern konnten, machte es klack. Henriette Breitsameter hatte wieder aufgelegt.

»Was war das denn?«

»Eine verbal-erzieherische Maßnahme, die gewissen minderjährigen Hundskrüppeln, die sich einen Spaß daraus machen, alte Leute zu ärgern, Anstand und Respekt beibringen soll«, klärte Querlinger sie auf. Er deutete mit einer Kopfbewegung auf eine Gruppe feixender Jugendlicher, die etwa dreißig Meter entfernt vor dem Eingang zu einem anderen Mehrfamilienhaus standen und sich an der Klingelplatte zu schaffen machten.

»Ah, verstehe. Wo ich herkomme, nennt man das Schellemännchen machen. Ham wir auch gemacht, als wir noch Kinder waren.«

»Na, das hoff ich doch.«

»Wie? Was hoffen Sie?«

»Dass Sie das im Kindes- und nicht im Erwachsenenalter gemacht haben«, meinte Querlinger und drückte seinerseits die Klingel. Diesmal ziemlich lange.

In diesem Moment ging direkt über ihnen ein Fenster auf. Querlinger, der die Gefahr roch, reagierte blitzschnell. Mit eisernem Griff packte er seine Kollegin am Oberarm, machte einen gewaltigen Satz zur Seite und riss sie mit sich. Eulenburg stieß einen Schrei aus, fast wäre sie gestürzt, Querlinger gelang es gerade noch, sie aufzufangen.

Ein Schwall Wasser klatschte auf die Stelle, an der sie soeben noch gestanden hatten. Getroffen von ein paar verirrten Spritzern machten sie einen weiteren Sprung zur Seite, während das runzlige Gesicht einer alten Frau im Fenster erschien.

»Ihr versaute Hundskrüppel, ihr versaute. Jetzt –«

Henriette Breitsameter stoppte mitten im Satz, als sie die beiden Beamten zu ihrem Fenster hinaufstarren sah. Doch statt einer Entschuldigung folgte ein: »Schlag mi 's Blechle, was müsset ihr zwoi au unter meim Fenschter schtande. Was wollet ihr überhaupt, i kauf nix an d'r Tür, Herrgoless! Hauts ab!«

Querlinger beschloss, den Wahrheitsgehalt des Sprichworts »Auf einen groben Klotz gehört ein grober Keil« zu testen.

»Kriminalpolizei! Wenn Sie nicht sofort aufmachen und uns reinlassen, schlagen wir die Tür ein und holen Sie raus«, schrie er nach oben und wedelte mit seinem Dienstausweis.

»Was? Schlag mi 's Blechle! Jesses Maria!«

Das Fenster klappte zu, gleich darauf ertönte das Summen des Türöffners. Die beiden Kripobeamten betraten ein dunkles Treppenhaus und gingen in den zweiten Stock, wo sie bereits von der Frau erwartet wurden.

Querlinger schätzte ihre Körpergröße auf gute eins achtzig und ihr Alter auf weit über siebzig. Eine Hand in die Hüfte gestemmt, mit der anderen den Türgriff haltend, stand sie vor dem stockfinsteren Eingang zu ihrer Wohnung wie ein schirmender Cherub vor dem Eingang zum Paradies. Nur dass ihr das kreisende Schwert fehlte. Das brauchte es aber auch nicht. Der Leibesumfang Henriettes füllte die gesamte Breite der Tür aus. Unmöglich, an ihr vorbei in die Wohnung zu gelangen.

»Hab ich des richtig verstande: Kriminalpolizei?«, fragte sie unfreundlich und mit einer Stimme wie ein Reibeisen.

»Des ham Sie richtig verstanden! Hauptkommissar Querlinger, Hauptkommissarin Eulenburg von der Kripo Ulm.«

»Also mit Kriminale hab ich mein Lebtag no nie was z'tun g'habt, högschtens mit dene Seggl von d'r Verkehrsbolezei.«

»Dann ist das ein Tag, den Sie im Kalender ankreuzen sollten, Frau Breitsameter. Blöd nur, dass die Seggl von der Kripo viel unangenehmer werden können als die von der Verkehrspolizei. Nämlich dann, wenn man uns Kripo-Seggln die Auskunft verweigert. Ich hoffe, wir ham uns verstanden!«

»Schlag mi 's Blechle! Werdet Se doch net glei overschämt. Was wollet Se denn wisse?«

»Hier wohnt eine gewisse Marie Huber. Welche Wohnung, welcher Stock? Auf dem Klingelbrett steht nämlich kein Name.«

Henriettes Miene nahm einen lüsternen Ausdruck an.

»Schlag mi 's Blechle, des isch aber interessant! Ich hab doch g'wusst, dass des Mensch, des dreckerte, was aufm Kerbholz hot. Die junge, unverheiratete Fraue, die sind heutzutag doch alle gleich. Passet Se auf, Herr Kommissar, des Mischtstück wohnt direkt in dem Stockwerk über mir, glei die Wohnung links.«

Junge, unverheiratete Frau? Simultane Verblüffung bei Querlinger und Eulenburg.

»Ähm … diese Marie Huber über Ihnen – wie alt ist die denn?«

»Was weiß denn ich? Vielleicht fünfundzwanzig, allerhögschtens dreißig. Ein unverschämtes Weib, sag ich Ihnen, die hat fascht jeden Abend Männerb'such. Immer jemand anders. So richtige Mafiatypen sind do drunter, die stinket scho von Weitem nach Verbrecher, sag ich Ihne …«

»Moment, Frau Breitsameter. Da gibt's ein Missverständnis. Die Marie Huber, die wir meinen, die müsste in Ihrem Alter sein.«

»Was? In meim Alter?«

»Genau. Und sie hatte einen Sohn, der eine Fehlbildung am Fuß hatte und einen orthopädischen Schuh trug.«

Henriette Breitsameter öffnete den Mund zu einer Entgegnung, die ihr jedoch nicht über die Lippen kam, so überrascht war sie.

»Die kannten Sie doch, oder?«, vergewisserte sich Querlinger, der ihr Mienenspiel durchaus richtig deutete.

»Schlag mi 's Blechle! Um *die* Marie Huber geht's? Freilich hab ich die kennt. Ich wohn schließlich seit über vierz'g Johr hier. Aber die isch doch schon lang tot?«

Also doch. Sie waren einer Verwechslung aufgesessen. Einer Namensgleichheit. Was sie Bödele zu verdanken hatten. Der hatte sich anscheinend nur nach dem Namen erkundigt, ohne weitere Fakten wie Geburts-, Sterbedatum und so weiter zu checken.

»Dürfen wir näher treten? Dann erklären wir's Ihnen.«

»Ha no kommet Se halt rei! Aber ziehet Se g'fälligscht d' Schuh aus. Mei Wohnung isch mei Paradies, da duld ich keinen Dreck.«

Sie trat zwei Schritte zurück, um die beiden Besucher in das Paradies treten zu lassen, schloss die Wohnungstür und ging voraus in ein Zimmer, in das die Sonne durchs Fenster schien. Paradiesische Helle!

»Bittschön!«, sagte sie und wies mit der Rechten auf ein Kanapee, das vor dem Wohnzimmertisch stand.

Das Kanapee war ziemlich durchgesessen, Querlinger und Eulenburg hatten das Gefühl, fast auf den Boden zu sinken. Henriette nahm auf der anderen Seite des Tisches in einem Sessel Platz.

Querlinger kam ohne Umschweife zur Sache.

»Frau Breitsameter, was können Sie uns zu der Marie Huber sagen, die vor fünfunddreißig Jahren hier gewohnt hat, zusammen mit ihrem Sohn. War die auch unverheiratet? Bitte antworten Sie möglichst auf Schriftdeutsch, meine Kollegin hier ist des Schwäbischen noch nicht so mächtig. Sie stammt aus Düsseldorf.«

»Aha, eine Neigschmeggde. Von denen gibt's immer mehr hier bei uns. Aber do kann mer halt nix mache, gell.«

»Eben, Frau Breitsameter. Also, was können Sie uns sagen?«

»Die Marie Huber war verheiratet. Ihr Mädchenname war Tanner, Marie Tanner. Könnt ich erfahren, warum Sie sich für die interessieren?«

»Aus dem Federsee bei Bad Buchau wurde eine Leiche geborgen. Aller Wahrscheinlichkeit nach handelt es sich dabei um den Sohn der Marie Huber.«

»Schlag mi 's Blechle. Ich dacht, der isch domols oifach nach Amerika abg'haut.«

»Wie kommen Sie darauf?«

»Ha, weil er's okündigt hat.«

»Er hatte sein Verschwinden angekündigt?«

»Freilich. Er haut ab ins Ausland, hat er g'sagt. Und drei Tag danach war er dann fort. Zwei Monate später war sei Mutter tot. Aggressiver Krebs, ging ganz schnell. Eine Woche nach ihrer Beerdigung isch er plötzlich aufgetaucht. Er war ziemlich fertig. Und er hat rumverzählt, dass er wieder ins Ausland geht. Nach Amerika. Paar Tage später war er dann wieder weg. Seitdem hat ihn niemand mehr g'sehn. Also zumindescht hier in der Gegend nicht.«

»Wann war das?«

»Des mit seiner Mutter? 1985, im Frühsommer.«

»Mit anderen Worten: Toni verschwand im Sommer 1985 von der Bildfläche?«

Henriette nickte, breitete die Arme aus und sagte theatralisch: »Und ward von da nicht mehr gesähen.«

»Und Sie erinnern sich noch so genau an das Jahr?«

»Ja, klar, in dem Jahr hab ich meinen Mann zum Deifl g'jagt, den Haderlump, den elendigen.«

Ein Cherub mit Haaren auf den Zähnen.

»Können Sie sich daran erinnern, wie der Toni so war?«

»Ein richtiger Filou war des. Und ogäbe hat der, sag ich Ihnen ...«

»Entschuldigung, was bitte heißt ogäbe?«, wollte Eulenburg wissen.

»Ogäbe hoißt angeben. Prahlen könnt mer auch sagen.«

»Ah ja, er hat also angegeben, geprahlt.«

»Und ob! Wie ein Laubfrosch auf d'r Kirchturmspitz. Überall hat er rumverzählt, was er angeblich alles könnt. Derweil hat er gar nix könne, der Halodri, der saulumpige. Hat seiner Mutter ziemlich viel Kummer g'macht.«

»Sagen Sie, es ist immer die Rede von Toni und seiner Mutter. Was ist eigentlich mit seinem Vater, lebt der noch?«, fragte Eulenburg.

»Der Lokführer? Ach woher, der isch 1968 ums Lebe komma, da war der Toni grad drei Jahr alt. Zugunglück.«

»Können Sie sich an Bekannte oder Freunde von ihm erinnern? An irgendwelche Namen?«

»Koin einziger. Isch scho viel z'lang her.«

»Gibt es Verwandte von Marie und Toni, die noch leben?«

»Glaub nicht. Die Eltern von der Marie sind noch vor ihrem Mann g'schtorbe. G'schwister hatte sie keine. Ich glaub, sie war ziemlich einsam. Engeren Kontakt hat sie bloß zu 'ner Freundin g'habt, einer Hebamme. Die hat ihr auch beigestanden, als der Halodri zur Welt komme isch.«

»Sie meinen den Toni?«

»Schlag mi 's Blechle, von wem schwätz mer denn die ganze Zeit?«

»Wo kam er eigentlich zur Welt?«

»In Ulm, in einer Klinik, in welcher, weiß ich nicht mehr.«

»Können Sie sich an den Namen dieser Hebamme erinnern?«

»Christa Wolfsperger.«

»Wissen Sie, ob die noch lebt? Wenn ja, wo?«

»Keine Ahnung. Seit der Beerdigung von der Marie Huber hab ich die nicht mehr g'säh. Sie soll kurz danach aus Ulm weggezogen sein. Des war auch so eine, sag ich Ihnen«, Henriette beugte sich nach vorne und verfiel in ein verschwörerisches Raunen, »die hätt ich nicht g'wollt als Hebamme.«

»Und wieso nicht?«

»Die hat die Kinder an Orten zur Welt g'holt – grauslich, sag ich Ihnen, grauslich! Des ging nicht alles mit rechten Dingen zu«, wisperte sie. »Einmal soll die Wolfsperger bei einer Entbindung in einer Krypta drbei'wese sein, wo eine Heilige zusammen mit ihren drei Söhnen ihre letzte Ruhe g'funde hat.«

Gefundenes Fressen für Janine von Eulenburg.

»In einer Krypta? Hat die Heilige noch einmal ein Kind gekriegt?«, grinste sie.

»Ha noi, was schwätzet Se denn so saudumm doher! Doch net die Heilige. Eine Schwangere hat die Krypta besucht, sie hat da eine Führung mitg'macht, und dort ihre Wehen gekriegt. Und weil die Hebamme in einer benachbarten Klinik provisorisch als Krankenschwester ausg'holfen hat, hat mr se gleich g'holt.«

»Und die hat dann geholfen, das Kind zur Welt zu bringen? In der Krypta?«

»Genau. Und wisset Se, wer die Schwangere war?«

»Sie werden's mir gleich sagen.«

»Eine Freundin von der Marie Huber, den Namen weiß ich nicht mehr.«

»Frau Breitsameter«, Querlinger übernahm wieder, ihm glitt das Gespräch zu sehr ins Banale ab, »wie würden Sie *Ihr* Verhältnis zu Marie und Toni beschreiben? Immerhin haben Sie ja im gleichen Haus gewohnt.«

»Ja, als gut nachbarschaftlich halt.«

»Was verstehen Sie darunter?«

»Schlag mi 's Blechle, Sie stellet Froga! Mr grüßt sich, mr schwätzt bissle, wenn mr sich sieht. Mr leiht sich mol Salz oder Zucker oder paar Eier … oifach nachbarschaftlich halt. Vor allem: Mr passt bissle auf'nander auf. Schaut auf'nander. Isch oifach am andern interessiert. Chrischtliche Nägschtenliebe halt, gell!«

»Mit der Marie Huber über Ihnen – sind Sie mit der auch in christlicher Nächstenliebe verbunden?«, konnte sich Eulenburg nicht verkneifen zu fragen.

Henriette Breitsameter legte den Kopf schief und zog die ohnehin faltige Stirn noch krauser.

»Wie hab ich des jetzt zu verstehn?«, fragte sie spitz.

»Na ja, also –«

»Frau Breitsameter«, fiel Querlinger seiner Kommissarin ins Wort, »Sie sagten vorhin, der Vater von Toni, also der Ehemann von Marie Huber, sei bei einem Zugunglück getötet worden. Hatte Marie danach kein Verhältnis mehr mit einem Mann? Sie war zu dem Zeitpunkt ja noch eine junge Frau?«

»Möglich. Nix Gnaues woiß mer net, wie mer so schön sagt.

Aber wenn, dann hat sie des Verhältnis nicht hier im Haus g'habt. Weil, des hätt ich mitgekriegt, des dürfet Se mer glaube, Herr Kommissar.«

»Ja, das bezweifle ich nicht, Frau Breitsameter. Das hätte Ihre christliche Nächstenliebe gar nicht zugelassen, dass Sie davor Ihre Augen verschließen, gell.«

»Sie sagen's, Herr Kommissar, Sie sagen's. Aber do fällt mer grad was ei, wartet Se mol.«

Henriette stand auf und ging zu einem Schrank. Öffnete ein Türchen und holte eine Keksdose aus Aluminium heraus, in der keine Kekse waren, sondern Bilder, die sie auf den Wohnzimmertisch ausleerte. Fuhrwerkte mit der Hand in dem Wust herum, sortierte eines von ihnen aus und legte es zur Seite. Suchte weiter, fand aber nichts, was sie zu einem »Leck mi am Arsch, do waret doch no mehr!« veranlasste, bis sie schließlich resigniert aufgab.

Sie schob das aussortierte Bild über den Tisch in Richtung der beiden Polizisten. Das Motiv zeigte mehrere Personen, die nebeneinander auf einer langen Bank an einem Biertisch saßen: zwei Frauen, drei Männer und ein Jugendlicher. Alle lachten in die Kamera, bis auf eine der beiden Frauen, die ein ernstes Gesicht machte.

»Des«, sagte die Breitsameter und tippte mit dem knochigen Zeigefinger ihrer rechten Hand auf die Frau mit der ernsten Miene, »isch oder besser g'sagt war die Marie Huber. Und des«, sie zeigte auf den Jugendlichen, »war der Toni.«

»Wann wurde das Bild aufgenommen und wo?«, fragte Querlinger.

»Des war – schau mer mal«, Henriette drehte das Bild um, »des war 1982, also drei Johr bevor sie g'schtorbe isch. Fotografiert hot des Bild der Zenker Franz, der hot domols auch hier g'wohnt. Der war Fotograf aus Leidenschaft, hat später seinen eigenen Laden in Ulm aufg'macht. Die Aufnahme stammt von dem Gartefeschtle, des mir domols g'macht ham.«

»Geboren ist sie 1945, das heißt, sie war zu dem Zeitpunkt siebenunddreißig Jahre alt«, meinte Querlinger.

»Auf dem Bild sieht sie fast zehn Jahre jünger aus, würd ich sagen«, murmelte Eulenburg.

»Ja, sie war scho e nette Grott, muss mer sage.«

»Nette Grott?«, hakte Eulenburg abermals nach.

»Sagt mer halt so bei uns. Heißt so viel wie hübsches Mädel«, klärte die resolute Henriette sie auf.

»Ist das das einzige Bild von den beiden, das Sie haben?«, erkundigte sich Querlinger.

»Ich hab schon noch drei oder vier weitere. Hat alle der Zenker Franz g'macht. Aber ich woiß grad net, wo die sind. Sollt ich sie finden, lass ich sie Ihne zukomme.«

Querlinger schielte auf die anderen Bilder: Erinnerungen an eine Zeit, die über fünfunddreißig Jahre zurücklag.

»Sagen Sie, Frau Breitsameter, könnten Sie uns *alle* Bilder vorübergehend zur Verfügung stellen?«

»Wieso alle?«

»Nur so für alle Fälle. So wie ich das überblicke, sind da vielleicht Personen drauf, die mehr oder weniger mit den Hubers Kontakt gehabt haben könnten, auch wenn die Hubers selbst nicht drauf sind.«

»Also gut, dann geb ich Ihnen halt die ganzen Bilder mit. Ich möcht se bloß wieder zurückhaben.«

Sie schob die Fotos zusammen, um sie wieder in die Dose zu stecken.

Querlinger bemerkte ein zusammengefaltetes Blatt zwischen den Bildern. Er zog es heraus und faltete es auseinander. Es war aus einem Buch herausgerissen worden; ein sogenannter Schmutztitel, der lediglich Titel und Name des Autors enthielt:

Jean-Paul Sartre / Das Sein und das Nichts

Ein riesiger blauer Tintenfleck prangte neben der Titelangabe. Darunter hatte jemand mit Kugelschreiber in krakeliger Handschrift geschrieben:

Geh von hier aus zwanzig Schritte nach rechts, dann zu dem Baum zu deiner Linken, dort findest du weitere Anweisungen.

»Dieses Blatt, wissen Sie, von wem das stammt?«, fragte Querlinger.

»Ja klar, des hat der Toni gschrieben.«

Er reichte das Blatt Eulenburg. »Was halten Sie davon?«

»Dem Text nach könnte das zu 'ner Schnitzeljagd passen«, meinte sie, ohne zu zögern.

»Genau«, meinte die Breitsameter. »Der Toni und seine Kumpels ham manchmal im Wald Schnitzeljagden veranstaltet.«

Der Kommissar faltete das Blatt wieder zusammen, legte es in die Dose zu den Bildern und klappte den Deckel zu.

»Tja, das wär's für Erste, Frau Breitsameter. Zumindest aus meiner Sicht.« Querlinger warf Eulenburg einen fragenden Blick zu. »Oder gibt's von Ihrer Seite noch was, Kollegin?«

Die Kommissarin schüttelte den Kopf. »Nein, alles klar so weit.«

Sie erhoben sich.

»Vielen Dank, Frau Breitsameter, Sie bekommen die Dose zurück, sobald wir sie wieder entbehren können.«

»Wenn ich noch andere Fotos find, schick ich sie Ihnen mit der Poscht.«

»Brauchen Sie nicht zu schicken. Wir holen die Bilder auch gerne ab. Sie müssen nur anrufen. Da stehen unsere Kontaktdaten drauf«, sagte Querlinger und überreichte der Frau eine Visitenkarte.

Der Cherub brachte die beiden noch bis zur Tür, ließ sie ihre Schuhe wieder anziehen und komplimentierte sie mit einem sicher nicht ganz ernst gemeinten »War mir ein Vergnügen« aus dem Paradies.

21

Mittwoch, 24. Juni

Tief sog der Zwerchfellatmer den Duft, den die Blüten des Abendsterns in die Nacht verströmten, in seine Lungen. Er hatte hinter dem Stamm einer Trauerweide Stellung bezogen, deren Astwerk bis fast auf den Boden herunterhing. Sie war Teil des alten Baumbestandes auf dem weitläufigen Villengrundstück, in das er vor einer halben Stunde eingedrungen war. Das Anwesen zeichnete sich nicht nur durch diese prächtigen alten Bäume, sondern auch durch schön gestaltete Beete und Blumenrabatten, seltene Ziersträucher und andere botanische Extravaganzen aus. Richtig teure Extravaganzen, siehe Abendstern.

Was nicht verwunderte: Der Mann, dem das Villenanwesen gehörte, war schließlich Millionär, hieß Zacharias Müller und betrieb ein veritables Unternehmen, das Stahlwaren herstellte. Äußerst hochwertige Stahlwaren, um genau zu sein. Scheren und Messer gehörten dazu. Sauteure Klappmesser zum Beispiel. Als passionierter Jäger kannte sich der Zwerchfellatmer mit Messern ziemlich gut aus.

Bereits gestern hatte er die Pracht des riesigen Gartens, den man schon fast als Park bezeichnen musste, bewundern können. Als er sich, getarnt als Bevollmächtigter des Wasserwirtschaftsamtes, Zutritt zum Müller'schen Anwesen verschafft hatte. Er sei beauftragt, bestimmte Liegenschaften zu inspizieren, das Amt plane eine Bestandsaufnahme von Grundstücken mit besonderem Bewässerungsbedarf, hatte er der Frau vorgelogen, die ihm geöffnet und sich als Elsbeth Müller vorgestellt hatte. Sie hatte ihm das tatsächlich abgenommen und mit ihm einen ausgiebigen Rundgang über das weitläufige Gartenareal unternommen. Nicht ahnend, was sie damit anrichten sollte …

Der Zwerchfellatmer nahm das längliche Futteral, das er umhängen hatte, von der Schulter, zog den Reißverschluss auf und schälte die halb automatische SAUER S303 Select Gen II aus der Hülle. Öffnete den Reißverschluss eines kleineren Futterals, das an dem größeren befestigt war, zog ein Zielfernrohr heraus und schraubte es auf das Jagdgewehr. Ein weiteres Futteral enthielt einen Schalldämpfer, den er ebenfalls sachgemäß auf den Lauf schraubte. Er hatte schließlich ein empfindliches Gehör, und so war der Schalldämpfer bei der Jagd, der er regelmäßig nachging, sein ständiger Begleiter.

Zärtlich streichelte der Zwerchfellatmer die Waffe, hob sie an die Schulter und nahm mit Hilfe des Zielfernrohrs die hell erleuchtete Glasfront im Erdgeschoss der Müller'schen Villa ins Visier. Er hatte ein Dämmerungsglas mit Leuchtpunkt-Absehen gewählt. Durch solch ein Glas das Ziel aufs Korn zu nehmen begeisterte ihn immer wieder. Auf der Pirsch einen Hirsch zu beobachten, der ein prächtiges Geweih trug und mit stolz erhobenem Haupt im frühmorgendlichen Dunst am Waldrand stand – das hatte was! Zacharias Müller stand zwar nicht am Waldrand, aber er saß an seinem Schreibtisch. Er hatte auch kein Hirschgeweih, dafür eines über dem Allerwertesten, auch wenn das jetzt natürlich nicht zu sehen war. Klar und deutlich zu erkennen war er, der Müller. Als wäre er gerade mal fünf Meter von ihm entfernt. Nichts, was die Sicht behindert hätte. Kein Vorhang, kein Rollo, keine Markise, nichts. Sogar die Einrichtung des Raums ließ sich ausmachen: die Möblierung, der Wandteppich, der Steinway-Flügel, der offene Kamin.

Ihr Mann arbeite mit Vorliebe nachts, hatte Elsbeth Müller dem Zwerchfellatmer während des gemütlichen Plauschs anvertraut, der sich zwischen ihnen entsponnen hatte. Da würden ihm die besten Einfälle kommen. Als Industriedesigner gehe er ganz auf in der Gestaltung immer neuer Messer und anderer Schneidwaren. Internationale Preise hätten seine Messerkreationen schon gewonnen. Obwohl aus ärmlichen Verhältnissen kommend, habe er das Abitur geschafft und ein Designstudium begonnen, das er mit Auszeichnung abschloss. Diesen und auch spätere Erfolge habe er nur mit einer »Wahnsinnsenergie« schaffen können. Sichtlich stolz hatte Frau Müller über diesen Aspekt der Vergangenheit ihres Mannes gesprochen. In einem bekannten Boulevardmagazin sei vor zwei Jahren ein Artikel über ihn und seine Firma erschienen. Als Teil einer Serie, betitelt »Erfolgreiche Schwaben«. Ob er ihn sehen wolle, den Artikel, ihr Mann habe ihn aufgehoben. Aber natürlich, gerne, hatte er zugestimmt. Und war von der Müllerin prompt auf einen Kaffee in die Villa eingeladen worden. Der Artikel in dem Magazin war reich bebildert gewesen. Vor allem eines der Bilder hatte es ihm angetan. So sehr, dass ihm beim Betrachten desselben vor Rührung fast die Tränen gekommen wären. Angesichts des regen Interesses, das er an der Vergangenheit ihres Zacharias gezeigt hatte, hielt Frau Müller es für angebracht, ihrem Gast noch ein wenig mehr über die Vergangenheit ihres Mannes zu verraten. Und ihm weitere Bilder zu zeigen. Was sie besser nicht getan hätte.

Durch das Okular des Zielfernrohrs beobachtete der Zwerchfellatmer, wie Zacharias Müller von seinem Bürostuhl aufstand, an die Fensterfront trat und eine der gläsernen Schiebetüren zur Seite schob. Er gähnte, reckte und streckte sich und inspizierte den nächtlichen Garten und den Mond am Himmel. Fast grotesk sah er aus mit seinen extrem abstehenden Ohren. Er bot ein Ziel, wie ein Jäger es sich nicht besser hätte wünschen können.

Das Jägerherz des Zwerchfellatmers hüpfte vor Freude, dass er achtgeben musste, dass die Hände nicht gleich mithüpften. Kurz nur zögerte er. Konzentrierte sich auf den roten Leuchtpunkt und den um den Abzugshebel gelegten Zeigefinger. Atmete tief ein – und krümmte, während er ruhig und langsam wieder ausatmete, entschlossen den Finger …

Minuten später lief der Zwerchfellatmer eine unscheinbare Seitenstraße entlang. Er atmete ruhig und gleichmäßig. Er hatte allen Grund, zufrieden zu sein. Die nächtliche Aktion war planmäßig und unbemerkt abgelaufen, was sicherlich auch der Tatsache geschuldet sein mochte, dass das Villenanwesen oben auf der Alb bei Herrlingen verhältnismäßig abgeschieden lag. Hinzu kam, dass in dieser Nacht niemand außer Zacharias Müller in der Villa anwesend war. Die leutselige Elsbeth hatte ihm verraten, dass sie am heutigen Nachmittag zum Flughafen Stuttgart fahren und eine Maschine nach Christchurch, Neuseeland nehmen würde. Ihr Mann habe eine Urlaubsreise gebucht, sie, Elsbeth, würde schon mal vorfliegen; er, Zacharias, würde drei Tage später nachkommen.

Der Zwerchfellatmer bog in eine andere Seitenstraße ein und lief an einer Reihe parkender Fahrzeuge entlang. Ganz vorne wartete wieder der Pick-up auf ihn. Er sah auf seine Armbanduhr. Ein Uhr einundzwanzig. Höchste Zeit, nach Hause zu kommen und in die Falle zu gehen. Zum einen war er nicht mehr der Jüngste. Zum anderen wartete ab morgen weitere Recherchearbeit auf ihn. Noch war das Unternehmen »Kleeblatt« nicht abgeschlossen. Die schwierigste Etappe lag noch vor ihm. Schwierig vor allem deswegen, weil er nicht den geringsten Schimmer hatte, wie er sie angehen sollte. Was wiederum bedeutete, mit den Bullen in eine Art Wettbewerb treten zu müssen. Nach dem Motto: Wer riecht die Spur als Erster?

Überhaupt, die Bullen! Unwillkürlich dachte er an den leitenden Ermittler, diesen seltsamen Kommissar Querlinger. Eigenartiger Name. Die Presse war nicht unbedingt des Lobes voll von ihm. Er grinste. Er dachte an die Nacht zurück, als er ihm im Maienwäldchen begegnet war. Der Typ war ihm irgendwie komisch vorgekommen. Schon beim ersten Mal. Lange vor der Begegnung im Maienwäldchen, als sie zufällig die gleiche Idee gehabt hatten: die Obdachlosen bei ihrer Grillparty zu beobachten. In jener Nacht war ihm klar geworden, dass es gut wäre, ihn hier und dort mal zu observieren. Sich an seine Fersen zu heften. Den alten Nissan Terrano, den der Bulle fuhr, zu verfolgen, wäre nicht weiter schwierig. Mit dem war er auch in jener Nacht im Maienwäldchen unterwegs gewesen. Ihm fiel ein Zitat ein, das er auf einer Chinareise aufgeschnappt hatte.

Es stammte von dem chinesischen General und Philosophen Sunzi. Fünftes Jahrhundert vor Christus. »Du musst deinen Feind kennen, um ihn besiegen zu können.«

Der Zwerchfellatmer lächelte. Er würde seinen Feind besiegen. Das war so sicher wie das Amen in der Kirche.

22

Seit Dienstbeginn, Punkt acht Uhr, saß Querlinger vor seinem Schreibtisch, starrte auf die gegenüberliegende Wand und ließ seiner Phantasie freien Lauf. Er phantasierte über die Frage, wie es wohl wäre, wenn plötzlich eine übernatürliche Hand erscheinen und eine Art Menetekel an die Wand schreiben würde. Eine Botschaft, die ihm verriete, wie es seinem Mäusle ging. Wo Luise gerade war. Was sie gerade machte. Was sie dachte. Stattdessen spielte ihm seine Phantasie einen schäbigen Streich. Die Wandfarbe wechselte auf einmal von Weiß zu einem schmutzigen Grau, und ein Text erschien: »Mene mene tekel, Depp!«, stand in großen rabenschwarzen Lettern an der Wand.

»Immer 's Gleiche! Immer soll ich schuld sein«, schimpfte Querlinger mit lauter Stimme und schlug mit der Hand auf den Tisch.

Scharfes Klopfen an der Tür. Ohne dass der Kommissar zum Eintreten aufgefordert hätte, wurde sie explosionsartig aufgerissen. Bödele in Begleitung Zimmernagels! Natürlich! Wer sonst!

»Also, was diesen Overall angeht, den der Professor getragen hat: Wir haben sämtliche Outdoorshops und Sportgeschäfte in Ulm und Umgebung abtelefoniert. Es gibt nur zwei Spezialläden in Ulm, die den im Sortiment haben. Er wird viel zu selten verlangt. Das Teil ist nämlich schweineteuer. Aber qualitativ das Nonplusultra, das Beste, was es zurzeit auf dem Markt gibt.«

Wie um seinen Worten Nachdruck zu verleihen, schnalzte Bödele anerkennend mit der Zunge und nahm einen Schluck Kaffee aus dem Pappbecher, den er sich noch schnell am Automaten geholt hatte, bevor er zusammen mit Zimmernagel zum Chef geeilt war.

»Erstens, Guntram: Solltest du noch mal in mein Büro treten, ohne ein ›Herein‹ abzuwarten, werf ich dir meinen Briefbeschwerer an den Kopf. Zweitens: Dass das Teil schweineteuer ist, wussten wir schon. Ihr solltet rauskriegen, wie der Professor da drankommen konnte.« Die Vision machte Querlinger immer noch zu schaffen.

»Wir haben uns die beiden Shops natürlich vorgenommen, Chef«, erklärte Zimmernagel, der die Diplomatie in Person war. »Keiner der Mitarbeiter dort kann sich erinnern, so einen Overall an den Professor verkauft zu haben, wir haben allen ein Bild von ihm gezeigt. Wäre ja auch irgendwie bizarr gewesen, woher sollte er denn das Geld nehmen? Als geklaut wurde auch nichts gemeldet. Seine Kumpels sagen, der Professor hätte den Anzug erst seit Kurzem getragen, er hätte ihn geschnorrt.«

»Bei wem?«

»Hat er ihnen nicht verraten.«

»Dann sind wir so schlau wie vorher?«

»Ein bissle schlauer sind wir schon«, ergänzte Bödele seine Aussage und genehmigte sich einen weiteren Schluck aus dem Pappbecher.

»Also, Leute, wenn ihr nicht sofort –«

»Pass auf, Chef«, klärte Bödele ihn auf. »Wir haben uns näher mit der Marke beschäftigt – ›BigSky‹ – und haben da mal recherchiert. Bei dem Hersteller handelt es sich um eine österreichische Firma mit Sitz in St. Pölten. Die Firma ist für ihr Engagement im sozialen Bereich bekannt. Die tun da einiges. Kann man deren Homepage entnehmen. Unter anderem geben die Waren, die kleinere Fehler haben, an soziale Einrichtungen, die diese dann an Bedürftige verteilen. Darunter sind auch Organisationen, die sich um Wohnungslose kümmern.«

»Aber der Hersteller sitzt doch in Österreich. Wie –«

»Schon klar, Chef«, unterbrach ihn Zimmernagel. »Du fragst dich, wie ein deutscher Obdachloser an Sachen rankommen soll, die eine österreichische Organisation an Bedürftige verteilt. Haben wir uns natürlich auch gefragt. Können wir derzeit zwar nicht eindeutig beantworten, aber eine Sache scheint recht interessant zu sein.«

»Und welche?«

»Der Professor hat sich am 13. Juni – das ist übrigens der Tag, an dem unser Maultrommel-Schorsch ermordet wurde – am Hauptbahnhof mit jemandem getroffen, der ihm eine Tragetasche gegeben hat. So 'ne große aus Kunststoff, wie man sie beispielsweise bei IKEA kriegt. Der Mann, von dem er sie bekommen hat, dürfte ein Österreicher gewesen sein.«

Querlinger zog die Brauen hoch.

»Und woher wisst ihr das?«

»Von einer Kapitänin der Heilsarmee. Die hat nämlich ausgesagt –«

»Moment! Von wem?«, fiel Querlinger ihm ins Wort.

»Von einer Kapitänin der Heilsarmee«, ergänzte Bödele. »Die nennen sich halt so. Kapitän oder Kapitänin is bei denen ein Offiziersrang vom sechsten bis zum zwanzigsten Dienstjahr. Vollzeitjob.«

»Wie seid ihr an diese Heilsarmee-Kapitänin rangekommen, und was hat sie ausgesagt?«

»Nachdem wir das mit dieser österreichischen Firma herausgefunden hatten, sind wir noch mal zu Cornelius Lauterbach, dem Leiter des Obdachlosenheims beim Michelsberg. Wir wollten bei ihm nachfragen, ob er sich vorstellen könne, wie ein mittelloser Obdachloser an so einen sauteuren Outdooroverall rankommt. Und der Lauterbach hatte gerade Besuch von dieser Kapitänin. Die tauschen sich öfter aus, weil sie beide mit dem Milieu zu tun haben. Sie hat mitbekommen, dass wir recherchieren, und uns erzählt, dass sie gesehen hat, wie der Professor auf dem Hauptbahnhof mit einem älteren Mann sprach, der ihm eine Tragetasche übergab. Der Mann habe einen sehr distinguierten Eindruck gemacht.«

»Woher kannte die Kapitänin den Professor?«

»Er hat hin und wieder in der Bahnhofsmission gefrühstückt, sie hat sich öfter mit ihm unterhalten.«

»Und woher wusste sie, dass es sich bei dem anderen Mann um einen Österreicher handelt?«

»Sie hat ihn am Dialekt erkannt. Es sei unverkennbar ein

Österreicher gewesen. Er habe dem Professor beim Abschied ein typisch österreichisches »Baba« zugerufen.«

»So sagen die Ösis doch, wenn sie ›bye-bye‹ meinen«, sagte Querlinger.

»Richtig.«

»Und wie kommt es, dass sie sich noch genau an das Datum erinnert?«

»Weil sie an dem Tag im Reisebüro beim Hauptbahnhof eine Kreuzfahrt gebucht hatte.«

Eine Kreuzfahrt. Klar, was sollte eine Kapitänin sonst im Reisebüro buchen?

»Wenn das stimmt, was diese Kapitänin beobachtet haben will, und davon können wir ja wohl ausgehen«, überlegte er, »stellt sich die Frage, wie, zum Henker, ein Typ aus der Ulmer Obdachlosenszene dazu kommt, sich am Hauptbahnhof mit einem distinguierten älteren Typen aus Österreich zu treffen.«

»Der ihm dazu noch eine Kunststofftasche übergibt, in der sich aller Wahrscheinlichkeit nach ein schweineteurer Outdoor-anzug befindet«, ergänzte Zimmernagel.

»Was eventuell darauf schließen lässt, dass dieser Österreicher mit der Firma zu tun hat, die diese Anzüge herstellt«, komplettierte Bödele die Argumentationskette.

Eine Pause entstand. Mit den Fingern der Linken nervös auf die Schreibtischplatte trommelnd, dachte Querlinger nach.

»Wo genau standen die drei?«, wollte er schließlich wissen.

»Was meinst du?« Bödele wirkte irritiert.

»Na, wo genau sich die Kapitänin aufhielt, während sie das Gespräch mitbekam, und wo der Professor und der Österreicher. In der Empfangshalle? Vor der Anzeigetafel? Auf einem der Bahnsteige? In der Nähe des Shops? Wo genau?«

»Ah, verstehe«, fiel der Groschen bei Zimmernagel. »Du denkst an die Möglichkeit, die Überwachungskameras zurate zu ziehen.«

»Bingo, Bernd! Könntet ihr da mal nachhaken? Ich weiß, macht 'ne Menge Arbeit, aber diese Kapitänin dürfte bestimmt noch wissen, um welche Zeit sie am 13. auf dem Hauptbahnhof war. Das schränkt die Suche ein.«

»Klar, du hast recht. Machen wir.«

»Wie sieht's aus mit dem Araberkäppi? Konntet ihr da auch was rauskriegen?«

»Nix Konkretes. Armin und Heini übernehmen den Job, weil die sich um die Berber-Akademie kümmern wollten«, sagte Bödele. »Der Lauterbach vom Obdachlosenheim hat nämlich ausgesagt, dass der Schmied Schorsch über einen Dozenten von dieser komischen Akademie an das extravagante Käppi rangekommen sein könnte. Der arbeitet nämlich im Team von Karl Lagerwald, dem Modezar.«

»Verstehe. Hat der Lauterbach gesagt, um wen es sich bei dem Dozenten handelt?«

»Um so einen Designerfuzzi. Er unterrichtet Zeichnen.«

»Der Armin und der Heini, sind die gerade –«

Das Telefon auf Querlingers Schreibtisch schrillte. Er sah aufs Display. Der Kriminaldauerdienst. Ihm schwante Übles.

Er griff zum Hörer. »Was gibt's?«

»Herr Hauptkommissar, die Kollegen von der Streife haben uns über einen Leichenfund informiert. Ein Mann. Ein gewisser … Moment … Zacharias Müller. Er wurde erschossen in seiner Wohnung aufgefunden. Hauptkommissar Hofzitzel ist mit seiner Truppe schon unterwegs. Der Dr. Brenner auch. Ich geb Ihnen die Adresse durch …«

Querlinger war leichenblass geworden. Mit der Rechten notierte er sich die Adresse und ließ die Linke, die den Hörer hielt, auf den Schreibtisch sinken, als fehlte ihm die Kraft, aufzulegen.

»Was is'n los?« Auch bei Zimmernagel und Bödele war plötzlich der Alarmmodus angesprungen.

»Der gewisse Müller.« Querlingers Stimme klang tonlos. »Sie haben ihn gefunden.«

23

Die Strecke Richtung Blaustein – im Ort zweigte eine Straße ins höher gelegene Herrlingen ab – war wegen eines Unfalls gesperrt. Querlinger musste einen Umweg nehmen, geriet in einen Stau und traf trotz Blaulicht und Signalhorn erst nach mehr als dreißig Minuten am Tatort ein. Zehn Minuten danach parkte ein bulliger Hummer H3T Pick-up Truck etwa zweihundert Meter vom Tatort entfernt in einer Seitenstraße.

Weitere fünf Minuten später mischte sich ein Spaziergänger unter die Gaffer, die nahe der Müller'schen Villa an einem benachbarten Gartenzaun standen und ihren Mutmaßungen darüber, was ein Aufgebot der Polizei im herrlichen Herrlingen zu suchen hatte, freien Lauf ließen.

»Wer hat den Toten entdeckt?«, wandte sich Querlinger an eine uniformierte Kollegin, die vor der Villa Posten bezogen hatte. Sie gehörte zusammen mit ihrem männlichen Kollegen zu der Streife, die als erste am Tatort eingetroffen war und den KDD informiert hatte.

»Die Zugehfrau«, antwortete sie.

»Also keiner der Mitbewohner?«

»Nein, das Paar wohnt allein in der Villa. Die Ehefrau ist gestern Nachmittag nach Christchurch, Neuseeland geflogen, der getötete Ehemann sollte eigentlich nachkommen. Hat uns die Zugehfrau erzählt.«

»Die über einen Schlüssel verfügt, da sie ja sonst nicht in die Wohnung gekommen wäre.«

»Exakt, Herr Hauptkommissar.«

»Und wo ist die Frau jetzt?«

»Die Antwort kriegst du von mir, Kollege, wir scheinen uns ja gerade des Öfteren über den Weg zu laufen.« Hauptkommissar Franzen vom KDD trat an Querlinger heran und begrüßte ihn mit Handschlag. »Sie wollte nach Hause, wir haben sie gehen lassen. Wir haben ihre Aussage aufgenommen und sie informiert, dass wir im Bedarfsfall noch mal auf sie zukommen werden.«

»Wer ist dieser Zacharias Müller?«

»Sagt dir der Name Beauty Steel was?«

»Beauty Steel? Stellen die nicht hochwertige Messer und andere Stahlwaren her? Ein Riesenunternehmen, draußen im Industriegebiet West! Die sind seit Neuestem sogar international unterwegs, hab ich gelesen.«

»Richtig. Zacharias Müller ist –«, Franzen unterbrach sich, »beziehungsweise war der alleinige Inhaber. Mehrfacher Millionär!«

»Verstehe«, sagte Querlinger. Das erklärte den Luxus, dem er auf Schritt und Tritt begegnet war, seitdem er das Anwesen betreten hatte. Er ging mit Franzen ins Haus und spähte durch eine weit geöffnete Doppeltür in den Raum, in dem der Tote lag. Es wuselte darin nur so von Kriminaltechnikern in Schutzanzügen, uniformierten Kollegen und solchen in Zivil. Die gleiche große Besetzung, wie er sie in den vergangenen zwei Wochen schon zweimal erlebt hatte. Mit dem Unterschied, dass sie es diesmal nicht mit einem Opfer zu tun hatten, das auf der sozialen Leiter ganz unten stand, sondern mit jemandem, der auf ebendieser Leiter schwindelerregende Höhen erklommen hatte. Dennoch musste es etwas geben, was den in seiner Villa ermordeten Millionär mit den beiden toten Obdachlosen verband.

Als ob er seine Gedanken erraten hätte, sagte Franzen: »Geh rein und sieh ihn dir an. Wahrscheinlich wird's dich nicht wundern.«

Zusammen mit Bödele und Zimmernagel gesellte sich Querlinger zu dem Halbkreis, der um den Leichnam herumstand. Er bestand aus Janine von Eulenburg, Heinrich Heinerle und Armin Feigl, die mittlerweile ebenfalls eingetroffen waren. Sie waren zu Vor-Ort-Recherchen unterwegs gewesen und von Angie Braun telefonisch gebeten worden, unverzüglich zum

Tatort zu kommen. Gemeinsam starrten sie auf den Toten, der über ein Paar extrem abstehender Ohren verfügte, was in diesem Moment jedoch keinem wirklich ins Auge fiel. Mehr als diese anatomische Besonderheit interessierte die entblößte Stelle über dem Steißbein des Toten. Dr. Brenner hatte Hemd und Unterhemd etwas nach oben und den Hosenbund nach unten gezogen.

»Ich werd verrückt«, kommentierte Querlinger mit düsterer Stimme den Anblick.

»Nummer drei«, sagte die Kommissarin

»Sind noch zwei übrig«, konstatierte Heinerle.

»Stellen Sie schon die unvermeidliche Frage, Querlinger, sie steht Ihnen ins Gesicht geschrieben«, forderte Dr. Brenner, der neben dem Toten kniete, seinen Intimfeind auf.

»Sie erstaunen mich, Brenner. Die Intelligenz, die Sie eine unausgesprochene Frage in meinem Gesicht erkennen lässt, hätte ich Ihnen gar nicht zugetraut. Aber ich will Sie nicht länger auf die Folter spannen: Also, ungefährer Todeszeitpunkt?«

»Heute früh, zwischen ein und drei Uhr. Todesursache dürfte selbst einem Greenhorn wie Ihnen klar sein. Ich verweise auf die Wunde in der Brustregion und die Menge ausgetretenen Blutes.«

Tatsächlich bot sich dem Betrachter ein klares Bild. Eine geradezu klassische Schusswunde im Brustbereich sowie eine riesige Blutlache. Das Projektil hatte dem Opfer die Aorta zerfetzt, der Mann musste innerhalb weniger Sekunden tot gewesen sein.

»Nur ein einziger Schuss?«, fragte Querlinger.

»Was für eine Frage! Was sehen Sie denn? Ein Loch oder ein Sieb?«, spöttelte der Gerichtsmediziner.

»Ich sehe zwei Löcher. Eines im Brustkorb des Verstorbenen und eines, das gerade neben ihm kniet«, konterte Querlinger, der es einfach nicht lassen konnte.

Dr. Brenner klappte seinen Koffer zu und stapfte mit hochrotem Kopf und loderndem Blick davon.

»Irgendwann redest du dich noch um Kopf und Kragen, Kollege«, grinste Nepo.

»Wieso? *Er* hat doch angefangen, wie immer.« Querlingers Rechte fuhr in die Jacketttasche zu den Erdnüssen. »Habt ihr euch schon den Außenbereich vorgenommen?«, fragte er kauend. »Der Schütze muss ja irgendwo da draußen gestanden haben. An einer Stelle, wo er freies Schussfeld hatte.«

»Meine Mitarbeiter haben das schon eruiert. Vergiss nicht, wir waren schon 'ne gute Dreiviertelstunde vor dir am Tatort.«

»Und? Von wo aus hat er geschossen?«

»Ich zeig's dir, wenn ich hier fertig bin. Warte kurz!«

Querlinger nickte und überbrückte die Wartezeit, indem er sich im Raum umsah. Er schlenderte zu einer riesigen Bücherwand, die sich über die gesamte Breite des Raums erstreckte, und betrachtete sie. Mehrere hundert Bücher in offenen Regalen, geordnet nach unterschiedlichsten Themen und Wissensgebieten, boten ein eindrucksvolles Bild. Wenn das, was er hier sah, nicht nur der Eitelkeit und dem Imponiergehabe eines Möchtegernschlaumeiers geschuldet war – der Kommissar wusste, dass vollgestopfte Bücherregale nicht selten diesem Zweck dienten –, dann dürfte Zacharias Müller ein äußerst belesener Mensch gewesen sein.

»Ich bin so weit. Wollen wir nach draußen gehen, Kollege?«

Querlinger nickte und trat mit Hofzitzel durch die geöffnete Glasschiebetür auf die Terrasse. Sie gingen in den Garten. Bei einer Trauerweide blieben sie stehen.

»Geschossen wurde von hier aus. Definitiv. Bin mir hundertprozentig sicher, dass die Ballistiker das auch so sehen werden, wenn sie das Ganze analysiert haben.«

»Entfernung zwischen neunzig und hundert Metern?«, schätzte Querlinger.

»Hundertzwei Komma fünf, um genau zu sein.«

Der Kommissar nickte anerkennend.

»Das konnte er doch eigentlich nicht ohne Zielfernrohr bewältigen, oder?«

»Wenn er sichergehen wollte und die Nur-ein-Schuss-Variante bevorzugte, dann nicht. Es sei denn, er war mal Europameister im Zielschießen.«

Kriminaltechnikerin Tamara Tausendschön kam auf sie zu. »Chef, das hier lag neben dem Stamm.« Die KTUlerin hielt eine Patronenhülse zwischen den Fingern und zeigte sie Hofzitzel. »Damit dürfte feststehen, mit welcher Munition wir es zu tun haben. Eine Jagdpatrone Kaliber .308 WIN, EVOLUTION, vermutlich verschossen von einem Jagdgewehr. Die Patrone verfügt über eine hohe Eigenpräzision und wird gerne von Scharf- und Präzisionsschützen verwendet. Der Mann, der geschossen hat, wusste genau, was er tat.«

»Mit anderen Worten: Es handelt sich um einen Profi?«

»Könnte man so sagen. Die .308 WIN wird bevorzugt von Jägern verwendet. Es gibt verschiedene Ausführungen. Die EVOLUTION ist hervorragend geeignet für schweres Wild. Sowohl was die Präzision als auch was die Tiefenwirkung angeht.«

»Schweres Wild! Präzision! Tiefenwirkung! Wenn man Ihnen zuhört, kriegt man ganz weiche Knie, Kollegin.«

»Heißt, unser Mörder frönt nicht nur der Jagd auf reiche Villenbesitzer mit Arschgeweih, sondern auch auf kapitale Hirsche und prächtige Wildsauen«, ertönte eine Stimme hinter Querlinger: Janine von Eulenburg. »Ein Information, die im Hinblick auf das Täterprofil nicht uninteressant sein dürfte: ein Jäger, ein Förster, was in die Richtung?«

»Zumindest, wenn man die Munition mit in Betracht zieht.«

Querlinger hatte nur mit halbem Ohr hingehört. In seinem Kopf hatte ein Rumoren begonnen, das er nur allzu gut kannte. Irgendwo in den verborgenen Tiefen seines gedanklichen Universums signalisierte ihm sein Unterbewusstsein, dass er auf einen entscheidenden Sachverhalt gestoßen war, ohne dass er diesen im Moment konkret benennen konnte. Eine Situation, die ihn bei Ermittlungen immer wieder mal überfiel und ihm Unruhe bereitete. Ein innerer Zustand, der sich mit »Feuer-aufm-Dach-und-warten-auf-die-Feuerwehr« beschreiben ließ. Was war es bloß, das da unerkannt in seinem Hirn herumgeisterte?

Bödele kam auf die Terrasse und winkte.

»Hey, Chef! Ich hab was gefunden«, rief er und verschwand wieder im Haus.

Querlinger ging zurück, noch immer in Gedanken und begleitet von seiner Kommissarin.

»Da, schauts mal her, Kollegen.« Bödele wies auf einen futuristisch aussehenden Couchtisch, der vor einem nicht weniger futuristisch aussehenden Sitzmöbel stand. Auf der Glasplatte lag ein bekanntes Produkt der Regenbogenpresse, die Querlinger normalerweise mied wie der Teufel das Weihwasser.

Das Magazin war aufgeschlagen, offenbar eine Frauenzeitschrift. Querlinger nahm sie zur Hand, Eulenburg linste ihm über die Schulter. »Erfolgreiche Schwaben«, lautete die Überschrift eines Artikels, der sich über beide Seiten erstreckte und sich mit dem erfolgreichen Schwaben Zacharias Müller beschäftigte. Wenig Text, viel Bild. Zacharias Müller am Schreibtisch, Zacharias Müller beim Mountainbiken, Zacharias Müller beim Händeschütteln, beim Gespräch mit Mitarbeitern, im Theater, bei einer Rede vor der Handelskammer, mit seiner Frau im Lokal und so weiter und so fort. Eines der Bilder zeigte ihn bei der Eröffnung einer von ihm gesponserten Suppenküche für Obdachlose. Was auf sämtlichen Bildern auffiel, waren Müllers Segelohren.

»Interessant, gell?«, meinte Bödele.

Eulenburg sah auf. »Versteh schon, was du meinst, Guntram: das Bild mit der Suppenküche. Aber wo ist die Gemeinsamkeit, nach der wir suchen, also das, was die drei Morde miteinander verbindet. Dieses Bild allein ist noch kein überzeugender Hinweis auf –«

»Vielleicht sollte der Kollege Chef mal weiterblättern. Das Interessanteste kommt erst noch«, unterbrach Bödele sie grinsend.

Querlinger blätterte um. Weitere Bilder, eine Fotomontage. Eingeklinkt an prominenter Stelle ein Bild in Schwarz-Weiß. Mit der Unterschrift »Ein Bild aus Jugendtagen, Zacharias Müller (zweiter von links) bei den Bundesjugendspielen 1982«. Das Foto war offenbar während eines Sportwettkampfs aufgenommen worden. Es zeigte fünf Jugendliche am Rand eines Schwimmbeckens, in knappen Badehosen, die Beine neunzig Grad angewinkelt und die Hände zwischen den Beinen, offenbar auf das Signal zum Startsprung wartend. Die Szene war von hinten fotografiert. Bei allen unübersehbar: das Tattoo über dem Gesäß.

»Ich werd verrückt. Unser Kleeblattquintett«, sagte Eulenburg verblüfft.

»Aber nur von hinten«, relativierte Heinerle, der zusammen mit Feigl und Zimmernagel hinzugetreten war.

»Was heißt hier nur von hinten, du Miesmacher«, regte sich Bödele auf. »Dieses Bild ist ein Durchbruch bei den Ermittlungen. Und wer ist drauf gestoßen?«

»Du, Guntram, ganz klar«, schaltete sich Querlinger ein und legte die Zeitschrift wieder auf dem Tischchen ab. »Deswegen wirst du ab sofort federführend einen Teil der Ermittlungen betreuen. Der Heini hilft dir dabei. Du trägst dafür Sorge, dass die Bude auf den Kopf gestellt wird und sämtliche Fotos aufgetrieben werden, die es hier gibt. Und zwar so schnell wie möglich. Das Foto in diesem Magazin ...«, der Kommissar deutete mit dem Finger auf die Zeitschrift, »muss der Müller dem Magazin respektive dem Autor von diesem Artikel zur Verfügung gestellt haben, ergo ist die Wahrscheinlichkeit groß, dass es noch mehr davon gibt. Vielleicht auch welche, auf denen uns unser Kleeblattquintett nicht nur die hübsche Rückseite präsentiert.«

»Was ist mit der Frau des Opfers?«, fragte Feigl. »Die ist zwar in Neuseeland, aber sie wird ja informiert worden sein, was mit ihrem Mann passiert ist, und dürfte so schnell wie möglich die Rückreise antreten. Die wird uns doch bestimmt sagen können, ob es noch weitere Fotos gibt.«

»Der KDD hat sie zu erreichen versucht, bis jetzt ohne Erfolg. Ihr Handy ist abgeschaltet. Die Kollegen bleiben dran«, sagte Zimmernagel.

»Vorausgesetzt, wir erreichen die Frau noch heute, kann sie allerfrühestens übermorgen Mittag wieder da sein«, bemerkte Eulenburg, die gerade auf ihrem Smartphone herumtippte. »Ich hab soeben die Flugverbindungen gecheckt.«

»Kein Problem, Herrschaften, wenn die Spurensicherung fertig ist, fange ich an. Wenn es hier weitere Fotos gibt, finde ich sie«, versprach Bödele.

»Wer besorgt den Durchsuchungsbeschluss? Soll ich das in die Hand nehmen«, fragte Heinerle.

Querlinger schüttelte unwillig den Kopf. »Bei Gefahr im Verzug brauchen wir keine richterliche Anordnung für eine Hausdurchsuchung, Heini. Wie oft soll ich dir das noch sagen! Hier stehen zwei weitere Leben in Gefahr, von denen das von Götzi das eine sein dürfte. Es gibt fünf Kleeblätter, schon vergessen?«

Gefahr im Verzug! Querlingers Lieblingsformulierung, wenn ihm etwas zu langsam ging und er die Ermittlungen beschleunigen wollte. Dafür war er in der ganzen Kriminalpolizeidirektion bekannt. Aber weil er bisher damit in den meisten Fällen Erfolg gehabt hatte, hatte man immer ein Auge zugedrückt. Manchmal auch zwei.

Auch wenn der eine oder andere Kollege Bedenken anmeldete …

»Gefahr im Verzug? Ist das dein Ernst?« Heinerle kratzte sich skeptisch am Kopf.

»Ja, was denn sonst? Wir haben es mit einem Serienmörder zu tun. Eventuell mit weiteren potenziellen Opfern. Wenn da nicht die Sachlage ›Gefahr im Verzug‹ gegeben ist, dann weiß ich auch nicht. Also nicht lang rumfackeln, einfach machen.«

»Eine Durchsuchung ohne richterlichen Beschluss? Und wenn wir Ärger kriegen?«

»Nehm ich auf meine Kappe, keine Angst.«

Eulenburg war der Unterhaltung nur mit geteilter Aufmerksamkeit gefolgt. Sie stand mit gerunzelter Stirn über die Zeitschrift gebeugt, die auf dem Couchtischchen lag.

»Worüber grübeln Sie, Kollegin? Fragen Sie sich, welcher dieser entzückenden Rücken zum Professor und welcher zum Maultrommel-Schorsch gehört?«, wollte Querlinger wissen.

»Schon auch, ja. Aber ich frage mich noch was anderes. Die Jugendlichen auf dem Bild dürften zum Zeitpunkt der Aufnahme zwischen fünfzehn bis maximal achtzehn Jahre alt gewesen sein, oder?«

»Siebzehn, um genau zu sein«, verkündete Heinerle. »Wir haben den Ausweis des Opfers gecheckt. Geburtsdatum ist der 17. September 1965. Wenn das Jahr in der Bildunterschrift stimmt, war Zacharias Müller siebzehn, als das Foto geknipst wurde.«

»Das heißt also, die fünf kannten sich seit einer halben Ewigkeit. Ich frage mich, ob und wie oft sie in den vergangenen fast vierzig Jahren Kontakt hatten.«

»Vorausgesetzt, sie hielten überhaupt Kontakt«, meinte Feigl.

Eulenburg zog die Stirn kraus, blätterte in dem Magazin eine Seite zurück und sah sich noch mal akribisch sämtliche Fotos an. Plötzlich stutzte sie.

»Gibt es hier 'ne Lupe oder so was?«, fragte sie in die Runde, so laut, dass auch die Kriminaltechniker sie hören konnten.

Eine Mitarbeiterin Hofzitzels, Vanessa Vanzetti, trat hinzu und überreichte ihr ein Vergrößerungsglas.

Die Kommissarin beugte sich über die Zeitschrift und inspizierte das Foto mit der Lupe.

»Sie hielten Kontakt, da bin ich mir sicher«, verkündete sie und richtete sich auf. »Vielleicht nicht oft, aber bestimmt hin und wieder. Zumindest der Professor hatte mit Zacharias Müller Kontakt. Überzeugt euch selbst!«

Nacheinander nahmen alle die Lupe zur Hand und sahen sich das Bild an. Der Layouter hatte es innerhalb einer Fotostrecke platziert. Weshalb es ausgewählt worden war, erschloss sich dem Betrachter nicht. Jedenfalls zeigte es zwei männliche Personen auf einer Bank am Waldrand sitzend und in ein Gespräch vertieft.

»Sie haben verdammt gute Augen, Kollegin. Das sind die beiden. Zacharias Müller und der Professor. Eindeutig«, sagte Querlinger.

»Wäre interessant, zu wissen, wann das Foto gemacht wurde«, meinte Zimmernagel.

»Kann nicht älter als fünf Jahre sein. Die beiden Gesichter haben sich kaum verändert«, entgegnete Querlinger.

»Da müsste ja die Ehefrau nähere Auskunft geben können. Warten wir einfach, bis sie hier ist«, schlug Feigl vor.

»Habt ihr schon mal drüber nachgedacht, wie der Mörder auf Zacharias Müller stieß, wenn doch offensichtlich keiner aus der Obdachlosenszene einen Müller kannte?«, fragte Eulenburg.

»Wie, wenn keiner aus der Obdachlosenszene einen Müller kannte?« Heinerle schien auf der Leitung zu sitzen.

»Mein Gott, Heini, leidest du an Alzheimer? Er hat sich doch bei den Berbern nach dem Professor sowie einem gewissen Müller und einem gewissen Götzi erkundigt. Sie konnten ihm weder zu dem einen noch zu dem anderen Auskunft geben, weil sie von ihnen nichts wussten.«

»Ach so, ja stimmt.«

Querlinger kramte in seiner Jackentasche nach Erdnüssen.

»Kollegin, googeln Sie doch mal im Telefonbuch nach dem Familiennamen Müller«, bat er.

»Nur nach Müller?«

»Nur nach Müller. Ich will wissen, wie oft der Name im Ulmer Telefonbuch vorkommt.«

»Ach du meine Güte, wahrscheinlich unzählige Male.«

»Ich würde es gern genau wissen. Geben Sie einen Radius von zwanzig Kilometern ein.«

Eulenburg verdrehte die Augen und tippte erneut auf ihrem Smartphone herum. »Hundertsiebenundneunzig Treffer, steht in der Anzeigeleiste.«

»Hundertsiebenundneunzig Treffer. Okay«, sagte Querlinger und holte einen Zettel aus der Jackentasche, auf dem eine Nummer stand, die er sich von der Streifenpolizistin hatte geben lassen. Die Nummer, die der KDD gespeichert hatte, als der Anruf der Zugehfrau eingegangen war.

»Googeln Sie mal danach. Das ist die Festnetznummer des Opfers«, bat er Eulenburg und reichte ihr den Zettel.

»Okay! Moment.« Die Kommissarin tippte. »»Es konnte kein Teilnehmer gefunden werden, möglicherweise hat der Teilnehmer der Suche widersprochen‹«, zitierte sie gleich darauf den Eintrag aus dem digitalen Telefonbuch.

»Und jetzt suchen Sie nach ›Zacharias Müller‹«, bat Querlinger.

»»Wir konnten zu Ihrer Eingabe keine Ergebnisse finden und haben die Suche angepasst‹«, las Eulenburg den Hinweis auf telefonbuch.de vor.

»Dachte ich mir. Der wollte seine Rufnummer nicht preisgeben, weil er privat seine Ruhe haben wollte«, meinte Querlinger. »Rekapitulieren wir noch mal. Der Mörder erkundigt sich in der Obdachlosenszene nach dem Aufenthaltsort des Professors und nach dem eines gewissen Müller; seinen Vornamen kennt er offenbar nicht. Aber dort kann man ihm nur den Aufenthaltsort des Professors nennen, der Name Müller sagt ihnen nichts. Frage: Wie kommt der Mörder schließlich auf Zacharias Müller? Antwort: Irgendwann muss ihm bewusst geworden sein, dass es sich bei dem Müller, nach dem er sucht, um *Zacharias* Müller handelt. Nächste Frage: Wie gelangt er an seine Adresse? Per Telefonbuch bestimmt nicht. Da gibt es zwar fast zweihundert Müller-Einträge, aber keinen mit Vornamen Zacharias.«

Eulenburg meldete sich zu Wort. Sie hatte die ganze Zeit über auf ihrem Smartphone weiterrecherchiert.

»Also im Web gibt's natürlich schon Einträge zu Zacharias Müller, aber soweit ich sehen kann, stehen die alle in Verbindung mit seinem Unternehmen Beauty Steel. Oder mit seiner

Arbeit als Designer von Stahlwaren, insbesondere von Messern. Da scheint er eine ziemliche Koryphäe gewesen zu sein. Ich hab auf die Schnelle nur zwei Artikel gefunden, in denen publik gemacht wird, dass er in der Nähe von Herrlingen auf der Schwäbischen Alb wohnt. Ansonsten scheint es keinerlei private Einträge und Hinweise auf ihn zu geben. Wenn ihr meine bescheidene Theorie hören wollt: Nachdem dem Mörder klar war, dass es sich bei dem Müller, nach dem er suchte, um Zacharias Müller handelte, könnte er im Web recherchiert haben und so zu weiteren Informationen über ihn gelangt sein, zum Beispiel, dass er in Herrlingen wohnt.«

»Mag durchaus sein. Aber wie kam er überhaupt auf Zacharias Müller? Also auf den Unternehmer. Er muss doch irgendeine Vorstellung von ihm gehabt haben, wenn auch nur vage. Die Frage will mir einfach nicht aus dem Kopf«, warf Feigl störrisch ein.

»Mein Gott, Armin, das können wir momentan nicht sagen. An der Stelle drehen wir uns im Kreis, da haben wir noch keinen Ansatz«, sagte Querlinger genervt.

»Für mich steht immer noch die Frage nach dem Motiv im Vordergrund«, meinte Zimmernagel. »Da sucht jemand nach einem gewissen Müller und einem gewissen Götzi, die er beide nicht kennt, aber umbringen will. Warum?«

»Wissen wir nicht. Da können wir nicht mal spekulieren.« Eine klare Feststellung seitens Eulenburgs. »Wir wissen nur eines: Wenn er tatsächlich alle fünf Kleeblätter im Visier hat, wird er alles tun, um die verbliebenen zwei, die ihm noch in seiner Sammlung fehlen, zu finden.«

»Sprich: Nummer vier und fünf. Und einer der beiden ist Götzi«, präzisierte Zimmernagel.

»Richtig. Was zu der unvermeidlichen Frage führt: Wer wird als Erster an Vier und Fünf dran sein? Er oder wir?«, resümierte Feigl.

»Also, ich hab das saublöde Gefühl, dass der Mörder das Rennen für sich entscheiden könnte«, unkte Heinerle.

»Wenn wir wenigstens eine heiße Spur hätten, aber nicht mal das haben wir«, schloss Bödele sich an.

»Eben. Wir bewegen uns wie der Hamster im Rad. Wir laufen und laufen und kommen nicht von der Stelle«, bemerkte Feigl selbstkritisch.

»Bin gespannt, was morgen in der Zeitung steht. Da können wir uns auf was gefasst machen«, gab Eulenburg die Prophetin.

»Befürchte ich auch«, bekannte Zimmernagel düster. »Da arbeitet sich die Presse immer noch an den beiden Obdachlosenmorden ab, und schwupp haben wir auch noch den Mord an einem bekannten Ulmer Unternehmer an der Backe.«

»Mir reicht schon, was heute wieder drinsteht«, meinte Feigl. Er zog ein zusammengefaltetes Blatt aus seiner Jackentasche, das er aus der Zeitung herausgerissen hatte. »Hab ich heut morgen beim Frühstück im Südwestboten entdeckt.« Er faltete es auseinander und zitierte die Überschrift – »Ägyptische Finsternis bei der Ulmer Kripo« – sowie einige Auszüge aus dem Artikel. Von einer »ungeheuren Schlappe« und von »Schlamperei« war da die Rede. Noch immer tappe die Kripo bei der Suche nach dem »brutalen Obdachlosenkiller« im Dunkeln, da stelle sich unweigerlich die Frage nach den Verantwortlichen für das »Desaster«. Auch Leserbriefe waren wieder abgedruckt, in denen Empathie für die Opfer, aber auch Empörung und Wut über das »skandalöse Versagen der Polizei« geäußert wurden. Ein Leser hatte gefragt, ob man Ulm jetzt zu den »gefährlichsten Städten der Republik« zählen müsse und wann denn da endlich Köpfe rollten.

»Ich wage nicht dran zu denken, was Presse und Öffentlichkeit mit uns machen, wenn demnächst auch noch Kleeblatt Nummer vier und fünf ins Gras beißen. Tolle Aussichten«, schloss Feigl, zerknüllte das Blatt und steckte es in die Hosentasche.

Beklommenes Schweigen in der Runde. Nicht nur der Ärger über die unfaire und voreingenommene Berichterstattung spiegelte sich in den Gesichtern; es waren auch die Betroffenheit und das Entsetzen, wie sie in den Leserbriefen zum Ausdruck kamen. Selbst Querlinger war ungewöhnlich schweigsam geworden. Und unübersehbar hatte sich die Frage aller Fragen in den Vordergrund geschoben: Würde man tatsächlich mit zwei weiteren Kleeblatt-Morden rechnen müssen?

24

Freitag, 26. Juni

Herrlich, so eine Zugfahrt rheinaufwärts, dachte Christina von Flunkern. Sie saß im Speisewagen des Intercity Köln–Mainz und genehmigte sich einen Schluck »Louis Roederer Cristal Brut 2012«. Ein Champagner mit wunderbarer Perlage und in seinem Aromenspiel so vielfältig wie die Erinnerungen, die gerade in ihrem Kopf perlten. Die Fahrt weckte Sehnsüchte an frühere Zeiten. Als sie mit Theophil Amadeus, ihrem ersten Mann, auf Reisen gegangen war. Aber auch an die Ausflüge, die sie zusammen mit Anselm Gottlieb, dem Nachfolger Theophil Amadeus', unternommen hatte, nachdem letzterer von einer Wattwanderung nicht mehr nach Hause zurückgekehrt war.

Christina seufzte zufrieden, lehnte sich ins Polster zurück und schenkte dem Kellner, der sich gerade mit einem silbernen Tablett näherte, ein kokettes Zwinkern. Auf dem Tablett standen ein Schüsselchen mit Krabbensalat und ein Tellerchen Kaviar, was sie bestellt hatte, um sich die Zeit zu vertreiben. Christina überlegte, was sie denn noch bestellen könnte, um den Kellner an ihren Tisch zu bitten. Unverschämt gut sah er nämlich aus, der Kellner. Schwarz gelocktes Haar, edel geschnittene Gesichtszüge, markantes Profil, sinnliche Lippen. Verdammt sinnliche Lippen. Italienische Abstammung, vermutete Christina. Bestimmt hieß er Eros, wie Eros Ramazzotti.

»Bitte sehr, die Dame«, sagte Eros mit seiner dunklen, samtigen Stimme und beugte sich zu Christina hinunter, um ihr den Krabbensalat und den Kaviartoast zu servieren.

Christinas Busen begann erregt auf und ab zu wogen.

»*Grazie, bello mia*«, hauchte sie ihm ins Ohr und klimperte so heftig mit den Lidern, dass man es zu hören vermeinte. Was Eros veranlasste, sich mit einem panischen Lächeln schleunigst wieder zurückzuziehen, noch bevor Christina erneut eine Bestellung loswerden konnte.

Na, dann eben nicht, dachte Christina düpiert und sah aus dem Fenster. Die Fahrt führte jetzt direkt am Rhein entlang. Seine Fluten glitzerten im Sonnenlicht. Dunkle Wälder und üppig bestandene Rebhänge säumten das Ufer. Mächtige Felsen, stolze Burgen, liebliche Dörfer glitten vorüber. Burg Katz, Burg Maus, die Loreley. Es hatte sich gelohnt, den Umweg in Kauf zu nehmen, den sie für ihren Ausflug nach Ulm gewählt hatte. Auch wenn es bedeutete, ein paar Stunden länger unterwegs zu sein und mehrfach umsteigen zu müssen.

Ein lüsterner Zug krümmte ihre Mundwinkel, als sie an den Zweck ihrer Reise nach Ulm dachte. Das Lüsterne war nicht etwa dem Gedanken an Eros geschuldet, nein, bei Weitem nicht. Sondern der Mission, die zu erfüllen sie sich vorgenommen hatte. Eine Miss-Marple-Mission; sie würde einen Mörder seiner Tat überführen und ihn für sein Verbrechen zahlen lassen. Buchstäblich. Vor drei Tagen hatte sie sich nämlich endlich dazu durchgerungen, den Typ anzurufen, der Toni Huber auf dem Gewissen hatte. Vorher allerdings hatte sie Uwe angerufen – den sie schon vor einigen Tagen anrufen wollte und es dann doch nicht getan hatte – und ihm erzählt, was sie in der Zeitung gelesen hatte. Uwe, der gute Junge, war völlig perplex gewesen. Mit großer Bestürzung hatte er die Nachricht vom Leichenfund im Federsee zur Kenntnis genommen. Und sie davor gewarnt, die Sache selbst in die Hand zu nehmen. Die Polizei müsse eingeschaltet werden, hatte er gemeint.

Christina von Flunkern lächelte. Er war halt ein Feigling, der gute Uwe. Aber ein süßer. Und er hatte unbestreitbar seine Qualitäten. Sie hatte seine Meinung ignoriert und den Typ, der Toni auf dem Gewissen hatte, trotzdem angerufen. Am Ende des Telefongesprächs hatte er nach Luft gejapst, der Typ. Kein Wunder, hatte sie ihm doch nur eine Wahl gelassen: entweder Geld oder Hinweis an die Polizei. Letzteres allerdings würde sie Uwe, sobald sie sich wiedersahen, verschweigen, er brauchte nicht alles zu wissen. Und Letzteres war auch das Einzige, worin sie sich von Miss Marple unterschied. Momentan, wohlgemerkt. Denn schon am darauffolgenden Tag sollte der Unterschied zu Miss Marple noch viel gravierender werden.

25

Die Teambesprechung an diesem Freitag war auf fünfzehn Uhr nachmittags vertagt worden. Obwohl die Kollegen von der KTU den ganzen gestrigen Tag mit dem Auswerten der am Tatort gewonnenen Spuren beschäftigt gewesen waren, gab es nur wenig Neues zu erörtern. Am Tatort konnten Sohlenabdrücke von Schuhen sichergestellt werden, die definitiv vom Mörder stammten. Sie waren vor allem um die Trauerweide herum gefunden worden, von wo aus der tödliche Schuss abgegeben worden war. Ein Abgleich der Abdrücke mit denen, die man unter der Brücke gefunden hatte, wo Georg Schmied ermordet worden war – dort waren die Ermittler auf drei unterschiedliche Schuhspuren gestoßen –, war positiv gewesen.

Inzwischen konnte ausgeschlossen werden, dass der Mörder nach dem tödlichen Schuss durch die offene Terrassentür in das Arbeitszimmer des Opfers eingedrungen war.

Bödele und Heinerle hatten auf der Suche nach weiteren Fotos aus den frühen Achtzigern die Bude auf den Kopf gestellt, jedoch ohne den geringsten Erfolg. Zwar gab es genügend Bilder, auf denen Zacharias Müller zu sehen war, aber keine, die bis in die Jugendzeit zurückreichten. Doch irgendwo musste es sie geben. Und so blieb nur die Hoffnung, dass seine Ehefrau Auskünfte dazu geben könnte. Die allerdings hatte noch immer nicht ausfindig gemacht werden können.

Und noch ein anderer Umstand war mit Enttäuschung, um nicht zu sagen mit Verärgerung zur Kenntnis genommen worden: Eine Auswertung der Überwachungskamera auf dem Hauptbahnhof war nicht möglich gewesen. Zwar hatte Zimmernagel von der Kapitänin der Heilsarmee, die den Professor und den Österreicher am 13. des Monats dort gesehen hatte, dezidierte Angaben bezüglich Standort und Zeitpunkt erhalten. Doch seine Bitte an die zentrale Überwachungsstelle, man möge ihm die relevante Sequenz für Auswertungen zur Verfügung stellen, war abschlägig beschieden worden. Grund: Just zu dem Zeitpunkt, um den es ging, hatten Wartungsarbeiten an der entsprechenden Kamera stattgefunden – es gab keine Aufzeichnung.

An der nachmittäglichen Lagebesprechung hatten auch Nepomuk Hofzitzel sowie Kriminaloberrat Fachinger, Pressestaatsanwalt Dr. Rainer Rossfuß und Pressesprecher Hansjörg Häberle teilgenommen. Man war in seltener Einstimmigkeit übereingekommen, Informationen zu dem Mord an Zacharias Müller, der sich natürlich nicht geheim halten ließ, nur in »homöopathischen Dosen« an die Presse zu geben, wie Querlinger es formuliert hatte. Ihm lag daran, die Ermittlungen in Ruhe weiterzuführen, ohne das Störfeuer Dieter Oxheimers befürchten zu müssen.

Kurz nach zwei hatten sich Rossfuß, Fachinger und Häberle von der Truppe verabschiedet. Einzig Hofzitzel war von Querlinger gebeten worden, noch zu bleiben, er habe noch etwas mit ihm zu besprechen.

Eine halbe Stunde später war der Besprechungsraum kaum wiederzuerkennen. Die auf dem Tisch ausgebreiteten Unterlagen hatten einer großen Kasserolle weichen müssen, der der verführerische Duft eines Spanferkelbratens entstieg. Eine große Schüssel Kartoffelsalat, mehrere Körbchen mit Weggle und Brezeln, diverse Getränke – sogar Bier hatte Querlinger erlaubt – sowie ein Marmor- und ein Apfelkuchen nebst zwei Kannen Kaffee vervollständigten die Tafel.

Zu verdanken hatte die Truppe dies Bernd Zimmernagel, er schmiss die Party. Vor einigen Tagen war der achtundvierzigjährige Hauptkommissar von seiner Tochter zum Großvater gekürt worden und hatte beschlossen, diesen neu erworbenen Titel mit den Kollegen gebührend zu feiern. Ein Caterer hatte den Spanferkelbraten nebst Beilagen gebracht, Feigl und Angie hatten die Kuchen beigesteuert und Querlinger und Eulenburg die Getränke spendiert.

Gerade hatte der Kommissar in bester Feierlaune Zimmernagel im Namen der Truppe gratuliert, als das Telefon klingelte.

»Der Dr. Brenner will Sie sprechen, Chef«, sagte Angie erstaunt.

Querlinger war perplex. Sein Intimfeind höchstpersönlich rief ihn an? Das war noch nie vorgekommen. Es konnte nur einen Grund haben: Rache.

In munterer Kampfesstimmung nahm er den Hörer entgegen.

»Na, mein Bester, das mit dem ›Loch‹ muss Ihnen ja schwer zugesetzt haben, wenn Sie mich deswegen –«

»Hören Sie zu, Sie Pfeife! Sie können mich nicht beleidigen. Ihnen fehlt das Format, von mir ernst genommen zu werden. Ich teile Ihnen hiermit lediglich ein Untersuchungsergebnis in Sachen Federseeleichen mit, wozu ich leider Gottes verpflichtet bin. Also sperren Sie Ihre Ohren auf und lassen Sie das, was ich sage, in Ihr bisschen Hirn sickern. Habe ich mich klar genug ausgedrückt?«

Donnerwetter, der Rechtsmediziner hatte sich offenbar gut auf das Telefonat vorbereitet.

»Ich höre«, sagte Querlinger nur, glaubte sich *ver*hört zu haben und hakte völlig verdattert nach: »W… wie bitte? Wiederholen Sie das!«

Was den Rechtsmediziner veranlasste, sich über die »geringe Geschwindigkeit, mit der die Synapsen gewisser Kripobeamten unterwegs« seien, auszulassen und mit einem »Aber ich erbarme mich Ihrer« das Gesagte zu wiederholen.

»Aber … aber wie kann das sein?«, fragte Querlinger erregt und kassierte prompt die Antwort, die das Gespräch beendete.

»Das weiß ich doch nicht. Sie erwarten doch wohl nicht, dass ich Ihren Job mache!«

Sekundenlang saß Querlinger wie betäubt da. Es folgte ein heftiger Schlag mit der Faust auf die Tischplatte. Der Fluch blieb aus, ganz so, als ob er dem Kommissar im Halse stecken geblieben wäre.

Und noch bevor Angie Braun ein erschrockenes »Um Him-

mels willen!« und Zimmernagel ein erbostes »Geht's noch?«
loswerden konnten, sprang Querlinger vom Stuhl hoch und
stürmte mit einem hastig gemurmelten »Bin gleich wieder da«
zur Tür hinaus.

Während sich die Runde den Kopf darüber zerbrach, ob der
Chef vom wilden Affen gebissen oder von Dr. Brenner um den
Verstand gebracht worden wäre, stürmte der mit einem dicken
Ordner in der Hand schon wieder herein, knallte selbigen auf
den Tisch, setzte sich, verschränkte die Arme auf dem Schreib-
tisch, beugte sich vor und verkündete eine frohe Botschaft.

»Herrschaften, es gibt Neuigkeiten zu unserem Federsee-
Fall. Die DNA-Analyse des Genmaterials ist mittlerweile ein-
gegangen. Sie hat ergeben, dass es sich bei den Getöteten um
Vater und Sohn handelt.«

26

Vater und Sohn!

Angesichts dieser geradezu sensationellen Wende im Federsee-Fall war es nur natürlich, dass die Party aus dem Ruder lief und in ein dienstliches Arbeitsessen ausartete. Und dass nicht die Kleeblatt-, sondern die Federsee-Morde im Brennpunkt der Diskussion standen.

Querlinger hatte dem Ordner, der sämtliche Unterlagen zum Federsee-Fall enthielt, einen mehrere Seiten umfassenden Rapport entnommen, ihn kopieren lassen und in der Runde verteilt. Das Papier fasste die bisher vorliegenden Ergebnisse zusammen. Die am heißesten diskutierten Fragen drehten sich um Karl Huber. Wer war er? Wenn er, der bisher als Vater Antons galt, bei einem Zugunglück Ende der sechziger Jahre ums Leben gekommen war – weshalb waren seine sterblichen Überreste dann im Federsee gefunden worden? Stieß man, indem man diese Frage stellte, auf ein weiteres, bisher unbekanntes Verbrechen?

»Ziemlich verwirrend, das Ganze. Das ist ja, als ob der Kopf mit einem Karussell fährt. Da wird einem ganz schwindlig«, brummte Heinerle.

»Tja, Heini, sei froh, dass dein Kopf mit dir Karussell fährt und nicht der Chef – bei dem Mist, den du manchmal verzapfst.«

»Depp!«

»Was wissen wir eigentlich konkret über diesen Karl Huber?«, wollte Feigl wissen und schöpfte sich Kartoffelsalat auf seinen Teller.

»Äußerst wenig. Da haben wir noch Nachholbedarf«, stellte Querlinger fest.

»Brauchte uns bisher auch nicht zu interessieren«, stellte Eulenburg klar.

»Zunächst sollten wir mal wissen, auf welchem Friedhof er

beigesetzt wurde«, merkte Heinerle an und machte sich ein Bier auf.

»Oder *angeblich* beigesetzt wurde«, ergänzte Bödele.

»Vielleicht kann die ehemalige Nachbarin der Marie Huber uns da weiterhelfen?«, wandte sich Querlinger an Eulenburg und biss von einer frischen Brezel ab.

»Henriette Breitsameter? Ich hak mal bei ihr nach, sie hat mir ihre Festnetznummer gegeben«, entgegnete die Kommissarin und verließ zum Telefonieren kurz den Raum.

»Also ich weiß nicht, aber ich glaube, wenn es da ein Grab gegeben hat, existiert es nicht mehr«, behauptete Feigl und goss sich eine Cola ein.

»Und wieso nicht?«, erkundigte sich Heinerle.

»Die meisten Gräber haben je nach Gemeindeordnung eine Ruhezeit von zehn bis fünfzehn Jahren. Bei sogenannten Wahlgräbern lässt sich die Ruhezeit bis zu dreißig Jahren verlängern. Danach ist Schluss.«

»Stimmt. Weiß ich von meiner Großmutter«, bestätigte Hofzitzel, der sich einen Kuchen genommen hatte und vor einer Tasse Kaffee saß. »Ihr Grab konnte zwei Mal fünfzehn Jahre verlängert werden. Dann war Schluss – *rien ne va plus.*«

Die Tür quietschte, Eulenburg kam herein. Sichtlich aufgekratzt.

»Hey, Leute, ihr werdet es nicht glauben, aber was den Karl Huber betrifft, scheint ermittlungstechnisch die Post abzugehen«, rief sie in die Runde und setzte sich.

»Die Breitsameter hat mir den Unfallhergang von dem Zugunglück erzählt, die Frau ist eine wahre Goldgrube. Karl Huber ist bei einem Zusammenstoß zweier Züge ums Leben gekommen. Die Lok und ein Waggon gingen in Flammen auf. Huber und zwei weitere Personen verbrannten bis zur Unkenntlichkeit. Er konnte allerdings anhand eines Ringes und seines Zahnstatus eindeutig identifiziert werden. Beigesetzt wurde er auf dem Alten Friedhof in Ulm.«

Verblüffung in der Runde. Jedem war klar, was das bedeutete.

Was Genauigkeit und Treffsicherheit anging, war der Zahnstatus für die Identifizierung einer Person einer DNA-Analyse gleichzusetzen, die es in den sechziger Jahren noch nicht gegeben hatte.

»Okay, die Grabdiskussion können wir also ad acta legen. Karl Huber war definitiv nicht der Vater von Anton«, knurrte Querlinger.

»Ein Mysterium mehr, na toll. Wie machen wir weiter?«, fragte Bödele und schob sich eine Gabel Kartoffelsalat in den Mund.

»Wir werden uns die Vita der verstorbenen Mutter noch mal vornehmen. Da müssen wir einfach tiefer graben. Welche Kontakte hatte sie: Freunde, Bekannte, Arbeitskollegen, Arbeitgeber, was weiß ich. Es gab doch diese Freundin«, wandte sich der Kommissar an Eulenburg, »haben Sie noch im Kopf, wie die hieß?«

»Sie meinen die Frau, von der die Breitsameter uns erzählt hat, die Hebamme? Die damals aus Ulm weggezogen ist?«, fragte Eulenburg kauend.

»Richtig.«

»Also im Kopf hab ich den Namen nicht, aber … Moment mal …« Eulenburg legte Gabel und Messer beiseite, zog ihr Smartphone heraus und holte die Notizapp aufs Display. »Na also: Christa Wolfsperger.«

»Okay, die müssen wir finden. Wenn sie als Hebamme gearbeitet hat, muss sie ja irgendwo Spuren hinterlassen haben. Am Arbeitsplatz zum Beispiel. Immerhin wissen wir, dass Anton Huber in einer Ulmer Klinik geboren wurde. Und dass Wolfsperger bei der Geburt dabei war. Können Sie da noch mal nachrecherchieren?«

»Aber klar doch.«

»Chef, ich wollte nur noch mal erwähnen, dass unser Hauptaugenmerk auf den Ermittlungen zu den Kleeblatt-Morden liegen sollte«, gab Feigl zu bedenken.

»Ist mir klar, Armin, da muss man mich nicht ständig dran

erinnern«, knurrte Querlinger gereizt. »Aber wir behandeln den Federsee-Fall eh schon stiefmütterlich. Und wenn es Hinweise auf gravierend neue Erkenntnisse gibt, dann können wir die nicht einfach links liegen lassen.«

»Seh ich auch so«, sekundierte Eulenburg ihrem Chef.

Da auch die anderen Zustimmung signalisierten, beschloss Querlinger gleich darauf, den Kriminaloberrat, den Presse-staatsanwalt sowie den Pressesprecher über die sensationelle Wendung im Federsee-Fall zu informieren.

Doch der Kriminaloberrat konnte es nicht lassen, wieder mal zu unken.

»Ich gebe ja zu, das mit der Vater-und-Sohn-Geschichte ist durchaus eine ungewöhnliche Entwicklung. Dennoch möchte ich Sie darauf aufmerksam machen, dass die Ermittlungen zu den Kleeblatt-Morden höchste Priorität genießen«, mahnte er.

»Aber Herr Oberrat, wenn wir schon auf ein dermaßen spektakuläres Indiz gestoßen sind, sollten wir da nicht unbedingt dranbleiben? Vielleicht ergeben sich noch andere –«

»Nein, Herr Kollege. Definitiv nein! Wir hinken keinem Fall hinterher, der fast vierzig Jahre in die Vergangenheit zurückreicht. Wir haben aktuell eine Mordserie aufzuklären und sollten unsere Manpower darauf konzentrieren. Bitte denken Sie daran«, entgegnete der Oberrat in scharfem Ton.

»Aber natürlich, Herr Oberrat«, murmelte der Kommissar und ersetzte in Gedanken den »Oberrat« durch »Oberdepp«.

27

Samstag, 27. Juni

Querlinger saß im Schlafanzug auf der Bettkante, gähnte und dachte daran, was für ein bescheuertes Wochenende ihm bevorstand. Das ödeste seit gefühlt zehn Jahren. Luise hatte sich noch immer nicht gemeldet. Keine Nachricht, keine WhatsApp, geschweige denn ein Anruf – nichts! Zudem regnete es, was das Zeug hielt, was den trüben Tag noch trister machte. Wenn doch bloß schon Montag wäre, dachte der Kommissar. Stand auf, schlüpfte in seine Pantoffel und ging ins Bad. Erledigte seine Morgentoilette und ging in die Küche, um sich sein Frühstück zuzubereiten.

Der Kühlschrank war voll. Das wenigstens war schon mal positiv. Weniger positiv war, dass Querlinger die Butterdose und seinen Lieblingswurstaufschnitt nicht fand. Der Kühlschrank war eindeutig *zu* voll. Er würde mit Luise reden müssen. Querlinger begann zu kramen. Umzuräumen. Auszuräumen. Wieder einzuräumen. Wo hatte Luise bloß die Butter und die Wurst versteckt? Hinter den Marmelade-, Gurken-, Paprika-, Silberzwiebel-, Oliven-, Pepperonigläsern? Hinter den Käse-, Wienerle-, Debrecziner-, Salami- und Schinkenverpackungen? Hinter den Tupperdosen? Nichts! Die Butterdose und die Packung mit seinem Lieblingswurstaufschnitt waren weg, spurlos verschwunden.

»Hundsveregg! Das ist kein Kühlschrank, das ist ein Bermudadreieck!«, schimpfte Querlinger und knallte die Kühlschranktür zu. Er würde *eindeutig* mit Luise reden müssen!

Dann fiel sein Blick auf den Küchentisch. Auf die Butterdose. Auf den Aufschnitt, der auf einem Teller vor sich hingammelte. Die Wurstscheiben glänzten schmierig, der Schinken strahlte in prächtigen Regenbogenfarben. Ein Stillleben wie von einem flämischen Meister.

»Entschuldige, Mäusle, ich bin so ein Depp!«, murmelte der Kommissar, jetzt erinnerte er sich wieder. Das Stillleben auf dem Tisch stammte noch von vorgestern, da hatte er zum letzten Mal in der Küche gefrühstückt. Gestern hatte er das Frühstück sausen lassen, weil er zu spät aufgestanden war. Querlinger seufzte. Nahm die Butterdose, stellte sie in den Kühlschrank zurück, roch am Wurstteller, kippte die traurigen Reste in den Mülleimer und fragte sich, wo zum Henker sich's gut frühstücken ließe.

Bei McDonald's in der Blaubeurer Straße! Dort trafen sich manchmal die etwas Betuchteren unter den Obdachlosen auf einen Kaffee. Vielleicht ließe sich so ja das Angenehme mit dem Nützlichen, sprich Ermittlungstechnischen verbinden, und er stieße auf neue Informationen. Bödele hatte neulich dort gefrühstückt; die hätten wirklich tolle Sachen, vor allem der Kaffee sei saugut, hatte er behauptet.

Vielleicht sollte er das mal testen?

Es kübelte noch immer wie aus Eimern, als Querlinger gegen zehn seinen Terrano auf dem McDonald's-Parkplatz in der Blaubeurer Straße abstellte. Fast zeitgleich hielt ein VW Golf rechts neben ihm. Querlinger beachtete ihn nicht weiter und stieg aus. Als er gerade seinen Regenschirm aus dem Fond holen wollte, fuhr ein Auto auf den Behindertenparkplatz zu seiner Linken; ein alter, klappriger Fiat, dessen Fahrer und Beifahrer ebenfalls ausstiegen.

»Also danke fürs Mitnehmen, Kumpel«, bedankte sich der Beifahrer, ein ziemlich derangiert aussehender Typ mit einer wuchtigen Nase, die wie ein überdimensionaler Erker aus seinem Gesicht ragte.

»Gern geschehen«, sagte der Fahrer, ein beleibter Mensch, der einen Handwerkeroverall trug. Er riegelte sein Fahrzeug mit der Fernbedienung ab und betrat das Restaurant. Der andere ging davon, überquerte die Straße und verschwand hinter einem Gebäudekomplex.

Den geschlossenen Schirm in der Hand, unfähig, ihn zu öffnen, stand Querlinger da wie ein begossener Pudel. »Das gibt's doch nicht!«, brummte er. Wie ein verspäteter Donnerschlag nach einem Blitz war die Erkenntnis in sein Hirn gekracht, dass er den Typ mit dem Gesichtserker kannte. Er legte den Schirm aufs Autodach, holte sein Handy aus der Tasche, tippte, wischte ein paarmal übers Display und hatte gleich darauf das Gesicht des Zinken-Karle vor sich.

»Hundsveregg!«, entfuhr es Querlinger. Da hatte er doch tatsächlich den richtigen Riecher gehabt. Er ließ den Regenschirm Regenschirm sein und überquerte mit weit ausgreifenden Schritten ebenfalls die Straße.

Aber auch ein zweites »Hundsveregg« änderte nichts daran, dass der Zinken-Karle einfach weg war, als hätte er sich in Luft aufgelöst.

Querlinger eilte zu McDonald's zurück und betrat völlig durchnässt das Restaurant. Hektisch suchte er nach dem Handwerker. Der saß an einem Tisch neben der Fensterfront und kaute genüsslich auf einem Croissant herum. Querlinger kramte nach seinem Dienstausweis, stellte fest, dass er ihn nicht dabeihatte, und beschloss, trotzdem seine Pflicht zu tun.

»Grüß Gott. Entschuldigen Sie, aber Sie haben doch vorhin diesen Herrn mit der großen Nase in Ihrem Wagen mitgenommen. Können Sie mir sagen, wo Sie ihn aufgegabelt haben?«, sprach Querlinger ihn freundlich an.

Der Dicke hörte mit Kauen auf, blickte ihn kurz an, wandte den Blick wieder ab und kaute seelenruhig weiter.

»Hallo, ich hab mit Ihnen gesprochen!«, insistierte Querlinger eine deutliche Spur energischer.

»Hab ich schon mitbekommen«, sagte der Mann kauend.

»Und? Wäre doch schön, wenn Sie mir antworten würden. Also, wo haben Sie den Mann aufgegabelt?«

»Wüsste nicht, was Sie das angeht.«

Querlinger fühlte, wie ihm mal wieder der Kamm schwoll. Er beugte sich zu dem Dicken herunter.

»Kriminalpolizei Ulm, Hauptkommissar Querlinger«, raunte er ihm ins Ohr. »Also noch mal: Wo haben Sie den Mann aufgegriffen?«

»Dienstausweis! Wenn Sie Polizist sind, müssen Sie Ihren Dienstausweis vorzeigen, sonst bin ich nicht verpflichtet, Ihnen Auskunft zu geben«, sagte der Handwerker und biss den Zipfel von einem weiteren Croissant ab.

»Jetzt hören Sie mir mal genau zu, Sie Schlaumeier. Wenn Sie mir nicht sofort sagen, was ich von Ihnen wissen will, ruf ich meine Kollegen von der Verkehrspolizei und sag denen, dass Sie unberechtigter- und damit verbotenerweise auf einem Behindertenparkplatz stehen. Wissen Sie, was das kostet?«

Das Argument überzeugte.

»In Radelstetten. Der Typ stand kurz nach dem Ortsschild an der Ulmer Straße und hat den Daumen gehoben, da hab ich ihn mitgenommen.«

Radelstetten. Das lag am Arsch der Welt.

»Haben Sie sich mit ihm unterhalten?«

»Schon, ja.«

»Und über was?«

»Über Gott und die Welt.«

»Was er über Gott gesagt hat, interessiert mich nicht, was er über die Welt gesagt hat, schon. Also?«

»Dass sie schlecht zu ihm sei. Und dass er deswegen eine schlaflose Nacht verbracht habe.«

»Was hat die Welt ihm denn angetan?«

»Gestern wollte er in einer Tankstelle in irgend so einem kleinen Kaff einen Sixpack Bier kaufen, hat aber kein Geld gehabt, und weil der Kassierer ihm keinen Kredit geben wollte, hat er ihn sich einfach geschnappt und ist abgehauen. Der Kassierer ist ihm nach, hat ihm eine reingehauen und ihm den Sixpack wieder abgenommen.«

»Und deswegen hat er eine schlechte Nacht verbracht?«

»Ist doch verständlich, versetzen Sie sich mal in seine Lage. Eine Nacht ohne Bier.«

»Natürlich, vollkommen klar! Eine Tortur! Hat er Ihnen denn verraten, wo er seine schlaflose Nacht verbracht hat?«

»Zurzeit würde er auf einem verlassenen Bauernhof wohnen, mehr hat er nicht rausgelassen.«

»Vielleicht in der Nähe, wo Sie ihn aufgegriffen haben?«

»Nö. Als er zu mir ins Auto stieg, hat er gesagt, dass er schon 'ne gute Stunde zu Fuß unterwegs sei. Keine Sau habe angehalten, ich sei der Erste.«

»Eine Stunde zu Fuß?«

»Hat er gesagt! Ich glaub nicht, dass er mich verscheißern wollte.«

Querlinger nickte geistesabwesend. Ein durchschnittlicher Fußgänger schaffte in einer Stunde etwa fünf Kilometer. Der Kommissar schlug auf einer imaginären Landkarte in seinem Kopf um Radelstetten einen Kreis mit einem Radius von fünf Kilometern. Da der Zinken-Karle offenbar in Richtung Ulm, also Süden, unterwegs gewesen war, musste er die fünf Kilometer von Norden kommend zurückgelegt haben. Verlassene Bauernhöfe fünf Kilometer nördlich von Radelstetten gab's mit Sicherheit nicht im Sixpack. Dann fiel ihm ein, dass Bödele sich in der Ecke ganz gut auskannte. Er hatte einen Teil seiner Jugend dort verbracht. Außerdem wohnte seine Freundin, die vollbusige Bedienung, die im ›Türken‹ arbeitete, in dem kleinen Ort.

Querlinger bedankte sich bei dem Handwerker, ermahnte ihn nochmals wegen Falschparkens und verließ das McDonald's. Setzte sich ins Auto und rief Bödele an.

»Jaaa?«, meldete der sich mit einem lang gezogenen Gähnen.

»Guntram, der Rechtsstaat ruft. Es gibt neue Erkenntnisse. Ich glaube, ich bin einem unserer Kleeblatt-Mord-Zeugen auf der Spur.«

»Und deswegen rufst du mich am Samstag an? Weil du's glaubst?«

»Also gut, wahrscheinlich hab ich mich missverständlich ausgedrückt. Ich weiß es!«

»Und?«

»Was heißt und? Ich brauch dich heut, ich will, dass wir vorankommen. Da ist halt auch mal Arbeiten am Samstag angesagt. Stell dir vor, die beiden verbliebenen Kleeblätter müssten auch noch dran glauben, wär doch blöd, oder? Dann hätten wir fünf aktuelle Morde.«

»Ähm ...«, überlegte Bödele.

»Nix ähm«, drängte Querlinger. »Du wirst doch heut nix Wichtiges vorhaben, oder?«

»Ähm ... also ...«

»Also nix Wichtiges. Dann hol ich dich gegen sechzehn Uhr ab. Wir schauen uns die Gegend um Radelstetten etwas näher an. Da kennst du dich doch aus.«

»Jetzt Moment mal, Chef. Du kannst mich doch nicht einfach –«

»Doch, kann ich! Also bis vier. Alles Weitere besprechen wir auf der Fahrt. Nach unserem Ausflug lad ich dich zu deinem Lieblingsitaliener ein. Bis dann! Und jetzt muss ich frühstücken. Ich nehm den McDonald's. Auf deine Empfehlung hin. Und wehe dir, es schmeckt nicht.«

28

»Jetzt bin ich aber gespannt«, maulte Bödele leicht missmutig, als er Punkt vier zu seinem Chef ins Auto stieg.

In kurzen Worten erklärte Querlinger die Lage.

»Ich kenn aber keinen verlassenen Bauernhof in Radelstetten.«

»Das hab ich auch nicht erwartet. Wir müssen suchen. Und zwar nicht in Radelstetten, sondern circa fünf Kilometer weiter nördlich. Da du dich in der Gegend gut auskennst, hast du ja vielleicht den einen oder anderen Tipp. Oder du hast da Kontakte, die uns weiterhelfen könnten.«

Hatte Bödele tatsächlich. Er kannte in Radelstetten einen alten Bauern, der sich wunderte, dass Bödele sich nach dem Hof erkundigte.

»Und wieso wundert dich das?«, fragte Bödele ihn.

»Ja, da habts ihr als Kinder doch immer gespielt.«

Bödele schien einen Augenblick auf der Leitung zu stehen. Dann kam es ihm, und er schlug sich gegen die Stirn.

»Ach so, *der* Hof! Klar, den kenn ich. Ja, Wahnsinn, dass es den noch gibt?«

Querlinger unterdrückte den Kommentar, der ihm auf der Zunge lag. Sieben Minuten später und knapp fünf Kilometer weiter führte sie ein unbefestigter, schlammiger Weg zu einem Anwesen am Rand eines Waldes, das nicht nur verlassen, sondern geradezu morbid wirkte.

Sie stiegen aus.

»Verlassen ist nicht unbedingt der Ausdruck, den ich für so einen versifften Hof verwenden würde«, meinte Querlinger.

»Der schaut noch versauter aus als vor dreißig Jahren«, stimmte Bödele ihm zu. »Hier haben wir als Kinder Winnetou und Old Shatterhand gespielt«, fügte er wehmütig hinzu.

»Und du warst Old Shatterhand?«, feixte Querlinger.

»Klar, was denkst du denn?«

Bödele stapfte durch den Matsch auf ein Gebäude zu, das auf das ehemalige Wohnhaus schließen ließ. Bei den meisten Fenstern waren die Scheiben eingeworfen, nur ein paar kümmerliche, gefährlich aussehende Glasscherben steckten noch in den Rahmen. Die Eingangstür hing windschief in den Angeln. Bödele drückte sie auf, und sie gelangten in einen niederen Flur, von dem mehrere Türen abgingen. Dreck und Staub bedeckten den Boden. Und Fußspuren.

»Da war jemand«, bemerkte Querlinger. »Die Spuren können noch nicht alt sein. Mach mal paar Fotos davon. Die vergleichen wir dann mit den Spuren von den Tatorten.«

»In Ordnung«, erwiderte Bödele und holte sein Smartphone heraus.

Querlinger ging weiter und öffnete eine Tür, die in ein Zimmer führte, das von einem wuchtigen Kachelofen dominiert wurde. Er teilte den Raum quasi in zwei Hälften. Einst mochte er ein Schmuckstück gewesen sein, mittlerweile waren die meisten Kacheln herausgebrochen, einige lagen auf dem Boden verstreut herum. Eine Sitzbank, die um den Kachelofen führte, und ein versiffter Eckschrank mit Türen und Schubläden bildeten die einzige noch vorhandene Möblierung. Im Dielenboden fehlten Dielen, von der einst weiß gekalkten Decke waren große Brocken Putz heruntergebrochen, der darüberliegende Fehlboden war sichtbar. Was komisch war: In diesem Raum war nicht eine einzige Fensterscheibe zu Bruch gegangen.

Er ging um den Kachelofen herum.

»Guntram!«, rief er.

»Was gibt's?«

»Komm mal her!«

»Oh, hier hat das Vögelchen sein Nest gebaut«, kommentierte Bödele gleich darauf den Anblick, der sich ihm bot.

Der Platz hinter dem Kachelofen war die einzige Stelle im Raum, die sauber gefegt war. Auf einer Matratze auf dem Boden direkt neben der Ofenbank befand sich ein ordentlich zusammengelegter Schlafsack. Daneben, auf einer umgedrehten Holzkiste, ein Glas, eine ungeöffnete Flasche Bier und – herzerwärmend anzusehen – eine etwas ramponierte Vase mit einem Strauß Tulpen.

»Rührend«, bemerkte Querlinger. Er wandte sich um und trat an eines der beiden Fenster, gegen die der Regen trommelte. Wasser rann in unzähligen Bahnen die Scheiben herunter und erlaubte nur einen verzerrten Blick nach draußen. Auch die Innenseiten waren mit feuchten Schlieren bedeckt, Kondenswasser tropfte auf den Boden.

Das Gesicht vor dem Fenster erschien so plötzlich, dass Querlinger vor Schreck einen Satz nach hinten machte. Die tropfnasse Scheibe verlieh ihm etwas Geisterhaftes, Fratzenähnliches, was vor allem der riesenhaften Depardieu-Nase geschuldet sein mochte.

Mit einem laut gebrüllten »Guntram, er ist da draußen!« lief Querlinger zurück in den Flur und hinaus ins Freie. Jagte keuchend dem grauen Schatten hinterher, der schlammspritzend über den morastigen Hof in Richtung Wald rannte. Schon nach wenigen Sekunden musste er feststellen, dass es um die Kondition des Zinken-Karle besser als um seine eigene bestellt war. Der entfernte sich nämlich immer mehr von ihm, immer näher rückte der Waldrand, der ihm Rettung verhieß. Dann bemerkte Querlinger, wie ihn ein anderer grauer Schatten überholte. Bödele. Im Gegensatz zu ihm besaß sein Oberkommissar eine Kondition, gegen die der Zinken-Karle nicht anstinken konnte. Gleich darauf hatte Bödele ihn mit einem weithin hallenden »Polizei, stehen bleiben!« eingeholt und warf sich auf ihn. Beide wälzten sich im Schlamm.

»Loslassen! Drecksbulle!«, zeterte der Zinken-Karle, womit er bei Bödele gerade an den Rechten kam.

»Drecksbulle? Ich geb dir eine aufs Maul!«, schrie er erbost. Doch noch bevor er seiner Drohung Taten folgen lassen konnte, war Querlinger zur Stelle.

»Guntram, reiß dich zusammen!«, ermahnte er ihn und beugte sich zu den beiden hinunter. Sekunden später klickte es, und der berüchtigte »Achter« schloss sich um die Handgelenke des Zinken-Karle.

Keuchend und schlammverdreckt richtete sich Bödele auf und half auch dem Zinken-Karle wieder auf die Beine. Der dies als Aufforderung zum Tanz missverstand und trotz des Achters abhauen wollte. Als ihm das nicht gelang, weil ihn die beiden Beamten mit eisernem Griff links und rechts am Arm gepackt hielten, versuchte er, sich einfach hängen zu lassen und so schwer wie möglich zu machen.

»Ich bin unschuldig«, schrie er.

»Wenn Sie nicht sofort damit aufhören, rumzubocken und einen auf nasser Sack zu machen, müssen wir das als Widerstand gegen die Staatsgewalt werten«, drohte Querlinger.

»Mir doch scheißegal!«

»Ist Ihnen eine Zwangsjacke und ein Aufenthalt in der Klapse auch scheißegal? Dann können wir gern den Sanka kommen lassen«, konterte Querlinger, was natürlich absoluter Blödsinn war.

»Was? Das könnt ihr nicht machen!«, zeterte der Mann.

»Doch, können wir schon. Und wir können noch viel mehr«, schenkte Bödele nach. »Nämlich dir vom Irrenarzt, mit dem wir gut bekannt sind, eine Zombiespritze verpassen lassen.«

»Was is 'ne Zombiespritze?«

»Die gibt man renitenten Leuten, um sie ruhigzustellen. Du bist wie tot, kannst dich nicht mehr bewegen, wirst künstlich ernährt und bekommst trotzdem alles voll mit, was sie mit dir machen. Und das ist einiges, sag ich dir! Wenn die Lähmung vorbei ist, kann es sein, dass du schlohweiße Haare hast.«

»Mist! Also gut, ich kopuliere!«, schrie der Zinken-Karle.

»Was sagst du da?«

»Ich kopuliere!«

»Du Ferkel!«

»Reg dich ab, Guntram, er meint kooperieren«, klärte Querlinger seinen Oberkommissar auf.

Tatsächlich stellte der Zinken-Karle seinen Widerstand endlich ein. Und ließ sich mit schicksalsergebener Miene ins Haus führen, wo man ihn erst mal auf die Ofenbank setzte.

»Und jetzt?«, fragte er. So gehetzt, wie er um sich blickte, erinnerte er an einen waidwunden Hirsch.

»Ich glaube, Sie haben uns einiges zu erzählen«, meinte Querlinger.

»Wie kommen Sie darauf? Bin ich vielleicht ein Nachrichtensprecher?«

»Wenn Sie uns frech kommen, können wir auch anders. Mein Kollege hat das schon angedeutet. Ich sag nur: Zombiespritze.«

Der Zinken-Karle schluckte heftig, sein Adamsapfel hüpfte auf und nieder.

'»Okay, in Ordnung«, meinte er schließlich.

Querlinger setzte sich neben ihn auf die Bank.

»Sie haben vorhin rumgeschrien, Sie seien unschuldig? Wie kommen Sie darauf, dass wir Ihnen vorwerfen könnten, Sie seien schuldig? Schuldig an was?«

Seinem Gesichtsausdruck nach zu urteilen, lief das Hirn des Zinken-Karle gerade auf Hochtouren.

»Wenn einen die Bullen jagen, haben die einen Grund. Die suchen einen Schuldigen. Deswegen hab ich das gerufen«, antwortete er.

»Woher wissen Sie eigentlich, dass wir Bullen sind? Steht das auf unserer Stirn geschrieben? Oder kennen wir uns irgendwoher?«

»Nein, aber in eurem Auto liegt auf der Rückbank ein Ordner. Da steht Kriminalpolizeidirektion Ulm drauf. Und euer Sheriffstern ist auch drauf.«

Querlinger und Bödele wechselten einen amüsierten Blick. Der Mann war nicht unclever.

»Wo kommen Sie eigentlich her?«, fuhr Querlinger mit der Befragung fort.

»Also geboren bin ich in –«

»Ich will wissen, wo Sie heute waren, bevor Sie hier plötzlich aufgetaucht sind.«

»In Ulm. Einkaufen.«

»Was einkaufen?«

»Hab ich in der Manteltasche. In der linken.«

Querlinger nickte Bödele zu. Der griff in die Tasche und förderte einen Minipack Jägermeister zutage: drei niedliche Portionsfläschchen im Umkarton.

»Wegen drei kleinen Fläschchen Jägermeister fahren Sie bis nach Ulm?«

»Ja, klar, hier in dem versifften Kaff gibt's keinen Laden, wo ich das krieg. Ich hab Magenprobleme.«

Querlinger nickte verstehend. So ein Mist aber auch! Total versifft, dieses Kaff. Nicht mal die wichtigsten Medikamente hatten die hier. Wo doch Jägermeister, kräutermedizinisch betrachtet, geradezu Wunder wirken konnte.

»Und seit wann wohnen Sie hier? Auf diesem Hof hier? Haben Sie nicht bis vor ein paar Wochen in Ulm Platte gemacht? Bis das mit dem Maultrommel-Schorsch und dem Professor passierte? Ach ja, auf der Trauerfeier von denen waren Sie doch auch nicht, stimmt's?«

Der Zinken-Karle erblasste.

»Ähm … woher …?«

»Woher wir das wissen? Von Ihren Kollegen. Nach dem Mord am Schorsch seien Sie plötzlich verschwunden gewesen, haben die uns gesagt. Verraten Sie uns doch mal, warum, Herr Dobler.«

Herr Dobler war mit jedem Satz unruhiger geworden. Nervös rutschte er auf der Ofenbank herum.

»Kommen Sie, raus mit der Sprache!«, insistierte der Kommissar und verschärfte seinen Ton.

Herr Dobler sagte noch immer nichts. Allerdings begann sein Blick zu flackern. Synchron dazu hüpfte sein Adamsapfel. Der Mann bekam zunehmend Schiss.

»Gut, dann sag *ich* Ihnen, wie's gewesen ist. Irgendeinen Grund muss es ja gegeben haben, weshalb Sie vorhin Ihre Unschuld beteuert haben, obwohl Sie noch gar nicht wussten, was wir von Ihnen wollten«, fuhr Querlinger fort. »Sie bringen den Schorsch um die Ecke, tauchen unter, bringen den Professor um und verschwinden wieder. Zwei Tage später begehen Sie einen dritten Mord: Sie erschießen einen gewissen Zacharias Müller. Warum, Herr Dobler, warum?«

Natürlich war das alles Quatsch. Spätestens seit dem Mord an Müller war jedem klar, dass Dobler nicht der Mörder sein konnte. Eine teure Jagdausrüstung wäre für ihn unerschwinglich gewesen. Und der geübte Umgang mit einem Jagdgewehr passte, soweit sie das bis jetzt einschätzen konnten, einfach nicht zu seinem persönlichen Hintergrund. Andererseits – und auch das war klar – musste davon ausgegangen werden, dass er, zumindest was den Mord am Maultrommel-Schorsch anging, als wichtiger Zeuge fungierte.

Querlinger nahm ihn scharf ins Auge. »Was verbinden Sie mit einem fünfblättrigen Kleeblatt, Herr Dobler?«

Der Zinken-Karle wusste nicht, wie ihm geschah. Ein fünfblättriges Kleeblatt! Der Kommissar musterte sein Gegenüber amüsiert. Ob Dobler sich gerade fragte, ob er in die Hände eines Verrückten gefallen war?

»Sagen Sie schon, Dobler! Das fünfblättrige Kleeblatt. Was ist damit?«

Der Zinken-Karle begann zu schweißeln. Auf der Stirn.

»Nix«, sagte er mit erstickter Stimme.

»Was heißt nix?«

»Ja, halt das mit dem fünfblättrigen Kleeblatt. Das sagt mir nix.«

Querlinger musterte den Mann eingehend. War es tatsächlich möglich, dass Dobler, der die beiden Ermordeten seit Jahren gekannt hatte, nichts von deren Tätowierungen wusste?

»Sagen Sie, Dobler, haben Sie den Schorsch und den Professor schon mal nackt gesehen?«

Kaum war die Frage heraus, hätte sich Querlinger am liebsten auf die Zunge gebissen. Was er wissen wollte, hätte er taktvoller erfragen können.

»Sie! Also wenn Sie glauben, dass wir Berber Drecksäue sind, sind Sie auf dem Holzweg, gell!«, bellte der Zinken-Karle den Kommissar an.

Also nicht, schlussfolgerte Querlinger bei sich. Hakte aber nach: »Das unterstelle ich Ihnen gar nicht. Ich will lediglich wissen, ob Sie wussten, dass beide ein Tattoo über dem Gesäß trugen.«

»Ein Tattoo? Aufm Arsch?«

»Knapp darüber. Steißbein sagt man dazu.«

»Nein, wusste ich nicht.«

»Andere Frage, Herr Dobler: Wo waren Sie in der Nacht vom 12. auf den 13. Juni, die Nacht, als Georg Schmied ermordet wurde? Und wo hielten Sie sich am 20. Juni auf, als Gernot Zachbichler, genannt: Professor, ums Leben kam?«

»Ich? W... wo ich da war? Ja also ... ähm ... eigentlich war ich ... war ich ...«

Querlinger hob die Brauen. Dieses Herumgestottere ...

»Chef! Hast du schnell 'ne Minute?«, unterbrach Bödele die Befragung. Querlinger hatte nicht bemerkt, dass sein Oberkommissar kurz das Zimmer verlassen hatte, um zu telefonieren.

»Wieso, was gibt's?«

Bödele nickte zur Tür. »Draußen. Nicht vor ihm.«

Sie gingen in den Flur.

»Pass auf, Chef!«, raunte er aufgeregt. »Der Hofzitzel hat heute Dienst. Ich hab mir von ihm die Bilder von den Fußspuren der drei Tatorte aufs Handy schicken lassen und mit den Fotos verglichen, die ich hier gemacht habe.«

»Und?«

»Guck selber!« Bödele hielt ihm das Display vor die Nase. »Dieses Foto hier – also dieser Sohlenabdruck – stammt vom Tatort unter der Promenadenbrücke, und das hier«, er wischte mit dem Finger über das Display, »ist eine der Aufnahmen, die ich vorhin gemacht habe.«

Beide Spuren waren identisch. Sie zeigten das Profil eines linken Sohlenabdrucks, der im Bereich der Ferse eine markante Schädigung in Form eines unregelmäßig gezackten Sterns aufwies. In der Nähe der beiden anderen Tatorte – auch dort waren Fußabdrücke gefunden worden – war diese Spur nicht verifiziert worden, ein weiterer Grund, weshalb der Zinken-Karle nicht der Mörder sein konnte. Trotzdem brauchten sie ein Indiz, mit dem sie ihm einheizen konnten, um ihn dazu zu bringen, endlich den Mund aufzumachen. Denn dass er unter der Promenadenbrücke etwas Entscheidendes beobachtet hatte, davon war auszugehen.

»Hundsveregg!«, murmelte Querlinger anerkennend.

Bödele grinste. »Dürfte die Befragung etwas beschleunigen. Die eingesparte Zeit könnten wir nachher einem zusätzlichen Bierle widmen. Vergiss nicht, du hast mich eingeladen.«

»Keine Sorge, Guntram. Was ich verspreche, halte ich. Lass uns wieder reingehen. Wir ziehen ihm die Schuhe aus und sehen nach.«

»Was soll das? Folter ist bei uns verboten!«, zeterte der Zinken-Karle, als sich die beiden Beamten wortlos an seinen Füßen zu schaffen machten.

Querlinger stach der Hafer.

»Wir prüfen anhand Ihres Fußschweißes, ob Sie die Wahrheit sagen oder nicht«, behauptete er, ohne mit der Wimper zu zucken.

»Genau«, bestätigte Bödele kalt lächelnd. »Es handelt sich um die sogenannte ›Lügenschweiß-Methode‹, im Englischen ›lie welding method‹ genannt. Kommt aus Amerika und wurde zum ersten Mal in Guantánamo eingesetzt.«

»Was?«, schrie der Zinken-Karle entsetzt, dem sie mittlerweile beide Schuhe ausgezogen hatten.

Bödele drehte den linken Schuh um und besah sich die Sohle.

»Eindeutig!«, sagte er und hielt den Schuh seinem Chef hin.

»Eindeutig!«, nickte Querlinger.

»Herr Dobler«, wandte er sich an den Zinken-Karle, »den 20. Juni, den Tag, an dem der Professor ermordet wurde, lassen wir mal außen vor. Aber in der Nacht, als Georg Schmied ermordet wurde, waren Sie definitiv am Tatort. Die Abdrücke, die Sie unter der Promenadenbrücke hinterlassen haben, stammen von diesem Schuh. Das sieht ein Blinder mit dem Krückstock.«

»Genau. Du hast noch mal Glück gehabt. Wir brauchen die Lügenschweiß-Methode nicht einzusetzen. Es sei denn, du leugnest weiter«, stimmte Bödele seinem Chef zu.

»Und jetzt sagen Sie uns, wie sich alles abgespielt hat«, zog Querlinger die Daumenschrauben weiter an. »Was war der Grund, weshalb Sie Ihren Kameraden – das war er doch über viele Jahre, oder? – umgebracht haben?«

Dobler begann zu schnaufen und zu schwitzen, dass sein Stirnschweiß auf den Boden tropfte. Flackernder Blick, der Adamsapfel hüpfte im Galopp.

»Ich ... ich war's nicht, der ... der Stinker war's ... der Weißlacker-Sepp«, kam es verzweifelt von seinen Lippen.

»Woher wissen Sie das?«

»Ich ... ich hab's gesehen.«

»Was haben Sie gesehen? Berichten Sie! Und zwar schön der Reihe nach.«

Und der Zinken-Karle berichtete. Schön der Reihe nach. Wie er in jener Nacht ein menschliches Bedürfnis verspürte, wie er bei dem Mäuerchen neben der Treppe, die runter zur Promenadenbrücke führte, seine Notdurft verrichtete, wie er plötzlich die Stimmen der beiden Kontrahenten hörte, die sich um die Weißbier-Anni stritten, und dumpfe Geräusche, die eindeutig von einer Prügelei herrührten. Wie der Weißlacker-Sepp den Maultrommel-Schorsch mit der Bemerkung provozierte, er werde mit der Anni an den Vierwaldstättersee reisen. Wie der Weißlacker-Sepp schließlich davonstürmte, wie er, Karl Dobler, sich gleich darauf selbst unter die Brücke begab, wo er den Schorsch vor seinem Verschlag liegend vorfand. Und wie er, nachdem er festgestellt hatte, dass der Schorsch tot war, das Weite gesucht habe.

Querlinger runzelte die Stirn. Zwei Dinge an der Darstellung des Mannes passten nicht ins Bild. Zum einen seine Behauptung, er habe den Toten nicht *in*, sondern *vor* seinem Verschlag liegend entdeckt. Zum anderen fehlte der Hinweis, in welchem Zustand. Hätte er ihn nämlich mit einem Schnitt um den Hals und in seinem Blut liegend vorgefunden, hätte er das erwähnt. Die Medien hatten nur berichtet, dass die Leiche eines Obdachlosen unter der Promenadenbrücke gefunden worden sei. Und dass der Mann ermordet worden war. Einzelheiten waren der Presse nicht mitgeteilt worden.

Querlinger beschloss, dem Zinken-Karle auf den Zahn zu fühlen.

»Sie haben ihn also vor seinem Verschlag liegend aufgefunden?«

»Ja, klar!«

»Und er war tot?«

»Ja, klar! So was von tot, toter ging's nicht mehr.«

»Woran haben Sie gemerkt, dass er tot war? Haben Sie ihm den Puls gefühlt oder die Finger an die Halsschlagader gelegt, um das zu überprüfen?«

»Ja, logisch«, höhnte der Zinken-Karle. »Ich werd den Schorsch anfassen und meine Fingerabdrücke oder sonst was auf seiner Leiche hinterlassen. Für wie blöd haltet ihr mich eigentlich?«

»Wieso haben Sie die Leiche dann in den Verschlag verbracht, dafür haben Sie sie doch auch anfassen müssen?«

Der Zinken-Karle sperrte überrascht den Mund auf.

»Wieso sollte ich den Schorsch in den Verschlag schleifen? Ich hab gemacht, dass ich wegkam. Schleunigst.«

»Sie haben ihn also einfach liegen lassen und sind abgehauen?«

»Ja, klar, dem war nicht mehr zu helfen. Ich wollte nur noch weg. Ich weiß ja, ich hätte die Bullen … äh … die Polizei informieren sollen. Aber ich hatte Schiss, dass die mich verdächtigen würden, und hab mein Maul gehalten. Deswegen hab ich mich ja auch verdünnisiert.«

Das war interessant. Querlinger war überzeugt, dass der

Mann die Wahrheit sagte. Die Schlussfolgerung, die sich daraus ergab, war ebenso interessant: Georg Schmied, genannt Maultrommel-Schorsch, hatte noch gelebt, als Dobler ihn aufgefunden hatte, auch wenn er vorübergehend bewusstlos gewesen sein mochte. Der Mörder, der ihm die Kehle durchtrennt hatte, war offenbar erst später gekommen. Und die Spuren am Tatort wiesen unmissverständlich darauf hin, dass der Mord nicht *vor* dem Verschlag, sondern *im* Verschlag passiert war, außerhalb war kein Blut gefunden worden.

Der Kommissar beschloss, sich zu vergewissern und den Zinken-Karle noch etwas schmoren zu lassen.

»Sie behaupten also, er sei schon tot gewesen, als Sie ihn gefunden haben«, fuhr er unnachgiebig fort, im Tonfall härter werdend. »Mit anderen Worten: Sie wollen uns weismachen, nicht Sie, sondern Sepp Möhnle hätte ihm die Gurgel durchgeschnitten. Und dann behaupten Sie auch noch, dass Sie ihn *vor* dem Verschlag und nicht *im* Verschlag gefunden hätten.«

Karl Dobler sah den Kommissar entgeistert an.

»W... waas? Wieso die Gurgel durchgeschnitten? Der Sepp hat dem doch nicht die Gurgel durchgeschnitten. Der hat ihn erschlagen. Und, ja, er lag vor und nicht im Verschlag, wie oft soll ich das noch sagen, verdammt noch mal!«

»Halten Sie uns für blöd? Der Mann wurde mit durchtrennter Kehle aufgefunden! Was faseln Sie da immer wieder von erschlagen.«

»Das ... das kann nicht sein! Er hat doch überhaupt nicht geblutet, der Schorsch. Der lag einfach nur tot da. Aber vielleicht ist der Sepp noch mal zurückgekommen.«

»Um ihm die Gurgel durchzuschneiden, meinen Sie?«

»Genau! Ich war's wirklich nicht, Herr Kommissar. Echt nicht. Glauben Sie's mir halt!«, bat Dobler flehentlich.

Querlinger war überzeugt, dass er die Wahrheit sagte. Und dass er alles rausgelassen hatte, was er wusste. Eigentlich konnten sie den Mann laufen lassen. Eine Frage musste er ihm aber noch stellen. Einfach, um sicherzugehen.

»Sind Sie früher irgendwann mal zur Jagd gegangen, Herr Dobler?«

»Ich? Nie! Ich weiß nicht mal, wie man ein Gewehr hält. Der Sepp schon, der war in seinem früheren Leben Jäger.«

Querlinger und Bödele wechselten einen schnellen Blick. Der Kommissar benötigte einige Augenblicke, um diese Information zu verdauen. Was zwangsläufig zur nächsten Frage führte.

»Wissen Sie, wo sich Sepp Möhnle zurzeit aufhält?«

»Keine Ahnung, er wollte doch mit der Anni zum Vierwaldstättersee runter.«

Der Kommissar musterte gedankenversonnen seine Schuhspitzen.

Dann blickte er auf. »Also gut, Herr Dobler, wir lassen Sie jetzt laufen, aber halten Sie sich zur Verfügung«, sagte er. Er beugte sich zu ihm hinunter und schloss die Handfesseln auf. »Sie haben sich täglich gegen zehn Uhr vormittags auf dem Polizeirevier Ulm-Mitte am Münsterplatz zu melden, ist das klar? Sollten Sie das einmal versäumen, buchten wir Sie ein.«

»Mach ich. Aber da gibt's noch was zu klären.« Der Zinken-Karle wirkte erleichtert, gleichzeitig legte sich ein gerissener Zug um seine Mundwinkel.

»Ach, und was?«

»Wer bezahlt mir die Fahrt nach Ulm? Das kostet doch Geld, von hier nach Ulm zu fahren?«

Bödele lachte schallend. Querlinger setzte sein berüchtigtes Permafrostlächeln auf und sagte zu dem noch immer auf der Ofenbank sitzenden Mann: »Sie müssen umziehen. Wieder dahin, wo Sie vorher gewohnt haben, ins Parkhaus Salzstadel. Sie können natürlich auch ins Obdachlosenheim ziehen. Bloß, da müssen Sie halt auf Ihre Kräutermedizin verzichten.«

»Also da zieh ich das Salzstadel vor. Ich muss meine Magenprobleme in den Griff kriegen. Aber Sie könnten mich doch wenigstens bis Ulm mitnehmen. Ich pack nur noch schnell meine Sachen.«

Den Kripobeamten, der ihn vernehmungstechnisch in die

Mangel genommen hatte, zu bitten, ihn bis Ulm mitzunehmen, verriet Courage.

»In Ordnung. Aber Sie müssen im Kofferraum Platz nehmen. Neben dem Herrn Oberkommissar. Ich klapp die Rückbank um.«

»Waaas? Ich soll neben dem versifften Typen im Kofferraum hocken?«, schrie Bödele empört.

»Schau mal an dir runter, wie du aussiehst. Nicht weniger versifft als der Herr Dobler. Du glaubst doch nicht, dass ihr euch in die Polster flacken könnt, so voller Dreck und Schlamm, wie ihr seid.«

»Super! Das hat man davon, wenn man am Wochenende seinem Chef hilft, Verbrecher dingfest zu machen.«

»Denk an deinen Lieblingsitaliener, Guntram. Du hast sämtliche Optionen frei. Von der Vorspeise über die Hauptspeise bis zum Dessert zahlt alles dein Chef. Und trinken kannst du, was und so viel du willst. Ich fahr dich heim.«

»Du fährst mich bitte gleich heim, bevor wir zum Italiener gehen. Ich muss erst duschen und mich umziehen«, maulte Bödele.

»Kein Problem! Ich mich auch. Heut Abend, so gegen halb acht, hol ich dich ab.« Und an den Zinken-Karle gewandt: »Beeilen Sie sich, packen Sie Ihre Sachen.«

Fünf Minuten später – der Zinken Karle hatte nicht viel zu packen – befanden sie sich auf dem Weg zurück nach Ulm.

Das Fahrzeug, das ihnen in sicherem Abstand folgte, hatten sie nicht im Blick. Weshalb auch. Sie konnten ja nicht wissen, dass es ihnen bereits auf dem Herweg gefolgt war. Noch weniger konnten sie wissen, dass sie aus dem Fahrzeug heraus die ganze Zeit über mit dem Fernglas beobachtet worden waren. Hatte der mit dem Fernglas auf der Herfahrt noch richtiggehend geschwitzt vor Anspannung, stand ihm jetzt ein erleichtertes Grinsen im Gesicht. Die Idee, den Oberbullen zu observieren, hatte sich ausgezahlt. Die Vorstellung, dass der Penner, der sich auf dem heruntergekommenen Bauernhof eingenistet hatte, der »Kleeblatt-Zeuge« sein sollte, war zum Schießen.

Als sich der Verfolger heute früh mit seinem Fahrzeug vor dem Haus des Oberbullen eingefunden hatte – mehr aus einer intuitiven Laune heraus denn aus einem konkreten Anlass –, hatte er noch nicht wissen können, was ihn erwartete. Aber dann war er ihm zum McDonald's-Restaurant in der Blaubeurer Straße gefolgt und hatte ein Telefongespräch mitbekommen, das er mit seinem Unterbullen aus dem Auto heraus geführt hatte – er hatte das Fenster auf der Fahrerseite geöffnet gehabt und ziemlich laut gesprochen. Da war ihm war klar geworden, dass es um *ihn* ging. Um *seinen* Kopf. »Es gibt neue Erkenntnisse. Ich bin einem unserer Kleeblatt-Zeugen auf der Spur«, hatte der Oberbulle in dem Telefongespräch behauptet. Was ihn, der das Gespräch mitgehört hatte, vorübergehend ganz schön in Panik versetzt hatte. Eine weitere Bemerkung, die der Bulle hatte fallen lassen, hatte ihm die Angst allerdings wieder genommen: »Stell dir vor, die beiden verbliebenen Kleeblätter müssten auch noch dran glauben. Dann hätten wir fünf aktuelle Morde am Hals.« Die »beiden« verbliebenen Kleeblätter.

Der Verfolger grinste. Sie wussten es also nicht. Sie waren weit davon entfernt, die wahren Zusammenhänge zu erkennen. Das war ein gutes Omen. Trotz allem: Es wäre sicherlich von Vorteil, den Gegner weiterhin aufmerksam zu beobachten. Das war der Grund, weshalb er dem Bullen auch noch am Nachmittag hinterhergefahren und zu dem verwahrlosten Bauernhof gefolgt war. Um sich den angeblichen Kleeblatt-Zeugen anzusehen. Aber der war nur ein kleiner Penner und beileibe kein Zeuge. Keiner, der ihm hätte zum Verhängnis werden können. Und schon gar nicht der, der ihm in seiner Sammlung noch fehlte.

Dessen Identität würde er bald herausfinden. Das war überhaupt keine Frage. Vielleicht sogar schon heute Abend?

29

Der Italiener, den Bödele ausgesucht hatte, war phantastisch. Sein Appetit nicht weniger, der Oberkommissar hatte tief in die Spendierhosen seines Chefs gegriffen. Trotzdem hatte Querlinger den Abend genossen, die drei Stunden waren wie im Flug vergangen.

Die Nacht war sternenklar und der Kommissar in bester Laune. Da er die letzten Stunden des Tages nicht an eine vorzeitige Bettruhe verschwenden wollte, beschloss er, sich zu Hause noch einen Absacker zu gönnen. Schließlich galt es, das Strohwitwerdasein zu nutzen, welches das eheliche Interregnum mit sich brachte. Als Interregnum, so wusste der Kommissar noch aus dem Geschichtsunterricht bei Lehrer Kornsegel, bezeichnete man die Zeit, als dem Heiligen Römischen Reich deutscher Nation ein Kaiser abging …

Querlinger holte sich seinen Lieblingswhisky, einen »Lagavulin 16 Years Old«, sowie ein Whiskyglas und ein Schälchen gesalzene Erdnüsse aus der Wohnzimmerbar und setzte sich auf die Dachterrasse. Zog sein Smartphone heraus, aktivierte die Radioapp und wählte einen Sender, auf dem klassische Musik lief. Zwischen den einzelnen Stücken plauderte der Moderator über Philosophisches und weniger Philosophisches. Querlinger schenkte sich Whisky ein. Schon das gluckernde Geräusch, als sich der goldgelbe Strahl ins Glas ergoss, war eine einzige Verheißung. Querlinger seufzte zufrieden, setzte sich in einen Rattansessel und sah über die angrenzenden Dächer hinweg in die nächtliche Ferne. Genehmigte sich einen ersten Schluck und griff in das Erdnussschälchen. Hörte dem Radiomoderator mit der einschläfernden Plauderstimme zu.

»… und so sind uns von Jean-Paul Sartre eine Reihe griffiger Sprichwörter überliefert. Besonders eines von ihnen vermag uns bei Pleiten, die uns das Leben beschert, daran zu erinnern, worauf es wirklich ankommt: ›Gegen das Fehlschlagen eines Plans gibt es keinen besseren Trost, als auf der Stelle einen neuen zu machen oder bereitzuhalten‹ …«

Querlinger war es, als durchzuckte ihn ein Stromschlag. Eine halbe Minute saß er völlig bewegungslos da und starrte wie hypnotisiert in die nächtliche Ferne. Dann sprang er auf und schlug sich gegen die Stirn, als hätte ihn eine göttliche Offenbarung getroffen.

Natürlich! Jean-Paul Sartre, »Das Sein und das Nichts«. Das Blatt, das sich zusammen mit den Fotos in der Keksdose befand, die Henriette Breitsameter ihnen mitgegeben hatte. Die Seite, die aus einem Buch herausgerissen worden war. Ein sogenannter Schmutztitel. Das Stück Papier, das Toni Huber, dessen Skelett sie im Federsee gefunden hatten, für eine banale Schnitzeljagdbotschaft missbraucht hatte. Was tagelang in Querlingers Unterbewusstsein vor sich hin geköchelt hatte, war schlagartig an die Oberfläche getreten. Der Zustand, den er als »Feuer-aufm-Dach-und-warten-auf-die-Feuerwehr« zu bezeichnen pflegte, hatte sich zurückgemeldet. Diesmal mit einer ganz konkreten Vorstellung im Schlepptau. Mit anderen Worten: Die Feuerwehr rückte an.

Kurz vor Mitternacht stürmte der Kommissar in das Gebäude der Kriminaldirektion in der Lindenstraße. Er habe im Büro etwas vergessen, rief er dem Käfig-Karle, der gerade seinen Wachdienst schob, zu und hastete die Treppe hoch zu seinem Büro. Kam gleich darauf mit einer Jutetasche zurück, in der sich ein eckiger Gegenstand abzeichnete, verabschiedete sich vom Käfig-Karle mit einem Winken, stürzte aus dem Gebäude, schwang sich in seinen Terrano, den er auf dem Parkplatz abgestellt hatte, und brauste mit quietschenden Reifen davon.

Wenn das nur gut geht, dachte der Käfig-Karle besorgt und schüttelte den Kopf.

Eigentlich hätte das Müller'sche Villenanwesen in dieser Nacht jeden, der eine romantische Ader besaß, unwiderstehlich in seinen Bann gezogen. Die laue Nachtluft, das milde Mondlicht, der glitzernde Sternenhimmel, die zauberhaft angelegte Gartenanlage ...

»Hundsvereggter Mischt«, ärgerte sich Querlinger, als ihm der Schlüssel zur Eingangstür der Villa aus der Hand fiel. Momentan stand ihm der Sinn nicht nach Romantik. Er betrachtete die Situation, in der er sich befand, eher aus einem empirisch-philosophischen Blickwinkel heraus. Was hatte der alte Sartre noch mal gesagt? »Gegen das Fehlschlagen eines Plans gibt es keinen besseren Trost, als auf der Stelle einen neuen zu machen oder bereitzuhalten.« Blieb nur zu hoffen, dass dem neuen Plan, den er und das Team zur Lösung der Federsee- sowie der Kleeblatt-Morde schmieden würden, ein schnellerer Erfolg beschieden wäre als dem, den sie bisher verfolgt hatten. Noch hatte er nämlich nur eine Theorie. Ob es einen neuen Plan geben würde, hing ganz von deren Bestätigung ab.

Querlinger hob den Schlüssel auf, entfernte das Siegel, das die Kollegen an der Tür angebracht hatten, und schloss sie auf. Schaltete seine Stablampe ein – den Lichtschalter anzuknipsen vermied er tunlichst – und blieb kurz im Foyer stehen. Horchte, sah sich um. Totenstille. Niemand zu Hause. Die Villa wirkte verwaist. Was nicht verwunderte: Die Ehefrau des Opfers war noch immer nicht von ihrer Reise zurück.

Querlinger ging geradewegs ins Arbeitszimmer – hier war die Leiche von Zacharias Müller gefunden worden – und begab sich schnurstracks zur Bücherwand. Er richtete den Lichtkegel seiner Stablampe aufs Regal. Es brauchte nicht lange, bis seine Augen das dicke, in weißes Leinen gebundene Buch erspäht hatten. An dem Tag, an dem er zusammen mit den Kollegen von der KTU den Tatort inspiziert hatte, hatte er es schon einmal wahrgenommen, allerdings nicht bewusst. Es hatte des Anstoßes durch den Radiomoderator und eines Zitates bedurft, um seinen Synapsen auf die Sprünge zu helfen. Das Buch steckte auf Augenhöhe im Regal und hatte offenbar eine Kollision mit einem Tintenfass hinter sich. Die hässlichen blauen Kleckse auf dem Buchrücken waren unübersehbar. Der Tintenunfall musste schon vor Jahrzehnten passiert sein – wer benutzte heutzutage noch Tinte?

Trotz der Kleckse waren Titel und Autor deutlich zu lesen. »Jean-Paul Sartre, Das Sein und das Nichts«, stand auf dem Buchrücken. Querlinger nahm das Buch aus dem Regal und öffnete es. Die Tinte hatte anscheinend auch andere Seiten in Mitleidenschaft gezogen. Auch die erste Seite, das sogenannte Vorsatzblatt, das dem Schmutztitel vorgeschaltet und nicht bedruckt war, war mit Tinte verschmiert. Als Jugendlicher hatte Querlinger hin und wieder in einer Buchbinderei ausgeholfen, um sich ein Taschengeld zu verdienen, deshalb waren ihm einige Fachausdrücke noch gut in Erinnerung.

Querlinger blätterte um – und hielt inne. Nur ein leise gemurmeltes »Also doch, ich hab's geahnt!« verriet seine Erregung. Der Schmutztitel fehlte, er war brutal herausgerissen worden. Der unregelmäßig gezackte Rest steckte noch im Buch, genauer gesagt: im Bund. Rasch ging der Kommissar zum Couchtischchen, legte das Buch ab und zog das Blatt, das Henriette Breitsameter ihnen überlassen hatte, aus der Brusttasche seines Jacketts. Verglich die Abrisskante am linken Rand des Blattes mit dem im Buch verbliebenen Rest und atmete tief durch. Die herausgetrennte Seite passte zu dem Rest wie der Deckel aufs Töpfchen.

Es war die Bestätigung. Die Feuerwehr in seinem Kopf hatte ihren Job erledigt, das Feuer war gelöscht, das Resultat so eindeutig wie spektakulär: Zwischen den Federsee- und den Kleeblatt-Morden bestand ein wie auch immer gearteter Zusammenhang.

Mit anderen Worten: Sie hatten es in Wirklichkeit nicht mit zwei voneinander unabhängigen Fällen zu tun. Ihre Ermittlungen galten ausschließlich *einem* Fall.

Vor seinen Augen erschien das Foto mit dem lachenden Gesicht des Huber Toni aus der Keksdose der Henriette Breitsameter. In seiner Phantasie forderte der Kommissar ihn sanft auf, sich umzudrehen und das Hemd hochzuschieben. Auf dem Steißbein knapp über dem Allerwertesten zeichnete sich scharf und deutlich das Kleeblatt-Tattoo ab.

Objektiv betrachtet lediglich ein Phantasiegebilde.

Nicht so für den Kommissar.

30

Sonntag, 28. Juni

Mit einer Selbstverständlichkeit, als wäre er hier Stammgast, bewegte sich der elegant gekleidete Bärtige in Richtung Lift. Ohne die hübsche Rezeptionistin, die hinter dem Empfangstresen stand, auch nur eines Blickes zu würdigen. Was durchaus auf Gegenseitigkeit beruhte; die Rezeptionistin hatte im Moment anderes zu tun, als jedem, der das »Goldene Rad« betrat, einen Argusaugenblick hinterherzuwerfen. Eine Reisegruppe aus Dresden, die laut sächselnd von der Hotellobby Besitz ergriffen hatte, forderte ihre ganze Aufmerksamkeit. Insofern hatte der Bärtige genau den richtigen Zeitpunkt erwischt.

Er betrat den Aufzug, musterte das Schild, das auf die Zimmernummern und die entsprechenden Etagen verwies, und drückte einen Knopf. Der Lift öffnete sich, eine Servicekraft, die auf den Aufzug gewartet hatte, trat freundlich lächelnd zur Seite. Der Bärtige lächelte zurück. Ging zielstrebig den Gang entlang, inspizierte die Nummern neben den Türen und blieb vor der Zwölf stehen. Sah sich kurz um, vergewisserte sich, dass ihn niemand beobachtete, zog ein Paar Einmalhandschuhe aus der linken Hosentasche und streifte sie über. Griff in die rechte Hosentasche, zog eine Magnetkarte heraus und hielt sie an den Türknauf. Ein kurzes Summen, ein Klacken, die Tür sprang auf. Der Bärtige griff nach dem »Bitte-nicht-stören«-Anhänger, der an der Türinnenseite an der Klinke hing, hängte ihn außen an den Knauf, trat ins Zimmer und ließ die Tür mit leisem Klacken hinter sich zufallen.

Dann blieb er erst einmal stehen, atmete tief durch und grinste. Bis hierher war alles glattgegangen, er würde jetzt in aller Ruhe die Durchsuchung starten.

Er sah sich um und entschied, sich als Erstes das Nachtkästchen vorzuknöpfen. Stellte gleich darauf fest, dass er sich diese Mühe hätte sparen können, und beschloss, sich dem Rollkoffer zu widmen, der neben dem Schrank stand. Der allerdings verfügte blöderweise über ein Zahlenschloss. Er wuchtete den Koffer aufs Bett, überlegte kurz und stellte mittels der vier Zahlenrädchen nacheinander die Ziffern Eins, Zwei, Drei und Vier ein. Das Schloss schnappte auf, der Bärtige grinste, seine Menschenkenntnis hatte ihn nicht im Stich gelassen. Allerdings war der Koffer leer. Ergo musste sich das, was er enthalten hatte, irgendwo anders befinden. Er ging zum Kleiderschrank, öffnete die linke Tür und durchwühlte sämtliche Fächer. Unterwäsche, BHs, Strümpfe, Schals. Nichts, was ihn interessiert hätte. Vielleicht das Kosmetikköfferchen? Fehlanzeige! Er räumte die Schuhe, die im untersten Regal standen, zur Seite. Ebenfalls nichts. Er öffnete die rechte Schranktür. Aufgereiht an einer Kleiderstange hingen zwei Röcke, vier Blusen, eine Hose und ein leichter Sommermantel auf hölzernen Kleiderbügeln. Das Fach darüber: leer.

Der Bärtige wurde nervös. Wo hatte die Alte bloß die Unterlagen versteckt, von denen sie gefaselt hatte? Von »brisanten Dokumenten« hatte sie gesprochen. Die sie angeblich an einem sicheren Ort versteckt habe. In dem Handtäschchen, das er ihr bei dem Treffen abgenommen hatte, war jedenfalls nichts gewesen. Ob sie nur geblufft hatte?

Der Bärtige spürte, wie Panik und Wut in ihm hochkrochen, hektisch schweifte sein Blick durchs Zimmer. Was, zum Henker, hatte das Miststück mit »sicherem Ort« gemeint? Etwa …? Der Bärtige stürzte zum Bett, sah unter der Bettdecke und den Kissen nach und hob die Matratze hoch. Nichts! Er stemmte die Arme in die Hüften und spürte, wie ihm auf einmal heiß wurde. Die Erkenntnis, dass er einen kapitalen Fehler begangen hatte, ergriff ihn. Er hätte sie weniger hart in die Mangel nehmen sollen. Ganz allmählich mürbe hätte er sie machen sollen, die Zeit hätte für ihn gearbeitet, auch wenn es bedeutet hätte, sie noch ein Weilchen im Keller vor sich hin schmoren zu lassen.

Doch alles Lamentieren nützte nichts. Es war so, wie es war. Zu blöd, dass die Alte gestern auf dem Stuhl, auf den er sie gefesselt hatte, plötzlich leblos in sich zusammengesackt war. Und dies ausgerechnet in dem Moment, als er ihr das Messer an den Hals gehalten hatte, um sie mit Nachdruck aufzufordern, ihm zu verraten, wo genau sie die Originaldokumente versteckt hatte. Er war zwar kein Arzt, aber dass die Frau einem klassischen Herzschlag erlegen war, war so klar wie Kloßbrühe. Es war einfach Pech gewesen, höhere Gewalt sozusagen. Noch in der Nacht hatte er die sterblichen Überreste entsorgt.

Und jetzt? Der Bärtige setzte sich auf die Bettkante und dachte nach. Irgendwo mussten die Unterlagen ja sein. Vielleicht in einem Hotelsafe an der Rezeption? Das musste er in Erfahrung bringen, die Frage war nur, wie?

Er seufzte. Etwas legte sich schwer auf seine Brust. Er hatte das Gefühl, als ob sein Oberkörper in einen Schraubstock gezwängt würde. Die Lage wurde immer vertrackter. Er sah auf seine Armbanduhr: elf Uhr fünfzehn. Zeit zu verschwinden. Nicht dass die Servicekräfte noch Verdacht schöpften; auf den »Bitte-nicht-stören«-Anhänger war nicht immer Verlass.

Gerade als er gehen wollte, fiel ihm die Tür zum Badezimmer ins Auge. Ob er hier noch mal nachsehen sollte? Auf den ersten Blick sah er, dass das Bad nicht die geringste Möglichkeit eines Verstecks bot, und ging ins Klo. Kaum dass er die Tür geöffnet hatte, sprang ihm auch schon eine Unregelmäßigkeit am Spülkasten ins Auge, der Deckel saß schief. Er grinste. Ziemlich clever, die Alte, dachte er. Nahm hastig den Deckel ab und stieß einen dumpfen Triumphlaut aus, als er eine Mappe entdeckte, die in dem bis zum Rand mit Wasser gefüllten Spülkasten dümpelte, wasserdicht in Folie verpackt. Er fischte sie heraus, ging damit zum Bett, riss mit fliegenden Fingern die Folie auf, dass die Nässe nur so spritzte, und zog die Mappe heraus. Öffnete den Reißverschluss und breitete den Inhalt auf dem Bett aus.

Ja, das waren sie: die Originaldokumente! Zuzüglich dreier Fotos – eines in Farbe, zwei in Schwarz-Weiß – sowie einer

Notiz, die ihm bewusst machte, auf welchen Schatz er gestoßen war. Das war sie doch, die Information, nach der er fieberhaft gesucht hatte. Noch bis vor wenigen Stunden hatte er sich den Kopf zerbrochen, wie er an sie herankommen könnte, nun präsentierte sie sich ganz prosaisch in Form einer aus einem Notizheft herausgerissenen Seite, auf der von Frauenhand geschrieben ein Name und eine Adresse standen. *Der* Name und *die* Adresse! Die Telefonnummer war die, die auf dem Handy der Alten als einzige Nummer unter einem nichtssagenden Kürzel gespeichert war.

Der Bärtige spürte, wie sich die Schraubstockzwingen um seine Brust lockerten und die enorme Anspannung allmählich von ihm abfiel.

Zehn Minuten später verließ er das »Goldene Rad« und begab sich zur Tiefgarage beim Rathaus, wo er seinen BMW abgestellt hatte, und fuhr los.

Zu Hause führte ihn sein erster Weg ins Bad. Er stellte sich vor den Spiegel und beschloss, einige kosmetische Korrekturen vorzunehmen. Er fand, dass er mit dem Bart und den buschigen Augenbrauen, die er sich ins Gesicht geklebt hatte, fürchterlich aussah.

Eine knappe halbe Stunde später stand er, frisch geduscht und in einen seidenen Bademantel gehüllt, auf dem Balkon seiner Villa und ließ den Blick über die Donau schweifen. Weit unterhalb seines Grundstücks schlängelte sie sich als glitzerndes blaues Band durchs Tal. Die Bäume, Sträucher und Blumenrabatten, die auf dem weitläufigen Hanganwesen standen, sandten einem würzigen Gruß in seine Nase.

»Wunderbare Luft heute«, murmelte er zufrieden und atmete genießerisch *tief* ein und aus ... *tief* ein und aus ... *tief* ein und aus ...

31

Montag, 29. Juni

An diesem Morgen konnte Querlinger es kaum erwarten, ins Büro zu kommen. Dem Team mitzuteilen, dass sie es bei den Federsee- und den Kleeblatt-Morden mit ein und demselben Fall zu tun hatten – das hatte was. Doch ausgerechnet heute war der Verkehr besonders zäh; ein Lindwurm schlängelte sich in Schneckengeschwindigkeit die Straße entlang. Ungeduldig trommelte der Kommissar mit den Fingern aufs Lenkrad. Die Versuchung, das Blaulicht aufs Dach zu setzen, um schneller voranzukommen, war immens. Aber das Bußgeld, das er sich dabei eingehandelt hätte, ebenso, schließlich befand er sich nicht im Einsatz.

Sein Handy summte. Querlinger seufzte und verdrehte die Augen. Angie Braun konnte es einfach nicht lassen, ihn im Auto anzurufen. Ohne aufs Display zu sehen, drückte er die grüne Taste.

»Was gibt's, Angie?«

Pause.

»Hallo, Angie? Hören Sie mich?«

»Hier ist nicht Angie«, flötete eine Stimme.

Um Himmels willen – Luise! Der Kommissar fiel aus allen Wolken; um ein Haar hätte er einem von rechts kommenden Mercedes die Vorfahrt genommen. Was die Fahrerin desselben mit einer nicht misszuverstehenden Geste ihres Mittelfingers ahndete. Und Querlinger zu dem nicht misszuverstehenden Ausruf »Saublöde Kuh!« veranlasste.

»Waaas?«, schrie Luise in einem Ton, der nicht misszuverstehen war.

Und bevor Querlinger auch nur Piep sagen konnte, hatte sie aufgelegt.

»Depp, saubleeder!«, wies sich der Kommissar zerknirscht zurecht.

Natürlich war er über den Anruf überrascht gewesen, aber er hatte sich unendlich gefreut, endlich wieder die Stimme von seinem Mäusle zu hören. Und jetzt das! Was sollte er tun? Zurückrufen und das Missverständnis aufklären? Das konnte er vergessen. Er kannte Luise, sie würde niemals rangehen. Es blieb ihm nichts anderes übrig, als eine neue Chance abzuwarten. Der Zwischenfall hatte ihm die Vorfreude darauf, dem Team einen spektakulär neuen Sachverhalt präsentieren zu können, gehörig versalzen. Angefressen fuhr er auf den Parkplatz, stieg aus und stürmte in die Kriminalpolizeidirektion wie ein wild gewordener Stier.

Im Flur, auf dem Weg zu seinem Büro, traf er auf Dr. Fachinger.

»Gut, dass ich Sie treffe, Kollege«, meinte der Polizeioberrat, »es gibt da eine Angelegenheit, die ich unbedingt mit Ihnen besprechen muss.«

Querlinger witterte Ärger. Dieser Ton!

»Und was ist das für eine Angelegenheit?«, blaffte er.

Fachinger sah ihn überrascht an. Dieser Ton!

»Es geht um Disziplin, verehrter Kollege. Sie widersetzen sich offenbar meinen Anweisungen. Ich habe gehört, dass Sie die Kollegin Eulenburg erneut auf den Federsee-Fall angesetzt haben?«

Daher also wehte der Wind. Querlinger entspannte sich und spürte, wie er Oberwasser bekam. Er beschloss, den Kriminaloberrat noch ein wenig zu ärgern.

»Richtig, Herr Oberrat. Ich habe mich entschieden, eine andere Strategie zu fahren.«

Fachinger bekam einen knallroten Kopf.

»W… wie? W… was erlauben Sie sich? Sind Sie von allen guten Geistern verlassen?«

Querlinger sah auf seine Armbanduhr.

»Herr Oberrat, ich habe gleich einen immens wichtigen Telefontermin. Lassen Sie uns das Ganze auf der Lagebesprechung meines Teams erörtern. In zwei Stunden, zehn Uhr dreißig. Und jetzt entschuldigen Sie mich bitte, ich muss weiter.«

»Also saachen Se mal, Querlinger, des is ja wohl de Höhe!«, rief Fachinger ihm hinterher. Wenn er ins Sächseln geriet, war das bei ihm immer ein Zeichen höchster Erregung.

Querlinger wandte sich im Gehen noch mal um.

»Entschuldigen Sie, Herr Oberrat, aber ich halte Ihre Anweisung, den Federsee-Fall ruhen zu lassen, nun mal für eine fatale Fehlentscheidung«, setzte er noch eins drauf und sah zu, dass er sich schleunigst entfernte.

Im Büro griff er zum Telefon.

»Guten Morgen, Angie, ich wünsche, in den nächsten beiden Stunden nicht gestört zu werden. Wir sehen uns zur Lagebesprechung, zehn Uhr dreißig. Ach ja, und bitten Sie doch die Herren Rossfuß und Häberle mit dazu.«

»Also, ich weiß nicht, ob der Pressestaatsanwalt und der Pressesprecher so kurzfristig verfügbar sind.«

»Tun Sie mir den Gefallen und probieren Sie's einfach.«

Er legte auf. Überlegte kurz und griff erneut zum Hörer.

»Sorry, Angie, ich bin's noch mal. Wenn Sie den Polizeipräsidenten für halb elf ebenfalls dazubitten könnten, wäre das super. Sagen Sie ihm, die aktuelle Lage lässt seine Anwesenheit dringend notwendig erscheinen.« Querlinger machte eine kurze Pause. »Und richten Sie ihm aus, dass seine immense Erfahrung und sein diplomatisches Geschick gefragt seien.«

»Und wenn er Näheres wissen will?«

»Dann sagen Sie ihm, alles Weitere erfährt er in der Besprechung. Deswegen soll er ja dazukommen.«

»Was ist mit dem Dr. Fachinger? Haben Sie den vergessen? Ich meine, wenn der Polizeipräsident kommen soll, dann müsste doch auch …«

»Den Fachinger hab ich schon eingeladen.«

»Ach so, in Ordnung. Soll ich Butterbrezeln besorgen und einen ordentlichen Kaffee machen?«

»Das wäre wunderbar. Aber die vertilgen wir erst, wenn die Hautevolee wieder weg ist.«

»Verstehe! Sagen Sie, Chef, was gibt es eigentlich so Wichtiges heute?«

Querlinger grinste. »Das erfahren Sie um halb elf.«

Um zehn Uhr zwanzig war fast das gesamte Team im Besprechungsraum versammelt. Lediglich Querlinger fehlte. Als Angie den Anwesenden verriet, dass jeden Augenblick die »Hautevolee« und die »Presseabteilung« der Kriminalpolizeidirektion eintrudeln würden, weil der Chef sie mit dabeihaben wollte, löste das im Team Erstaunen aus. Und da sich keiner einen Reim auf die Sache machen konnte und der Chef immer für eine Überraschung gut war, war man sehr gespannt.

Punkt zehn Uhr dreißig marschierte die Hautevolee in den Besprechungsraum: Gottvater und Gottsohn, wie Querlinger Kriminaloberrat Dr. Fachinger und den Polizeipräsidenten Kramer-Beutlin bezeichnete. Ihnen auf dem Fuß folgte die »Presseabteilung«, bestehend aus Dr. Rossfuß, dem Pressestaatsanwalt, und Hauptkommissar Häberle, dem Pressesprecher.

Dass Gottvater und Gottsohn das versammelte Team mit Handschlag begrüßten und ein paar unverbindliche Nettigkeiten ausgetauscht wurden, konnte nicht über die gespannte Atmosphäre hinwegtäuschen, die in der Luft lag. Ein Knistern, das mit jeder Minute, die Querlinger fehlte, zunahm.

»Na, jetzt könnte er aber langsam eintrudeln, der Kollege«, meinte Fachinger nach einem erzürnten Blick auf die Uhr: neun Minuten nach halb elf.

Was der Kollege gehört zu haben schien. Die Tür ging auf.

»Guten Morgen, verehrte Kolleginnen und Kollegen. Entschuldigen Sie die Verzögerung, aber ein unaufschiebbares Telefongespräch in Verbindung mit dem Federsee-Fall hat mich doch länger als geplant in Anspruch genommen.«

Ein unaufschiebbares Telefongespräch in Verbindung mit dem Federsee-Fall! Was war das denn? Ein bewusster Affront

Querlingers gegenüber dem Kriminaloberrat? War der Chef wahnsinnig geworden?

Fachinger war auf hundertachtzig.

»Soso! Sie werden uns bestimmt gleich verraten, verehrter Kollege, wie der Federsee-Fall – ich wiederhole: der *Federsee-Fall!* – es rechtfertigen kann, dass Sie uns geschlagene zehn Minuten warten lassen. Mir ham nämlich unsere Zeit och nich grade geschdohlen, ei verbibbsch nochemol.«

Es kam nicht oft vor, dass Fachinger ins Sächseln geriet, aber wenn er es tat, wusste jeder, was die Stunde geschlagen hatte.

Querlinger grinste, er freute sich diebisch. Vor allem auf das Sartre-Zitat, das er gleich anbringen würde. Gut, dass er sich gestern Abend noch die Mühe gemacht hatte, nach dem französischen Philosophen zu googeln.

»Herr Präsident, Herr Oberrat, verehrte Kolleginnen, Kollegen, es tut mir sehr leid, dass Sie warten mussten. Aber manchmal gibt es Umstände im Leben, die man philosophisch nehmen muss.«

Bestürzte Blicke beim Team. Was, um Himmels willen, war bloß in den Chef gefahren?

»Der französische Philosoph und Schriftsteller Jean-Paul Sartre hat einmal einen imposanten Satz geprägt«, dozierte Querlinger im Ton eines Philosophieprofessors. »›Man sollte keine Dummheit zweimal begehen, die Auswahl ist schließlich groß genug.‹ Kolleginnen, Kollegen, es war dumm, dem Federsee-Fall nicht von Anfang an die Priorität einzuräumen, die er verdient hätte. Diese Dummheit sollten wir nicht zum zweiten Mal begehen.«

War Fachinger zu Beginn der Sitzung noch auf hundertachtzig gewesen, hatte er jetzt Überschallgeschwindigkeit erreicht. Was an seiner dunkelroten Gesichtsfarbe abzulesen war.

»Eine völlig neue Sachlage erfordert, dass wir die Erkenntnisse aus dem Federsee- und dem Kleeblatt-Fall von Grund auf einer Neubewertung unterziehen. Wir haben es nämlich …«

Querlinger machte eine rhetorische Pause, so konnte der folgende Paukenschlag seine volle Wirkung entfalten. »… nicht mit zwei Fällen, sondern mit *einem* zu tun!«

Stille im Raum. Verblüffung.

»Mein Gott, wer hätte das gedacht«, stieß Kramer-Beutlin, der Polizeipräsident, hervor und fügte ein »Und da sind Sie sich ganz sicher?« hinzu.

Querlinger nickte. »Ganz sicher, Herr Präsident. Sonst hätte ich mir nicht erlaubt, Sie wegen eines Telefongesprächs zum *Federsee-Fall* …«, Querlinger schielte zu Fachinger, »… geschlagene zehn Minuten warten zu lassen.«

Mühsam unterdrücktes Grinsen im Team. Verlegenes Räuspern bei der Presseabteilung. Dornröschenhafte Starre aufseiten Fachingers, dessen Gesichtsfarbe nach wie vor Bände sprach.

»Nun also zu den Fakten.« In kurzen Zügen unterrichtete der Kommissar die Runde über die neue Sachlage. Seine Theorie, dass es sich bei Toni Huber um ein weiteres Mitglied der Kleeblatt-Gang handeln könnte, behielt er allerdings für sich, diesen Gedanken würde er vorerst nur mit seinem Team erörtern. Es bedurfte aber auch so keiner weiteren Erklärung, um die Anwesenden davon zu überzeugen, dass das Indiz in Verbindung mit dem Sartre-Buch eine eindeutige Sprache sprach. In diesem Zusammenhang lediglich von einem Zufall zu sprechen, wäre infantil gewesen.

»Wie ich bereits sagte, Kolleginnen, Kollegen, angesichts der veränderten Faktenlage kommen wir um eine Neubewertung der bisherigen Ermittlungsergebnisse nicht herum. Was diese Ergebnisse angeht, habe ich eine Kurzzusammenfassung gemacht, die Sie im Intranet abrufen können. So können Sie sich in aller Ruhe ein Gesamtbild machen, ohne dass ich Sie an dieser Stelle mit weiteren Details langweilen muss. Wir werden die nächsten Tage nutzen, um eine neue Strategie auszuarbeiten, damit wir in dem außerordentlich komplexen Fall weiter vorankommen. Es ist … ja, bitte, Herr Dr. Rossfuß?«

Der Pressestaatsanwalt hatte die Hand gehoben.

»Ich nehme an, Sie hatten Gründe, den Pressesprecher und

mich zu diesem Meeting einzuladen, Herr Kollege. Wenn ich es richtig sehe, geht es darum, wie wir diesen … neuen Sachverhalt in den Medien kommunizieren.«

»Danke für Ihre Frage, Herr Dr. Rossfuß. Genau darauf wollte ich eben zu sprechen kommen. Ich denke, es macht Sinn, die neue Lage gegenüber den Medien eben *nicht* zu kommunizieren.«

»Ach, und weshalb nicht?«, fragte Fachinger, der sein Dornröschendasein aufgegeben hatte, aggressiv nach.

»Das liegt, denke ich, auf der Hand, Herr Oberrat. Warum sollten wir dem Täter signalisieren, dass wir mit den Ermittlungen einen wesentlichen Schritt weitergekommen sind?«

»Sie gehen also tatsächlich davon aus, dass die Morde an den Federsee-Opfern und die aktuelle Mordserie auf das Konto ein und desselben Täters gehen?«

Du drehst mir die Worte im Mund um, du Vollpfosten.

»Das habe ich nicht gesagt, Herr Oberrat. Ich habe gesagt, dass wir es mit einem und nicht mit zwei Fällen zu tun haben, nicht mehr und nicht weniger. Wie die Zusammenhänge sind, müssen wir klären.«

Janine von Eulenburg hob die Hand.

»Bitte, Kollegin?«

»Sehe ich genauso wie Sie, Chef. Mein Vorschlag: Wiegen wir den Täter in Sicherheit, und geben wir nur Informationen an die Presse, die ihm das Gefühl vermitteln, dass wir nach wie vor weitgehend im Dunkeln tappen.«

Querlinger nickte ihr zu und rief Feigl auf, der sich ebenfalls gemeldet hatte.

»Eben. Je sicherer sich der Täter fühlt, desto eher ist er geneigt, leichtsinnig zu werden und Fehler zu machen.«

Auch die anderen vom Team nickten.

Kramer-Beutlin räusperte sich. »Dann denke ich, sollten wir das so machen, nicht wahr, Kollege Fachinger?«, schlug er vor.

»Nun ja, … ähm …«

»Gut, also handhaben wir das so. Sonst noch was, Herr Kollege?«, wandte sich der Polizeipräsident an Querlinger.

»Das wäre es aus meiner Sicht, Herr Präsident.«

Kramer-Beutlin erhob sich, Fachinger ebenfalls. »Dann dürfen wir uns verabschieden. Der Oberrat und ich haben noch einen dringenden Termin. Ein Arbeitsessen mit dem Vorsitzenden der Metzgerinnung. Die Innung sieht sich zunehmend den Aggressionen radikaler Tierschützer ausgesetzt.«

Interessant, mit was sich die höheren Ränge der Polizei so herumschlagen mussten. Querlinger unterdrückte ein Grinsen. Er fragte sich, was der Kriminaloberrat sich bei dem Arbeitsessen wohl auf den Teller laden würde. Immerhin galt er als überzeugter Veganer. Der Mann konnte einem fast leidtun.

»Dann wünsche ich einen erfolgreichen Verlauf des Arbeitsess– äh ... des Termins. Vielen Dank, meine Herren, dass Sie da waren.«

32

Aufatmen in der Runde, nachdem Präsident und Oberrat gegangen waren. Auch Dr. Rossfuß und Hansjörg Häberle hatten sich verabschiedet.

»Also, Leute, dann lasst uns weitermachen. Schauen wir uns die wichtigsten Details zu dem Fall noch mal kurz an.« Querlinger sah auf seinen To-do-Zettel, ging nach vorne zum Flipchart und schlug ein Blatt um. Zum Vorschein kam eine Zeitleiste, auf der stichpunktartig die relevanten chronologischen Eckdaten dargestellt waren. Ausgehend vom Auffinden der Skelettreste im Federsee über die Morde an den Obdachlosen Georg Schmied und Gernot Zachbichler bis hin zum Mord an Zacharias Müller vor vier Tagen.

»Beschäftigen wir uns zunächst mit der zeitlichen Abfolge, wie sie hier aufgelistet ist. Jetzt, nachdem wir wissen, dass die Kleeblatt- und die Federsee-Morde zusammenhängen, drängt sich chronologisch betrachtet eine ganz neue Sichtweise auf, die wir so vorher nicht auf dem Schirm haben konnten.«

»Sie beziehen sich auf die Tatsache, dass die aktuelle Mordserie erst *nach* dem Auffinden der beiden Federsee-Leichen begann?«, fragte Eulenburg.

»So ist es.« Querlinger referierte die Chronologie der Ereignisse in fünf Punkten. »Punkt eins: Am 7. Juni werden die Überreste zweier Leichen im Federsee geborgen, die schon seit über fünfunddreißig Jahren dort unten lagen. Zwei Tage später, am 9. Juni, erfährt die Öffentlichkeit durch einen Zeitungsartikel davon. Am 13. Juni, also vier Tage nach dem Erscheinen des Artikels, wird Georg Schmied ermordet. Am 20. Juni Gernot Zachbichler und am 24. Juni Zacharias Müller. Punkt zwei: Aufgrund einer DNA-Analyse wissen wir, dass wir es mit zwei Männern zu tun haben, Vater und Sohn. Beim Sohn handelt es sich um Toni Huber, der im Alter von zwanzig Jahren verschwand, vermutlich im Juni 1985; über die Identität des Vaters wissen wir nichts. Die Untersuchung der Skelettteile durch die Rechtsmedizin hat ergeben, dass das jüngere im Federsee gefundene Opfer, also Toni Huber, durch einen Kopfschuss getötet wurde. Das andere Opfer, also der Vater Tonis, war durch zwei Schüsse in die Herzgegend getötet worden und dürfte, laut Einschätzung des Rechtsmediziners, zum Zeitpunkt des Todes Anfang bis maximal Mitte vierzig gewesen sein. – Ja, bitte, Angie?«

»Soll ich jetzt?«

»Wie bitte? – Ach so, die Brezen und der Kaffee! Ja, natürlich, ich bitte drum.«

Angie Braun entfernte sich. Querlinger blätterte ein weiteres Blatt am Flipchart auf und fuhr fort.

»Punkt drei: Zwei der Opfer sind Obdachlose. Georg Schmied und Gernot Zachbichler. Beim dritten Opfer handelt es sich um den Unternehmer und Multimillionär Zacharias Müller. Bei allen drei Opfern findet sich das Kleeblatt-Tattoo. Zwingend logische Schlussfolgerung: Die drei Morde müssen irgendwie zusammenhängen. Punkt vier: In der Wohnung Zacharias Müllers findet sich ein Buch, aus dem eine Seite herausgerissen wurde. Genau diese Seite war im Besitz Toni Hubers, des jüngeren der beiden Opfer des Federsee-Mörders. Das kann kein Zufall sein. Zwingend logische Schlussfolgerung: Die aktuelle Mordserie und die Federsee-Morde hängen zusammen. Offene Frage: Gehörte auch Toni Huber zum Kleeblatt-Quintett?«

»Oh, wunderbar, vielen Dank, Angie.«

Angie war hereingekommen, in der einen Hand einen Korb mit Butterbrezeln, in der anderen eine große Thermoskanne mit frisch gebrühtem Kaffee. Heinerle holte die Tassen aus dem Schrank, Eulenburg half beim Tischdecken mit.

»Guntram, du wolltest was sagen?«

»Eigentlich wären wir doch einen guten Schritt weiter, wenn es uns gelänge, die Verbindung zwischen Zacharias Müller und Anton Huber näher zu bestimmen. Vielleicht sollten wir in der

Vergangenheit von Zacharias Müller mal ein bisschen graben. Kindheit, Jugend, Freunde, die er damals hatte?«

»Richtig.«

»Da müsste uns doch seine Frau weiterhelfen können«, schlug Feigl vor.

»Dazu muss sie erst mal heimkommen«, erwiderte Eulenburg. »Die Kollegen von der Fahndung haben sie immer noch nicht erreicht.«

»Das ist bedauerlich, aber da kann man nichts machen. Dann müssen wir eben warten«, meinte Querlinger. »Weitere Fragen? Einwände? – Keine! Gut, machen wir weiter mit Punkt fünf: Es geht um unsere Theorie zur Perspektive des Kleeblatt-Mörders. Ich wiederhole: Zwischen den Federsee- und den Kleeblatt-Morden muss es eine Verbindung geben. Fünfunddreißig Jahre nach dem Mord an Toni Huber und seinem Vater bringt ein Zeitungsartikel einen Menschen dazu, Personen aus dem Umfeld der Federsee-Opfer aus dem Weg zu räumen. Wir nennen ihn mittlerweile den Kleeblatt-Mörder. Frage: Warum schlägt er erst jetzt zu, nachdem seine Tat entdeckt wurde, fünfunddreißig Jahre später?«

»Interessante Theorie«, sagte Zimmernagel. »Der Zeitungsartikel über den Fund der Federsee-Leichen als auslösendes Moment für die aktuelle Mordserie.«

Eulenburg hob die Hand. »Die aktuelle Faktenlage legt diesen Schluss nahe. Schauen wir uns den Kleeblatt-Mörder noch mal genau an. Dass es der Typ ist, der sich bei den Obdachlosen nach dem Professor, dem ›gewissen Müller‹ sowie dem ›gewissen Götzi‹ erkundigt hat, steht wohl außer Zweifel. Der Schluss, dass er sich explizit die fünf Mitglieder der Kleeblatt-Gang als Opfer auserkoren hat, liegt mehr als nahe. Er sucht nach ihnen. Drei von ihnen hat er bereits erwischt und will sich auch noch die beiden anderen vorknöpfen.«

»Es sei denn, die Theorie, die unser Chef vertritt, trifft zu«, wandte Feigl ein. »Wenn Toni ebenfalls zur Kleeblatt-Gang gehörte, bliebe nämlich nur noch *ein* Kleeblatt übrig: ›Götzi‹.«

Eulenburg nickte. »Richtig! Der Fall ist verzwickt. Egal, wie wir es drehen und wenden, wir müssen versuchen, uns dem Mörder mental zu nähern, wir müssen weiter am Täterprofil arbeiten. Was ist sein Motiv?«

»Späte Rache?«, schlug Feigl vor. »Das hatten wir beim letzten Fall. Oder er wähnt sich in Gefahr. Weil er weiß, dass es jetzt, fünfunddreißig Jahre nachdem seine Tat bekannt geworden ist, jemanden gibt, der für ihn zum ernsten Problem werden könnte.«

»Unser Kleeblatt-Quintett«, ergänzte Heinerle.

»Richtig!«

»Tja, Herrschaften, was das Theoretisieren angeht, haben wir vorerst wohl das Ende der Fahnenstange erreicht«, brachte Querlinger die momentane Situation auf den Punkt. »Was bedeutet, dass wir weiter Detailarbeit leisten müssen, um voranzukommen. Bevor ich zusammenfasse, was ermittlungstechnisch noch ansteht, würde ich gern wissen, wie es mit den Hausaufgaben aussieht, die zu erledigen waren.« Der Kommissar sah auf seine Notizen. »Stichwort: Araberkäppi, Berber-Uni. Armin, Heini, da wolltet ihr euch drum kümmern.«

»Werden wir heute noch machen. Wir fahren nachher hin«, kündigte Feigl an.

»Wohin?«

»Na, zu dieser Obdachlosen… Schule … Uni … wie auch immer wir diese seltsame Bildungseinrichtung nennen wollen.«

»Lass uns doch bei Penneruni bleiben. Trifft den Nagel voll auf den Kopf«, grinste Heinerle.

»Heini, wie du das bei dir nennst, ist deine Sache. Offiziell bitte ich, solche Formulierungen zu unterlassen«, wies Querlinger ihn zurecht.

Er warf einen Blick auf seinen To-do-Zettel. »Des Weiteren erinnere ich an das Treffen, das der Professor mit dem Österreicher auf dem Hauptbahnhof gehabt hatte: Wer ist der Mann? Guntram, Bernd, wenn ihr da dranbleiben würdet. Ihr könnt euch die Recherchen mit Armin und Heini teilen, sobald sie mit der Obdachlosenbildungseinrichtung durch sind. Was ist mit dieser Christa Wolfsperger, die ehemalige Busenfreundin von Marie Huber. Gibt's die Frau überhaupt noch? Wie steht es um die Vergangenheit von Zacharias Müller? Kindheit, Jugend, Freundeskreis? Da geht es, wie bereits gesagt, um die Beziehung zwischen ihm und Toni Huber. Eulenburg, ich schlage vor, wir übernehmen die Recherchen zu Christa Wolfsperger und nehmen uns die Ehefrau von Zacharias Müller vor, sobald sie wieder im Land ist. Und es stehen immer noch Recherchen zur Granitbüste an, die im Federsee gefunden wurde – sagen Sie, Eulenburg, hatten Sie nicht die Idee, deswegen Fotos zu veröffentlichen?«

»Hab ich veranlasst, bis jetzt ohne Resultat. Ich glaub, die Spur können wir knicken.«

Auf dem Besprechungstisch klingelte das Telefon. Eulenburg ging ran. »Hallo, Frau Breitsameter, grüße Sie.«

Querlinger hörte mit Kauen auf. Je länger Eulenburg zuhörte, desto angespannter wirkte sie.

»Und da sind Sie ganz sicher? Gut, danke für Ihre Information. Schönen Tag noch, Frau Breitsameter.« Sie legte auf.

»Was gibt's?«, fragte Querlinger. Im Raum war es still geworden.

»Die Breitsameter«, Eulenburgs Stimme klang auf einmal seltsam belegt, »hat sich daran erinnert, wie Toni Huber an die herausgerissene Seite aus dem Buch gekommen sein könnte. In der Nachbarschaft habe damals ein Altpapierhändler gewohnt. Der Toni habe von ihm regelmäßig Papier und alte Bücher geschnorrt.«

Querlinger spürte, wie ihm der Mund trocken wurde. Ihm war sofort klar, was das in der Konsequenz bedeuten konnte.

»Das heißt, es könnte sein, dass …«

»Dass wir es eventuell mit einem ganz banalen Zufall zu tun haben und die Verbindung zwischen den Federsee- und den Kleeblatt-Morden doch nur in unserer Phantasie existiert.«

Querlinger versuchte, sich an den berühmten Strohhalm zu

klammern. »Kann nicht sein. Die Seite passt zu dem Buch wie die Faust aufs Auge. Das müsste ein saublöder Zufall sein, einer von denen, die es überhaupt nicht geben dürfte und …«

»Das ist es ja, Chef, Sie haben es eben gesagt: die es überhaupt nicht geben dürfte, wobei die Betonung auf *dürfte* liegt.«

Der Kommissar presste die Lippen aufeinander, als müsste er eine Sperre errichten, um Worte davon abzuhalten, seinen Mund zu verlassen. Das übliche »Hundsveregg!« schaffte es trotzdem. »Ich bin davon überzeugt, dass es diese Verbindung gibt, da bin ich zuversichtlich wie Kolumbus, als er den Seeweg nach Indien suchte. Basta!«, stieß er hervor.

»Schlechter Vergleich, Chef«, korrigierte Eulenburg trocken, »Kolumbus hat geglaubt, Indien entdeckt zu haben, in Wirklichkeit ist er in Amerika hängen geblieben.«

»Eben. Was letztendlich die Welt viel nachhaltiger beeinflusst hat, als wenn er lediglich Indien entdeckt hätte«, konterte Querlinger.

Den Rest des Tages über nannte das Team den Kommissar hinter vorgehaltener Hand nur noch »Kolumbus«.

Wäre Eulenburg nicht gewesen, die am nächsten Mittwoch auf dem Weg zur Arbeit in die Kriminaldirektion beschließen sollte, einen anderen Weg als gewöhnlich zu nehmen – dem Kommissar wäre der »Kolumbus« wahrscheinlich für längere Zeit geblieben.

33

Dienstag, 30. Juni

Der Tag begann mit einer trügerisch guten Nachricht.

Gegen sieben Uhr früh erreichte den Kommissar eine WhatsApp: »Ankunft heute um 22:11 auf dem Hauptbahnhof, Gleis 1. Bussi, Luise.«

Ein verklärtes Lächeln huschte über die Miene des Kommissars. Gestern spätabends hatte er seinem Mäusle eine lange WhatsApp geschrieben und sich entschuldigt. Luise hatte seine Entschuldigung angenommen, der Tag hätte nicht schöner beginnen können.

Hastig schrieb er die Antwort: »Freu mich wahnsinnig. Stell gleich, wenn ich heut Abend heimkomme, den Sekt kalt. Bin um 22 Uhr am Bahnhof, hol dich ab. Bussi, Eugen.«

Trügerisch war diese Nachricht nicht etwa deshalb, weil der Friedensschluss zwischen Querlinger und Luise sich als illusorisch erweisen sollte – das genaue Gegenteil war der Fall –, sondern weil die positive Aura, die von dieser Nachricht ausging, leider nicht auf den restlichen Tagesablauf abstrahlte. Im Gegenteil!

Als Querlinger gut gelaunt in der Kriminalpolizeidirektion auftauchte, erwartete ihn bereits die erste schlechte Nachricht des Tages.

»Guten Morgen, Chef.« Angie wirkte aufgeregt. »Es gibt einen Vorfall im ›Goldenen Rad‹. Da soll ein Gast verschwunden sein. Eine Frau.«

»Eine Vermisste? In einem Hotel? Und was geht mich das an?«

»Die Geschäftsführerin vom ›Goldenen Rad‹ hat die Polizeidienststelle Mitte darüber informiert, dass die Frau schon seit drei Tagen überfällig sei. Am Samstag, dem 27. Juni, habe sie das Hotel nach dem Frühstück verlassen und sei seitdem nicht mehr gesehen worden.«

»Das ist doch erst mal Sache der uniformierten Kollegen. Sollen die sich drum kümmern.«

»Haben die gemacht. Sie haben sich das Zimmer angesehen und sind der Meinung, dass wir gefordert seien. Am besten, ich verbinde Sie mit dem Polizeihauptmeister Herrn Lichter, der war schon vor Ort.«

Der Herr Polizeihauptmeister Lichter war ein netter, umgänglicher, wenn auch unglaublich umständlicher Mensch mit einem ausgeprägten Sinn für Details.

»Ja, hallo, Herr Hauptkommissar Querlinger, gute Morge, des isch aber nett, dass Sie sich bei mir rühren, gell. Und au no so schnell. Des hot mer net überall, dass mer so schnell Feedback, also Rückmeldung kriegt, gell, des isch schon –«

»Es gibt ein Problem mit einer Vermissten, Herr Kollege?«

»Ja, was hoißt do Problem. Problem, des isch so ein Begriff für sich, gell, wie soll mr des definiere, also –«

»Herr Hauptmeister, geht's auch etwas direkter. Ich bin nämlich unter Zeitdruck …«

»Ja klar, Entschuldigung, ich weiß, ich schwätz immer bissle viel, gell, aber so hot halt jeder seinen Vogel und –«

»Genau, Herr Kollege, genau. Also, wie ist das mit dieser Vermissten, es geht um eine Frau?«

»Richtig, Herr Hauptkommissar, ganz richtig. Sie wohnt im Hotel Goldenes Rad, des hoißt, sie hot dort g'wohnt, bis vor drei Tag. Jetzt wohnt sie nicht mehr dort, weil sie isch ja verschwunden, gell, obwohl, eigentlich wohnt sie schon noch dort, weil sie isch ja –«

»Herr Kollege, bitte nur die wesentlichen Infos. Die Frau wird also vermisst. Weshalb sollen wir vom K1 uns drum kümmern?«

»Weil, es könnt ja sein, dass ein Kapitalverbrechen vorliegt, gell. Des Zimmer von der Frau wurde nämlich durchsucht – also von jemandem, der nicht das Recht hatte, des Zimmer zu betreten, also es war … wie soll ich sagen … alles durcheinander, in dem Zimmer … äh … also durchwühlt.«

»Wer ist die Vermisste? Name, Alter und so weiter. Haben Sie die Personendaten?«

»Ja, also, eigentlich scho … wartet Se, ich schau mal schnell auf meine Notiz, Momentle …«

Querlinger verspürte einen unbändigen Drang, ins Telefon zu brüllen. Er hielt den Hörer weit von sich weg, rollte die Augen und bewegte die Lippen.

»Do isch's, ich hab's. Also die Personalausweisnummer isch –«

»Was soll ich mit der Nummer, Herr Kollege? Soll ich die Zahlen würfeln und das Schicksal von der Frau da rauslesen, oder was?« Heiliger Strohsack! Wie hatte es der Mann bloß bis zum Polizeihauptmeister bringen können?

»Ähm … ja …«

»Wie heißt die Frau, wie alt ist sie?«

»Also … Momentle … hab's scho wieder vergesse … sie isch vierundsiebzig, und heißen tut sie … Christina von Flunkern, geborene Wolfsperger.«

Gut, dass sich der Kommissar bei der Nennung des Namens total verkrampfte – ihm wäre sonst der Hörer aus der Hand gefallen. Gut aber auch, dass sich der Krampf augenblicklich wieder löste, was sich in einem unartikulierten Japsen manifestierte, gefolgt von einem: »Herr Kollege, ich möchte Sie sofort vor Ort sehen. Sie und ich, wir setzen uns unverzüglich ins Auto und fahren zum ›Goldenen Rad‹. Wir treffen uns an der Rezeption!«

»Das kann doch alles kein Zufall sein«, sagte Querlinger zu Eulenburg, die eigentlich zu einer Außenrecherche bei der Breitsameter hatte aufbrechen wollen. Er hatte sie noch rechtzeitig im Büro erwischt und gebeten, mitzukommen.

»Da werden die Gebeine von Toni Huber und seinem Vater aus dem Federsee geborgen, nur Tage später beginnt eine

Mordserie, es gibt Hinweise, dass beide Fälle miteinander in Zusammenhang stehen, und jetzt kriegen wir einen Hinweis auf eine Frau, deren Geburtsname so lautet wie der von der Hebamme, mit der die Mutter von Toni eng befreundet war. Und genau diese Frau verschwindet jetzt auch noch spurlos.«

»Ich glaub ja auch nicht, dass das alles Zufall ist. Wolfsperger! Den Namen gibt's nicht oft. Und dann auch noch Christina, die abgekürzte Form lautet Christa. Es *muss* die Hebamme sein. Gnade uns Gott, wenn sie jetzt auch zum Opfer wird.«

»Malen Sie bloß nicht den Teufel an die Wand. Hoffen wir, dass die Frau bald wiederauftaucht und wir sie vernehmen können«, knurrte Querlinger, während er den Terrano zurücksetzte, um vor dem Eingang zu parken.

Sie betraten das Foyer. Am Empfangstresen warteten ein Polizeihauptmeister in Uniform und eine distinguiert aussehende Dame im eleganten Kostüm, die Querlinger sofort als die Chefin des Hotels ausmachte. Man begrüßte sich. Die Chefin stellte sich als Eva Mang vor.

»Lassen Sie uns in mein Büro gehen«, schlug sie vor, sie wirkte äußerst besorgt. Das Büro befand sich unmittelbar neben der Rezeption und verfügte über einen runden Besprechungstisch.

»Was darf ich bringen lassen? Kaffee, Mineralwasser, Saft?« Man einigte sich auf Kaffee.

»Herr Polizeihauptmeister Lichter …«, Querlinger nickte dem Kollegen, der sich komischerweise bisher recht schweigsam verhalten hatte, freundlich zu, »… hat uns informiert, dass Sie seit drei Tagen einen Gast vermissen, eine Dame, eine gewisse Christina von Flunkern, geborene Wolfsperger?«

Eva Mang nickte. »Das ist richtig. Sie checkte am 26. gegen neunzehn Uhr bei uns ein. Das war vergangenen Freitag. Am nächsten Morgen, am Samstag, erschien sie zum Frühstück, dann verließ sie das Hotel. Der Rezeptionistin sagte sie, es könnte sein, dass sie über Nacht wegbleibe, da sie noch einen Besuch bei einer Freundin in Augsburg machen wolle, wo sie übernachten werde. Am Sonntag wollte sie aber wieder zurück sein.«

»Frau Mang, besteht die Möglichkeit, die Rezeptionistin zu unserem Gespräch zu bitten?«

»Aber natürlich, sie hat gerade Dienst.« Eva Mang griff zum Mobilteil der internen Telefonanlage auf dem Tisch.

Zwei Minuten später kam die Rezeptionistin herein. Eine hübsche junge Frau mit bestechend blauen Augen und einer Hammerfigur. Die Geschäftsführerin stellte sie als Sibylle Hammerschmidt vor.

»Frau Hammerschmidt, Sie hatten Dienst, als Frau von Flunkern am Samstagvormittag das Hotel verließ?«

Sibylle Hammerschmidt nickte. »Sie kam bei mir vorbei und sagte, sie wolle unter Umständen zu einer Freundin nach Augsburg fahren und dort eventuell übernachten. Wenn, dann komme sie erst am Sonntag wieder.«

»Unter Umständen? Hat sie das so formuliert?«

»Genau so.«

»Wenn Sie jetzt im Nachhinein drüber nachdenken – ist Ihnen an ihr was aufgefallen?«

Die Rezeptionistin überlegte.

»Nein, nichts.«

»Welchen Eindruck machte sie auf Sie?«

»Einen äußerst gepflegten. Eine zuvorkommende Dame. Sehr freundlich und … na ja, irgendwie gut drauf.«

»Gäste geben ja in aller Regel auf dem Formular, das sie beim Einchecken ausfüllen, ihre Wohnung an. Wo wohnt Frau von Flunkern?«, wandte sich Eulenburg an Eva Mang.

»In Hamburg. In der Seniorenresidenz Augustinum.«

»Könnten Sie uns eine Kopie von dem Meldeformular machen?«

»Geb ich Ihnen gleich.«

»Der Kollege Lichter informierte uns, dass Ihnen aufgefallen sei, dass das Zimmer von Frau von Flunkern durchsucht wurde und –«

»Den beiden Zimmermädchen ist das aufgefallen, als sie am Sonntagmittag das Zimmer herrichten wollten. Da war 'ne ziemliche Unordnung, und der Gipfel: In der Toilette lag der Deckel vom Spülkasten am Boden.«

»Gut, dann würde ich sagen, schauen wir uns das Zimmer mal an?«, sagte Querlinger und erhob sich.

»In Ordnung«, sagte Eva Mang und stand ebenfalls auf. »Ich hoffe, wir kommen rein?«, sagte sie und warf dem Polizeihauptmeister einen fragenden Blick zu.

»Wieso sollten wir nicht reinkommen?« Querlinger war irritiert.

»Ähm ... ja ... Herr Hauptkommissar, des isch also ... ähm ... des isch ...«, druckste der Schutzpolizist rum.

»Was isch?«, fragte Querlinger, den eine dunkle Ahnung beschlich.

»Also ich hab des Zimmer g'sichert. Und weil ich keine Flatterleine und kein Siegel drbei g'habt hab ... hab ich ... hab ich ... des anders mache müsse. Also mehr oder weniger ... antinormal.«

»Antinormal! Ah ja, dann schauen wir uns das doch mal an!«

Der Polizeihauptmeister hatte nicht übertrieben. Antinormal war die richtige Bezeichnung für das, was er vor Nummer zwölf angerichtet hatte. Wie um Himmels willen hatte er es bloß geschafft, die Hotelleitung dazu zu bringen, als Sicherung gegen unbefugtes Eindringen ins Zimmer einen umgedrehten Schreibtisch hochkant vor die Zimmertür stellen zu lassen? Der Gipfel war das Pappschild, das mit Klebestreifen an der Schreibtischunterseite angebracht war, die sich dem Betrachter auf geradezu obszöne Weise präsentierte. »Betrehten polizeilich verboten«, stand darauf. *Betrehten!*

Eulenburg nahm es mit Humor und fing an, schallend zu lachen.

»Ich fand's ja auch blödsinnig, aber Ihr Kollege bestand darauf«, verteidigte sich die Hotelchefin verlegen, während die Rezeptionistin dem Ganzen sogar einen künstlerischen Touch abgewinnen konnte. »Sieht aus wie weiland eine Installation von Joseph Beuys«, meinte sie vergnügt.

Querlinger hingegen war alles andere als amused. »Herr Kollege, das wird ein Nachspiel haben, das verspreche ich Ihnen. Und jetzt sehen Sie zu, dass Sie den Schreibtisch entfernen, Sie … Sie Barrikadenrevoluzzer«, fuhr er den Polizeihauptmeister an.

Minuten später war klar, dass das Zimmer tatsächlich zum Sperrgebiet erklärt werden musste. Zumindest, bis Christina von Flunkern wiederaufgetaucht war. Um sicherzugehen, hatte Querlinger bei der KTU angerufen und Hofzitzel gebeten, zwei Leute vorbeizuschicken, die schon mal Spuren, vor allem Fingerabdrücke, sichern und den Zugang zum Zimmer versiegeln sollten. Der Kommissar hoffte gegen jede Wahrscheinlichkeit inständig, dass sich alles doch noch in Wohlgefallen auflösen und Christina von Flunkern gesund und munter im »Goldenen Rad« aufkreuzen möge. Und vielleicht wäre sie ja gar nicht die, von der sie annahmen, dass sie es war? Ein verwegener Gedanke, für den Querlinger augenblicklich die Quittung kassierte.

Du phantasierst wohl, du Depp, raunte ihm seine innere Stimme wütend zu. Hör auf, den Naiven zu spielen, und stell dich der Realität! Und da Querlinger es sich mit seinem Alter Ego nicht verderben wollte, verscheuchte er den Gedanken umgehend wieder und stellte sich der Realität.

Stunden später holte ihn eine weitere Realität ein. Eine Durchsuchung des Zimmers habe nichts Wesentliches ergeben, teilte ihm Nepomuk Hofzitzel mit. Man habe sich von der Rezeptionistin die Handynummer der Frau geben lassen, aber sie nicht kontaktieren können, das Gerät sei ausgeschaltet gewesen. Eine Ortung komme also nicht in Frage, und was das Anlegen eines Bewegungsprofils anging, hätte angesichts der aktuellen Situation kein Richter seine Einwilligung gegeben. Erste Ergebnisse der Kriminaltechnik im Hinblick auf Spuren wie Fasern, Fingerabdrücke und so weiter würden sie frühestens morgen bekommen.

34

Mittwoch, 1. Juli

An diesem Morgen beschloss Querlinger, seinem Terrano einen Tag Urlaub zu gönnen und sich von einem Taxi in die Lindenstraße chauffieren zu lassen. Der Grund: Nach über einer Woche Trennung hatte er mit Luise bis spät in die Puppen das Ende des ehelichen Interregnums gefeiert. Mit allem, was zu einer ehelichen Versöhnung so dazugehörte. Ein bestimmter Restalkoholgehalt im Blut konnte definitiv nicht ausgeschlossen werden. Hinzu kam, er war furchtbar müde, ein ganz bestimmtes Schlappheitsgefühl hatte sich seiner bemächtigt, das er sich einfach nicht erklären konnte.

Oder sich nicht erklären wollte? Immerhin war er in einem Alter angekommen, in dem ... *Nein, Eugen, hör auf darüber nachzudenken, das mindert bloß die Lebensqualität* ...

Querlinger setzte sich an seinen Schreibtisch und sah auf seine Armbanduhr: halb neun. Noch dreißig Minuten bis zum Beginn der Morgenlage, die heute bei ihm im Büro stattfinden würde. Im Besprechungsraum waren nämlich die Elektriker zugange, um neue Strippen einzuziehen. Der Kommissar fuhr den Rechner hoch. Eulenburg hatte noch gestern versprochen, unverzüglich in der Hamburger Seniorenresidenz Augustinum anzurufen und sich über Christina von Flunkern, geborene Wolfsperger, zu erkundigen. Die Ergebnisse ihrer Recherche hatte sie ins Intranet gestellt. Und die waren eindeutig. Bei der Frau handelte es sich definitiv um die Freundin von Marie Huber. Sie hatte im August 1986 einen gewissen Theophil Amadeus von Flunkern geheiratet und bei dieser Gelegenheit ihren Vornamen Christa gegen Christina eingetauscht. Von Beruf war sie Hebamme gewesen. Mit dem Datum der Heirat hatte sie ihren anstrengenden Job aufgegeben und war ein halbes

Jahr später mit Theophil Amadeus nach Hamburg gezogen. Was die Recherche Eulenburgs so richtig brisant machte, war die Auskunft, die sie von der Geschäftsführerin des Augustinum erhalten hatte: Frau von Flunkern habe angekündigt, zwei Wochen Urlaub »in der alten Heimat« machen zu wollen. Sie müsse »da unten« was klarstellen, es gehe »um Leben und Tod«!

Querlinger lief es eiskalt über den Rücken. Das Gefühl einer nahenden Katastrophe, das er schon gestern verspürt hatte, verdichtete sich. Er lehnte sich in seinen Schreibtischsessel zurück, verschränkte die Hände hinter dem Kopf und rekapitulierte zum x-ten Mal die Faktenlage. Am 7. Juni waren die sterblichen Überreste zweier ermordeter Männer im Federsee entdeckt worden, die fünfunddreißig Jahre auf dem Grund des Sees gelegen hatten, wenige Tage später hatte die Presse darüber berichtet, kurz darauf hatte der Kleeblatt-Mörder im Abstand weniger Tage dreimal zugeschlagen. Zwischen einem der Kleeblatt- und einem der Federsee-Opfer gab es eine Verbindung in Form eines Buches – die für Querlinger trotz des Hinweises auf den Altpapierhändler nach wie vor weiter bestand –, und jetzt noch das geheimnisvolle Verschwinden der Frau, die die Busenfreundin der Mutter eines der Federsee-Opfer gewesen war …

Alles nur Zufall?

Nein, tausendmal nein!

Querlinger schraubte seine Thermoskanne auf und holte sein Veschper aus der Aktentasche. Goss sich Kaffee in den Becher und wickelte sein erstes Wurschtweggle aus dem Frühstücksbeutel.

Legte es verärgert neben die Thermoskanne, weil das Telefon klingelte. Dr. Fachinger!

Der Kriminaloberrat konnte den Hohn in der Stimme nur schwer unterdrücken. »Na, Herr Kollege, Ihre Theorie über eine angebliche Verbindung zwischen den Federsee- und den Kleeblatt-Morden, wie Sie das zu bezeichnen pflegen, war wohl ein Reinfall, ein Riesenfake, um den in Mode gekommenen Begriff einmal herzunehmen. Sie sind einem Altpapierhändler aufgesessen, wie ich gehört habe.«

Querlinger spürte, wie ihm Zornesröte in den Kopf schoss.

»Herr Oberrat, es gibt Leute, die Altpapierhändlern aufsitzen, und solche, die Altfakten aufsitzen, weil sie nicht auf dem Laufenden sind. Kleiner Tipp: Es gibt das sogenannte Intranet. Und da gibt es Neuigkeiten, die aktuell eine weitere seltsame Verbindung zwischen den Fällen nahelegen. Aber jetzt entschuldigen Sie mich bitte, gerade geht ein Anruf auf meinem Handy ein. Ich nehme an, es ist der Altpapierhändler.«

Der Kommissar legte auf, den »Schofseggl« als Abschluss des Gesprächs hatte er sich gerade noch verkneifen können. Er trat an das geöffnete Fenster, atmete tief durch und spürte, wie der innere Friede wiederkehrte. Ging zum Schreibtisch zurück und freute sich schon auf sein Wurschtweggle, als jemand an die Tür wummerte. Dem Wummern nach war es Bödele. Querlinger sah auf die Uhr. Schon fünf nach neun. Er hatte die Zeit nicht im Blick gehabt.

»Komm rein, Guntram«, rief er, biss in sein Weggle und nahm einen Schluck Kaffee.

»Einen guten, Chef.« Bödele trat ein, Zimmernagel im Schlepptau.

»Lass dir's schmecken«, schloss sich Zimmernagel an.

»Hockt euch hin«, nickte der Kommissar mit vollem Mund in Richtung der Stühle.

Jeder griff sich einen Stuhl, auf den er sich rittlings setzte.

»Wir haben in Sachen Österreicher recherchiert und sind fündig geworden«, verkündete Bödele.

»Immer langsam, Guntram. Lass uns warten, bis die anderen da sind. Sonst müsst ihr alles zweimal erzählen.«

Querlinger hatte kaum ausgesprochen, als die Tür ging und Heinerle und Feigl eintraten.

»Was sind das denn für Manieren?« Querlinger hätte sich fast am Kaffee verschluckt. »Könnt ihr nicht anklopfen?«

»Anstand ist für den ein Fremdwort«, stichelte Bödele. Heinerle ignorierte ihn.

»Sorry, Chef. Waren grad in Gedanken. Sollen wir noch mal rausgehn und anklopfen?« Heinerle grinste.

»Kann ich ausnahmsweise drauf verzichten. Setzt euch! Will jemand Kaffee haben? Wir warten noch auf Eulenburg, bevor wir anfangen.«

Keiner wollte Kaffee.

»Dann halt nicht«, brummte der Kommissar und fügte hinzu: »Ich muss mal schnell was erledigen.«

Als er nach guten fünf Minuten wieder hereinkam, ohne dass mittlerweile die Eulenburg erschienen wäre, beschlossen sie anzufangen.

»Also, Guntram, Bernd, zuerst ihr. Was gibt's Neues?«

»Der Österreicher«, Bödele war wie immer sehr direkt, »hat kein Arschgeweih. Mit unserem Fall hat er definitiv nichts zu tun.«

Womit sie die Hoffnung, wenigstens ein weiteres Mitglied der Kleeblatt-Connection identifiziert zu haben, begraben konnten.

»Wie habt ihr das rausgekriegt? Ich nehme nicht an, dass er vor euch die Hose runtergelassen hat. Wie habt ihr ihn überhaupt ausfindig gemacht?«

»Ganz einfach.« Zimmernagel schnippte ein imaginäres Staubkorn von seinem Jackenärmel. »Wir haben beim Hersteller dieser Outdooranzüge in Österreich angerufen, haben uns den Geschäftsführer, einen Josef Prohaska, geben lassen und ihn gefragt, ob jemand von seinen Angestellten am 13. Juni eine Zugreise unternommen hat, die über Ulm führte.«

Querlinger hob anerkennend die Brauen. »Und er hat euch tatsächlich sagen können, wer dieser Zugreisende war?«

»Konnte er«, nickte Zimmernagel. »Er war's nämlich selber. Er habe an einer Fachtagung in Hamburg teilgenommen und dafür eine Zugreise gebucht. In Ulm sei zwanzig Minuten Aufenthalt gewesen, und er habe die Zeit genutzt, um den Professor zu treffen.«

»Er kannte den Professor?«

»Ja. Der Professor hat vor zwei Jahren mal bei ihm ein paar Tage gearbeitet. In Linz. Hat das Reetdach seiner Villa auf Vordermann gebracht. Und zwar verdammt gut. Der Professor hatte da anscheinend Erfahrung. Das Decken von Reetdächern hatte er vor vielen Jahren in Ungarn erlernt.«

»Wie kam er zu der Ehre, dem Prohaska das Dach zu reparieren?«

»Halt dich fest. Über den Zacharias Müller. Der Prohaska und der Müller kannten sich geschäftlich. Prohaska hat Müller erzählt, dass er jemanden suche, der sein Reetdach repariere, von der Sorte Fachleute gebe es nicht viele. Und da hat der Müller ihm den Zachbichler empfohlen.«

»Und«, erinnerte Bödele, »dass sich Müller und Zachbichler, sprich der Professor, kannten, wissen wir ja von dem Foto aus diesem Magazin, in dem der Artikel über Müller erschien. ›Erfolgreiche Schwaben‹.«

»Dann kam der Kontakt auf dem Hauptbahnhof zwischen unserem Professor und Prohaska wohl auch über Müller zustande?«, vermutete Querlinger.

»Ja. Müller hat den Prohaska um einen Outdooranzug für den Professor gebeten und das Treffen zwischen den beiden auf dem Hauptbahnhof arrangiert. Der Müller wollte den Anzug bezahlen, aber der Prohaska hat das abgelehnt. Er wollte dem Professor den Anzug schenken.«

»Aber das heißt auch, dass der Professor und der Müller erst kürzlich Kontakt gehabt haben müssen.«

»Richtig! Vielleicht kann uns seine Frau dazu mehr sagen, wenn sie endlich wieder zu Hause ist.«

»Habt ihr ihm gesagt, dass die beiden nicht mehr am Leben sind?«

»Haben wir. Es hat ihn ziemlich getroffen. Er mochte sie. Am Zachbichler hatte er anscheinend einen richtigen Narren gefressen.«

»Dann«, fasste Querlinger zusammen, »wissen wir also zumindest, dass der Österreicher nicht zur Kleeblatt-Gang gehörte. Was die Ermittlungen nicht einfacher macht, die Luft wird dünner.«

Betretenes Schweigen. Die Diskussion geriet ins Stocken wie ein Karren, der im Schlamm steckte.

»Wie auch immer«, versuchte Querlinger den Karren wieder anzuschieben, »wir machen da weiter, wo wir aufgehört haben. – Armin, Heini, wie sieht's bei euch aus? Ihr wolltet doch in Sachen Araber-Käppi und Berber-Uni recherchieren?«

»Haben wir. Soweit es Sinn gemacht hat«, sagte Feigl.

»Was heißt das?«

»Na ja, als wir nach Bezugspunkten gesucht haben, die unseren Fall tangieren, Stichwort Araberkäppi, da haben wir nichts Relevantes gefunden. Der Karl Lagerwald, also der Gründer von der Berber-Uni, hat entgegen unserer ursprünglichen Vermutung rein gar nichts damit zu tun. Das Käppi hat der Schorsch von einem reichen Scheich bekommen. Behauptet zumindest der Lauterbach, der Leiter des Obdachlosenheims.«

»Wie gerät ein Obdachloser an einen reichen Scheich?«

»Hab ich den Lauterbach auch gefragt«, sagte Heinerle. »Der Schorsch sei vor einem Jahr in München gewesen, hat er erzählt. Da habe er in der Maximilianstraße einen Scheich gesehen, der mit seinen Leibwächtern unterwegs war. Als der Scheich gerade in so einen sauteuren Designerladen ging, hat er eine Briefmappe verloren, keiner hat es bemerkt, auch die Leibwächter nicht. Der Schorsch hat es gesehen und ihn drauf aufmerksam gemacht. Zum Dank durfte sich der Schorsch in dem Designerladen was aussuchen und habe das Käppi gewählt.«

»Als Finderlohn nur ein Käppi? Sollte sich was schämen, der Scheich«, empörte sich Bödele.

»Das heißt, die Berber-Uni können wir vergessen?«, erkundigte sich Querlinger.

»Nicht ganz. Wir sind hingefahren und haben uns die Liste der Dozenten geben lassen. Aktuell sind es vier. Wir haben alle befragt. Keiner konnte etwas Relevantes berichten. Trotzdem sind wir auf einen merkwürdigen Sachverhalt gestoßen. Vor circa drei Monaten hatten der Maultrommel-Schorsch und der Professor einen Mordskrach mit jemandem, der von der Uni gewesen sein muss. Und da ist eine Äußerung gefallen, die uns aufhorchen ließ.«

»Mit wem? Was war das für eine Äußerung?«

»Mit wem, konnten wir noch nicht herausfinden. Da sind wir noch dran. Aber um was es ging, wissen wir. Um eine Sache, die weit in die Vergangenheit zurückreicht. Angeblich über dreißig Jahre. Ein Verkehrsunfall. Fahrerflucht mit Todesfolge. Der Schorsch und der Professor sollen einer dritten Person gegenüber während eines Streits genau diesen Vorwurf erhoben haben.«

»Waaas?«

»Tja, so haben wir auch reagiert, als wir das gehört haben.«

»Also jetzt mal ganz langsam zum Mitschreiben«, Querlinger war hellhörig geworden, »woher habt ihr die Info?«

»Von einem Michael Pressler. Der arbeitet seit Kurzem bei dem Hausmeisterservice, der für das Gebäude, in dem die Räume von dieser Berber-Uni untergebracht sind, verantwortlich ist. Wir haben ihn beim Rasenmähen angetroffen und sind mit ihm ins Gespräch gekommen. Als wir uns ausgewiesen haben, schien er nicht überrascht, dass wir dort auftauchen.«

»Genau«, bestätigte Feigl. »Er hat gesagt: ›Ah, von der Kripo seids ihr. Alles klar.‹ Und dann haben wir natürlich nachgehakt und wollten von ihm wissen, was er mit ›Alles klar‹ meint.«

»Genau«, Bödele ergriff das Wort, »und dann hat er uns das mit dem Streit erzählt. Er war –«

»Moment«, unterbrach Querlinger. »Er hat mitbekommen, dass der Schorsch und der Professor mit jemandem einen Streit hatten, aber er konnte nicht sagen, mit wem? Wie das denn?«

»Wollen wir dir gerade erklären, Chef. Dieser Michael Pressler war unfreiwillig Zeuge des Streits. Er hat draußen im Garten gewerkelt und stand direkt unter einem Fenster, das einen Spalt weit offen stand. Die drei Streithammel befanden sich im

Gebäude und waren recht laut. Und da hat er natürlich lange Ohren bekommen. Den Schorsch und den Professor erkannte er an der Stimme, den anderen kannte er nicht.«

»Er hat alles mitgehört?«

»Alles nicht«, relativierte Feigl. »Aber genug, um ungefähr sagen zu können, um was es ging. Nämlich um einen Verkehrsunfall, den der Typ, mit dem der Schorsch und der Professor gestritten haben, anscheinend verursacht hat und bei dem eine Person ums Leben kam. Sie haben ihm Fahrerflucht vorgeworfen; er habe sich nicht um das Unfallopfer gekümmert und sei einfach weitergefahren.«

»Genau. Das Ganze muss sich vor über dreißig Jahren abgespielt haben. Der Pressler hat deutlich gehört, wie der Typ sagte: ›Was wollt ihr mit dem altem Scheiß, das liegt doch schon dreißig Jahre zurück.‹«

»Hm.« Querlinger furchte die Stirn. »Schon irgendwie komisch. Obwohl der Unfall über dreißig Jahre zurückliegt, ist das Thema zwischen den Streithähnen immer noch aktuell?«

»So aktuell, dass der Typ richtig Schiss bekommen hat. Sagt der Pressler.«

»Und woran macht der Pressler das fest?«

»Angeblich hat er das an der Stimme erkannt, die hat richtig panisch geklungen.«

»Genau«, ergänzte Heinerle. »Er sei richtig laut geworden und habe die beiden beschimpft. ›Ich lass mich von euch Drecksäcken nicht erpressen‹, habe der Unbekannte rumgeschrien.«

»Noch mal zu diesem Unbekannten. Ihr habt nicht den geringsten Anhaltspunkt, um wen es sich dabei handeln könnte?«

Kopfschütteln bei Feigl und Bödele. »Wir haben uns daraufhin noch mal die vier Dozenten vorgeknöpft«, führte Feigl weiter aus. »Telefonisch. Ohne Ergebnis. So wie die klangen, wissen die wirklich nichts, was uns weiterbrächte.«

»Wir werden«, Bödele machte einen recht beflissenen Eindruck, »durchgehen, wer noch in Frage kommen könnte. Das Personal besteht ja nicht nur aus den vier Dozenten. Es gibt da noch 'ne Sekretärin und eine Handvoll anderer Personen, auch wenn die nicht viel zu tun haben. Der Betrieb an dieser komischen Uni scheint in letzter Zeit eingeschlafen zu sein. Die Räume dort machen einen ziemlich verwaisten Eindruck.«

Ratloses Kopfschütteln in der Runde. Die neuen Erkenntnisse schienen sich alles andere als erhellend auf den Fall auszuwirken.

»Ich werd verrückt! Je mehr wir rauskriegen, desto mehr Fragen tun sich auf«, brachte Zimmernagel die Situation auf den Punkt.

Querlinger schwieg verbissen. In seinem Kopf wirbelten alte und neue Fakten wie ein Schneegestöber durcheinander. Es war unglaublich. Ein Streit, bei dem es um einen Verkehrsunfall ging, der vor über dreißig Jahren einen Menschen das Leben gekostet hatte, im Zentrum einer Auseinandersetzung, die vor drei Monaten zwischen den »Kleeblättern« Georg Schmied und Gernot Zachbichler auf der einen sowie einer unbekannten Person auf der anderen Seite stattgefunden hatte. Und eine veritable Beschuldigung: Fahrerflucht mit Todesfolge! Das besaß nicht nur Brisanz, das hatte das Zeug zu einem handfesten Motiv. Georg Schmied und Gernot Zachbichler waren mittlerweile ermordet worden. Ebenso Zacharias Müller. Drei »Kleeblätter« von fünf. Und irgendein mysteriöses Ereignis schien die Morde an den dreien auch mit den beiden Morden zu verbinden, die vor über dreißig Jahren am Federsee begangen worden waren. Fünf Morde. Fünf lose Fäden, die darauf warteten, mit einem singulären Ereignis verknüpft zu werden, einem auslösenden Moment.

Etwa mit einem Verkehrsunfall, der sich vor über dreißig Jahren zugetragen hatte?

Vor lauter Ratlosigkeit geriet die Runde erneut ins Stocken.

Klopfen. Die Tür ging. Janine von Eulenburg kam herein.

»Wow, was ist denn hier los? Andachtsvolles Schweigen? Hab ich gerade 'ne Predigt versäumt?«, fragte sie gut gelaunt, griff nach einem Stuhl und setzte sich.

»Nein, ich habe eine Verlautbarung der Personalstelle vorgelesen. Personen, die zu spät zu Besprechungen kommen, haben künftig mit einer Gehaltskürzung zu rechnen«, erwiderte Querlinger.

»Aber nicht, wenn ihr Zuspätkommen der Tatsache geschuldet ist, dass sie auf etwas gestoßen sind, was entscheidend zur Klärung eines Falls beitragen könnte«, meinte sie selbstbewusst.

»Wenn das so ist, sind wir gespannt, was Sie zu berichten wissen.«

»Tja, Herrschaften, ich will mich ja nicht selbst loben, aber ich würde sagen, ich habe ein ermittlungstechnisches Nugget ausgegraben.« Sie nahm einen Umschlag aus ihrem Rucksack, öffnete ihn und zog einen dünnen Stapel Fotos heraus.

»Das hier«, sie winkte mit dem Stapel, »sind sechs Fotos, auf dreien davon ist Toni Huber zu sehen. Alle Aufnahmen zeigen ihn beim Baden mit Freunden in einem See, und zwar mit knapper Badehose. Zwei zeigen ihn von vorne, eines von der Seite und eines von hinten ohne Badehose. Was da zu sehen ist – entzückend, sag ich euch. Ich lasse die Fotos mal rumgehen.«

»Das Nacktbild hast du dir bestimmt ganz genau angesehen – so entzückt, wie du bist«, grinste Bödele anzüglich.

»Richtig, Guntram«, grinste Eulenburg zurück. »Auf dem Foto ist ein toller Body drauf. Den anzusehen lohnt sich wenigstens. Ein exzellenter Knackarsch. Was man bei einem Foto von dir nicht behaupten könnte.«

Die Runde hatte die Kabbelei zwischen Eulenburg und Bödele nur am Rand mitbekommen, man war zu sehr damit beschäftigt, sich die Bilder anzusehen. Vor allem das Foto mit der »entzückenden« Rückansicht von Toni Huber.

Und das war eine Sensation. Knapp über Tonis Steißbein prangte, klar und deutlich, das Kleeblatt-Tattoo.

»Phantastisch, Kollegin!«, meinte Querlinger, »jetzt müssen Sie uns nur noch verraten, wie Sie an die Bilder gekommen sind.«

»Erinnern Sie sich an den Namen des Fotografen, den uns die Breitsameter genannt hatte? Der die Bilder geschossen hat, die sie uns mitgegeben hat?«

»So vage. Irgendwas mit Z. Zen…«

»Genau. Zenker. Franz Zenker. Der soll ja laut Henriette Breitsameter damals in Ulm einen Laden gehabt haben. Ich hab versucht, die Adresse zu eruieren. Es gibt aber keinen Fotoladen in Ulm mehr mit diesem Namen, auch keinen Fotografen. Ich hab mich beim Einwohnermeldeamt und beim Gewerbeamt erkundigt. 1983 hatte Franz Zenker einen Fotoladen in der Sedanstraße aufgemacht. Der Laden schloss allerdings 1992, da starb der Franz Zenker. Ich bin gestern trotzdem mal die Sedanstraße langgefahren, und was seh ich? Ein Schild über einem blinden Schaufenster. Ziemlich alt und verwittert. ›Foto Zenker‹, steht drauf. Irgendwie hatte ich das Gefühl, dass ich da noch was rauskriegen könnte …«

»Hört, hört, weibliche Intuition!«, warf Bödele spöttisch ein.

»Nenn es, wie du willst, Guntram. Von dieser Art Antenne bist du als Mannsbild Lichtjahre entfernt. Jedenfalls halte ich an und guck mir das Klingelschild neben dem Eingang an. Da stehn zwei Namen drauf, allerdings kaum leserlich: F. Zenker und H. Rose. Ich klingle, ist aber keiner da. Eine Nachbarin, die zum Fenster rausguckt, sagt mir, das sei die Wohnung, die über dem ehemaligen Laden liegt. Die gehöre aber seit dem Tod vom Zenker seinem damaligen Gehilfen, einem Heinrich Rose. Der wohne zwar schon längst nicht mehr hier, aber er komme jeden Mittwochvormittag zwischen zehn und elf her und verbringe ein paar Stunden in seinem alten Labor. Er mache nach wie vor Fotos, bloß eben klassisch mit Filmrolle, Dunkelkammer, Entwickeln und so. Sei ein Hobby von ihm. Also bin ich heute Morgen noch mal vorbeigefahren, und siehe da, ich hab ihn tatsächlich angetroffen. Schon über achtzig, der Typ, aber noch unglaublich gut drauf. Ich hab ihm gesagt, um was es geht, und ihn gefragt, ob er sich an die Familie Huber erinnern kann. An den Toni und seine Mutter. Und wisst ihr was? Da bittet er mich einfach in seinen alten Laden, schlurft zu einem Schrank, kramt rum und holt ein Fotobuch raus. Das, was ihr seht, ist das Ergebnis.«

»Guckt euch dieses Foto an, Leute«, rief Heinerle. »Die komplette Kleeblatt-Connection. Diesmal von vorne.«

Heinerle hatte ein Bild aussortiert, auf dem fünf junge Burschen zu sehen waren. Toni Huber mit vier Freunden. Jeder den Arm um die Schulter des anderen gelegt. Alle lachten. Bis auf einen, der etwas mürrisch dreinsah. Einer hatte einen markanten Leberfleck auf der rechten Wange.

»Der Maultrommel-Schorsch«, sagte Bödele.

»Genau, und der hier muss Zacharias Müller sein.« Eulenburg wies auf einen Burschen mit riesigen Segelohren.

»Jepp, und hier ist noch mal der Toni drauf, allein und von vorne. Er sitzt auf einem Zaun.« Heini wies auf ein weiteres Foto. »Richtig scharfes Bild, da sieht man deutlich den orthopädischen Schuh, den er trägt.«

Tatsächlich war der Schuh gut zu erkennen. Eigenartig war, dass er nicht mit dem dazugehörenden Schnürsenkel, sondern einer stinknormalen Paketschnur verschnürt war. Wahrscheinlich war er ihm gerissen, und Toni hatte mit einer provisorischen Schnur vorliebnehmen müssen. Heini besah sich die Rückseite des Fotos. Es war das einzige, auf dem handschriftlich eine Zeitangabe vermerkt war: Mai 1985.

Querlinger wirkte erleichtert. Mit dem Auftauchen der Fotos war das Zufallsargument in Verbindung mit dem Altpapierhändler, von dem Toni Huber hin und wieder alte Bücher geschnorrt hatte, vom Tisch. Der Kommissar stellte sich vor, wie er noch heute den Kriminaloberrat über die Fotos informieren würde. Es würde ein Fest werden.

»Also drei Kleeblatt-Träger hätten wir auf dem Bild schon mal identifiziert. Aber wer von den anderen beiden ist der Professor?«, fragte Heinerle.

Eine gute Frage.

Feigl löste das Rätsel.

»Das ist der hier.« Er wies auf den Letzten von links.

»Und was macht dich so sicher?«

»Er ist der Einzige auf dem Foto, der nicht lacht. Erinnert ihr euch nicht? Die Obdachlosen, die wir befragt haben, haben übereinstimmend berichtet, dass er immer sehr ernst wirkte. Er habe nur selten gelacht.«

Die Theorie Feigls war nicht von der Hand zu weisen. Wenn sie stimmte, blieb nur noch einer übrig. Aller Augen richteten sich auf den jungen Burschen auf dem Foto. Er schien besonders herzlich zu lachen.

»Götzi! Das muss Götzi sein«, stellte Zimmernagel fest.

»Hey, schaut euch das mal an. Der hat vielleicht komische Finger«, bemerkte Eulenburg. »Fällt mir erst jetzt auf.«

Sie sahen sich das Foto genauer an. Besser gesagt die Hand, die der Bursche um die Schulter Gernot Zachbichlers gelegt hatte.

»Stimmt, jetzt, wo du's sagst, fällt's mir auch auf«, stimmte Zimmernagel zu.

»Moment mal.« Bödele zog ein Multifunktionstaschenmesser aus der Hosentasche und klappte eine kleine Lupe aus.

»Die sind künstlich. Ich werd verrückt, der Bursche hat 'ne künstliche Hand. Da, schauts selber.«

Bödele ließ die Lupe rumgehen. Es stimmte tatsächlich.

Querlinger schnipste mit dem Finger. »Götzi! Götz von Berlichingen, der Mann mit der eisernen Hand. Schauspiel von Goethe. Götzi – das muss sein Spitzname sein.«

»Götzi mit der eisernen Hand, interessant. Ob er …?«, orakelte Heinerle düster vor sich hin, ohne den Satz zu beenden. Doch jeder wusste, was er meinte. Die fast euphorische Stimmung im Team zerstob schlagartig.

»Tja, Leute«, Querlingers Stimme klang belegt, »die Lage wird immer undurchsichtiger. Uns bleibt nichts übrig, als Knäuel für Knäuel zu entwirren. Kümmern wir uns zunächst um die Fragen, die am nächsten liegen. Wir müssen den Typ finden, mit dem Georg Schmied und Gernot Zachbichler diesen Streit hatten, und zwar unverzüglich. Diese Beschuldigung, Fahrerflucht mit Todesfolge, hat Potenzial, der Mann könnte ein veritables Motiv haben. Heini, Bernd, nachdem ihr hier schon gute Arbeit geleistet habt, schlage ich vor, ihr macht da weiter. Guntram, Armin, ihr knöpft euch die Witwe von Zacharias Müller vor. Sie muss ja irgendwann morgen, übermorgen, was weiß ich, endlich eintrudeln. Wie sah die Beziehung zwischen ihrem verstorbenen Mann und dem Zachbichler aus? Gibt es weitere Kontakte, die sie uns nennen kann? Und wir müssen unbedingt an der Vermisstensache dranbleiben. Die ehemalige Hebamme bereitet mir gewaltig Kopfzerbrechen – ich hab da ein saublödes Gefühl.«

35

Ein saublödes Gefühl hatte auch Karl Dobler alias Zinken-Karle. Schon als er heute Morgen seinen Schlafplatz beim Salz-stadel-Parkhaus verließ, um zur Bahnhofsmission zu pilgern, wo ihn sein Frühstück erwartete, hatte er das unbestimmte Gefühl, dass ihn ein saublöder Tag erwartete. Hin und wieder krachten diese saublöden Phasen in regelmäßigen Abständen in sein Leben und brachten jede Menge Ärger mit. Wie fette dunkle Wolken den Starkregen. Und Starkregen war etwas, was einen klassischen Asphaltexistenzler, der auf den Weiten der Schwäbischen Alb oder im Straßendschungel der schwäbischen Donaumetropole unterwegs war, schon mal das Fürchten leh-ren konnte. Komischerweise spürte er immer im Voraus, wenn es so weit war. Intuitiv gewissermaßen. Weshalb, konnte er nicht sagen. Er vermutete, dass es mit schwarzer Magie zusam-menhing. Hin und wieder geriet er in die Fänge einer dunklen Macht, davon war er überzeugt. Anders waren diese Phasen nicht zu erklären.

Das letzte Mal hatte ihn so eine saublöde Phase während eines Bruchs erwischt, den er in der Nähe von Bad Buchau hingelegt hatte. Dem wunderschönen Ort am wunderschönen Federsee. Eines wunderschönen Tages vor vier Monaten, besser gesagt eines nicht so wunderschönen Tages, hatten ihn höllische Zahn-schmerzen geplagt, und so hatte er beschlossen, dem Schmerz mit einer ordentlichen Portion doppelt gebranntem Bodensee-Obstler zu Leibe zu rücken. Ein Medikament, mit dem er stets beste Erfahrungen gemacht hatte. Sagenhafte fünfundvierzig Prozent Wirkstoff. Und eines der wenigen Medikamente, bei denen man nicht erst umständlich seinen Arzt oder Apotheker fragen musste. Also hatte er, ohne im Besitz eines Schlüssels zu sein, dem einzigen Tabakwaren-, Zeitschriften- und Alkohol-shop im Ort einen nächtlichen Besuch abgestattet und beim

Eindringen in denselben ein Regal mit Meerschaumkopfpfeifen umgeworfen. Was natürlich einen Lärm verursacht hatte, der mindestens ebenso höllisch war wie seine Zahnschmerzen. Dann war auch noch ein Bild mit dem Gemälde einer schwarzen Katze von der Wand gefallen. Letzteres war eindeutig schwarzer Magie geschuldet, davon war der Zinken-Karle überzeugt. Ein Bild, das einfach so herunterfällt, und dann auch noch eine schwarze Katze auf dem Bild – das war gar nicht mehr anders zu interpretieren, als dass da eine dunkle Macht ihre Pfoten im Spiel hatte. Zudem der Besitzer des Shops, der über dem Laden wohnte, die Treppe hinuntergerannt kam und einen Baseballschläger schwang.

»V'rseuchter Hund, dreckerter, i schlag di uogspitzt in Bode nei, dass d' nimme woisch, wie d' hoisch«, hatte der Baseballbegeisterte gebrüllt, was dort, wo der Zinken-Karle herkam, in etwa so viel hieß wie: »Verpinkelter Hund, schmutzstarrender, ich schlage dich ohne anzuspitzen in die Erde, dass dir Hören und Sehen vergeht.«

Der Karle hatte gerade noch die Kurve gekriegt …

»Danke, war nett von dir!«, sagte der Zinken-Karle zu dem Fahrer, der ihn bis Scharenstetten mitgenommen hatte, und öffnete die Beifahrertür. »Bis zum nächsten Mal, Kumpel«, verabschiedete er sich, schlug die Beifahrertür zu und stapfte mitsamt seinem Rucksack davon. Die restlichen Kilometer würde er zu Fuß zurücklegen.

Schon bevor er aufgestanden war, hatte der Karle beschlossen, diesen Tag auf seinem hinter Radelstetten gelegenen Bauernhof zu verbringen, wozu hatte man schließlich eine Datscha. Es genügte, wenn er morgen, Punkt zehn Uhr, wieder auf der Polizeiwache beim Münsterplatz aufschlug. Also hatte er sich nach dem Frühstück fünf Flaschen Bier gegen den Durst sowie drei kleine Jägermeisterlein gegen seine Magenprobleme besorgt, sich in der Nähe von McDonald's an die Blaubeurer Straße gestellt und stadtauswärts den Daumen gehoben. Der Karle hatte Dusel gehabt, einen Mordsdusel. Es hatte nicht lange gedauert, bis der nette Handwerker von neulich mit seinem klapprigen Fiat angehalten und ihn mitgenommen hatte. Und so kam es, dass das saublöde Gefühl, das er beim Aufstehen gehabt hatte, bald verschwunden war.

Als der Zinken-Karle eine gute Stunde später rechtschaffen müde und ziemlich durstig auf seiner Datscha ankam, beschloss er, als Erstes ein Bad zu nehmen. Als Zweites würde er seine Nieren spülen und seine Leber trainieren. Er ging zum Brunnen und bediente den Schwengel der gusseisernen Pumpe, um das in erdiger Tiefe gelegene Nass in die hölzerne Tränke zu befördern. Es bedurfte wie immer zuerst einiger Auf- und Abwärtsbewegungen des Schwengels – Trockenübungen gewissermaßen –, bis das Wasser endlich aus dem nach unten gebogenen Metallrohr zu fließen begann. Dann aber hörte das Wasser mit einem Schlag auf, und die Pumpe gab ein eigenartiges Geräusch von sich: eine Art ersticktes Röcheln.

»Mist, was soll das, du Luder?«, raunzte Karl Dobler den Schwengel an. Was irgendwie blödsinnig war, ein grammatikalisches Sakrileg sozusagen. Es hieß schließlich »der« Schwengel, maskulin, und zwar eindeutig, und nicht »das« Schwengel, auf keinen Fall ein Neutrum, geschweige denn »die« Schwengel, feminin schon auf gar keinen Fall, es sei denn, der Zinken-Karle hätte den Plural verwenden wollen. Das aber konnte ausgeschlossen werden, der Zinken-Karle hatte bis jetzt nicht ein einziges Promille Alkohol im Blut, das ihn veranlasst hätte, alles doppelt zu sehen.

»Elendes Luder!«, versündigte er sich zum zweiten Mal an der Grammatik.

Jetzt erst fiel sein Blick auf den aus Brettern gezimmerten runden Deckel, der das Brunnenloch verschloss. Er saß nicht passgenau im Loch wie sonst. Jemand hatte ihn hochgehoben und ein Stück weit zur Seite ins Gras geschoben. Der breite dunkle Spalt, der ihm entgegengähnte, verhieß nichts Gutes. Der Zinken-Karle ahnte Übles, ihn überkam mit einem Mal wieder das saublöde Gefühl von heute früh. Er wuchtete den schweren, aus drei Lagen Eichenholz gefertigten Deckel vollends zur Seite, sodass dieser das Brunnenloch vollständig freigab.

Blickte hinunter.

Und erstarrte!

36

Die Stimmung im Büro des Ersten Kriminalhauptkommissars der Ulmer Kripo, Eugen Querlinger, entsprach eins zu eins dem Aussehen des Himmels, wie er sich an diesem Spätnachmittag hoch über den Dächern Ulms präsentierte: drohend schwarz und unheilschwanger. Es war sauschwül, ein erstes Grollen verriet, dass der Münsterturm bald ins unheimlich zuckende Licht der Blitze getaucht sein würde. In den nächsten Minuten würden sich die schweren Wolken ihrer Last entledigen, und der vom Wetterbericht vorausgesagte Starkregen würde auf die Stadt und den Erdkreis einprügeln.

»Vier Morde innerhalb der letzten sechzehn Tage und noch nicht ein einziger Hinweis auf den Täter – Prost Mahlzeit!« Querlinger stand am Flipchart neben der Präsentationstafel, wischte sich den Schweiß von der Stirn und versuchte seinen Frust unter Kontrolle zu halten.

»Das erste Opfer: der Obdachlose Georg Schmied, genannt Maultrommel-Schorsch, ermordet am 13. Juni. Nächstes Opfer: Gernot Zachbichler, genannt Professor, ebenfalls obdachlos, ermordet am 20. Juni. Zacharias Müller, Unternehmer, ermordet am 24. Juni. Alter bei allen dreien: fünfundfünfzig. Alle Träger des Kleeblatt-Tattoos. Heute nun ein weiteres Opfer: die Rentnerin und ehemalige Hebamme Christina von Flunkern, geborene Wolfsperger, wohnhaft in Hamburg, vierundsiebzig Jahre alt, vermutlich tot seit vier Tagen, entsorgt in einem Brunnenschacht auf dem Gelände eines verlassenen Bauernhofs und aufgefunden von einem Obdachlosen, der mittlerweile ein guter Bekannter von uns ist. Plus zwei Morde, begangen vor fünfunddreißig Jahren, eines der Opfer ist ebenfalls Träger des Kleeblatt-Tattoos. Sechs Morde, die irgendwie zusammenhängen – wir wissen immer noch nicht, wie –, und ein Name, der wie ein Damoklesschwert über unseren Köpfen hängt: Götzi, ein weiteres potenzielles Opfer – Herrschaften, das Ganze ist ein einziger entsetzlicher Alptraum!«

Heinerle hob zaghaft die Hand.

»Die genaue Todesursache der Hamburgerin konnte der Rechtsmediziner vor Ort aber nicht ermitteln, da müssen wir die Ergebnisse der Obduktion abwarten. Richtig?«

»Richtig! Auf den ersten Blick ergaben sich keine Hinweise auf äußere Gewalteinwirkung. Aber der Zersetzungsprozess der Leiche war nach geschätzten vier Tagen bereits fortgeschritten, ein sicheres Ergebnis bekommen wir allerfrühestens morgen, wahrscheinlich erst übermorgen.«

»Das ist doch irgendwie perfide.« Eulenburg schüttelte fassungslos den Kopf, obwohl die Truppe mittlerweile schon seit fast einer Stunde vom Fundort der Leiche zurück war. »Der Täter entsorgt die Leiche ausgerechnet an der Stelle, wo dieser Zinken-Karle sein Nachtlager aufzuschlagen beabsichtigt. Derjenige, den ihr«, sie nickte Querlinger und Bödele zu, »dort vor ein paar Tagen aufgegriffen habt. Woher konnte der Täter das wissen? Der muss euch doch observiert haben?«

Damit sprach sie ein heikles Kapitel an.

»Im Prinzip haben Sie recht«, antwortete Querlinger schmallippig. »Die Frage lautet: Warum?«

»Vielleicht, weil er den Verdacht auf den Karle lenken will?«, schlug Feigl vor.

»Da wäre er ziemlich einfältig. Zu glauben, dass wir ihm auf den Leim gehen, wo ersichtlich ist, dass dem Karle jegliches Format fehlt, um Täter sein zu können. Nein, ich glaube, der Mörder observiert uns schon länger. Und hat so mehr oder weniger zufällig einen Platz entdeckt, an dem er glaubte, die Leiche entsorgen zu können.«

»Er hat sie dort also nur entsorgt, aber nicht getötet?«, fragte Bödele nach; er war nicht mit am Fundort der Leiche gewesen.

Querlinger nickte. »Ist zumindest der erste Eindruck, den die Spurensicherung und der Rechtsmediziner gewonnen haben.«

Ein erster Blitz tauchte das Büro Querlingers für einen Sekundenbruchteil in grelles Licht; gleich darauf war es wieder duster im Raum, Querlinger hatte sogar die Deckenleuchte einschalten müssen.

»Ich …«, ein Donnerschlag ließ den Raum erzittern, »… will keine weiteren Worte verlieren. Ich habe kurz notiert, worauf wir uns ab sofort konzentrieren müssen.« Querlinger schlug ein Blatt auf dem Flipchart um. »Erstens: Eulenburg und ich, wir fahren morgen nach Hamburg und stellen das Apartment von dieser ehemaligen Hebamme auf den Kopf, ihr Hotelzimmer in Ulm wurde ja bereits durchsucht, Ergebnis: gleich null. Ergo müssen wir zusehen, dass wir in ihrer Wohnung etwas finden. Ich habe bereits um Amtshilfe bei den Hamburger Kollegen gebeten. Zweitens: Bödele, Feigl, ihr bleibt an dem Streit dran, den der Maultrommel-Schorsch und der Professor mit dieser unbekannten Person hatten, der sie Fahrerflucht vorgeworfen haben. Eine Sache, die angeblich über dreißig Jahre zurückliegt. Drittens: Heinerle, Zimmernagel, ihr seht zu, dass ihr Infos von der Frau von Zacharias Müller bekommt. – Das wär's, ich wünsche trotz allem noch einen entspannten Abend.«

Allgemeines Stühlerücken. Schweigend diesmal, alle wirkten frustriert. Einen einzigen entsetzlichen Alptraum hatte der Chef das, was gerade passierte, vorhin genannt. Und ja, er hatte verdammt recht. Ob der »entspannte Abend«, den er dem Team wünschte, eine sarkastisch gehaltene Bemerkung war, mit der er allen nochmals drastisch vor Augen führen wollte, wie deprimierend die Lage war?

Inzwischen hatten weitere Blitze den Raum in gleißende Helle getaucht, während das Krachen des Donners sich mit dem Stakkato des Regens vermischte, der auf die Stadt und den Erdkreis einprügelte.

Der Kommissar sah auf die Uhr: siebzehn Uhr fünfundvierzig. Zeit, nach Hause zu kommen, in einer Stunde würde bei Querlingers zu Abend gegessen. Der einzige Lichtblick an diesem düsteren Tag. Luise hatte versprochen, sein schwäbisches Lieblingsnachtessen vorzubereiten: eine Riesenschüssel

Wurschdsalad vom Feinsten. Deftig und pikant. Reichlich be-
stückt mit Lyoner, Essiggürkchen, Tomaten, Zwiebeln, Roma-
durscheiben, hart gekochten Eiern und mit einem schwäbischen
Dressing, dass es in sich hatte: Bier, Öl, Essig, Senf, Salz, Pfeffer
und heimische Gartenkräuter von der Schwäbischen Alb. Dazu
ein frisches, saftiges schwäbisches Baurebrot mit einer herrlichen Kruste. Und natürlich ein kühles Helles.

Der Kommissar fand, dass er sich das heute mehr als verdient
hatte. Vor allem angesichts dessen, dass morgen die anstrengende Dienstreise nach Hamburg anstand.

37

Donnerstag, 2. Juli

»Wow! Toll!« Eulenburg schwelgte geradezu in dem Bild, das sich ihr bot. Das geschäftige Treiben auf der Elbe, deren Fluten im Sonnenlicht glitzerten, der Museumshafen, der Altonaer Fischmarkt und, nicht weit entfernt, die beeindruckende Architektur der Elbphilharmonie boten einen imposanten Anblick.

Sie saßen an einem der Tische im Restaurant des Augustinums, über dem sich die Glaskuppel der Seniorenresidenz wölbte, und warteten auf die Kollegin Hannelore Schwälble, Kriminalhauptkommissarin bei der Hamburger Kripo, mit der sie sich für zwölf Uhr dreißig verabredet hatten. Angie Braun hatte den Kontakt gestern noch hergestellt und die Schwälble informiert, wann der »Herr Hauptkommissar« und die »Frau Hauptkommissarin« in der Hansestadt eintreffen würden. Vor mehr als einer halben Stunde waren sie von Jana Dölbenkies, der Leiterin der Seniorenresidenz, empfangen worden, die es sich nicht hatte nehmen lassen, den beiden für die Dauer der Wartezeit Kaffee und Kuchen vorzusetzen.

»Nicht zu vergleichen mit dem Blick, der sich vom Ulmer Münster bietet«, meinte Querlinger, bei dem mal wieder der Ulmer Lokalpatriot durchbrach.

Noch bevor Eulenburg widersprechen konnte, erscholl ein Dröhnen.

»Ja, grüß Gottle, Kollegen, herzlich willkommen im scheene Hamburg!«

Sie sahen erschrocken auf.

Zusammen mit Jana Dölbenkies war eine Frau Mitte fünfzig an den Tisch herangetreten. Gute eins neunzig, breite Schultern, blonde Mähne – eine Walküre wie aus einer Wagner-Oper. Das Begrüßungsdröhnen war von ihr ausgegangen.

»Hanni Schwälble, Kripo Hamburg«, stellte sich die Frau vor und grinste.

Querlinger erhob sich. »Ja, so was aber auch. Eine Schwäbin im fernen Hamburg, wer hätte das gedacht?«

»Mir Schwaben sind halt Weltbürger, Herr Kollege. Das Schwabenvirus grassiert wie eine Pandemie um den ganzen Erdball, gell?« Dröhnendes Lachen. »Sie sind aber koine von uns. Stimmt's oder hab ich recht?«, wandte sich Hanni Schwälble an Eulenburg und musterte sie von oben bis unten.

»Nein, bevor ich nach Ulm kam, wurde ich geimpft. Gegen das Schwabenvirus bin ich immun«, meinte Eulenburg und stand ebenfalls vom Tisch auf.

»Han i mir scho denkt. Ob oiner a Schwob isch oder it, riech ich drei Kilometer gege de Wind. Und so wie Sie schwätzet, riechet Sie verdammt nach Ruhrgebiet. Stimmt's oder hab ich recht?«

»Ich weiß, ich rieche verdammt angekokelt, aber der Geruch hat bis jetzt jeden verdammten Schwaben vertrieben, der mir auf den Geist gehen wollte.«

Gelächter seitens Hanni Schwälble und Jana Dölbenkies, in das Querlinger und schließlich auch Eulenburg einstimmten. Gute Laune, trotz des traurigen Anlasses, der sie zusammengeführt hatte.

Die ihnen allerdings bald vergehen sollte.

»Tja, dann würde ich sagen, gehen wir's an«, schlug Schwälble vor, die erstaunlicherweise von jetzt auf gleich auf Hochdeutsch umgeschwenkt war. »Frau Dölbenkies, wenn Sie uns bitte das Apartment zeigen würden.«

Sie teilten sich die Untersuchung der Räume auf. Konzentriert und systematisch, wie es sich für eine polizeiliche Durchsuchung gehörte, arbeiteten sie sich durch Schränke, Schubladen, Ordner, und eine Menge schriftlicher Unterlagen. Etwa eine halbe Stunde später die erste Bestandsaufnahme. Ernüchterung.

»Bis jetzt nichts Wesentliches«, meinte Querlinger frustriert.

»Einen Rechner hatte sie nicht? Laptop, Tablet, was in die Richtung?«, wandte sich Eulenburg an Jana Dölbenkies.

»Sie konnte zwar mit einem Computer umgehen, aber einen eigenen Rechner besaß sie nicht, außer natürlich ein Smartphone.«

»Wieso konnte sie mit einem Computer umgehen, wenn sie keinen haben wollte?«, fragte der Kommissar stirnrunzelnd nach.

»Sie besaß zwar keinen, aber sie war regelmäßig online. Sie benutzte einen der Computer, die in einem der Aufenthaltsräume stehen. Sie hat mehrere Seniorencomputerkurse gemacht. Das Angebot nutzen nur ganz wenige hier im Haus.«

»Sie war *regelmäßig* online, sagten Sie?«

Dölbenkies nickte. »Ja, sie recherchierte gern im Internet. Auch ihre Reisen buchte sie manchmal online.«

»Ich würde mir nachher gerne den Verlauf anschauen. An dem Rechner, den sie benutzte«, klinkte sich Eulenburg ins Gespräch ein.

»Gerne doch, kein Problem.«

»Das Smartphone haben Sie nicht gefunden, nehme ich an?« Kommissarin Schwälble hatte die Frage gestellt.

»Nein!« Querlinger schüttelte den Kopf. »Wir haben nur ihre Handynummer. Wir sind dabei, die Verbindungsdaten und ein Bewegungsprofil beim Provider abzufragen, aber so was dauert, wie Sie wissen. Wir haben ihre Leiche erst gestern entdeckt, vorher konnten wir nicht aktiv werden.«

»Verstehe!«

»Hey, was ist das denn?«

Eulenburg hatte aus einem Papierkorb, der im Flur des Apartments stand, einen selbstklebenden Post-it-Zettel mit einem handschriftlichen Vermerk geklaubt.

»›Uwe Kerkrade anrufen‹, steht hier. Kennen Sie einen Uwe Kerkrade?«, wandte sie sich an die Leiterin der Altersresidenz.

»Ein guter Bekannter. Er muss irgendwo im Hannoverschen wohnen.«

»Hatte sie regelmäßig Kontakt zu ihm?«

»Sie hat ihn des Öfteren angerufen. Hin und wieder trafen sie sich. Vielleicht drei-, viermal im Jahr.«

»Wie war die Beziehung zwischen den beiden?«

»Kann ich Ihnen nicht sagen. Das hat mich nicht interessiert.«

Eulenburgs Blick ruhte noch immer auf dem Papierkorb. »Sagen Sie, wissen Sie, wann der Papierkorb zuletzt geleert wurde? Ich nehme an, das hat eine Servicekraft besorgt? Oder hat Frau von Flunkern den immer selbst ausgeleert?«

»Nein, so was wird von der Reinigungskraft erledigt. Der Papierkorb wird jeden Tag geleert.«

»Unseren Informationen zufolge checkte Frau von Flunkern vor knapp einer Woche am Freitag, dem 26. Juni um neunzehn Uhr in ihrem Hotel in Ulm ein. Die Zugreise dauert ja ein paar Stunden. Um welche Uhrzeit verließ sie das Augustinum, wissen Sie das?«

»Das Taxi zum Bahnhof hatte sie für sechs Uhr fünfzehn bestellt.«

Eulenburg sinnierte einen Augenblick still vor sich hin.

»Wenn sie vergangenen Freitag das Haus in der Früh verlassen hat und die Papierkörbe täglich geleert werden, wie kommt es, dass sich dieser Zettel im Papierkorb befindet? Wir haben heute Donnerstag, den 2. Juli. Wer hat das Apartment nach der Abreise von Frau von Flunkern betreten?«

»Die zuständige Mitarbeiterin des Reinigungspersonals. Sie wird wie üblich das Zimmer gereinigt und auf Vordermann gebracht haben.«

»Gehört sie zum Personal des Hauses?«

»Nein, wir haben die Reinigung an ein Unternehmen für Facility Management outgesourct.«

»Wer außer dem Reinigungspersonal hat Zutritt zu den Apartments?«

»Außer mir, dem Hausmeister und dem Pflege- beziehungsweise Servicepersonal niemand.«

»Lässt sich zurückverfolgen, wer von den Reinigungskräften am Tag der Abreise von Frau von Flunkern Dienst hatte?«

»Ja natürlich, einen Moment. Ich frag mal nach.« Die Leiterin zog ihr Handy aus der Tasche und drückte ein paar Tasten.

Querlinger und die Hamburger Kommissarin waren inzwischen hinzugetreten.

»Gut, dass Ihnen das aufgefallen ist, Kollegin«, brummte Querlinger.

»Wir haben Glück.« Jana Dölbenkies hatte ihr Telefonat beendet. »Mitarbeiter der Firma sind heute mit speziellen Reinigungsarbeiten in der Küche beschäftigt. Das Zimmermädchen, das letzten Freitag Dienst hatte, ist auch dabei. Eine Bozena Wójcik. Ich habe darum gebeten, dass sie kurz hochkommt.«

Die etwa fünfundzwanzigjährige Polin, die gleich darauf im Arbeitsoverall das Apartment betrat, machte einen etwas verschüchterten Eindruck.

»Frau Wójcik«, Eulenburg kam unverzüglich zur Sache, »Sie hatten am vergangenen Freitag hier auf der Etage Dienst?«

Verhaltenes Nicken.

»Wann haben Sie das Apartment von Frau von Flunkern gereinigt?«

»Normalle Zeit, wie iblich. Zwischen halb nein und nein.«

»Sie haben auch den Papierkorb geleert?«

»Natirlich, ja.«

»Aber nicht sehr gründlich. Diesen Zettel hier, den haben wir soeben darin gefunden.«

Bozena Wójcik wurde puterrot im Gesicht.

»Ich, ich chabe …«, stotterte sie.

»Was haben Sie, Frau Wójcik?«

»Zettel klebte an Zeitung. Habe Zettel einfach in Papierkorb weggeworfen und Zeitung mitgenommen.«

»Moment, was für eine Zeitung?«

»Zeitung von Frau von Flunkern. Ich durfte immer mitnehmen, wenn im Papierkorb lag. Frau von Flunkern mir hat erlaubt, Zeitung mitnehmen, zum Lesen.«

»Verstehe, das ist ja auch in Ordnung, Frau Wójcik. Und dieser Zettel lag in der Zeitung?«

Die Frau nickte. »Ja. Klebte auf Seite, wo angestrichen.«

»Eine Seite war angestrichen? Was meinen Sie damit?«

»Zeilen gelb angestrichen. Mit dicke Stift.«

Eulenburg nickte. Christina von Flunkern hatte offenbar einen Absatz in einer Zeitung mit einem Textmarker angeleuchtet.

»Sagen Sie, Frau Wójcik, was war das für eine Zeitung? Haben Sie sie noch?«

Bozena Wójcik nickte. »Sidwestbotte heißt das Zeitung. Habe ich noch.«

»Könnten Sie uns die Zeitung zukommen lassen? Am besten gleich?«

»Wohnen zehn Minuten von hier. Zu Fuß.«

»Kein Problem«, intervenierte Kommissarin Schwälble, die ebenso wie Querlinger dem Gespräch gefolgt war, »ich fahre Sie hin, das geht schneller. Können wir sofort machen.«

»Prima.« Eulenburg wandte sich an Querlinger und Dölbenkies. »Ich schlage vor, dann schauen wir uns derweil auf dem Computer, den Frau von Flunkern genutzt hat, den Browserverlauf an.«

»In Ordnung«, nickte Dölbenkies.

Sie gingen in den Aufenthaltsraum. Allerdings hätten sie sich die Mühe sparen können, der Verlauf war gelöscht.

»Sagen Sie, Frau Dölbenkies, wer außer Frau von Flunkern hat an diesem Computer gesessen, wissen Sie das?«

»Das war ihr Computerplatz. Da ging niemand anders ran.«

»Sie muss sich gut ausgekannt haben, wenn sie den Browserverlauf selbst gelöscht hat.«

Ratloses Schweigen, das jedoch nur kurz andauerte. Die Tür wurde aufgerissen, und Hanni Schwälble betrat den Raum.

»Da wäre ich wieder. Ich denke mal, Sie hatten den richtigen Riecher, Frau Kollegin«, dröhnte sie und schwenkte eine Ausgabe des Südwestboten in der Rechten, die sie auf dem Tisch neben dem Computer ablegte und auch gleich aufschlug.

Alle traten an den Tisch heran.

»Das ist die Seite.« Kommissarin Schwälble wies auf die gelb angeleuchtete Überschriftzeile. »Mord im Moor – Skelette im Federseeried entdeckt«. Die Überschrift des Artikels, den Dieter Oxheimer für die Ausgabe des Südwestboten vom 9. Juni verfasst hatte. An den Rand neben den Artikel hingekritzelt eine Festnetznummer inklusive Vorwahl sowie die Bemerkung »Neue Nummer von Uwe«.

Da Eulenburg bereits am Computer saß, gab sie die Nummer auf telefonbuch.de ein. Fehlanzeige. Also suchte sie im Vorwahlregister, um wenigstens den Ort in Erfahrung zu bringen.

»Bremen! Das ist eine Nummer aus Bremen«, verkündete sie schließlich. »Rufen Sie an, Chef?«

Der Kommissar zog sein Smartphone aus der Hosentasche, Eulenburg diktierte ihm die Nummer.

Gespanntes Schweigen, als der Freiton ertönte, der Kommissar hatte nach dem Wählen der Nummer den Lautsprecher aktiviert.

»Lena Kerkrade?« Eine weibliche Stimme. Angenehm.

»Guten Tag, Frau Kerkrade. Eugen Querlinger mein Name.« Der Kommissar vermied tunlichst, sich als Kripobeamter vorzustellen. »Sagen Sie, kann ich Herrn Kerkrade sprechen?«

Überraschtes Schweigen, dann: »Welchen Herrn Kerkrade? Julian, Peter oder Uwe?«

»Uwe Kerkrade.«

»Mein Vater ist verreist.«

»Ah, Sie sind also die Tochter.«

»Bravo, hundert Punkte.«

Die Quittung für eine geistreiche Bemerkung, die Tochter hatte Sinn für Humor. Eulenburg konnte sich ein Grinsen nicht verkneifen.

Querlinger räusperte sich. »Frau Kerkrade, ich muss unbedingt Ihren Vater sprechen. Wie kann ich ihn erreichen?«

Erneutes Schweigen. »Ich fürchte, im Moment gar nicht. Ich

habe ihn auch schon zu erreichen versucht, aber er hat schon seit Stunden sein Handy ausgeschaltet.«

»Ja, dann … nun …«

»Sagen Sie, Herr Querlinger, kennen Sie Max Müller, den mein Vater irgendwo in Baden-Württemberg treffen wollte? Der gestern Abend im Namen von Frau von Flunkern angerufen hat? Mein Vater müsste nämlich längst angekommen sein.«

Entsetzte Blicke zwischen Querlinger und Eulenburg. Nahm hier ein neues Desaster seinen Lauf?

»Nein, den kenne ich nicht, Frau Kerkrade.« Jetzt musste sie raus, die Wahrheit. »Ich bin Kriminalhauptkommissar bei der Kripo Ulm. Ihr Vater ist in Gefahr, Frau Kerkrade. Frau von Flunkern wurde bereits vor Tagen … nun ja … sie lebt nicht mehr … sie wurde umgebracht. Vermutlich hat der Mörder Ihren Vater angerufen. Bitte sagen Sie mir alles, was Sie über dieses Telefongespräch wissen. Ich werde Ihnen jetzt ein paar Fragen stellen. Versuchen Sie, sie so präzise wie möglich zu beantworten. Haben Sie mich klar verstanden, Frau Kerkrade?«

»Fragen Sie!« Die Stimme bebte leicht.

»Sie sagten eben, Sie hätten Ihren Vater seit Stunden nicht mehr auf dem Handy erreicht. Wann hatten Sie zuletzt Kontakt zu ihm?«

»Heute Vormittag. Kurz vor elf rief er mich an und hat mir von dem gestrigen Anruf erzählt. Er bat mich, die Unterlagen auf seinem Schreibtisch zum Steuerberater zu bringen. Er fahre gleich weg und könne das nicht mehr selbst erledigen. Vor zwei Stunden habe ich ihn auf dem Handy angerufen, aber ich habe ihn nicht erreicht.«

»Sie sagten, Ihr Vater wurde gestern Abend von einem Mann namens Müller angerufen?«

»Ja, Max Müller. Hat Vater mir zumindest so erzählt.«

Max Müller als Pseudonym für einen Mörder? In anderer Hinsicht war der Mann kreativer!

»Dieser Max Müller hat behauptet, im Namen von Frau von Flunkern anzurufen?«

»Irgendetwas mit Frau von Flunkern. Mein Vater wirkte ziemlich derangiert. Er müsse sofort da runterfahren, hat er gesagt. Er wollte diesen Anrufer treffen.«

»Wohin runterfahren?«

»Hab's nicht genau verstanden. Wie gesagt, er war ziemlich derangiert, um nicht zu sagen: verstört, aufgewühlt. Er hat etwas von einer Klinik gefaselt, wo er sie treffen wollte, und irgendwas von einem Stift, der im Besitz einer Dame sei – wie gesagt, völlig konfus hat er dahergeredet.«

»Ihr Vater fuhr also gegen elf heute Vormittag los?«

»Richtig.«

»Dieses Verhalten muss Sie doch seltsam berührt haben. Haben Sie nicht nachgehakt?«

»Er hatte im Laufe der Jahre immer wieder mal seltsame Anwandlungen, wenn es um Frau von Flunkern ging.«

»Was meinen Sie mit seltsamen Anwandlungen?«

Pause. Verlegenheitshüsteln.

»Na ja … also wie soll ich sagen … Frau von Flunkern … ich meine, sie sieht verdammt gut aus für ihr Alter, und mein Vater … er ist zwar gute zwanzig Jahre jünger, aber na ja … er ist schon fünfzehn Jahre Witwer und … ähm … Geld hat die Alte auch … Also wenn er anrief und sie ihm vorschlug, mal wieder einen oder zwei Tage miteinander zu verbringen, dann … wie soll ich sagen … war er nicht abgeneigt.«

Oh, là, là! Daher also wehte der Wind!

»Verstehe. Das erklärt natürlich einiges. Sagen Sie, seit wann kennen sich die beiden?«

»*Kannten.* Präteritum.«

»Wie bitte?«

»Na, Sie sagten doch, Frau von Flunkern sei ermordet worden? Also Präteritum, Vergangenheit. Ich bin Deutschlehrerin, wissen Sie.«

Grundgütiger, eine grammatikpenetrante Lehrerin!

»Sagen Sie mir einfach, seit wann sich die beiden kannten, Frau Kerkrade.«

»Im Prinzip seit Vaters Geburt. Sie war die Hebamme, die half, ihn zur Welt zu bringen.«

Wow! Das war außergewöhnlich. Wer hatte schon das Privileg, ein erotisches Verhältnis zu der Hebamme aufbauen zu können, die einen ans Licht der Welt befördert hatte?

Blitzartig schoss Querlinger eines der Fotos in den Sinn, die Eulenburg von dem alten Fotografengehilfen bekommen hatte, das mit den fünf lachenden Kleeblättern. Der Bursche mit dem besonders herzlichen Lachen im Gesicht, den sie als Einzigen nicht hatten identifizieren können.

»Das Bild, Chef, das mit den fünf Jungs«, raunte Eulenburg ihm zu.

Querlinger nickte. Ermittlungstechnisch waren er und seine Kommissarin wieder mal ein Herz und eine Seele.

»Frau Kerkrade. Eine Frage: Hat Ihr Vater eine künstliche Hand?«

Ein unterdrückter Ausruf des Erstaunens.

»Woher … wissen Sie das denn?«

»Ihnen das jetzt zu erklären, dazu fehlt die Zeit. Andere Frage: Gibt es Bilder von Ihrem Vater, die ihn im jugendlichen Alter zeigen? Ein Porträt vielleicht?«

»Wozu brauchen Sie Bilder, die meinen Vater als Jugendlichen zeigen?«

»Frau Kerkrade, bitte! Ich kann Ihnen jetzt nicht sämtliche Einzelheiten darlegen. Nur so viel: Das Leben Ihres Vaters hängt eventuell davon ab, ob wir ein bestimmtes Merkmal, was sein Aussehen als Jugendlicher angeht, identifizieren können oder nicht.«

Kurze Pause, dann: »Okay. Es gibt, soviel ich weiß, drei oder vier Bilder, in einem alten Fotoalbum. Wie soll ich Sie Ihnen zukommen lassen?«

»Geben Sie ihr meine Handynummer durch, sie soll sie mit ihrem Handy abfotografieren und mir zuschicken«, flüsterte Eulenburg dem Kommissar ins Ohr.

Querlinger gab die Nummer von Eulenburgs Handy durch.

»Gut, erledige ich gleich.«

»Danke, Frau Kerkrade. Wenn Sie jetzt noch die Handynummer Ihres Vaters hätten. Wir müssen zusehen, dass wir ein Bewegungsprofil von ihm bekommen, auch wenn das dauert.«

Sie gab ihm die Nummer, die Eulenburg sich aufschrieb.

»Sagen Sie, Herr Kommissar«, Lena Kerkrades Stimme zitterte wieder, »Sie halten mich schon auf dem Laufenden, oder?«

»Natürlich. Es könnte sein, dass wir weitere Fragen haben. Halten Sie sich die nächsten vierundzwanzig Stunden bitte zur Verfügung und sehn Sie zu, dass Sie immer Ihr Handy parat haben. Ach, noch etwas. Ich nehme an, Ihr Vater ist mit dem Auto unterwegs. Können Sie mir noch sagen, welchen Wagen er fährt und das Kennzeichen?«

Konnte sie.

Es dauerte keine zehn Minuten, bis das Empfangssignal auf dem Smartphone Eulenburgs den Eingang der Fotos vermeldete. Insgesamt vier. Äußerste Anspannung spiegelte sich nicht nur in den Gesichtern Querlingers und Eulenburgs. Auch Hanni Schwälble und Jana Dölbenkies warteten, die Nerven zum Zerreißen gespannt. Und das, obwohl sie gar nicht wussten, worum es im Detail eigentlich ging.

Eulenburg tippte auf die JPEG-Dateien. Schon die ersten beiden Bilder beseitigten jeden Zweifel.

»Verdammt! Der Junge mit dem besonders netten Lächeln. Das fünfte Kleeblatt!«, stieß sie hervor.

Querlinger nickte grimmig. »Jetzt müssen wir nur noch wissen, wohin ihn der Mörder bestellt hat. Frau Kollegin.« Querlinger wandte sich an Hanni Schwälble. »Ich bräuchte eine Konferenzschalte mit meinem Team. Können wir die bei Ihnen im Präsidium einrichten?«

»Verstanden, Chef«, sagte Bödele und fasste stellvertretend für die Truppe die Anweisungen seines Chefs zusammen.

»Nein, Guntram, du hast nicht alles verstanden. Ich sagte, dass wir das Bewegungsprofil von Kerkrades Handy brauchen und auch das von Christina von Flunkern. Das hast du vergessen, zu wiederholen.«

»Okay, reg dich ab. Ist registriert. Aber wozu brauchen wir das Bewegungsprofil von der Handynummer der ermordeten Alten?«

»Mein Gott, Guntram, hab ich doch grad lang und breit erklärt. Der Mörder hat ihr das Handy abgenommen und zunächst abgeschaltet. Vorgestern hat er es benutzt, um Uwe Kerkrade anzurufen. Dafür musste er es natürlich wieder aktivieren. Wir müssen wissen, wann und wo. Klar?«

»Und die richterliche Genehmigung, wer besorgt die? Sollen wir das machen?«

»Dazu haben wir keine Zeit. Es gibt Ausnahmen, da verzichten wir auf nervtötende Bürokratievorschriften. Gefahr im Verzug. Schon mal gehört? In unserem Fall steht der ›Wille zur Rettung‹ im Vordergrund und rechtfertigt das Vorgehen. So sagt es das Gesetz!«

Sie beendeten die Schalte.

Querlinger sah auf die Uhr. »Wir müssen allmählich zum Bahnhof, Kollegin«, wandte er sich an Hanni Schwälble. »In einer Dreiviertelstunde geht unser Zug. Fahren Sie uns?«

»Ja, klar, Kollege. Schade, dass Sie net mehr Zeit ham, ich hätt Sie gern auf ein Fischesse ei'g'lade im Fischereihafenreschtorang.«

Querlinger schüttelte bedauernd den Kopf.

»Klappt leider nicht, Kollegin. Hätten wir gerne in Anspruch genommen, aber Sie sehen ja selbst …«

»Natürlich, ganz klar. Seh ich ein. Dann fahr ich Sie jetzt zum Bahnhof, gell.«

38

Sie befanden sich bereits auf dem Weg zum Gleis, als Querlingers Handy klingelte: Feigl.

»Hallo, Chef, es gibt was Neues zu vermelden. Wir konnten das mit dem Typ klären, der vor drei Monaten den Streit mit dem Schorsch und dem Professor hatte. Um das Wichtigste schon mal vorwegzunehmen: Die Spur können wir knicken.«

»Erzähl!«

»Wir haben rausgekriegt, dass es sich dabei um den Onkel von Cornelius Lauterbach handelte, einen gewissen Werner Vogt, er ist der Bruder von Lauterbachs Mutter. Er war bis vor einem halben Jahr ebenfalls Dozent an der Berber-Uni. Wir sind sofort zum Lauterbach hin und haben ihn in die Mangel genommen. Das sei alles blöd gelaufen, hat er uns erklärt. Sein Onkel sei tatsächlich vor über dreißig Jahren in einen tödlichen Unfall verwickelt gewesen und habe Fahrerflucht begangen. Er, Lauterbach, habe neulich am Handy mit seiner Frau darüber gesprochen. Das müssten die beiden, also der Schorsch und der Professor, mitgekriegt haben, die seien nämlich ganz in der Nähe gewesen, was er allerdings erst später bemerkt hat, ein total bescheuerter Zufall. Und die hätten die Informationen dann für sich auszunutzen versucht. Der Onkel vom Lauterbach kann aber nicht der Täter gewesen sein, der ist nämlich seit sechs Wochen auf Teneriffa. Absolut wasserdicht, das Alibi, furztrocken sozusagen.«

»Und das hat euch der Lauterbach einfach so erzählt?«

»Ihm blieb nichts anderes übrig, nachdem wir ihn mit dem Sachverhalt konfrontiert hatten. Er fürchtete, selbst verdächtigt zu werden, da ist er mit der Wahrheit herausgerückt. Er war fix und alle danach.«

»Kann ich mir vorstellen. Und was passiert jetzt mit seinem Onkel?«

»Wir haben den Fall der Staatsanwaltschaft gemeldet. Auch wenn es keine Konsequenzen für den Fahrerflüchtigen mehr hat. Es dürfte eindeutig Totschlag gewesen sein, und Totschlag verjährt nach zwanzig Jahren. – Bei euch was Neues?«

»Kann man sagen. Wir haben das fünfte Kleeblatt ausfindig gemacht.« Querlinger erzählte ihm, was sie über Uwe Kerkrade erfahren hatten.

»Oh, verdammt. Das heißt, vorrangiges Ziel ist es, diesen Uwe Kerkrade zu finden?«

»Du sagst es.«

»Und wie wollen wir da vorgehen?«

»Weiß ich noch nicht.« Der Kommissar klang müde. »Jetzt lass Eulenburg und mich erst mal nach Hause kommen, dann sehen wir weiter.«

Er legte auf. Erneut hatte sich eine Spur als Rohrkrepierer erwiesen. Er spürte, wie ihn Frust zu erfassen drohte, und unterrichtete seine Kommissarin über das Gespräch.

Die nahm das locker. »Tja, Chef, sehen wir's positiv. Da haben wir doch tatsächlich im Vorbeigehen ganz nonchalant einen anderen Fall gelöst. Ist doch auch nicht schlecht.«

Querlinger ließ nur ein Brummen hören. Während sie weitergingen, kamen sie an mehreren Shops vorbei. Unter anderem an einem mit schwedischen Fischdelikatessen. Querlinger sah sich die Auslagen an, die alle sehr appetitlich aussahen. Eine willkommene Ablenkung, die er jetzt dringend gebrauchen konnte. Noch heute Morgen, vor der Abreise, hatte Luise ihn gebeten, doch »was Guats und ganz Bsonders« mitzubringen. In kulinarischem Sinn. »Wenn scho mol in Hamburg bisch.« Nur »haltbar« sollte es sein. Demnächst kämen die Weißeneggers zu Besuch, hatte sie ihm eröffnet, denen würde sie etwas Besonderes zum Essen servieren wollen. Die Ankündigung hätte bei ihm fast einen Schlaganfall ausgelöst. Aber angesichts der mittelschweren Ehekrise, die ja noch nicht allzu lange zurücklag, hatte er beschlossen, diese Prüfung widerstandslos über sich ergehen zu lassen.

»Ich geh da mal rein«, sagte der Kommissar.

»In Ordnung, ich seh mich derweil in dem Drogerieladen da drüben um«, meinte Eulenburg.

Der Kommissar betrat den schwedischen Fischdelikatessenshop. Ein Stapel äußerst interessant aussehender Dosen mit gelb-rotem Etikett stach ihm besonders ins Auge. Und da er etwas »Bsondrs« mitbringen sollte, erkundigte er sich nach dem Inhalt.

»Das ist Surströmming«, klärte ihn die Verkäuferin hinter dem Tresen auf, die einen netten schwedischen Akzent hatte. »Eine weltberühmte Delikatesse, die es nur in Schweden gibt.«

»Weltberühmt! Nur in Schweden! Oh!« Querlinger war beeindruckt. »Meine Frau meinte, ich solle was ganz Besonderes mitbringen. Wir bekommen Besuch, und sie möchte etwas Außergewöhnliches zum Essen servieren.«

»Etwas Außergewöhnliches? Dann ist Surströmming genau das Richtige.«

»Was ist das?«

»Fermentierter Hering. Surströmming heißt so viel wie ›saurer Hering‹. Verarbeitet werden ausschließlich Originalostseeheringe, wohlgemerkt. Äußerst intensiv im Geschmack. Diese Firma«, die Verkäuferin hob eine der Dosen mit beiden Händen hoch, als hielte sie eine Monstranz, »stellt den besten Surströmming der Welt her.«

»Und was kostet eine Dose?«

»Achtzehn Euro, zwanzig Cent. Sonderangebot!«

Achtzehn Euro für eine Dose Hering! Donnerwetter! Da musste es sich ja wirklich um den besten Hering der Welt handeln. Querlinger ging in Gedanken durch, wie viele Dosen er bräuchte. Vier schon mal für den Abend mit den Weißeneggers. Besser fünf, die Weißeneggers hatten einen gesegneten Appetit, vor allem er. Die Dosen eigneten sich bestimmt auch hervorragend als Geschenk. Er überschlug, wen er mit dem Hering noch beglücken könnte, und kam auf vier Personen.

»Dann nehme ich neun Dosen«, verkündete er.

»Neun? Nehmen Sie doch gleich zehn, dann bekommen Sie eine gratis dazu.«

»In Ordnung, dann zehn. Sagen Sie, wie wird der Fisch zubereitet?«

»Sie meinen, wie er gegessen wird? Eigentlich frisch aus der Dose. Die sollten Sie übrigens bis zum Öffnen in den Kühlschrank geben. Wir Schweden essen ihn traditionell mit neuen gekochten Kartoffeln – am besten Pellkartoffeln –, frisch geschnittenen roten Zwiebeln und saurer Sahne. Oder Sie bestreichen ein Fladenbrot mit saurer Sahne, streuen gehackte rote Zwiebeln darüber und rollen das Ganze zu einem Wrap zusammen. Was auf jeden Fall dazugehört, ist ein eiskalter Aquavit. Haben wir auch im Sortiment.« Die Verkäuferin deutete auf ein Spirituosenregal.

»Eiskalter Aquavit. Das hört sich verdammt gut an. Dann nehme ich davon zwei Flaschen … oder nein, geben Sie mir drei.«

Die Verkäuferin schenkte dem Kommissar das vermutlich bezauberndste Lächeln der Welt und tippte die Preise in die Kasse. »Das wären dann hundertzweiundachtzig Euro für das Surströmming und neunundfünfzig Euro vierundneunzig für den Aquavit, macht zusammen zweihunderteinundvierzig Euro vierundneunzig.«

Querlinger war gerade im Gehen begriffen, als sein Blick auf einen Ständer mit Obst fiel. Auf eine Kiste mit wunderschönen, richtig prallen, hell gerösteten Jumboerdnüssen.

»Oh, geben Sie mir doch davon auch noch ein Kilo.«

»Nanu, Chef, was haben Sie denn eingekauft?«, wunderte sich Eulenburg, als sie ihren Chef mit zwei Einkaufstüten aus dem Shop treten sah.

»Erdnüsse und schwedischen Hering. Fermentiert. Eine Delikatesse. Einzigartig auf der Welt. Gibt's bei uns demnächst. Meine Frau plant ein kulinarisches Schwedendinner.«

Über die Miene Eulenburgs glitt ein wissendes Grinsen. »Verstehe«, meinte sie. »Na, dann wünsche ich jetzt schon guten

Appetit. – Aber jetzt lassen Sie uns aufs Gleis gehen, in sechs Minuten geht unser Zug.«

In diesem Moment bemerkte Querlinger, dass sich der Schnürsenkel an seinem linken Schuh gelockert hatte. Er stellte die beiden Einkaufstüten ab, ging in die Hocke und band ihn sich. Noch fünf Minuten bis zur Abfahrt, höchste Zeit, sie mussten sich sputen. Als sie endlich im Abteil saßen, bemerkte der Kommissar, dass der Schnürsenkel schon wieder aufgegangen war. Er band ihn sich erneut und lehnte sich schließlich mit einem zufriedenen Seufzer zurück.

Bis kurz hinter Hannover verlief die Rückreise völlig entspannt. Was unter anderem dem Umstand geschuldet war, dass Angie in Ignorierung klarer Dienstvorschriften zwei Erste-Klasse-Tickets gebucht hatte. Querlinger genoss einen Kommissar-Maigret-Krimi – »Der gelbe Hund« –, Eulenburg hatte Kopfhörer aufgesetzt und sah sich auf ihrem Laptop einen Bollywood-Schmachtfetzen an. Wie gesagt: völlig entspannt, das Ganze – bis zu dem Augenblick, da Querlingers Handy klingelte. Er musste sich dreimal die Augen reiben, um zu registrieren, dass ihn gerade Dr. Elias Brenner anrief.

Entsprechend dauerte es, bis er sich durchrang, abzunehmen.

»Na, gut geschlafen, Meister?« Brenner klang munter. Aber auch irgendwie schadenfroh.

»Wie bitte?«, röhrte Querlinger.

»Na, hören Sie mal! So lange wie ich es hab klingeln lassen, bis Sie endlich rangegangen sind, müssen Sie doch geschlafen haben? Aber glauben Sie mir, das ist das Alter.«

»Also jetzt sag ich Ihnen mal was, Sie Kurpfuscher –«

»Halten Sie die Klappe und hören Sie mir zu. Sie werden ohnehin gleich das kalte Grausen kriegen.«

»Das krieg ich immer, wenn ich Leute wie Sie an der Strippe habe. Also, was ist los?«

»Was los ist?« Der Rechtsmediziner lachte sein dreckigstes Lachen. »Ihre Toten sind los. Also zumindest einer von ihnen. Eines dieser bedauernswerten Opfer aus dem Federsee ist von den Toten auferstanden. Vielleicht ist es ja auch sein Geist, der sich einen neuen Körper zugelegt hat und damit munter durch die Gegend zieht. Stellen Sie sich das mal vor: ein toter Schwabe, der wandert! Na, das ist doch mal ein Ermittlungsergebnis, das sich sehen lassen kann, finden Sie nicht? Damit schaffen Sie es garantiert in die internationalen Gazetten.«

Bei Querlinger schrillten die Alarmglocken. Ihm war klar, dass sein Intimfeind ihn nicht einfach so zum Besten hielt. Dass er einen Grund haben musste, weshalb er so mit ihm sprach. Und dass dieser Grund ein hundsgemeiner war.

»Kommen Sie endlich zum Punkt, ich hab meine Zeit nicht gestohlen«, blaffte er ihn an.

»Gut, dann hören Sie mir jetzt genau zu. Eine DNA-Probe, die die KTU im Hotelzimmer der verschwundenen Hamburgerin sichergestellt hat, hat eine hundertprozentige Übereinstimmung mit dem Genmaterial von der älteren der beiden Federseeleichen ergeben. Wir haben einen Schnelltest gemacht. Und bevor Sie jetzt auf den idiotischen Gedanken kommen, dass es sich um eine Probe handeln könnte, die mit dem Erbmaterial dieses bedauerlichen Menschen, von dem nur noch Skelettreste existieren, versehentlich kontaminiert wurde, verrate ich Ihnen noch etwas. Bei der von der KTU sichergestellten Probe handelt es sich um Hautschuppen, die nicht älter sind als einige Tage.«

Fassungslosigkeit aufseiten des Kommissars.

»Tja, mein Bester, da verschlägt es Ihnen die Sprache, nicht wahr? Es gibt Dinge zwischen Himmel und Erde, die übersteigen den Verstand. So man einen hat.«

Querlinger war zu sehr damit beschäftigt, die soeben erhaltene Information zu verarbeiten, um sich den verbalen Seitenhieben des Rechtsmediziners zu stellen. Er beschloss, die Ironie im Ton seines Intimfeindes aufzugreifen, so käme er wenigstens einigermaßen souverän aus dem Duell heraus.

»Mit anderen Worten: Wir haben es mit einem Wunder zu tun, um das man uns in Lourdes beneiden würde. Nämlich mit dem einzigartigen Phänomen, dass der Vater, der mit seinem

Sohn vor fünfunddreißig Jahren erschossen und mit ihm zusammen im Federsee versenkt wurde, quicklebendig ist und auf der schönen Schwabenalb herumspaziert. Hab ich Sie da richtig verstanden?«

»Bravo, mein Bester, Sie haben mich tatsächlich richtig verstanden. Ein Phänomen, in der Tat. Ich sagte ja schon mal, Sie sind durchaus lernfähig. Und nachdem das so ist, haben Sie hoffentlich eine Lösung für dieses Wunder parat. Eine, die in unser aufgeklärtes Zeitalter passt.«

Dieser penetrante Hornochse wollte ihn tatsächlich examinieren. Natürlich konnte es dafür nur eine Lösung geben. Eine, die die Ermittlungen in diesem verhexten Fall wieder einmal in eine völlig neue Richtung drehte. Es war zum Kotzen. Einerseits. Andererseits erklärte es so einiges, was sie bisher als bizarr und widersprüchlich eingestuft hatten.

»Eine Lösung? Natürlich habe ich die«, knurrte Querlinger. »Zwillinge. Eineiige. Der Tote aus dem Federsee hat einen eineiigen Zwillingsbruder. Der ist es, der wandert.«

»Hundert Punkte, Querlinger. Prüfung bestanden.«

Eugen, reiß dich zusammen.

»Eines müssen Sie mir noch verraten.«

»Und das wäre?«

»Mit welcher Art von Test lässt sich im Fall eineiiger Zwillinge die Vaterschaft feststellen?«

»Intelligente Frage, Kollege! Auf keinen Fall mit der forensischen Standardmethode, dem STR-Profiling, das wir im Normalfall verwenden. Es gibt mittlerweile eine neue Sequenzierungstechnologie, das sogenannte NGS, mittels dessen sich das feststellen lässt. Sauteuer, aber effektiv.«

»Alle Achtung, Brenner! Von Ihrem Fach verstehen Sie was, das muss man Ihnen lassen. Auch wenn Sie manchmal wie ein Klugscheißer daherreden und ich Sie, zwischenmenschlich gesehen, zu den großen Gefahren des Jahrhunderts zähle.«

»Was das Kompliment angeht, bin ich fast geneigt, es Ihnen gegenüber zu erwidern, Querlinger. Was das Zwischenmenschliche betrifft, scheint mir die Jahrhundertgefahr, die von Ihnen ausgeht, um ein Vielfaches größer zu sein. Trotzdem noch einen schönen Tag.«

»Ebenso.« Querlinger ließ das Handy sinken.

Eulenburg hatte gleich zu Beginn des Wortwechsels die Kopfhörer abgenommen und so die Kommentare ihres Kollegen mitbekommen.

»Mein Gott, Chef«, entsetzte sie sich. »Der biologische Vater von Toni Huber hat einen Zwillingsbruder, der am Leben ist?«

»So ist es. Unser Fall steht kopf, verehrte Kollegin«, knurrte Querlinger und unterrichtete sie über den kompletten Inhalt des Gesprächs, das sie nur sequenzartig mitbekommen hatte. »Allerdings könnte der Zwillingsbruder, der auf der Alb herumwandert, genauso gut der Vater sein. Die Betonung liegt auf könnte«, fügte er hinzu.

»Der angesichts dessen, dass seine DNA im Zimmer der ermordeten Hamburgerin gefunden wurde, mit hoher Wahrscheinlichkeit unser gesuchter Kleeblatt-Mörder ist. Was wiederum bedeuten würde, dass er nicht nur seinen Bruder, sondern auch seinen eigenen Sohn ermordet hätte.«

»So er denn der Vater ist. Was wir, wie gesagt, nicht wissen. Vielleicht war der Zwillingsbruder, den er aller Wahrscheinlichkeit nach um die Ecke gebracht hat, ja wirklich der Vater. In dem Fall hätte er seinen Neffen umgebracht. Was wir sicher wissen, ist, dass seine DNA im Hotelzimmer der ermordeten Christina von Flunkern gefunden wurde.«

»Und nun?«

Querlinger zuckte mit den Schultern. Er lehnte seinen Kopf ins Nackenpolster zurück und brummte: »Sie können machen, was Sie wollen. Ich für mein Teil penne jetzt erst mal 'ne Runde.«

Und da Querlinger eine Gabe besaß, um die ihn so mancher beneidete – nämlich egal, wo er war, ein erholsames Nickerchen zu machen, sogar in einem Zug der Deutschen Bahn, – war er im Nullkommanichts weggedöst.

»Ist vielleicht momentan das Beste«, murmelte Eulenburg und machte es sich ebenfalls bequem.

Kurz vor Frankfurt schreckte der Kommissar mit einem explosionsartigen Schnarchlaut, gepaart mit einem unfreiwillig hervorgestoßenen »Hundsveregg!«, aus dem Schlaf.

»Um Himmels willen, Chef, was is'n los?«

Verwirrt und benommen blickte Querlinger zu Boden und starrte seinen linken Schuh an. Dessen Schnürsenkel ihm heute schon zweimal kurz hintereinander aufgegangen war. Er hatte ihm einen völlig wirren Alptraum beschert. Er hatte geträumt, wie der Senkel innerhalb von Sekundenbruchteilen zu einem Seil mutiert und ihm von unbekannter Hand um den Hals geschlungen worden war. Gleichzeitig hatte eine andere unsichtbare Hand die Zahl »36« an die Wand seines Büros geschmiert ...

»Was ist, Chef? Hatten Sie 'nen bösen Traum?«

Langsam wie in Zeitlupe hob Querlinger den Kopf. Er wirkte noch immer leicht rammdösig.

»Vollkommen richtig, Kollegin, ich ... ich hatte 'nen Traum, gerade eben ... so was wie 'ne Vision.«

»'ne Vision? Von was denn?«

»Von einem Schnürsenkel und einer Zahl.« Der Kommissar sprach schleppend und etwas stockend. Fast so, als ob er selbst nicht glauben könnte, was gerade durch die Traumareale seines Hirns geschossen war. »Sagen Sie, Sie haben doch von diesem alten Fotografen, diesem – wie hieß er doch gleich – Heinrich Rose, Fotos von unserem Kleeblatt-Quintett erhalten. War da nicht auch ein Foto von Toni Huber dabei, auf dem er allein drauf ist und das ihn von vorne zeigt?«

»Sie meinen das, wo er auf dem Gartenzaun sitzt und die Füße baumeln lässt?«

»Ich ... ich glaub schon, ja.«

»Moment, müsste ich auf meiner Fotoapp haben.« Eulenburg zückte ihr Smartphone.

»Sie meinen wahrscheinlich das hier.« Sie hielt ihm das Display unter die Nase. Der Kommissar sah sich das Foto so intensiv an, als wollte er in das Display hineinkriechen.

»Mensch, Kollegin, bin ich ein Depp! Ein Riesendepp!«, murmelte er und schlug sich mit der flachen Hand vor die Stirn.

Eulenburg erschrak.

»Was gibt's, Chef? Was ist mit dem Foto?«

Querlinger beugte sich weit nach vorne, seine Stimme zitterte leicht. »Dieses Foto ist der direkte Wegweiser zum Kleeblatt-Mörder oder, anders formuliert, der Schlüssel zur Aufklärung unseres Falls!«

Eine halbe Stunde später hatten sie, noch ganz unter dem Eindruck dessen, was Querlinger entdeckt hatte, einen konkreten Plan entwickelt. Heimgehen und sich schlafen legen kam nicht drin vor.

Der Kommissar, inzwischen vollkommen wach, wirkte völlig überzeugt und platzte schier vor Tatendrang.

Eulenburg hingegen hatte noch mittelschwere Bauchschmerzen.

»Ihnen ist schon klar, Chef, dass wir hoch pokern? Unser Plan stützt sich einzig und allein darauf, dass unsere Annahme wegen der DNA-Analyse zutrifft. Keine Überprüfung eventueller Alibis, nur Zeugenaussagen. Wir haben zwar Indizien, die nahelegen, dass er es ist, aber auch die stehen und fallen mit der Frage: Stammt die DNA von ihm oder nicht? Anders gesagt: Wir bewegen uns auf dünnem Eis.«

»Das ist richtig, Kollegin, aber ein gewisses Restrisiko müssen wir eingehen. Wir werden spätestens morgen eine Speichelprobe von ihm nehmen, und glauben Sie mir: Die wird sämtliche Zweifel beseitigen. Dieser Mann *ist* der Täter, definitiv! – Ich werd jetzt den Feigl anrufen, er soll alles in die Wege leiten.«

Querlinger holte sein Smartphone aus der Jackentasche.

»Armin, hör zu. Deine Kollegin und dein Chef haben den Fall soeben mit an Sicherheit grenzender Wahrscheinlichkeit aufgeklärt.«

»Waaas?«

Querlinger fasste den aktuellen Erkenntnisstand zusammen, um anschließend kurz und knapp einige Anweisungen zu geben.

»Ich werd verrückt! Ich werd so was von verrückt, das gibt's nicht, das gibt's doch nicht«, murmelte Feigl monoton, als würde er ein Mantra aufsagen.

»Krieg dich wieder ein, Armin. Ich wiederhole: Wir treffen uns als komplette Truppe gegen neun vor besagter Adresse. Inklusive der uniformierten Kollegen. Sie sollen Maschinenpistolen mitbringen. Acht Mann müssten reichen, um das Objekt im Auge zu behalten und notfalls einzugreifen. Ein SEK brauchen wir nicht. Du hast die Verantwortung für die Aktion, bis wir eintreffen. Und sorg dafür, dass Heini uns am Hauptbahnhof abholt. Wir kommen kurz vor acht dort an.«

39

Heinerle war pünktlich. Er parkte gegenüber dem Haupteingang des Bahnhofs und hatte das Blaulicht eingeschaltet. Und
da auch der Zug außergewöhnlich pünktlich war – zumindest
für die Verhältnisse der Deutschen Bahn: nur fünf Minuten
Verspätung –, musste er die Bratwurst, die er noch an einem
Würschtlestand ergattert hatte, schnell hinunterschlingen.
Kaum hatte er sie zur Hälfte vertilgt, sah er schon Querlinger
und Eulenburg auf sich zueilen.

Der Kommissar riss die hintere Tür auf der Fahrerseite auf
und ließ sich mitsamt seinem Gepäck ins Poster fallen. Eulenburg stieg auf der anderen Seite ein.

»Truppe vollzählig versammelt?« Der Chef wirkte hektisch.

»Vollzählig versammelt, Chef. Natürlich in gebührendem
Abstand zum zu observierenden Objekt. Bis jetzt keine besonderen Vorkommnisse. Weder hat jemand die Villa verlassen,
noch ist jemand angekommen. Wir haben Unterstützung von
sieben Kollegen der Schutzpolizei. Der Feigl leitet den Einsatz.«
Heini berichtete im Stil eines Gefreiten, der seinem General
Meldung macht.

Knapp eine Stunde später – das Blaulicht hatte er auf den
letzten Kilometern ausgeschaltet – hielt er auf einem auf drei
Seiten von Büschen umsäumten Platz, auf dem die Fahrzeuge
Zimmernagels, Feigls und Bödeles standen sowie ein Mann-
schaftsbus der Schutzpolizei.

»Ungefähr fünf Gehminuten von hier bis zum Zielobjekt«,
verkündete Heinerle.

Sie setzten sich in Bewegung. Und da Querlinger auch nicht
eine einzige Minute nutzlos verstreichen lassen wollte, rief er
nochmals Lena Kerkrade an.

Sie klang verzweifelt. »Nein, er hat nicht angerufen, und ich
habe ihn auch nicht erreicht, Herr Hauptkommissar. Meine

Brüder und ich machen uns große Sorgen. Bitte sagen Sie Bescheid, sobald Sie Näheres wissen.«

Querlinger versprach, das Menschenmögliche zu tun.

Die Villa lag etwas erhöht inmitten einer weitläufigen parkähnlichen Anlage, die Querlinger frappant an das Anwesen Zacharias Müllers erinnerte. Auf der gegenüberliegenden Seite fiel das Grundstück sanft zur Donau hin ab, wie Eulenburg dank Google Maps schon im Zug herausgefunden hatte.

Da der Himmel bedeckt und der Abend weit fortgeschritten war – immerhin ging es auf drei viertel zehn zu – herrschte nächtliches Dunkel. Vom Fluss kommend schlichen Nebelschwaden den Hang hinauf und belagerten das Anwesen wie eine feindliche Armee weißer Schattenkrieger, das Villengebäude war nur schemenhaft auszumachen. Ein diffus leuchtender gelber Fleck verriet, dass hinter einem der oberen Fenster der Villa Licht brannte.

»Er ist da«, knurrte Querlinger.

Feigl und Bödele hatten zusammen mit drei Schutzpolizisten gegenüber dem Einfahrtstor des Anwesens hinter einigen Bäumen Stellung bezogen. Das Tor war in eine trutzig wirkende mannshohe Mauer eingelassen, die das Villenanwesen auf allen Seiten umschloss. Auf der hinteren, der Donau zugewandten Seite befand sich ein kleineres Tor in der Mauer, eher ein Auslass, durch das man hinunter zum Fluss gelangte, der hundert Meter von der Mauer entfernt floss. Hier hatten sich Zimmernagel und die anderen fünf uniformierten Kollegen postiert.

Der Kommissar kam unvermittelt zur Sache.

»Ihr wisst ja Bescheid. Ich würde sagen, wir gehen jetzt rein«, raunte er. Und an die beiden uniformierten Kollegen gewandt: »Sie kommen bitte mit. Ihre Namen?«

»Polizeihauptmeister Heinz Schellenbeutel, Herr Hauptkommissar«, sagte der Ältere.

»Polizeimeister Max Brüderle, Herr Hauptkommissar«, rief der Jüngere und salutierte.

»Stellen Sie sich auf Waffengebrauch ein, mit dem Typ in der Villa ist nicht zu spaßen.«

»Mit mir auch nicht, Herr Hauptkommissar. Ich bin ein sauguter Schütze«, meinte Max Brüderle und grinste.

»Na, dann sind Sie ja genau unser Mann. Dann wollen wir mal.« Querlinger trat an das schmiedeeiserne Tor und inspizierte die Türsprechanlage. Neuestes Modell, hochgerüstete Elektronik, Kamera inklusive.

»Ich will ihn überraschen, er braucht nicht zu wissen, dass die Kripo es ist, die ihn so spät besucht«, wisperte er. »Wir machen es folgendermaßen: Sie«, Querlinger wandte sich an Schellenbeutel, »stellen sich mit dem Kollegen Brüderle so hin, dass die Kamera Sie gut erfassen kann. Schön freundlich mit einem sympathischen Lächeln, so wie sich's für nette Sheriffs gehört – Sie verstehen schon: die Polizei, dein Freund und Helfer. Meine Kollegin und ich, wir verziehen uns, sodass man uns nicht sehen kann. Dann klingeln Sie, entschuldigen sich vielmals für die späte Störung und sagen ihm, Sie müssten ihn sprechen; gegen ihn sei eine Anzeige wegen Ignorierens eines Zebrastreifens gestellt worden. Ein Passant, dem er quasi die Vorfahrt genommen habe, habe sich seine Nummer aufgeschrieben, und –«

»Moment, Herr Hauptkommissar, was heißt da Vor*fahrt*, es muss Vor*gang* heißen«, fiel Brüderle ihm ins Wort.

»Wieso Vorgang?«

»Der Passant *geht* über den Zebrastreifen, er fährt nicht, also Vorgang und nicht Vorfahrt!«

Querlinger rollte genervt die Augäpfel.

»Du meine Güte, jedenfalls bitten Sie um Einlass. Sie seien verpflichtet, der Sache nachzugehen und ihn um seine Stellungnahme zu ersuchen und –«

»Schon verstanden, Herr Hauptkommissar.« Endlich reagierte auch Schellenbeutel. »Wenn das Tor aufgeht und der Typ da oben den Hörer auflegt, begeben Sie und die Kollegin sich aus der Deckung, und wir gehen gemeinsam zu ihm hoch.«

Der Kommissar nickte. Ein helles Köpfchen, dieser Schellenbeutel.

Während sich Querlinger und Eulenburg abseits des von der Kamera erfassten Radius stellten, traten die beiden Schutzpolizisten an die Türsprechanlage heran und grinsten in die Kamera. Polizeihauptmeister Heinz Schellenbeutel drückte den Klingelknopf neben dem Namen.

Ein Scheinwerfer ging an, der den Bereich vor dem Tor ausleuchtete. Ein Knacken im Lautsprecher ertönte, ein grünes Kontrolllämpchen über der dunklen Kameralinse begann zu glimmen. Erst spürbar überraschtes Schweigen, dann:

»Polizei? Um diese Zeit? Sind Sie sicher, dass Sie zu mir wollen?«

Na perfekt, die Kamera funktionierte doch prächtig.

Polizeihauptmeister Heinz Schellenbeutel stellte sich und seinen Kollegen vor und versuchte, noch eine Spur jovialer in die Kamera zu grinsen, schließlich war er ein Freund und Helfer.

»Sind wir. Sie sind doch Herr Weh, oder? Herr Ignaz Weh?«

40

Knapp zwei Minuten später war klar, dass die Rechnung, die Querlinger aufgemacht hatte, aufgehen würde, die Story mit dem Zebrastreifen funktionierte tatsächlich. Auch wenn es anfänglich noch einiger Diskussionen bedurfte: Warum so spät? Mitten in der Nacht? Sind Sie wirklich von der Polizei? Könnte ja jeder daherkommen, zeigen Sie mir Ihren Ausweis, halten Sie ihn in die Kamera …

Jedenfalls ging, nachdem Schellenbeutel sein Anliegen vorgebracht hatte, das grüne Kontrolllämpchen über der Kameralinse aus, ein Klacken verriet, dass der alte Weh aufgelegt hatte, der Türsummer ertönte, das Tor schwang auf, und schon liefen die beiden uniformierten Polizisten zusammen mit Querlinger und Eulenburg über den weitläufigen Hof und sprangen die wenigen Treppen zur Villa hoch. Völlig außer Atem kamen sie oben an.

In diesem Augenblick gingen mehrere Lampen an, die den Eingangsbereich vor dem Gebäude ausleuchten sollten. Aber der Nebel machte den Lampen einen Strich durch die Rechnung und erwies sich als Verbündeter der vier Polizisten. Er war inzwischen so dicht, als hätte er einige Flaschen Schnaps intus.

Und ehe Ignaz sich's versah, standen nicht nur die beiden uniformierten Polizisten, sondern zwei weitere in Zivil vor ihm im Foyer.

»Hey, was soll das!«, schrie er erbost.

»Das können Sie sich doch wohl denken, oder?«

Querlinger hatte sich vor ihm aufgebaut wie eine Mauer, neben ihm stand Eulenburg.

Jetzt erst nahm Weh erschrocken wahr, wen er vor sich hatte. »Oh, der Herr Kommissar und die Frau Kommissarin. Kommt die Kripo jetzt schon, wenn man einen Zebrastreifen ignoriert?«, versuchte er krampfhaft den Spaßvogel zu mimen.

»Übrigens: Ich muss weg, ich hab's eilig«, fügte er hastig hinzu und sah demonstrativ auf seine Armbanduhr.

»Die Kripo kommt immer dann, wenn sie irgendwo ein Zebra wittert, Herr Weh. Ob das Zebra Zeit hat oder nicht, spielt keine Rolle«, meinte Querlinger sibyllinisch, schob seine Hand in die Jackentasche und beförderte eine Anzahl geschälter Erdnüsse in den Mund.

»Das müssen Sie mir näher erklären.«

»Gerne. Finden Sie nicht, dass Zebras mit ihren Streifen wie Pferde aussehen, die man in Knastklamotten gesteckt hat? Sie kennen doch sicher diese Stummfilme aus Hollywood. Charlie Chaplin als Zuchthäusler in dem Film ›Der Ausbrecherkönig‹. Schwarz-weiße Streifen vom Käppi bis zu den Socken. Da sieht er aus wie ein Zebra.«

Ignaz Weh war zu verblüfft, um zu antworten.

»Bevor jemand in den Knast wandert«, fuhr der Kommissar in aller Ruhe kauend fort, »bekommt er es in aller Regel mit der Kripo zu tun. Auf Ihre Situation bezogen, Herr Weh: Für uns sind Sie zwar kein Charlie Chaplin, aber immerhin ein Zebra.«

»Versteh ich nicht.«

»Verstehen Sie nicht? Menschenskind, Herr Weh, kommen Sie! Denken Sie doch mal an Ihren Zwillingsbruder.«

»Meinen ... Zwillingsbruder? Wie kommen Sie auf den? Der ist schon lange tot.«

»Das ist es ja gerade, Herr Weh. Soll er nicht angeblich auf den Seychellen gestorben sein? – Ich erinnere das doch richtig, Kollegin, oder? Ham wir das nicht vor ein paar Stunden im Internet herausgefunden? Auf der Rückreise von Hamburg nach Ulm?«, wandte er sich an Eulenburg, die bereits ihr Smartphone gezückt hatte.

»Das erinnern Sie richtig, Chef, ham wir«, grinste sie. Die Befragung bereitete ihr sichtlich Vergnügen. »Ich zitiere aus der Homepage der Orthopädischen Werkstätten Weh: ›Die Weh Sanitäts- und Orthopädie GmbH wurde 1975 von Hans Weh gegründet und nach seinem frühen Tod von seinen Zwillingssöhnen Ignaz und Walter Weh weitergeführt. Ignaz und Walter Weh gelang es, die Firma im Verlauf weniger Jahre zu einem weitverzweigten Unternehmen mit einem umfassenden Filialnetz auszubauen. Das Jahr 1985 stellte eine bittere Zäsur in der Entwicklung des Unternehmens dar. Walter Weh stürzte während eines Urlaubs auf den Seychellen im Alter von nur vierzig Jahren von einer Klippe und verstarb. So sah sich Ignaz gezwungen, das Unternehmen allein weiterzuführen. Im Jahr 2010 verkaufte Ignaz Weh seine Filialkette an einen amerikanischen Investor. Lediglich das Stammhaus in Ulm wurde von ihm weitergeführt, dies allerdings mit großem wirtschaftlichen Erfolg. Seit 2013 führt sein 1986 geborener Sohn Waldemar die Geschicke des Unternehmens.‹«

»Ist doch richtig, was auf der Homepage Ihres Unternehmens steht, Herr Weh, oder? Also, dass Ihr Bruder auf den Seychellen starb?«

Querlinger nahm den Mann, in dessen Miene er einen ganzen Fragenkatalog zu lesen glaubte, scharf ins Visier. Ob er gerade darüber nachgrübelte, wie sie ihm draufgekommen waren? Was sie wussten? Welche Beweise sie gegen ihn in der Hand hatten?

»Was soll die blöde Frage? Natürlich! Wie kommen Sie darauf, dass es nicht stimmen könnte?«

»Na ja«, übernahm Eulenburg, »wir fragen uns halt, wie Sie es geschafft haben, die Inselgruppe der Seychellen, die bekanntlich im Indischen Ozean liegt, in den Federsee zu verlegen?« Sie gluckste.

»Genau«, meinte Querlinger. »Vor allem, wie Sie es geschafft haben, diese hohen Klippen an den See zu bugsieren, Sie wissen schon, die, von denen man so leicht abstürzen kann.«

»Wollen Sie mich verarschen?«

»Keineswegs, Herr Weh. Vor einigen Wochen wurden im Federsee die Skelette zweier Männer gefunden, die vor fünfunddreißig Jahren ermordet wurden, bestimmt haben Sie in der Zeitung davon gelesen. Den orthopädischen Schuh, der ebenfalls aus dem See gefischt wurde, kennen Sie ja inzwischen.«

»Ja, und?«

»Wir wissen, dass eines der beiden Skelette ihrem Zwillingsbruder gehörte. Das hat eine DNA-Analyse eindeutig ergeben.«

Schrilles Auflachen. »Sie sind ja verrückt! Wie wollen Sie wissen, dass es sich um die DNA meines Bruders handelt?«

»Das wiederum hat ein Vergleich ergeben. Mit DNA-Material, das von Ihnen stammt.«

»Sie ... Sie wollen allen Ernstes behaupten, Sie hätten DNA-Proben von mir?«

»Herr Weh, als Sie im Hotelzimmer von Frau von Flunkern herumgestöbert haben, waren Sie so freundlich, dort Spuren in Form von Hautschuppen zu hinterlassen, wofür wir uns übrigens recht herzlich bedanken. Die DNA dieser Hautschuppen stimmt exakt mit der Probe überein, die wir von dem älteren der beiden Federseeskelette genommen haben. Das war Ihr Bruder, definitiv.«

»Ich soll meine DNA in einem Hotelzimmer hinterlassen haben? Sind Sie verrückt? Wann soll das gewesen sein?«

»Vergangene Woche, Sonntag.«

»Sehen Sie, dann kann sie unmöglich von mir sein, für diesen Tag hab ich ein Alibi.«

»Herr Weh, kann es sein, dass Sie halluzinieren? Spätestens wenn das Ergebnis der Speichelprobe vorliegt, die Sie uns überlassen werden, wird dieses Alibi platzen wie eine Seifenblase. Das muss Ihnen doch klar sein.«

»Das ... das glauben Sie doch wohl selbst nicht.« Wehs Adamsapfel hüpfte auf und nieder.

»Doch! Was die wissenschaftlich erarbeiteten Ergebnisse betrifft, die uns die Forensik präsentiert, sind wir sehr gläubig, Herr Weh.«

»Da kann ich meinem Chef nur recht geben, Herr Weh«, schaltete Eulenburg sich ein. »Die Proben, die unsere Forensiker untersucht haben, beweisen außerdem, dass Sie nicht nur mit dem älteren, sondern auch mit dem jüngeren der beiden Opfer aus dem Federsee nah verwandt sind, sehr nah sogar. Sie oder Ihr toter Zwillingsbruder sind definitiv der Vater dieses Opfers. Das heißt, das jüngere Opfer ist entweder Ihr Sohn oder Ihr Neffe. Wer konkret der Vater ist, lässt sich mit einer hochgenauen wissenschaftlichen Methode herausfinden. Die natürlich nur eingesetzt wird, falls Sie sich weigern sollten, zur Aufklärung der verwandtschaftlichen Beziehungen beizutragen.«

»Genau«, ergänzte Querlinger, »die Methode ist ziemlich aufwendig und schweineteuer. Und da für solche Sachen der Steuerzahler aufkommen muss – also zum Beispiel meine Kollegin und ich –, werden Sie sicher verstehen, dass wir zur Wildsau werden, wenn wir mehr Steuern zahlen sollen als eh schon.«

»So ist es«, stimmte Eulenburg bei. »Als erfahrener Jäger – Sie sind doch Jäger, Herr Weh, nicht wahr? – wissen Sie sicher, wozu Wildsauen fähig sind, wenn man sie reizt. An Ihrer Stelle würde ich es nicht drauf ankommen lassen. Kollegen«, sie wandte sich an die beiden uniformierten Polizisten, »würden Sie uns mal für ein Viertelstündchen mit dem Herrn allein lassen?«

Brüderle und Schellenbeutel grinsten sich an. »Klar, Frau Hauptkommissarin. Das mit den höheren Steuern muss unbedingt geklärt werden.« Sie gingen raus.

»Halt!«, protestierte Weh. »Sie wollen mir drohen? Das ist Amtsmissbrauch!«

»Herr Weh, Sie verwechseln Amtsmissbrauch mit Amtsnießbrauch. Also Amtsnutzungsrecht. Ist seit Anfang des Jahres in der baden-württembergischen Exekutivverordnung neu geregelt«, fabulierte Eulenburg munter drauflos. »Besser, Sie zeigen sich kooperativ.«

»In dem Zusammenhang«, fuhr Querlinger wieder fort, »können Sie uns auch gleich verraten, *warum* Sie Ihren Zwillingsbruder und Ihren Neffen – respektive Ihren Sohn, sollten Sie der Vater sein – getötet haben, also das Motiv.«

»Und wenn Sie schon dabei sind, könnten Sie uns ja auch gleich das Motiv, das hinter den anderen Morden steckt, nennen«, schlug Eulenburg vor. »Zwei Männer aus der Obdachlosenszene, Georg Schmied und Gernot Zachbichler, sowie der Unternehmer Zacharias Müller und Frau von Flunkern. Sie wissen schon, die Dame aus Hamburg, deren Zimmer Sie durchwühlt haben. Die drei männlichen Opfer weisen übrigens eine Gemeinsamkeit mit dem jüngeren der beiden Federsee-Opfer auf, die Ihnen nicht entgangen sein dürfte. Ich sage nur ›Kleeblatt‹.«

»Wenn Sie sich dazu durchringen könnten, ein umfassendes Geständnis abzulegen«, setzte Querlinger noch eins drauf, »würde das weitere Steuern sparen helfen. Die Ermittlungsbehörden hätten weniger Arbeit.«

Auf Wehs Stirn standen eine ganze Anzahl Schweißperlen. Aber auch ein mehrfach gefurchtes Fragezeichen, das Eulenburg nicht entging.

»Tja, Herr Weh. Falls Sie sich jetzt fragen sollten, wie wir Ihnen auf die Spur kamen – da gibt's ja diesen Schuh. Erinnern Sie sich noch daran, wie der aussah? Ich meine, wie er aussah, bevor Sie ihn im See haben verschwinden lassen? Damals vor fünfunddreißig Jahren.«

Das Fragezeichen auf der Stirn wollte einfach nicht weichen.

»Zeigen Sie ihm den Schuh doch mal, Kollegin«, bat Querlinger.

Sie tippte auf ihrem Smartphone herum und hielt Weh gleich darauf ein Foto unter die Nase. Besser gesagt: *das* Foto!

»Sehen Sie diesen netten jungen Burschen?«, fuhr der Kommissar fort. »Das ist Anton Huber. Ihr Neffe. Oder Ihr Sohn. Je nachdem. Und er hat diesen orthopädischen Schuh an. Vergleichen Sie doch jetzt mal die beiden Schuhe miteinander. Der rechte ist mit einem ganz normalen Schnürsenkel gebunden. Beim linken, dem orthopädischen Schuh, hat der Toni eine Schnur durch die Ösen gezogen. Eine stinknormale Paketschnur. Der Unterschied ist deutlich erkennbar. Und jetzt zeigen Sie ihm bitte den Schuh, den wir aus dem Federsee gezogen haben, Kollegin.«

Eulenburg wischte über das Display.

»Das ist er. So sah er aus, als er aus dem See gefischt wurde. Die dreißig Jahre im Wasser sieht man ihm deutlich an. Aber das Foto kennen Sie ja mittlerweile. Wenn Sie den linken Schuh, den der nette Bursche auf dem Bild anhat, mit dem aus dem See vergleichen, fällt Ihnen was auf?«

Weh hatte die Lippen zu einem schmalen Strich zusammengekniffen und starrte wie paralysiert auf das Foto.

»Dem Schuh fehlt der Schnürsenkel – Pardon, die ›Schnur‹, wie Sie sich ausgedrückt haben«, insistierte der Kommissar weiter. »Erinnern Sie sich an das Gespräch, das wir hatten, als wir seinerzeit bei Ihnen waren?«

Weh schwieg beharrlich weiter.

»Wir hatten es an dem Tag ja zunächst mit Ihrem karierten Sohn zu tun. Wir haben ihm unser Anliegen geschildert und ihn gefragt, ob er für uns einen Schuh identifizieren könnte, der vor über dreißig Jahren in Ihrer Firma gefertigt wurde. Konkreter formuliert, ob er den Namen des Schuhträgers herausfinden könnte. Das Logo auf dem Schuh wies Sie beziehungsweise Ihre Firma als Hersteller aus. In dem Zusammenhang hat mir Ihr Sohn die Frage gestellt, ob der Schuh außer dem Logo noch über eine andere Besonderheit verfüge. Außer dass dem Schuh der Schnürsenkel fehle, keine, hab ich ihm geantwortet. Ich weiß, dass ich explizit diesen Ausdruck gebraucht habe: Schnürsenkel. Und dann, als es darum ging, wie weit die Kundenkartei in Ihrer Firma zurückreicht, brachte Ihr Sohn Sie ins Spiel, Herr Weh.«

»Ganz stolz waren Sie, als Sie uns erklärten, dass Ihre Kundendaten fünfundvierzig Jahre zurückreichen«, erinnerte sich Eulenburg. »Wir hatten Ihren Sohn gebeten, Unterlagen bis 1985 zurückzuverfolgen, weil wir wussten, dass die beiden Leichen nicht länger als fünfunddreißig Jahre da unten liegen konnten.«

»Richtig«, bestätigte Querlinger. »Und dann kam ein hochinteressanter Kommentar von Ihnen. ›Sie möchten also etwas über einen Schuh wissen, dem die Schnur fehlt, den wir vor sechsunddreißig Jahren gefertigt haben?‹, haben Sie gefragt, ich erinnere mich genau, und auch an den vergnügten Ton, den Sie draufhatten. Sie haben von einem Schuh, dem die ›Schnur‹ fehlt, gesprochen, nicht von einem Schuh, dem der ›Schnürsenkel‹ fehlt. Woher wussten Sie, dass der Toni keinen Schnürsenkel, sondern eine stinknormale Schnur zum Schnüren seines linken Schuhs benutzt hatte?«

Ignaz Weh sagte noch immer nichts.

»Und dann die Bemerkung mit den sechsunddreißig Jahren«, fuhr Querlinger fort. »In dem Gespräch, das wir mit Ihrem Sohn beziehungsweise mit Ihnen geführt haben, war entweder von ›über dreißig Jahren‹ oder von ›fünfunddreißig Jahren‹ die Rede, die der Mord zurücklag, nie von ›sechsunddreißig‹. Der Schuh, um den es ging, der Schuh von Anton Huber, wurde allerdings schon 1984, also tatsächlich vor sechsunddreißig Jahren gefertigt. Die Mutter Antons, Marie Huber, hatte ihn in Auftrag gegeben. Um es auf den Punkt zu bringen: Sie, Herr Weh, wussten bereits während der Unterhaltung, die wir mit Ihnen geführt haben, um welchen Schuh es sich handelte und wer der Kunde beziehungsweise die Kundin war. Zu einem Zeitpunkt, wo Ihnen weder die Bilder des Schuhs noch andere Informationen dazu vorlagen. Die wurden Ihnen von der Spurensicherung erst Tage später zur Verfügung gestellt. Frage: Woher wussten Sie, um welchen Schuh es sich handelte?«

In Ignaz Wehs Blick flackerte Panik. Er versuchte einen Ausfall. »Sie haben es doch gerade selbst gesagt. Woher hätte ich das denn wissen können? Das sind doch Fake News, die Sie hier vorbringen. Lügen, nichts als Lügen. Eine abstruse Story, die Sie konstruieren, sonst nichts.«

»Sie wussten es aus der Zeitung, Herr Weh«, fuhr der Kommissar ungerührt fort. »Ich sage Ihnen, wie es war: Sie erfahren aus der Zeitung von dem Leichenfund im Federsee. Und davon, dass unsere Forensik herausgefunden hat, dass eines der beiden Opfer an einer Deformation des linken Fußes litt. Außerdem enthält der Artikel einen Hinweis auf den orthopädischen Schuh, der bei den skelettierten Leichen gefunden wurde. Mit anderen Worten: Fünfunddreißig Jahre nachdem Sie die Morde begangen haben, werden Sie völlig überraschend mit Ihrer Tat konfrontiert.«

»Genau! Und zu allem Überfluss«, Eulenburg spann den Faden genussvoll weiter, »tauchen dann wir noch in Ihrer Firma auf und bitten darum, uns bei der Recherche nach dem Besitzer dieses Schuhs zu unterstützen. Um sich nicht verdächtig zu machen, müssen Sie die Daten zu dem Schuh natürlich liefern, was Sie, beziehungsweise Ihr Sohn, Tage später auch machen. Allerdings unterläuft Ihnen bereits während unseres Gesprächs ein fataler Fehler. Sie plaudern Details zu dem Schuh aus, die zu diesem Zeitpunkt nur *Sie allein* kennen können. Unser Fehler war, das müssen wir leider zugeben, dass wir diese feinen Details nicht gleich als das wahrgenommen haben, was es war: Täterwissen!«

Ignaz Weh atmete tief durch. Querlinger fragte sich, wie der Mann aus der Nummer wieder rauskommen wollte. Das Spiel war aus, eine Speichelprobe von ihm würde unbarmherzig die Wahrheit ans Licht bringen, das musste ihm eigentlich klar sein.

»Was wir momentan noch nicht wissen, Herr Weh«, es war Zeit, dass Querlinger die Frage endlich stellte, »wo befindet sich Uwe Kerkrade, genannt Götzi, Sie wissen schon, das fünfte Kleeblatt, das Sie mit einem fiesen Trick auf unsere beschauliche Schwabenalb gelockt haben? Wenn Sie uns das noch verraten würden, wäre das für uns die Krönung des Abends.«

Ignaz Weh schwieg weiter. Er ging langsam ein paar Schritte hin und her und schüttelte den Kopf, als wüsste er vor lauter Verzweiflung nicht mehr ein und aus. Machte weitere Schritte in Richtung eines riesigen, in die Wand eingelassenen dreitürigen Schranks, der mit weißen Holzpaneelen verkleidet war. Ließ sich wie ein Häufchen Elend auf einen der vier Stühle fallen, die in unmittelbarer Nähe um einen kleinen runden Tisch herumstanden – und schnellte gleich darauf mit einer Energie, die man ihm für sein Alter unmöglich hätte zutrauen können, wie eine Feder hoch. Packte den Knauf einer der Türen, drehte daran, riss die Tür auf und verschwand dahinter, während die Tür mit einem lauten Klacken zuschlug. Ein Surren verriet, dass ein elektronischer Schließmechanismus das Eindringen Unbefugter in den dahinter befindlichen Raum verhindern würde, der »Wandschrank« war mit Sicherheit ein Fake.

Drei Sekunden Schockstarre beim Kommissar und der Kommissarin, gefolgt von einem laut gebrüllten »Hundsveregg!« Querlingers. Dass sie hier drin nichts mehr ausrichten konnten, war ihm augenblicklich klar. Rasch wies er Eulenburg an, Feigl zu alarmieren, der zusammen mit Bödele den Einsatz auf der Rückseite des Anwesens befehligte. Er selbst rannte nach draußen, schickte Schellenbeutel und Brüderle wieder rein und rief Zimmernagel an, der mit Heinerle auf der Vorderseite Posten bezogen hatte.

Der Nebel war noch dichter geworden. Obwohl er so gut wie nichts sah, versuchte er sich zu orientieren. Im Zug hatten sie sich das Weh'sche Anwesen auf Google Earth angesehen. Da Querlinger über ein ausgeprägtes visuelles Gedächtnis verfügte, erinnerte er sich an eine Reihe von Einzelheiten. Fieberhaft überlegte er, wohin der Alte, der sein Grundstück wie seine Westentasche kennen musste, verschwunden sein könnte. Er würde es verlassen, das war sicher. Mit anderen Worten: Es musste so etwas wie einen geheimen Fluchtweg geben, dafür sprach auch die Art und Weise, wie er ihnen entwischt war, nämlich durch den »Wandschrank«.

»Hey, Chef!« Keine zwei Meter vor ihm tauchten Bödele und Heinerle als dunkle, verschwommene Schatten auf.

»Wir haben nichts bemerkt. Keine Bewegung, nichts«, rief Heinerle.

»Wir auch nicht«, schrie Bödele. »Der Armin meinte zwar, verdächtige Geräusche von der Donau her gehört zu haben, aber er ist sich nicht sicher. Und bei dem Scheißnebel sieht man ja nicht mal die Hand vor Augen.«

Verdächtige Geräusche von der Donau her.

»Das ist es doch, Guntram!«, vermutete Querlinger. »Er muss einen unterirdischen Fluchtweg runter zur Donau genutzt haben. Vielleicht hat er da ein Boot liegen gehabt und ist damit abgehauen. Wir müssen zum Fluss und suchen. Und wenn wir Zentimeter für Zentimeter in dem Drecksnebel herumstochern müssen. Geht wieder zu den anderen und sagt Bescheid. Heini, du sicherst mit dem Bernd und einem von den uniformierten Kollegen den Haupteingang, den Rest will ich unten an der Donau sehen. Ach ja, Heini, noch was.«

»Was denn, Chef?«

»Wir müssen den Filius vom alten Weh befragen, den Karo-Waldi. Der wohnt ja nicht weit weg von hier. Vielleicht kann der uns Hinweise geben, wo sich sein Erzeuger aufhalten könnte. Wir beordern ihn her. Ruf den KDD an, die sollen sich drum kümmern. Sag ihnen, es muss schnell gehen.«

»Schnell? Bei dem Nebel?« Mit dem Handy am Ohr sprang Heinerle zusammen mit Bödele die Treppen hinunter, Querlinger spurtete zurück zum Villeneingang.

Noch hatte er ihn nicht erreicht, als er mehrere dumpfe Schläge und ein splitterndes Krachen aus dem Foyer vernahm.

»Chef, sehen Sie mal her.« Eulenburg wies auf den Wandschrank.

An der Stelle, an der Weh verschwunden war, fehlten die Paneele. Sie lagen teils zerbrochen und zersplittert am Boden. In der Absicht, vielleicht doch noch das Schloss knacken zu können, hatten Brüderle und Schellenbeutel sie mit einem schweren Schürhaken, den sie beim offenen Kamin gefunden hatten, entfernt. Ein aussichtsloses Unterfangen, dort, wo das Holz fehlte, blinkte blanker Stahl.

»Eine Stahltür, ich werd verrückt!«

»Tja, der Typ hat Vorsorge getroffen«, meinte Eulenburg trocken.

»Man muss das Schloss aufsprengen«, verkündete Brüderle. »Die Kollegen vom SEK müssen her. Die können das.«

»Haben Sie das bei einer Weiterbildungsmaßnahme gelernt?«

»Hab ich bei Dreharbeiten zu einer ›Tatort‹-Folge gesehen. Ich durfte dort Statist sein.«

Heiliges Kanonenrohr! An welch seltsamen Plätzen hatte dieser Brüderle seine Ausbildung bloß genossen?

»Wunderbar, dann wissen Sie ja bestimmt auch, wie man den Eingang zu einem Gebäude sichert. Denn das werden Sie beide jetzt machen«, wandte sich Querlinger an ihn und Schellenbeutel. »Wir zwei, Eulenburg, gehen runter zur Donau.«

»Und was sollen wir da?«

»Mit den Kollegen das Ufer absuchen, das zum Grundstück gehört. Er muss mit einem Boot entwischt sein.«

41

Wegen des dichten Nebels dauerte es geraume Zeit, bis sie endlich die Bestätigung für die Theorie des Kommissars hatten: ein
Bretterverschlag gute dreihundert Meter flussabwärts, den sie
sofort als Bootshaus identifizierten.

»Hier muss er sein Boot festgemacht haben.« Ein Polizist
deutete auf einen Pfahl, der aus dem Wasser ragte und an dem
ein Metallring befestigt war.

»Das Gelände weiter absuchen«, befahl Querlinger. »Ich will
seinen Fluchtweg rekonstruieren. Er muss ja irgendwie hierher-
gekommen sein.«

»Da können wir bis morgen früh suchen. Bei dem beschis-
senen Nebel«, maulte einer der Polizisten.

»Dann suchen wir halt bis morgen früh, Sie werden's über-
leben«, schnauzte Querlinger ihn an.

Weitere Minuten vergingen, als entfernt eine Trillerpfeife
schrillte und ein gedämpfter Ruf durch den Nebel drang.

»Verdächtiges Objekt!«

Wie sich gleich darauf herausstellte, hatte einer der Polizisten eine Betonkonstruktion entdeckt, die aus dem hügeligen
Gelände ragte und sich unauffällig zwischen einigen Büschen
verbarg. Eine niedrige Eisentür war darin eingelassen. Der Zugang zu einem Bunker. Oder zu einem unterirdischen Gang.

»Kompliment, Herr Kollege. Wie ham Sie den denn auf-
gespürt, das Teil dürfte ja schon unter normalen Umständen
schwer zu finden sein?«

Der Kollege kratzte sich leicht verlegen die Stirn.

»Mei Proschtatata macht mir grad Schwierigkeiten, Herr
Hauptkommissar.«

»Ihre Proschtatata?

»Genau. Mei Proschtatata. Ich hab dringend müsse und hab
ein geeignetes Plätzle gsucht.«

Das konnte Querlinger nachfühlen, eine renitente Prosch-tatata konnte einem gewaltig auf den Senkel gehen.

»Bei dem Nebel guckt Ihnen niemand was weg«, grinste Querlinger.

»Stimmt au wieder. Aber sicher isch sicher. Die Eisentür isch übrigens bloß ang'lehnt«, fügte der Polizist hinzu.

Querlinger zog sie unter fürchterlichem Quietschen auf und drang mit Eulenburg, Feigl, Bödele und dem prostatage-schädigten Kollegen in einen dunklen Gewölbegang ein. Mit eingeschalteten Stablampen und nicht ohne vorher Tatorthand-schuhe übergestreift zu haben. Es war sehr kühl und es zog. Ziegelgemauerte Wände, lehmiger, teils gefliester schmieriger Boden. Sie mussten achtgeben, nicht auszurutschen.

»Do isch was!«, rief der Polizist und hob einen flachen Gegenstand vom Boden auf. Im Lichtkegel der Stablampe präsentierte sich ihnen eine lehmverschmierte Plastikhülle mit Reißverschluss, die – so viel konnte man erkennen – eine zu-sammengelegte Ausgabe des Südwestboten enthielt.

»Das muss er verloren haben. Danke! Stecken Sie das hier rein«, bat Eulenburg den Polizisten und reichte ihm einen Be-weissicherungsbeutel.

Eine weitere Metalltür – sie war aus Stahl und mit einer Gum-midichtung versehen – saß seitlich in der gemauerten Bunker-wand. Im Schloss steckte noch der Schlüssel. Ignaz Weh musste in kopfloser Eile geflohen sein.

Die Tür knarrte, als Eulenburg sie aufschob. Das Licht der Stablampe huschte in einen picobello aufgeräumten Raum. Eine Werkstatt. Regale an den sauber verputzten Wänden. Herumste-hende Kisten am Boden, ein Werkzeugtisch mit Schraubstock, an einer der Wände, sauber aufgereiht: Werkzeuge. Neben der Tür, gegen die Wand gelehnt, ein Vorschlaghammer. Der Boden: akkurat gefliest.

Zwei Leuchtstoffröhren flammten auf und tauchten den Raum in kalte weiße Helle. Eulenburg hatte einen Schalter links neben der Tür gedrückt. Was als Erstes ins Auge fiel, war ein sperrangelweit aufstehender Tresor und ein mit einer Panzerglastür versehener Waffenschrank.

Der Tresor war fetzenleer, ein Blick durch die Panzerglastür des Waffenschranks offenbarte, dass dieser Platz für drei Gewehre bot. Nur eines steckte in den dafür vorgesehenen Langwaffenhaltern, die beiden anderen fehlten.

»Er muss sie mitgenommen haben. Ich wette, da ist das Gewehr drunter, mit dem er Zacharias Müller getötet hat«, meinte Feigl.

»Und ich wette, dass er in dem Tresor seine Rente für die nächsten zwanzig Jahre gehortet hatte«, brummte Querlinger etwas neidisch.

»Die er natürlich nicht verschimmeln lassen konnte«, ergänzte Bödele.

Janine von Eulenburg hatte unterdessen die Plastikhülle auf dem Werkzeugtisch abgelegt und zog vorsichtig die zusammengelegte Zeitung heraus.

Eine Ausgabe des Südwestboten vom 9. Juni mit dem Artikel Dieter Oxheimers über die Skelettfunde im Federsee. Die gleiche Ausgabe, an der auch Christina von Flunkern besonderes Interesse gezeigt hatte. Und die sie letztlich das Leben gekostet hatte. Auch hier war der Beitrag gekennzeichnet. Allerdings nicht mit einem gelben Marker; er war mit einem weichen Bleistift eingekreist worden. Die Zeitung war fettverschmiert. Eulenburg beugte sich zum Tisch hinunter und roch daran.

Bödele trat heran.

»Olfaktorische Spurensuche? Seh ich das richtig?«, grinste er.

»Siehst du richtig, mein Lieber. Riecht nach Fisch. Ich tippe auf Ölsardinen«, meinte die Kommissarin, die für ihre empfindliche Nase bekannt war.

»Ölsardinen?« Bödele rümpfte die Nase. »War das nicht die letzte Mahlzeit, die der Maultrommel-Schorsch zu sich genommen hatte?«

»Du sagst es. Ich vermute, die Zeitung gehörte ihm.«

»Und das willst du jetzt noch riechen? Das liegt doch schon Wochen zurück.«

»Ich rieche so manches, was du nicht riechst, Guntram. Müsstest du doch wissen«, meinte Eulenburg und grinste.

»Gut möglich, dass die dem Schorsch gehört hat«, knurrte Querlinger, der ebenfalls an den Tisch getreten war. »Wir werden Fingerabdrücke davon nehmen. Wenn die von Weh *und* von ihm drauf sind, ist die Sache eindeutig.«

In diesem Moment klingelte Querlingers Smartphone.

»Herr Hauptkommissar, die Kollegen vom KDD sind gerade mit Frau Weh angekommen«, meldete sich Brüderle.

»Mit wem?«

»Mit Frau Weh. Die Frau Weh ist die Frau vom Herrn Weh. Also vom Waldemar Weh.«

Querlinger stöhnte.

»Geben Sie mir den Kollegen vom KDD.«

Eine weibliche Stimme: »Hallo, Herr Hauptkommissar, Sandra Michelsen vom KDD. Den Waldemar Weh konnten wir nicht herbringen. Der war nicht da. Aber seine Frau ist mitgekommen.«

»Danke. Bin gleich bei Ihnen.« Querlinger legte auf. »Sie haben nur die Frau von Karo-Waldi erwischt. Kommen Sie, Eulenburg, lassen Sie uns hochgehen. Wir müssen endlich weiterkommen.« Der Kommissar wurde zusehends ungeduldiger.

»Immer mit der Ruhe, Chef.«

Eulenburg war gerade dabei, die Zeitung wieder vorsichtig zusammenzufalten, als ein Blatt Papier herausfiel, was nur dem uniformierten Kollegen auffiel.

Er hob es auf. »Frau Hauptkommissarin? Des isch grad runterg'falle.« Er reichte ihr das Blatt. Ein handgeschriebene Notiz, eigentlich schon mehr ein Brief.

»Ich werd verrückt!«, rief sie.

Querlinger, der schon im Begriff stand, zur Tür hinauszustürmen, hielt abrupt inne.

»Was gibt's?«
»Hier, lesen Sie!« Sie reichte ihm das Blatt.

Hey Schorsch,
ich hab dich nicht angetroffen, deshalb hinterlasse ich dir
diese Nachricht. Ich hab den Artikel jetzt auch gelesen.
Du hast recht, da könnte 'ne Menge Asche drin sein, nimm
ihn in die Mangel. Er ist der Mörder. Der Toni hat uns
damals doch nicht angeschmiert, als er uns gesagt hat,
dass der sein Vater sei und er ihn im Federseemoor treffen
will. Wer die andere Leiche sein könnte, also da hab ich
auch keinen Schimmer. Ist aber auch scheißegal. Ruf den
Alten an. Sag ihm, er muss löhnen. 500.000. Keinen Cent
weniger. Droh ihm, dass wir sonst die Bullen einschalten.
Sag mir dann, wie er reagiert hat. Wir treffen uns zur
gewohnten Zeit an der Stammbrücke. Den Müller hab
ich informiert. Er kommt auch, er hat es auch in der Zei-
tung gelesen. Den Götzi hab ich nicht erreicht, er muss
umgezogen sein oder 'ne neue Telefonnummer haben, zu
dem hab ich schon ewig keinen Kontakt mehr gehabt. Ich
werd weiter versuchen, dass ich seine Adresse rauskrieg.
Ist doch super – die alte Kleeblatt-Connection läuft zur
Hochform auf. Erinnert mich an frühere Zeiten, du weißt
schon: Einer für alle, alle für einen. Also dann, mach's gut.
Gruß: Professor

Querlinger ließ das Blatt sinken.

»Herrschaften, wir sind bei der Quelle angekommen«, murmelte er.

»Sie haben ihn erpresst. Leck mich, was so ein Zeitungsartikel
alles anrichten kann«, meinte Feigl.

»Die Lösung des Falls, zusammengefasst in einem kurzen
Brief – Wahnsinn!« Bödele schüttelte fassungslos den Kopf.

»Na ja«, Eulenburg wiegte den Kopf hin und her, »so ganz ist
der Fall noch nicht geklärt. Dass Ignaz Weh seinen Zwillings-

bruder getötet hat, ist klar, auch wenn wir noch rauskriegen müssen, wie es ihm gelang, den Eindruck zu erwecken, dass er auf den Seychellen ums Leben kam. Was den Toni angeht – da können wir immer noch nicht sagen, ob Ignaz sein Vater oder sein Onkel war. Auch wenn der Professor und seine ehemaligen Kleeblatt-Kollegen ganz klar von der Vaterschaft des alten Weh ausgegangen sind. Er schreibt ja, sie hätten keinen Schimmer, wer die andere Leiche gewesen sein könnte. Dass es sich um den Zwillingsbruder Wehs handelt, konnten sie nicht wissen. Da gibt's noch ein paar Hausaufgaben, die wir in Zusammenarbeit mit den Forensikern zu erledigen haben.«

»Nicht zu vergessen das Motiv. Was hat Weh dazu getrieben, seinen Zwillingsbruder und Toni zu töten?«, ergänzte Feigl.

»Völlig richtig«, nickte Querlinger. »Aber was absolute Priorität hat: Wir müssen Götzi, sprich Uwe Kerkrade, finden. Wir haben noch kein Lebenszeichen von ihm. Nicht mal sein Handy konnte bis jetzt geortet werden. Also, Endspurt! Wir machen alles wie besprochen. Armin, Guntram, ihr macht mit den anderen hier unten weiter. Wir beide, Eulenburg, nehmen uns diese Frau Weh vor.«

Sirikit Weh saß im Foyer auf dem gleichen Stuhl, auf dem auch ihr Schwiegervater gesessen hatte, bevor es ihm gelungen war, das Weite zu suchen.

Dass die Frau von Karo-Waldi mit Vornamen Sirikit hieß, hatte Querlinger noch während sie zur Villa zurückspurteten, übers Handy erfahren. Schellenbeutel hatte ihn angerufen und flehentlich darum gebeten, er möge doch bitte so schnell wie möglich erscheinen, die Dame sei äußerst renitent und habe gedroht, den Polizeipräsidenten, den Justizminister und den Ministerpräsidenten höchstpersönlich über die »empörende Behandlung« zu informieren, der sie ausgesetzt gewesen sei.

»Sie sind also derjenige!«, schnauzte Sirikit Weh den Kommissar rüde an, als er zusammen mit Eulenburg das Foyer betrat. Eine Thailänderin, wie zu vermuten stand. Pechschwarze

Pagenfrisur, mandeläugig, sehr hübsch, gut proportioniert. Die raubauzige Stimme allerdings hätte eher zu einer Fischverkäuferin auf dem Wochenmarkt beim Münsterplatz gepasst. Was Querlinger amüsiert zur Kenntnis nahm: Die Frau hatte ein schwarz-weiß kariertes Hauskleid an.

Er nahm sich einen Stuhl, setzte sich rittlings darauf und verschränkte die Arme über der Lehne.

»Derjenige wo?«, fragte er in aller Ruhe.

Empörter Blick.

»Gäbet Se doch nicht den Blödi. Sie wisset genau, was ich mein. Natürlich derjenige, der meine Entführung zu verantworten hat.« Eine Mischung aus Schwäbisch und Hochdeutsch, und das ohne jeden Thai-Akzent.

»Dafür ist Ihr Mann verantwortlich, Frau Weh. Wäre er zu Hause gewesen, hätte wir ihn und nicht Sie … ähm … entführen lassen.«

»Sie gäbet also zu, dass des eine Entführung isch?«

Statt auf die Frage einzugehen, entschloss sich Querlinger zum Frontalangriff.

»Frau Weh, beantworten Sie uns nur ein paar Fragen, und wir beenden Ihre Vernehmung umgehend. Wo ist Ihr Mann? Wir brauchen dringend ein paar Auskünfte von ihm.«

»Wieso?«

»Weil wir einen flüchtigen Mörder suchen.«

Querlinger nahm die Frau scharf in Augenschein. Ungläubiges Entsetzen. Fassungslosigkeit. Sie wusste nichts, das war sicher.

»Was hat mein Mann damit zu tun?« Völlig veränderte Tonlage. Irritiert. Ängstlich.

»Nichts. Um es vorwegzunehmen: Wir verdächtigen Ihren Mann in keiner Weise. Wir wollen von ihm nur wissen, ob er sich vorstellen kann, wo sein Vater steckt.«

»Mein Schwiegervater? Des kann ich Ihnen sagen. Und auch, wo mein Mann isch.«

»Ach! Und wo?«

»Beim Angeln. Also beim Nachtfischen. Das machen die regelmäßig. Jagen und Fischen isch ihr Hobby. Vor allem Nachtfischen.«

Querlinger stach der Hafer. »Und wie sieht's aus mit Im-Trüben-Fischen?«

Ein vernichtender Blick von Karo-Siri brachte ihn dazu, unverzüglich die nächste Frage zu stellen.

»Wann sind sie denn aufgebrochen zum ... ähm ... Nachtfischen?«

»So 'ne halbe Stunde bevor Ihre Leut bei mir aufkreuzt sind, ging's Telefon. Der Waldemar isch ran. Kurz drauf hat er seine Angelkluft angezogen und isch g'fahren.«

Ein Anruf bei Karo-Waldi eine Dreiviertelstunde bevor der KDD bei Karo-Siri aufgetaucht war?

Querlingers Blick schoss zu Eulenburg, auch sie hatte augenblicklich begriffen.

»Das muss kurz nachdem er uns entwischt ist, gewesen sein. Da war er bereits am Fluss unten«, meinte sie.

Zunehmendes Entsetzen bei Karo-Siri, die den Kommentar Eulenburgs mitbekommen hatte. Ihr Blick hetzte verwirrt zwischen den beiden Beamten hin und her.

»Frau Weh«, wandte sich der Kommissar an sie, »hat Ihr Mann irgendetwas gesagt, bevor er fuhr?«

»Ja, halt, dass er zum Nachtangeln mit seinem Vater fährt.«

»Sonst nichts?«

»Dass es dauern könnt, hat er noch gerufen, bevor er zur Tür raus isch.«

»Wo angeln die Männer?«

»Am Federsee. Alte Heimat von meinem Schwiegervater.«

»An welcher Stelle genau, Frau Weh?«

»Irgendwo bei Bad Buchau, in der Nähe vom Federseesteg, haben sie 'ne eigene Fischerhütte, in der sie ihr Angelzeugs aufbewahren und auch übernachten.«

Der Kommissar versuchte die sich überschlagenden Ereignisse einzuordnen. Der Vater hatte seinen Sohn telefonisch um

Hilfe gebeten, und dieser hatte sich unverzüglich in Bewegung gesetzt, so viel war sicher. Wahrscheinlich hatte er ihn zu einer Stelle am Donauufer bestellt, zu der er mit dem Boot gerudert war, und das trotz des Nebels. Er musste den Flusslauf an dieser Stelle wie seine Westentasche kennen. Dann waren sie weitergefahren. Wohin? Tatsächlich an den Federsee? Und wie sah sein weiterer Plan aus? Und vor allem: Was war mit Uwe Kerkrade?

Querlinger stand vom Stuhl auf. »Auf ein Wort, Kollegin«, bat er Eulenburg zur Seite. »Ihre Meinung?«, raunte er.

»Der Alte will untertauchen. Dazu braucht er seinen Sohn, was bedeutet: Er muss Karo-Waldi gesagt haben, um was es geht. Ich könnte mir vorstellen, dass der auch Dreck am Stecken hat. Behauptet seiner Frau gegenüber, er sei mit seinem Vater beim Nachtangeln! Ich schätz mal, der Alte wird genügend Geld dabeihaben, um den Rest seines Lebens unerkannt in der Karibik verbringen zu können, denken Sie an den leer geräumten Tresor.«

»Seh ich auch so. Aber er wird nicht gleich den nächstbesten Flieger nach Tobago nehmen.«

»Aber genauso wenig wird er jetzt zum Federsee runterfahren. Er wird sich ausrechnen können, dass wir seine Schwiegertochter befragen und die uns das mit dem Nachtfischen erzählt. Vielleicht hat er sich noch anderswo einen Schlupfwinkel eingerichtet.«

»Fragen wir sie doch noch mal«, schlug Querlinger vor und nickte in Richtung Karo-Siri.

Er ging zur Sitzgruppe zurück. »Frau Weh, wo könnten sich Ihr Mann und Ihr Schwiegervater sonst noch aufhalten?«

»Keine Ahnung. Die Kommunikation zwischen mir und meinem Mann isch auf ein Minimum reduziert. Im Prinzip isch mir scheißegal, was er macht. Wir leben in Scheidung.«

»Oh, das tut mir leid.«

»Mir nicht.«

Oh weh. »Ungeachtet dessen werden Sie doch –«

Ein Knall, als hätte jemand einen Sprengsatz gezündet, erschütterte das Foyer. Die hinter der Schrankimitation verborgene Stahltür, durch die Ignaz Weh getürmt war, flog auf, und Feigl und Bödele traten in den Raum wie zwei Magier aus einer Las Vegas Show, im Schlepptau den prostatageschädigten Kollegen von der Schutzpolizei. Er hielt den Vorschlaghammer aus der Werkstatt in den Händen.

Querlinger und Eulenburg hatten vor Schreck einen Satz zur Seite gemacht, Karo-Siri war mit einem Schrei vom Stuhl gesprungen, als hätte eine Schleudervorrichtung unter ihrem Hintern gezündet.

»Wunderschönen Abend, die Herrschaften«, grinste Bödele, der eine grüne Damenhandtasche in seinen behandschuhten Händen hielt. »Wir haben was mitgebracht.« Vorsichtig stellte er die Handtasche auf dem Tisch ab.

»Gucci, echt Leder, Krokodilsoptik, sauteuer«, ergänzte Feigl.

Querlinger brauchte gar nicht erst zu fragen, um welche Tasche es sich handelte.

»Wo war die?«

»In einem weiteren Raum. Da lagern noch ein paar andere Dinge. Am besten schaut sich die Spurensicherung das mal an.«

»Inhalt?«, fragte Querlinger.

»Nur ihr Ausweis. Und eine Quittung des Cafés in der Hamburger Seniorenresidenz Augustinum über zwölf Euro dreißig. – Aber hier ist noch was!«

Bödele griff in seine Hosentasche und zog einen Beweisbeutel hervor, in dem ein Taschenmesser steckte. Ein Taschenmesser mit einem Messingschild. »Für Gernot. Von deinem Freund Zacharias Müller«, las Querlinger auf dem Schild. Darunter, in sehr kleiner Schrift, der Firmenname des Messerherstellers: »Beauty Steel Zacharias Müller«.

»Na also, wieder ein Rätsel weniger«, meinte der Kommissar. »Was ist mit dem Gang? Führt der nur zur Donau? Oder gibt's da irgendwelche Abzweigungen?«

»Keine. Es gibt nur diesen Gang und die beiden Räume.«

»Das heißt, da unten kann sich keiner mehr versteckt halten?«

»Definitiv nicht. – Und wie weit seid ihr?«, wollte Feigl wissen.

»Sagen wir euch gleich.« Querlinger wandte sich an Karo-Siri. »Frau Weh, die beiden Beamten, die Sie hergefahren haben, fahren Sie jetzt wieder heim. Sie werden allerdings bei Ihnen bleiben und darauf achten, dass Sie von sich aus in den nächsten Stunden mit niemandem Kontakt aufnehmen, auch nicht telefonisch. Sollten Sie Anrufe empfangen, schalten Sie den Lautsprecher ein, SMS und andere elektronische Nachrichten öffnen Sie nur in Gegenwart der Kollegen.« Er wandte sich an die beiden KDDler, die bis jetzt stumm nahe der Eingangstür gewartet hatten, und gab ihnen entsprechende Anweisungen. »Danke, das wär's. Ach ja, und seien Sie so freundlich und schicken Sie die Kollegen Zimmernagel und Heinerle her, wenn Sie unten angekommen sind.«

Die folgenden Minuten verbrachten sie damit, ein kurzes Resümee zu ziehen und die weitere Vorgehensweise zu besprechen.

Querlinger gab die Richtung vor. »Uwe Kerkrade bereitet mir Kopfzerbrechen. Sein Handy ist immer noch ausgeschaltet.«

»Lassen Sie uns doch einfach mal rechnen, Chef.« Eulenburg war die Ruhe selbst. »Vorausgesetzt, die Fahrt von Bremen bis hier runter verläuft ohne Staus oder andere Probleme, braucht er circa siebeneinhalb bis acht Stunden. Gegen elf heute Vormittag fuhr er angeblich los. Dann konnte er frühestens zwischen achtzehn Uhr dreißig und neunzehn Uhr hier in der Gegend angekommen sein. Wir haben jetzt«, Eulenburg sah auf ihre Armbanduhr, »zweiundzwanzig Uhr fünfundzwanzig. Vor etwa anderthalb Stunden, gegen einundzwanzig Uhr, haben wir Weh angetroffen. Er hat uns erzählt, er müsse weg und habe es eilig. Zwischen der voraussichtlichen Ankunft Kerkrades, sagen wir, um neunzehn Uhr herum, und dem

Zeitpunkt, als wir bei ihm aufgekreuzt sind, lagen etwa zwei Stunden. Weh hätte also genug Zeit gehabt, sich mit Kerkrade zu treffen.«

»Genügend Zeit, um mit ihm zu machen, was immer er wollte«, kommentierte Querlinger düster.

»Nehmen wir an, Kerkrade lebt noch«, schlussfolgerte Zimmernagel, »dann müsste sich Weh eigentlich sagen, dass es ihm nichts bringt, ihn jetzt noch zu töten. Er weiß, er ist überführt. Sein Plan war, zu verhindern, dass der Mord an seinem Bruder und seinem Sohn, respektive seinem Neffen, aufgedeckt wird. Das war der Grund, weshalb er vermeintliche Mitwisser ausschalten wollte. Damit ist er gescheitert. Jetzt auch noch den Kerkrade über die Klinge springen zu lassen – das wäre völliger Quatsch.«

»Wie du grade gesagt hast«, meinte Feigl, »*falls* Kerkrade noch lebt! Dass sein Plan gescheitert ist, weiß der Alte erst, seitdem wir bei ihm aufgetaucht sind. Was, wenn er ihn davor getroffen hat? Als er noch keinen Schimmer davon hatte, dass wir ihm auf den Fersen sind?«

»In dem Fall müssten wir mit dem Schlimmsten rechnen«, murmelte Heinerle.

»Wohin hätte Weh ihn denn beordern können? Haben wir da einen Anhaltspunkt?«, fragte Bödele.

»Mir geht schon die ganze Zeit die Bemerkung seiner Tochter durch den Kopf. Ziemlich kryptisch. Ihr Vater hätte angeblich was von einer Klinik und einem Bleistift gefaselt, der einer Dame gehöre.«

»Doch nicht Bleistift!«, widersprach Eulenburg. »Stift hat sie gesagt, nur Stift.«

»Dann eben nur Stift. Sehen Sie doch mal nach –«

»Moment, Chef! Stopp!« Feigls rechter Zeigefinger schoss in die Höhe. »Klinik? Dame? Stift? So hat sie es gesagt?«

»Ja, warum?«

»Erinnerst du dich an den Kollegen Ücgül, Chef?«

»Ücgül? Ach, der, der bei einem Einsatz schwer verletzt

wurde? Der seinen Job danach aufgeben musste? Ist schon mindestens zehn Jahre her.«

»Genau. Er musste nach seinem Krankenhausaufenthalt 'ne Reha antreten. In einer Spezialklinik. Ich hab ihn dort besucht. In der Schlossklinik Bad Buchau. Und wisst ihr, wo die Klinik untergebracht ist?«

»Sag schon!«

»In einem ehemaligen Damenstift.«

Querlinger schlug sich vor die Stirn. »Mensch, du hast recht.«

»Und wie recht er hat.« Eulenburg war wieder am Googeln. »Ich zitiere aus der Homepage der Klinik: ›Die Schlossklinik ist im ehemaligen freiweltlichen Damenstift Bad Buchau untergebracht. Es handelt sich um eine Fachklinik für Psychosomatik und Neurologie.‹«

»Was ist denn ein Damenstift?«, hakte Heinerle nach.

»Also die Frage ist mal wieder typisch für dich, Heini. Du hast mit Damen nix am Hut, seh ich das richtig?«, stichelte Bödele.

»Ha, ha, du Depp. Du glaubst wohl, du bist –«

»Ruhe!«, gebot Querlinger genervt. »Wir haben jetzt anderes zu tun, als eure saublöden Kommentare anzuhören.«

»Ein Damenstift, Heini«, klärte Eulenburg ihren Kollegen in aller Ruhe auf, »war früher so 'ne Art Kloster für Frauen. Und das Damenstift Buchau – korrekter das freiweltliche Reichsstift Buchau – soll von einer gewissen Adelindis gegründet worden sein. Die wiederum war die Tochter Kaiser Ludwigs des Frommen, so steht's zumindest in Wikipedia. Sie soll die erste Äbtissin des Klosters gewesen sein.«

»Die Kirche, die zu diesem Damenstift gehört hat, ist, glaub ich, heut noch in Betrieb«, meinte Bödele.

»Wenn ihr's genau wissen wollt«, gab Zimmernagel grinsend zum Besten, »das ist sie allerdings. Da hat letztes Jahr eine Freundin meiner Frau geheiratet, deswegen weiß ich das.«

»Na also, den Rest können wir uns doch zusammenreimen.« Heinerle schnippte mit den Fingern. »Weh und Kerkrade treffen sich in oder bei dieser Schlossklinik, die früher mal so 'ne Art Kloster war. Oder bei der Kirche.«

»Oder«, erwog Bödele, »sie haben sich dort bereits getroffen.«

»Die Frage lautet: Wieso gerade dort und wo genau?«, warf Zimmernagel ein.

»Das kriegen wir nur raus, wenn wir vorher was anderes klären.« Eulenburg war noch immer am Googeln. »Nämlich welche Verbindung es zwischen der Klinik, Christina von Flunkern und Uwe Kerkrade gibt.«

»Und wie, liebe Kollegin, wollen Sie das rauskriegen?«, wollte Querlinger wissen.

Eulenburg zog die Stirn kraus. »Warten Sie's ab, ich glaube, ich bin grad auf was gestoßen«, murmelte sie aufgeregt. Erneut wirbelten ihre Finger über das Display.

»Da! Gucken Sie mal, Chef.« Auf dem Display war das Gelände des ehemaligen Damenstiftes in einer grafischen 3-D-Perspektive zu sehen. Komplett aus der Vogelperspektive, mit sämtlichen Einzelheiten. »Hier«, Eulenburgs Finger wies auf einen Gebäudekomplex, »ist die Klinik untergebracht. Das hier«, der Finger wanderte ein Stück weiter, »ist die Stiftskirche. In dieser Kirche unter dem Chorraum gibt es eine Gruft, oder anders formuliert, eine Krypta. Die Krypta der heiligen Adelindis, die hier mit ihren drei erschlagenen Söhnen ruht. – Na also, das is es doch!«

»Wie, das is es?«

»Erinnern Sie sich an die Bemerkung der Breitsameter, die Hebamme von Marie Huber, unsere bedauernswerte Hamburgerin, die früher Christa Wolfsperger hieß, habe an den unmöglichsten Orten Kinder geholt? An die irre Geschichte mit der Krypta? Sie habe einer Frau geholfen, in einer Krypta einen Jungen zur Welt zu bringen, hat sie uns erzählt. Bei der Schwangeren habe es sich um eine Freundin von Marie Huber gehandelt.«

»Und Sie glauben …?«

»Ja, dieser Junge ist Uwe Kerkrade. Ich bin mir sicher. Irgendwie ist es Weh gelungen, Kerkrade glauben zu machen, Christina von Flunkern befände sich in Gefahr. So lockt er ihn zu sich. Damit er drauf reinfällt, offenbart er ihm sein Wissen um seine dramatische Geburt und schafft so das nötige Vertrauen. Eine Information, die er nur von der von Flunkern bekommen haben konnte.«

»Das heißt, er könnte sich mit ihm in dieser Krypta treffen?«

»Eventuell. Oder in unmittelbarer Nähe. Auf jeden Fall in oder bei dieser Stiftskirche.«

Die Entscheidung fiel ohne Umschweife.

»Also gut, Leute, dann fahren wir jetzt da runter.«

»Bei dem Nebel? Weißt du, wie lange wir brauchen?«, protestierte Heinerle.

»Na und, hast du 'ne andere Idee? Außer auf besseres Wetter zu warten?«

»Noch mal, Chef. Bei dem Nebel brauchen wir drei Stunden bis zum Federsee.«

»Egal! Und wenn wir fünf brauchen! Wenn der Weh da runterwill, braucht er genauso lange. Er hat zwar einen zeitlichen Vorsprung, aber uns bleibt gar nichts anderes übrig.«

»Du willst tatsächlich auf gut Glück da runter?« Zimmernagel schüttelte genervt den Kopf. »Aber wir haben doch überhaupt keine Bestätigung, dass –«

»Was heißt Bestätigung!« Der Kommissar wurde sauer. »Welche Bestätigung erwartest du denn? Dass er anruft? ›Hallo, liebe Kripo, ich bin's, euer lieber Mörder, ich bin jetzt in Bad Buchau und treffe mich mit meinem Opfer‹? Wir fahren runter, basta! Und ich will zwei uniformierte Kollegen mit Maschinenpistolen dabeihaben. Du, Bernd, bleibst mit den restlichen sechs Uniformierten hier; ihr sichert das Anwesen. Für alle Fälle. Wir anderen fahren jetzt gleich los. Wir sind insgesamt sieben: Guntram, Armin, Heini, die Kollegen Brüderle und Schellenbeutel, sowie Eulenburg und meine Wenigkeit. Wir verteilen uns auf zwei Fahrzeuge, das Mannschaftsfahrzeug bleibt hier.

Guntram, Armin, ihr beide fahrt. Wir kommunizieren per App über eine Konferenzschaltung auf unseren Smartphones. So wie wir das ja schon kennen. Das geht bis zu fünf Teilnehmern. In jedem Fahrzeug nutzt einer von uns die App.«

42

Es war bereits zehn Minuten nach halb elf, als sie endlich weg-kamen. Was unter anderem dem Surströmming-Einkauf in dem schwedischen Fischdelikatessenshop auf dem Hamburger Hauptbahnhof geschuldet war. Heinerle hatte die beiden Ein-kaufstüten aus seinem Wagen holen und im Kofferraum von Feigls Passat verstauen müssen. Feigl könne ihn ja dann nach dem Einsatz gleich nach Hause fahren, hatte der Kommissar gemeint.

Der Nebel war immer noch undurchdringlich wie Dick-milch. Er schluckte das Licht der wenigen entgegenkommenden Scheinwerfer ebenso wie das der Ampeln und die Reflexion der Fahrbahnmarkierungen. Selbst das Blaulicht wäre darin er-stickt, und da sie ohnehin nur schleppend vorankamen, ordnete Querlinger an, die Warnleuchte erst gar nicht anzuschalten. Dann aber, nach wenigen Kilometern, lichtete sich das Weiß, wurde durchsichtiger und wich schließlich ganz; sie konnten an Tempo zulegen. Feigl – bei ihm waren Querlinger, Eulenburg und Brüderle eingestiegen – fuhr voraus, gefolgt von Bödele, der Heinerle und Schellenbeutel im Wagen hatte.

Noch bevor sie gestartet waren, hatte Querlinger den Leiter des Kriminalkommissariats Biberach, Hauptkommissar Ha-berstroh, aus dem Bett geklingelt und ihn von der Sachlage in Kenntnis gesetzt. Der Kollege würde mit zwei Beamten der Schutzpolizei anrücken, hatten sie ausgemacht. Querlinger und Eulenburg nutzten die Fahrt für ein Nickerchen, sie waren im-merhin seit über zwanzig Stunden im Dienst. Knapp eine Stunde waren sie bereits unterwegs, als Feigl sie mit einem urplötzlich gebrüllten »Verdammt, ich glaub, da vorne ist er!« unsanft in den Wachzustand zurückkatapultierte.

»Was is los?«

»Wer?«

»Der Hummer Pick-up vom alten Weh!« Feigl hatte Augen wie ein Luchs und im Licht der Scheinwerfer sofort das Kennzeichen erkannt.

Eulenburg, sie saß auf dem Beifahrersitz, spähte angestrengt durch die Frontscheibe.

»Tatsächlich! Ich werd verrückt, die Lage hat sich gedreht, Leute!«

Querlinger sah auf die Uhr: null Uhr sieben. »Bleib ihm auf den Fersen, Armin. Mal sehen, wohin er uns führt.« Er griff nach seinem Handy. »Guntram, Weh fährt direkt vor uns. Bleib unbedingt an uns dran.«

Sie waren inzwischen fast bei der Bad Buchauer Stadtgrenze angekommen, gleich würde der Wagen, dem sie folgten, auf die L 280 in Richtung Stadtmitte abbiegen.

»Sag mal, ich glaub, der will gar nicht zur Stiftskirche. Er folgt weiter der L 275«, stellte Eulenburg nach einem Blick aufs Navi fest.

»Oder er fährt von einer anderen Seite rein«, meinte Brüderle.

»Da, seht ihr das? Sie sind zu zweit!« Im Licht der Scheinwerfer eines entgegenkommenden Fahrzeugs hatte Feigl die Silhouetten von Fahrer und Beifahrer erkannt.

»Wahrscheinlich der alte und der junge Weh.« Auch Brüderle hatte es bemerkt. Er hatte sich in die Rückenlehne des Beifahrersitzes verkrallt und versuchte, einen Blick durch die Frontscheibe zu erhaschen.

»Er hat seinen Vorsprung verspielt, ich frage mich, warum?«, überlegte Eulenburg.

»Egal, ist doch gut für uns«, brummte Querlinger.

Eine Kreuzung. Was den Pick-up nicht interessierte. Er fuhr einfach auf der L 275 weiter.

»So wie es aussieht, will der überhaupt nicht in die Stadt«, spekulierte Feigl.

»Ich ruf mal den Biberacher Kollegen an.« Querlinger tippte auf seinem Handy herum und telefonierte. »Der Kollege steht auf einem Parkplatz hier in der Nähe. Er fährt sofort los und versucht, ein Stück weiter vorne auf die L 275 aufzufahren, dann haben wir sie in der Zange.«

»Da muss er sich aber beeilen«, murmelte Eulenburg, die mit zusammengekniffenen Lippen auf die Strecke starrte, über die vereinzelt wieder Nebelschleppen krochen.

Auf der Riedlinger Straße, die in die L 275 mündete, näherte sich mit hoher Geschwindigkeit ein Audi. Knapp bevor der Pick-up die Einmündung passierte, fuhr er auf die L 275 auf, und der Fahrer gab Gas.

»Na also, perfekt, das ist er«, knurrte Querlinger. In den nächsten Minuten würde die Verfolgungsjagd ein Ende haben, der Fall wäre gelöst, und sie würden endlich Klarheit besitzen. Auch über das Schicksal Uwe Kerkrades. Die Spannung im Fahrzeug stieg.

Querlingers Handy klingelte. Der Biberacher Kollege. Mit einem ultimativen Vorschlag.

»In Ordnung. Machen wir so.« Der Kommissar schaltete auf Konferenzmodus um.

»Wir werden sie auf den nächsten tausend Metern stoppen, noch ein gutes Stück vor Kanzach. Das ist der nächste Ort. Die Strecke ist fast bolzengerade. Der Kollege stellt den Audi quer und schaltet das Blaulicht ein. Wir machen das dann genauso.«

»*Copy that!*«, röhrte Bödele ins Mikro. Seit Neuestem sah er sich auf Netflix Krimiserien im Original an, um sein Englisch aufzubessern.

»Alles klar!«, bestätigte Feigl hoch konzentriert. »Müsste funktionieren. – Da! Jetzt! Der Audi hat angehalten. Er steht quer zur Fahrbahn und hat das Blaulicht eingeschaltet, der Pick-up bremst ab.« Gerade eben noch war Feigl die Ruhe selbst gewesen, jetzt wirkte er total aufgedreht.

»Okay, jetzt wir!« Querlinger hielt sein Smartphone vor den Mund. Hastige Anweisungen: »Eulenburg, Guntram, die Kennleuchte aufs Dach und einschalten! Zügig, aber vorsichtig weiterfahren, Armin! Abstand gleichmäßig verringern.« Plötzlich Reifenquietschen und ein Querlinger'scher Brüller: »Mensch,

Guntram, pass doch auf!« Aus dem anderen Fahrzeug folgte ein: »Sorry, Chef, bin grad etwas in Eile.« Um ein Haar wäre Guntram Bödele ihnen hinten draufgedonnert.

Feigl konzentrierte sich auf den Pick-up, der, je näher er dem quer zur Fahrbahn stehenden Audi kam, immer langsamer wurde. Auch Feigl bremste kontinuierlich weiter ab. Der Abstand verringerte sich. Zweihundert Meter ... hundertsiebzig ... hundertfünfzig ... Die Türen des Audi flogen auf, und der Biberacher Kommissariatsleiter sowie zwei Schutzpolizistinnen sprangen heraus.

Plötzlich machte der Pick-up unter Vollgas und mit aufheulendem Motor einen gewaltigen Satz nach vorne.

»So ein Scheiß! Er bricht nach links aus! Aufgepasst, Kollegen!«, brüllte Feigl.

Der Fahrer des Fluchtfahrzeugs riss das Lenkrad wild nach links und steuerte den Wagen mit brachialer Gewalt und unter gefährlichen Schlingerbewegungen auf den Seitenstreifen, dann weiter auf die Wiese. Schoss, dass Erde und Grassoden nur so spritzten, an dem Audi des Biberacher Kollegen vorbei zurück auf die Straße und entfernte sich Richtung Kanzach.

Unwillkürlich hatte Feigl sein Fahrzeug zum Stehen gebracht, etwa sechzig, siebzig Meter vor dem Audi.

»Hundsveregg!«, donnerte Querlinger wütend.

Er wollte gerade die Tür aufreißen, um den Wagen zu verlassen, als er sah, wie die Biberacher Kollegen zurück in den Audi sprangen und die Verfolgung aufnahmen. Jetzt nicht nur mit Blaulicht, sondern auch mit Signalhorn.

»Weiter, dem Audi nach! Signalhorn zuschalten!«, befahl Querlinger. Er beugte sich vor und nahm abwechselnd das Navi und die Strecke ins Visier, die im penetranten Blitzen des Blaulichts und der Nebelschwaden einen unwirklichen Anblick bot. Noch wenige Meter bis zum Ortsschild Kanzach. Die L 275 ging in die Buchauer Straße über, die in einer leichten Biegung in den Ort hinein und relativ gerade durch ihn hindurchführte. Rechts die ersten Häuser. Unbeeindruckt raste das Fluchtfahrzeug weiter, geriet ins Schlingern, touchierte eine Mülltonne am Straßenrand und verlor an Geschwindigkeit.

»Wir holen auf. Dem Verrückten muss doch klar sein, dass er keine Chance hat«, rief Feigl.

»Offenbar nicht. Der Mut der Verzweiflung, gepaart mit der Ignoranz der Idioten: brisante Mischung«, kommentierte Eulenburg.

Sie hatten fast das Ende des Ortes erreicht, als eine Nebelbank die verfolgenden Fahrzeuge dazu brachte, stark abzubremsen. Eine dichte, undurchdringliche Masse.

Feigl schlug genervt aufs Lenkrad.

Doch so plötzlich, wie sie in die Wand eingetaucht waren, tauchten sie auch wieder daraus auf.

Erneuter Sichtkontakt zum Pick-up, der keine hundert Meter vor dem Audi herfuhr.

Plötzlich bog er scharf nach rechts auf einen sandigen Zufahrtsweg ein. Eine helle Staubwolke wirbelte im Licht der Scheinwerfer.

»Was soll das?«, rief Feigl verblüfft.

Querlingers Handy vibrierte. Der Biberacher Kollege.

»Der Typ muss wahnsinnig sein. Er ist auf das Gelände der Bachritterburg aufgefahren. Da geht's nirgendwo weiter. Jetzt kriegen wir die beiden!«

»Vielleicht geben sie auf?«, mutmaßte Eulenburg.

»Das glauben Sie doch wohl selbst nicht. Die haben was vor«, orakelte Querlinger und musterte die dunkle Silhouette eines massig aufragenden Holzturms, der sich vor ihnen erhob, und das Geviert der Palisadenanlage, hinter der er sich befand. Er wusste, dass es sich bei der Bachritterburg um die sorgfältig rekonstruierte Burganlage eines sogenannten Niederadligen aus dem 14. Jahrhundert handelte.

Dem Audi Haberstrohs folgend waren auch Feigl und Bödele auf den Zufahrtsweg eingebogen. Staubfahnen wirbelten auf, Sand knirschte unter den Rädern. Plötzlich gab der Fahrer des Pick-ups Vollgas, ließ den Hummer neunzig Grad um die eigene Achse rotieren und stellte ihn quer zur Fahrtrichtung. Der Motor heulte erneut auf, Räder drehten im Sand; in einer gewaltigen Staubwolke schoss der bullige Pick-up mit vollem Speed über eine kurze Zufahrt und eine Holzbrücke, die einen Wassergraben überbrückte, auf die Palisade zu. Ein dumpfes Krachen, das Geräusch splitternden Holzes, dann war er auch schon hinter dem Zaun verschwunden.

Die anderen Fahrzeuge fuhren augenblicklich rechts ran. Türen flogen auf ...

»Er muss wahnsinnig sein!«, wiederholte Haberstroh. Er kam in Begleitung der beiden Schutzpolizistinnen kopfschüttelnd auf Querlinger zu und rang fassungslos die Hände.

»Das können Sie laut sagen!« Querlinger klang hektisch. »Aber egal, wir müssen ihnen hinterher. Die hecken was aus. Kennen Sie sich hier aus?«

»Da drin?« Haberstroh deutete mit einer Kopfbewegung auf die Burganlage. »Eher nicht.«

»Dann würde ich sagen, wir teilen uns auf, sondieren die Lage und gehen rein!« Querlinger hatte wie selbstverständlich das Kommando übernommen. »Kollegin Eulenburg, der Kollege Brüderle und ich, wir bilden ein Team. Armin, Heini, Guntram und Kollege Schellenbeutel, ihr bildet Team zwei, und Sie, Kollege Haberstroh, mit ihren beiden Kolleginnen Team drei. Die Handys bitte eingeschaltet lassen. Kollege Haberstroh, Sie haben meine Nummer gespeichert? – Gut. Ach ja, Herr Brüderle, Herr Schellenbeutel, denken Sie daran, die MPs mitzunehmen.«

Allgemeines Kopfnicken. Brüderle und Schellenbeutel eilten zu den Fahrzeugen zurück und holten die Maschinenpistolen.

»Mist!« Ein ärgerlicher Ausruf Eulenburgs, gerade als sie loslaufen wollten. »Ich hab mein Handy im Auto vergessen. Armin, dein Schlüssel bitte.«

»Oh, wenn Sie schon dabei sind, bringen Sie mir doch meine Erdnüsse mit«, bat Querlinger.

»Wo sind die?«

»In der Tüte mit den Fischdosen.«

»Ich bring die ganze Tüte, bevor ich da drin rumkrame.«

Mit gezogenen Waffen liefen sie Augenblicke später in Richtung Burgtor. Querlinger, in der Rechten die Waffe, in der Linken die Tüte, bot zumindest für Haberstroh und die Schutzpolizisten einen etwas befremdlichen Anblick. Weiße, durchsichtige Fetzen waberten in bizarren Formationen über ihre Köpfe hinweg, der Nebel schien sich einen Spaß daraus zu machen, sie mit seinen verschiedenen Erscheinungsformen zu foppen. Bei einem Baum rechts der Einfahrt blieben sie stehen.

»Armin, Guntram, Heini, Kollege Schellenbeutel: Ihr positioniert euch erst mal hier. Kollege Haberstroh, Sie und Ihre beiden Kolleginnen beziehen bitte hinter dem Baum auf der gegenüberliegenden Seite Deckung. Sie, Eulenburg, Sie, Kollege Brüderle, und meine Wenigkeit, wir sondieren die Lage.«

»Mit anderen Worten, wir gehen rein?«

»So ist es!«

Sie liefen über die Brücke, die über den mit Wasser gefüllten Wallgraben führte, durch das Tor in den Burghof. Der Geländewagen hatte ganze Arbeit geleistet. Die Bohlentür des Tors lag zersplittert am Boden. Mit der Gewalt eines Panzers hatte der bullige Pick-up sie aus den Angeln gerissen und platt gewalzt. Er stand etwa drei Meter vom Burgtor entfernt mit demolierter Schnauze auf dem Burghof.

Sie nutzten ihn als Deckung und versuchten, unterstützt vom Licht des am Himmel stehenden Dreiviertelmondes, das Gelände zu sondieren. Die Stablampen ließen sie ausgeschaltet, um kein Ziel abzugeben, da sie davon ausgehen mussten, dass die Flüchtenden im Besitz von Jagdgewehren waren. Und damit konnten sie verdammt gut umgehen.

Jetzt erst nahm Querlinger das Panorama wahr, das sich ihnen offenbarte. Ein Anblick wie aus der Zeit gefallen. Spektakulär und dennoch beeindruckend authentisch. Durchsichtige Nebelschwaden umflorten die Burganlage, die im Vergleich zu dem, was man im Allgemeinen unter einer stolzen Ritterburg verstand, eher gedrungen, fast plump anmutete. Was sich dem Auge bot, war durchaus geeignet, den Betrachter um Jahrhunderte zurück in die Zeit des Spätmittelalters zu versetzen: der breite, etwa fünfzehn Meter hohe Wohnturm, Donjon genannt, mit seinem auskragenden, von einem wuchtigen Walmdach gekrönten Obergeschoss, die Gebäude der Vorburg, die sich zu seinen Füßen duckten, und der Ziehbrunnen mit dem gewaltigen Galgen; der Palisadenzaun mit seinen spitz zulaufenden übermannshohen Bohlen, die jeden, der sich näherte, aufzufordern schienen, auf der Stelle stehen zu bleiben. Querlinger, der sowohl aus historischem Interesse als auch aus kulinarischen Gründen hin und wieder ein Mittelalterevent im Kloster Wiblingen besucht hatte, konnte sich gut vorstellen, was hier abging, wenn historische Interessengemeinschaften und Mittelaltergilden zu einem Stelldichein zusammenkamen. Dann wimmelte es hier nur so von Rittern, Burgdamen und Edelfräulein, Knechten und Mägden, Handwerkern, Schwertkämpfern und Armbrustschützen, Gauklern und Spielleuten, Pfaffen, Mönchen und Fürsten. Ein begeistertes Publikum war ihnen gewiss …

Jetzt aber wirkte der Anblick bedrohlich. Irgendwie tückisch. Nicht nur in den Augen des Kommissars.

»Keine Spur von den beiden. Alles ruhig«, raunte Eulenburg.

»Gespenstisch ruhig«, setzte Brüderle eins drauf.

»Mit Ruhe kommen wir nicht weiter, nicht dass wir noch einschlafen«, versetzte Querlinger leicht gereizt. »Kollegin, können Sie mal so 'ne Art Karte oder Lageplan auf Ihrem Schlaumeierphone hergoogeln? Damit wir 'ne ungefähre Vorstellung haben, wo wir hier eigentlich sind.«

Eulenburg griff nach ihrem Smartphone. Googelte »Bachritterburg Kanzach« und holte eine 3-D-Ansicht des Geländes auf ihr Display.

»Hier, Chef.« Eulenburgs Finger tanzte übers Display. »Das ist unsere Position!«

»Gut, dann werd ich mal die Kommunikation etwas ankurbeln.« Querlinger formte die hohlen Hände zu einem Lautsprecher.

»Wo immer Sie sind: Geben Sie auf und kommen Sie mit erhobenen Händen raus. Sie machen sonst alles nur noch schlimmer«, rief er.

Stille. Keine Reaktion.

»Meine Herren, bitte.« Höflichkeitsfloskeln zahlten sich manchmal auch im Umgang mit Verbrechern aus. »Ich appelliere an Ihre Vernunft. Lassen Sie uns das hier beenden.«

Ein Schuss. Direkt über ihre Köpfe hinweg. Dem Einschlagsgeräusch nach war das Projektil in die Holzwand des hinter ihnen liegenden Gebäudes eingedrungen. Offenbar ein Warnschuss.

»Wir beenden die Sache, okay. Aber auf unsere Weise!«, brüllte eine heisere Stimme, die Querlinger sofort als die von Karo-Waldi identifizierte. Auch Eulenburg hatte die Stimme erkannt, wie Querlinger ihrem überraschten Blick entnahm.

»In Deckung bleiben!«, zischte er erschrocken und sah zum Turm hinüber, der in seiner gedrungenen, plumpen Mächtigkeit an Szenen aus einem Tolkien-Roman erinnerte.

»Und lassen Sie es sich bloß nicht einfallen, näher zu kommen. Sonst knallt's, dass es wehtut!«, bellte Waldi.

»Sieh an, Karo-Waldi als Sprecher der Familie. Die Stimme kommt von da oben. Ich bin mir sicher, dass Vater und Sohn im Turm stecken«, murmelte Querlinger.

»Steht zu vermuten. Der Apfel fällt nicht weit vom Stamm«, ergänzte Eulenburg lakonisch.

Wie um dies zu bestätigen, knallte ein zweiter Schuss. Ein weiterer Einschlag unmittelbar hinter ihnen.

»Das war mein Vater«, tönte Karo-Waldi. »Den haben Sie ja heute schon kennengelernt. Er schießt mindestens so gut wie ich, wenn nicht noch besser.«

Querlinger überlegte fieberhaft.

»Eulenburg, wir brauchen Verstärkung. Unmittelbar hier auf dem Gelände. Rufen Sie den Feigl an. Beordern Sie ihn mit seinem Team auf die Südseite der Anlage, er soll die mobile Tatortleuchte mitbringen. Der Haberstroh soll bleiben, wo er ist, und mit seinen beiden Polizistinnen den Zugang zur Anlage sichern. Feigl muss zusehen, dass er mit seinen Leuten irgendwie über den Wallgraben und über die Palisaden kommt. So hoch, wie die Pfähle sind, dürfte eine einfache Spitzbubenleiter ausreichen.«

»Sie sollen den Wassergraben überwinden? Wie denn?«

»Na, durchwaten, der Graben dürfte nicht allzu tief sein. Im schlimmsten Fall müssen sie ein, zwei Schwimmzüge machen. Wir sind schließlich im Einsatz.«

»Und die Palisaden? Die Pfähle sind ziemlich spitz, Herr Hauptkommissar. Da drüberklettern – also ich weiß nicht«, wandte Brüderle ein.

»Keine Sorge, ich kenn meine Kollegen, die passen schon auf, dass sie nicht auf einmal 'ne helle Stimme kriegen.«

Brüderle kicherte.

»Und wozu das alles?« Eulenburg wirkte noch immer nicht überzeugt.

»Vielleicht versuchen sie einen Ausfall. Ich will den Turm sichern, dazu brauchen wir mehr Leute. Ich versteh sowieso nicht, wieso sie sich hierher verkrochen haben. Sie sitzen in der Falle, das müsste ihnen eigentlich klar sein.«

Eulenburg grinste. »Eine Burgbelagerung im 21. Jahrhundert! Wow! *Living History!* Die alten Bachritter würden sich jetzt vergnügt auf die Schenkel klopfen.«

»Kann das nicht Stunden dauern? Also, ich meine, bis die beiden aufgeben?«, warf Brüderle ein.

»Egal. Wir haben Zeit und warten ab. Wenn das nichts fruchtet, fordern wir ein SEK an. Die holen sie dann schon raus. Jetzt lassen wir erst mal den Feigl anrücken.«

Eulenburg meldete Bedenken an. »Werden die Idioten da oben ihn nicht bemerken? Vom Turm aus dürften sie einen verdammt guten Überblick haben.«

»Möglich. Deswegen werden wir sie von hier aus ein bisschen

beschäftigt halten. Zumindest so lange, bis Feigl mit seinem Team auf dem Gelände ist.«

»In Ordnung. Ich ruf ihn an.«

»Kollege Brüderle«, Querlinger wandte sich an den Schutzpolizisten, »Sie sind doch ein guter Schütze, oder?«

»Ein saugter, Herr Hauptkommissar.«

»Okay. Ich knipse jetzt meine Stablampe an und fokussiere den Strahl auf eine der Schießscharten da oben, während –«

»Schon verstanden, Herr Hauptkommissar, ich schieße genau auf die Stelle, die Sie mit Ihrer Lampe markieren.«

»Es muss nur schnell gehen. Allzu viel Zeit zum Zielen haben Sie nicht.«

»Kein Problem, Herr Hauptkommissar!«

»Eventuell werden wir das ein paarmal wiederholen müssen.«

»Kein Problem, Herr Hauptkommissar!«

Ein Prachtkerl, dieser Brüderle! Ein Mensch ohne jegliche Probleme.

Eulenburg hatte ihr Telefonat beendet. »Alles klar, Feigl setzt sich sofort in Bewegung.«

Querlinger verließ die Deckung hinter dem Fahrzeug, positionierte sich geduckt neben dem Pick-up, sodass er uneingeschränkte Sicht auf den Turm hatte, und nahm die Stablampe zur Hand.

»Bereit?«, flüsterte er.

Brüderle entsicherte die MP.

»Bereit, Herr Hauptkommissar!«

»Zielen Sie auf die rechte Schießscharte oder was immer das sein soll, und zwar auf die Klappe.«

Brüderle nahm die Maschinenpistole, kniff die Augen zusammen und musterte konzentriert den Turm.

»Sie meinen das schmale Teil, das aussieht wie ein zur Hälfte hochgeklappter Fensterladen?« Brüderle hatte verdammt gute Augen.

»Genau. Achtung … jetzt!«

Querlinger knipste die Lampe an. Gleißend hell schoss der gebündelte Lichtstrahl durch die Nacht.

Brüderle feuerte. Mündungsfeuer blitzte auf. Holz splitterte.

Ein Aufschrei. »Verdammte Bastarde!«

Beide sprangen wieder zurück hinter das Fahrzeug, das die ideale Höhe besaß, um ihnen Deckung zu geben.

»Kompliment, Herr Brüderle. Ein sauguter Schuss!«

Die Antwort ließ nicht lange auf sich warten. Ein erneuter Schuss vom Turm aus. Wieder ein Einschlag in die Wand hinter ihnen. Diesmal hatten sie das Mündungsfeuer sehen können.

»Hören Sie, was wollen Sie eigentlich, Weh? Sie sehen doch, Sie haben keine Chance. Lassen Sie den Blödsinn und ergeben Sie sich!«, brüllte Querlinger in Richtung Turm.

»Ergeben? Einen Scheiß werden wir. Sie werden jetzt mit uns verhandeln. In beiderseitigem Interesse.«

»Sie wollen verhandeln? Worüber denn? Über ein neues Outfit?« Er musste ihn hinhalten, um Zeit zu gewinnen.

Verblüffung im Turm. »Wieso … Outfit?«

»Na ja, könnte ja sein, dass Sie von Ihrem karierten Erscheinungsbild die Nase voll haben und was Gestreiftes vorziehen. Zebralook. Knastoutfit. Schwarz-weiß gestreifter Anzug. So einer, wie Charlie Chaplin ihn hatte. Fragen Sie Ihren Vater. Dem hab ich das heute schon mal lang und breit erklärt.«

Ein weiterer Schuss vom Turm aus.

»Hören Sie, Sie Witzbold«, Karo-Waldi klang jetzt richtig wütend, »wenn Sie glauben, Sie können uns verarschen, irren Sie sich. Wir lassen uns nicht kirre machen von Ihren saublöden Sprüchen. Und Ihre Schießkünste beeindrucken uns genauso wenig. Sie wollen Kerkrade, und zwar möglichst gesund und munter. Wir haben ihn. Sie kriegen ihn, wenn Sie uns gehen lassen. Allerdings nur unter den Bedingungen, die wir festlegen.«

Kerkrade! Sie hatten ihn in ihrer Gewalt. Sein Leben gegen das der beiden Wehs? Das änderte die Lage schlagartig.

»Dem Himmel sei's getrommelt und gepfiffen – er lebt«, murmelte Eulenburg. »Sie müssen ihn im Kofferraum transportiert haben.«

Querlingers Handy klingelte. Haberstroh. »Er will sicher wissen, was hier los ist. Informieren Sie ihn doch bitte, ich hab jetzt keine Zeit!«, raunte er Eulenburg zu.

»Sie behaupten, Sie haben Uwe Kerkrade? Wo befindet er sich?«, rief er.

»Hier bei uns im Turm.«

»Dann treten Sie den Beweis dafür an. Wir wollen ihn sprechen.«

Eine längere Pause. Dann wieder die Stimme aus dem Turm: »Ich gebe Ihnen jetzt eine Handynummer durch. Es handelt sich um eine Prepaidnummer. Die rufen Sie, sagen wir … in fünf Minuten an, nicht vorher.«

Weh nannte die Nummer, die Querlinger mit fliegenden Fingern eintippte und abspeicherte. Es war bizarr. Da rief jemand, der sich im Turm einer Ritterburg aus dem 14. Jahrhundert befand, eine Handynummer in die Nacht.

Die fünf Minuten zogen sich wie Kaugummi. Der Kommissar drückte die Anruftaste.

»Ha … ha… hallo?« Eine schwache Stimme. Verzweifelt.

»Herr Kerkrade, sind Sie es?«

Schweigen. Dann ein leises, kaum wahrnehmbares »Ja … ich … ich bin … Uwe Kerkrade«.

»Herr Kerkrade, es geht Ihnen nicht gut, ich höre es. Was ist mit Ihnen?«

»Die … die haben mich …« Ein Aufschrei.

Und ein kaltschnäuziger Kommentar: »Sie konnten sich überzeugen, dass wir ihn haben. Das muss genügen.« Karo-Waldi war an der Strippe. »Es geht ihm nicht gerade perfekt, aber er ist nicht in Lebensgefahr. Was sich ändern könnte, wenn Sie nicht auf unsere Forderungen eingehen.«

Dieser Typ war offenbar zu allem entschlossen. Querlinger zitterte vor Wut.

Zusammenreißen, Eugen, zusammenreißen. »Und … wie lauten Ihre Forderungen?«

»Sie werden uns eines Ihrer Fahrzeuge überlassen. Unseres ist ja hin. Kerkrade nehmen wir mit. Wir lassen ihn frei, sobald wir in Sicherheit sind. Sie verzichten darauf, uns zu verfolgen. Keine Straßensperren, keine Fahrzeugkontrollen, nichts. Sobald wir Fahndungsaktivitäten feststellen, die uns gelten, stirbt die Geisel. Seien Sie gewiss, dass wir es ernst meinen. Jetzt, da Sie alles wissen, haben mein Vater und ich nichts mehr zu verlieren. Uns bleibt nur dieser eine Versuch, eine neue Existenz aufzubauen. Sollte er scheitern, hat das Leben jeden Sinn für uns verloren. Dann gibt es für uns nur eine Konsequenz. Aber wir beide sind dann nicht die Einzigen, die dran glauben werden, da können Sie einen drauf lassen.«

»Das ist doch Irrsinn, Weh. Sie sind automatisch im Fokus einer Fahndung, auch wenn vorerst kein Zugriff erfolgt. Sie glauben doch nicht, dass sämtliche Polizisten der Republik beide Augen zudrücken und Sie einfach so in der Gegend herumfahren lassen. Sie sind an keinem Ort der Welt mehr sicher, Weh. Sie werden –«

»Das lassen Sie mal unsere Sorge sein. Wir verschwinden unerkannt in der Versenkung. Also, was ist, gehen Sie auf unsere Forderungen ein oder nicht?«

Pause.

»Ich muss mich aber mit den anderen absprechen. Das braucht Zeit.«

»Maximal zehn Minuten. Wenn Sie sich dann nicht melden, verliert Kerkrade einen Finger. Und mit jeder weiteren Minute, die verstreicht, einen weiteren. Ich hoffe, ich habe mich klar ausgedrückt. Nutzen Sie die Prepaidnummer, um mich zu informieren.«

Das Freizeichen ertönte. Weh hatte aufgelegt.

»Dieses Schwein!« Querlinger schlug mit der Hand auf die Karosserie des Pick-ups.

Auch Eulenburg wirkte ratlos. »Kerkrade scheint ziemlich

mitgenommen zu sein, vielleicht ist er verletzt, wir müssen ihn schnellstens da rausholen.«

»Ist mir klar, Kollegin.«

Eulenburgs Handy klingelte. »Feigl«, murmelte sie und drückte die grüne Taste. »Er ist mit seinen Leuten auf dem Gelände, Chef. Sie warten auf Anweisungen«, gab sie weiter, was sie erfuhr.

»Sie hatten doch vorhin diese 3-D-Ansicht auf Ihrem Smartphone. Können Sie die noch mal herholen?«

Sie warfen einen Blick auf die Homepage der Bachritterburg. Die Anlage aus der Vogelperspektive.

»Wo genau sind sie?«

»Hier!« Sie wies mit dem Finger auf eine enge Stelle zwischen einem Gebäude und der Palisade rechts des Turms.

»Gibt es eine nähere Beschreibung des Turms?«

»Eine ziemlich ausführliche sogar. Mit Fotos …«

Sie sahen sich rasch weitere Bilder an. Den Zugang, der über einen Wassergraben auf die niedrige Motte führte, auf der der Wohnturm stand, den Aufgang, der ins Innere führte, und Innenansichten sämtlicher drei Geschosse, alle durch Treppen miteinander verbunden. Im obersten, dem Wehrgeschoss, befanden sich die beiden Wehs.

Und die Geisel?

Querlinger sah auf, ihm war gerade ein Gedanke gekommen.

»Fünf Minuten, hat er gesagt. Erinnern Sie sich? Ich sollte fünf Minuten warten und dann erst diese Prepaidnummer anrufen.«

»Sie meinen das Gespräch, das Sie gerade mit Kerkrade hatten?«

»Exakt.«

»Und?«

»Warum musste ich geschlagene fünf Minuten warten? Überlegen Sie mal.«

»Ah, verstehe!« Eulenburg tippte sich an die Stirn. »Er

musste erst zu ihm. Dafür brauchte er fünf Minuten. Kerkrade befindet sich gar nicht im Wehrgeschoss.«

»Bingo! Er ist nämlich schwer angeschlagen. Die beiden Wehs haben es vermutlich gerade mal so geschafft, ihn ins erste Geschoss zu verfrachten.«

»Was bedeutet, dass wir …«

»Eine reelle Chance haben, Kerkrade rauszuholen, ja«, er sprach jetzt entschieden und schnell, »vorausgesetzt, es gelingt uns, Feigl und sein Team in den Turm zu bringen, ohne dass sie's merken. Wir müssen uns beeilen!«

»Und wie soll das gehen?«

»Wir nehmen die beiden Lichtöffnungen unter Feuer beziehungsweise die Schießscharten. Die beiden werden zurücktreten. Damit nehmen wir ihnen die Sicht nach unten. Sie werden von unserer Reaktion erst mal völlig überrascht sein. Diese Zeit nutzt Feigl, um mit seinen Leuten den Turm zu stürmen. Sind sie erst mal drin, also im ersten Obergeschoss, postieren sich zwei rechts und links unten neben der Treppe. Die beiden anderen kümmern sich um Kerkrade. Sobald einer von den Wehs runterkommt und auf dem oberen Treppenabsatz auftaucht, wird geschossen. Besser wären Blendgranaten: eine davon ins obere Stockwerk geschleudert, und Ruhe wäre.«

Eulenburg sah kurz zur Seite und begann zu grinsen.

»Was ist?«

»Nichts. Mir ist nur gerade was eingefallen.«

Querlinger wählte Feigls Nummer.

»Armin. Pass auf. Wir gehen wie folgt vor …«

Knapp neun der zehn Minuten, die Weh Querlinger zugestanden hatte, waren um, als der Kommissar wie verabredet die Prepaidnummer anrief.

»Und, haben Sie sich entschieden?«, schepperte Karo-Waldis Stimme an des Kommissars Ohr.

»Haben wir. Wir bräuchten allerdings noch mal eine Bestätigung.«

»Was soll der Scheiß? Was für 'ne Bestätigung?«

»Dass Ihr Vater bei Ihnen oben im Turm ist. Von dem haben wir bis jetzt nicht ein einziges Wort gehört. Könnte ja sein, dass er irgendwo auf dem Gelände steckt und nur drauf wartet, bis wir uns aus der Deckung begeben, und uns dann abknallt.«

Das war natürlich Blödsinn. Querlinger war es aber wichtig, sich zu vergewissern, dass sich Vater und Sohn tatsächlich im Wehrgeschoss des Turmes aufhielten. Nicht dass der Senior zwei Stockwerke tiefer bei der Geisel war, während der Junior ganz oben das große Wort schwang. Das hätte den Einsatz zur Befreiung der Geisel unmöglich gemacht.

»Aber ich habe Ihnen doch vorhin gesagt, dass er von hier oben geschossen hat?«

»Sagen können Sie viel. Ich will seine Stimme hören.«

Pause, dann: »Hören Sie, wenn Sie uns austricksen wollen, wird das Kerkrade schlecht bekommen. Ich warne Sie.«

»Sagen Sie Ihrem Vater ganz einfach, dass er den Mund aufmachen soll. Von mir aus kann er ein Gedicht aufsagen. Oder auch nur bis zehn zählen. Hauptsache, ich höre seine Stimme. Und zwar jetzt sofort!«

Schweigen.

»Eins, zwei, drei, vier, fünf … so, und jetzt hören Sie mal zu, Sie Sheriff, wenn Sie uns nicht binnen zwei Sekunden sagen, wie Sie sich entschieden haben, fehlt Kerkrade nicht ein Finger, sondern eine ganze Hand, klar? Und jetzt Ihre Antwort!«

Das war er, der Alte. Ignaz Weh höchstpersönlich.

»Unsere Antwort? Die können Sie haben.«

Querlinger zog die Stablampe heraus und wandte sich an Brüderle.

»Fertig?«, raunte er.

»Fertig, Herr Hauptkommissar.«

»Okay. Ich leuchte wieder. Achtung! – Jetzt!«

Erneut traf ein gebündelter Lichtstrahl auf die Schießscharten. Fast synchron dazu begann Brüderle zu feuern.

»Zugriff! Es geht los!«, befahl Feigl.

So schnell sie konnten, spurteten sie im Schatten der Palisade in Richtung Turm, rannten über die Brücke, die sich über einen Wassergraben spannte, und die überdachte Treppe hinauf zum Eingang.

Die Tür war nicht verschlossen; das Schloss war brutal aufgeschossen worden. Wie Querlinger später im Verlauf der Vernehmungen erfahren sollte, hatten die Wehs Munition von hoher Durchschlagskraft verwendet.

Noch während der Letzte aus Feigls Truppe – Polizeiobermeister Schellenbeutel – die Treppe hochhetzte, lösten sich Querlinger, Eulenburg und Brüderle aus der Deckung des Fluchtfahrzeugs und sprinteten ebenfalls zum Turm.

In diesem Moment fiel Querlinger auf, dass Eulenburg seine Tüte mit den Einkäufen dabeihatte. Den oberen Teil mit den Griföffnungen hatte sie zusammengedreht und fest um die linke Hand gewickelt, damit der Inhalt nicht hin und her schlenkern konnte.

»Was soll das? Wieso schleppen Sie die mit?«, rief er außer Atem. »Ich hab die nicht vergessen. Ich hab sie bewusst da stehen gelassen. Die klaut schon niemand.«

»Hat seinen Grund, Chef«, rief sie.

Für weitere Nachfragen blieb keine Zeit. »Polizei!«, hörten sie Feigl aus dem Turm brüllen. Stimmen lärmten. Schreie.

Gefolgt von Eulenburg und Brüderle sprintete auch Querlinger den überdachten Treppenaufgang hoch und stürzte durch die halb geöffnete Tür in einen Raum, der offenbar die Küche barg. Und erfasste im Licht einer mobilen Tatort-LED-Leuchte mit einem Blick die Situation.

Seitlich des Aufgangs zur Treppe in das zweite Geschoss standen Heinerle und Bödele, die entsicherten Pistolen in den Händen. Feigl selbst kümmerte sich mit Schellenbeutel um Uwe Kerkrade, der in der hinteren Ecke des Raums gefesselt am Boden lag. Querlinger eilte zu ihnen, Eulenburg und Brüderle liefen zum Treppenaufgang, wo Heinerle und Bödele bereits warteten. Ein paar hastig gewechselte Worte. Geräusche aus dem Stockwerk ganz oben. Das Trampeln von Schritten. Flüche.

Eine Stimme, die sie nicht zuordnen konnten: »Wir machen euch kalt, ihr Schweine!«

»Raus mit ihm! Schnell! – Eulenburg, Sie sichern mit den anderen die Treppe!«, befahl Querlinger und half Feigl und Schellenbeutel, Kerkrade aufzurichten. Eine nicht ganz einfache Aufgabe, der Mann wog bestimmt um die hundertzwanzig Kilo und stöhnte vor Schmerzen. Da er vor Schwäche wieder einzuknicken drohte, packten sie ihn bei der Hüfte, legten seine Arme um ihre Schultern und schleiften ihn zum Ausgang. Hastig drückte Querlinger die Tür nach außen auf. Dann ging alles rasend schnell.

Schüsse im oberen Stock. Vor lauter Frust ziellos vor sich hin ballernd und gefolgt von seinem Vater, polterte Karo-Waldi die Treppe vom dritten in das zweite Geschoss hinunter. Der Lichtstrahl einer auf den Gewehrlauf geschraubten LED-Leuchte huschte ihm voraus. Gleich würden sie die Treppe zum ersten Obergeschoss erreicht haben.

Eulenburg schnellte nach vorne, ließ die Einkaufstüte in ihrer Linken zweimal durch die Luft wirbeln und schleuderte sie mit Schwung die Treppe hoch, wo sie auf dem Treppenabsatz liegen blieb. Just in dem Moment erreichten auch die beiden Wehs den Absatz. Panik erfasste Karo-Waldi, als er die Tüte zu seinen Füßen erblickte.

»Achtung, Vater, ich glaub, die Schweine werfen mit Blendgranaten oder so was um sich!«, schrie er.

»Kollege, Sie sind dran!«, rief Eulenburg, hechtete zur Seite und machte Brüderle Platz. Der hob blitzschnell die Waffe – diesmal seine Dienstpistole – feuerte das ganze Magazin auf die Tüte ab und sprang augenblicklich wieder an die Seite Heinerles zurück.

Ein undefinierbarer bräunlich schwarzer Brei spritzte aus der durchlöcherten Tüte, verteilte sich auf Treppe und Wänden und traf mit voller Wucht auch Senior und Junior Weh. Synchron dazu breitete sich schlagartig ein bestialischer Gestank aus. Eine Geruchsmelange aus faulen Eiern, frischem Kot und Jauche.

»Pfui Teufel«, schrie Karo-Waldi entsetzt. Rutschte auf dem schmierigen Brei aus, taumelte und stürzte unter Getöse die Stufen ins erste Geschoss hinunter. Die Waffe entglitt seinen Händen und blieb dumpf polternd am Fuß der Treppe liegen.

»O Gott!«, gurgelte sein Vater, der, sein Gewehr fallen lassend, auf dem Treppenabsatz einknickte und sich übergab.

Auch Brüderle war bei seinem Einsatz mit der bräunlich schwarzen Masse kontaminiert worden. Vor allem im Gesicht.

»Scheiße, is mir schlecht!«, stöhnte er, während er mit Eulenburgs Hilfe Weh junior – er lag völlig apathisch am Boden – in die Mitte des Raums zog und ihm die Hände auf den Rücken drehte.

»Kollateralschaden, Kollege. So was kommt vor«, meinte Eulenburg und legte Karo-Waldi Handschellen an.

»Ich … ich glaub … ich muss kotzen!«, stammelte Bödele. Er stand mit Heinerle am Fuß der Treppe und war ganz grün im Gesicht.

»Ich auch!«, schloss sich Heinerle solidarisch an.

»Geht's noch? Kotzen könnt ihr nachher! Nehmt den Alten fest, bevor er wieder zu sich kommt!«, scheuchte Eulenburg sie auf.

Die beiden holten tief Luft, hielten den Atem an und stolperten die Treppe hoch. Packten Ignaz, der noch immer auf dem Treppenabsatz in seinem Erbrochenen kniend nach Luft japste, schleiften ihn die Treppe runter, legten auch ihm Handschellen an und ließen ihn erst mal liegen. Stürmten zum Eingang – sie brauchten dringend frische Luft – und stießen mit Querlinger zusammen, der fassungslos im Türrahmen stand. Die entscheidenden Momente hatte er verpasst, weil er zusammen mit Feigl und Schellenbeutel damit beschäftigt gewesen war, Uwe Kerkrade in Sicherheit zu bringen. Das olfaktorische Ergebnis des Einsatzes sprach allerdings Bände.

»Was soll das?«, stieß er hervor. Er war ganz blass und hatte vor Ekel das Gesicht verzogen.

Eulenburg stieß hinzu.

»Was das soll?« Sie grinste. »Riecht man doch, Chef. Ich hab 'ne Blendgranate gezündet, besser gesagt 'ne Surströmming-Granate.«

»Sie haben meine …?« Es verschlug ihm die Sprache.

»Hören Sie, Chef, wissen Sie denn nicht, was Sie in dem schwedischen Fischladen gekauft haben?«

Querlinger sah sie an, als wollte er ihr im nächsten Moment an die Gurgel.

»Natürlich weiß ich das! Eine skandinavische Delikatesse. Spezialität. Gibt's nur in Schweden. Hat man mir zumindest weisgemacht«, murmelte er.

»Surströmming, Chef, wird von manchen auch als Stinke-fisch bezeichnet und –«

»Stinkefisch? Also doch. Hätte gleich wissen müssen, dass der Fisch verdorben ist … Diese gewölbten Dosen … das kommt von den Faulgasen. Aber die saublöde Schwedenkuh hinter dem Tresen hat behauptet, das sei normal, dass die Dosen gewölbt sind. Frag mich bloß, wie *Sie* davon wissen konnten?«

»Chef, Sie irren. Ich kenn diese Spezialität, aber so wie Sie glau–«

»Sie kennen dieses Zeugs. Und Sie haben mich nicht ge-warnt?«

»Ich –«

»'ne schöne Kollegin sind Sie. So richtig loyal, toll!«

»Chef«, Eulenburg musste lachen, »der Fisch war nicht ver-dorben, der riecht einfach so. Die gewölbten Dosen sind ein Zeichen von Reifung. Was glauben Sie denn, wieso die Schwe-den die Einzigen auf der Welt sind, die den verspeisen? Außer ein paar Verwegenen, die das kulinarische Abenteuer suchen. *Extreme eaters* gewissermaßen.«

Querlinger schüttelte fassungslos den Kopf. »Sie wollen allen Ernstes behaupten, die Schweden verzehren diesen scheußlichen Fraß? Die nehmen das nicht für was anders her?«

»Für was denn?«

»Na, zum Beispiel um Marder zu vertreiben.«

»Es ist eine Delikatesse für sie. Es stinkt zwar, aber geschmacklich soll es hervorragend sein.«

»Riecht nach Kacke, soll aber schmecken? Ist mir zu hoch! Und ich Idiot kauf zehn Dosen davon. Achtzehn Euro das Stück, stellen Sie sich das mal vor: *achtzehn Euro*, Hundsveregg! Aber gut, die werd ich mir vom Rechtsstaat erstatten lassen. Vielleicht sollten wir die Idee, statt Blendgranaten Stinkefisch einzusetzen, patentieren lassen. Das Zeug hat immerhin gewirkt.«

43

Auf Veranlassung von Hauptkommissar Haberstroh waren mittlerweile zusätzliche Beamte der Polizeidienststellen Biberach und Bad Buchau angerückt und hatten Lampen mitgebracht. Ihr grelles Leuchten konkurrierte mit dem rotierenden Blaulicht des Sankas, den sie für Uwe Kerkrade angefordert hatten, und dem zweier weiterer Polizeieinsatzfahrzeuge, eines davon ein Gefangenentransporter. In ihm waren, bewacht von einem Beamten, der alte und der junge Weh untergebracht. Die gespenstisch ausgeleuchtete Szenerie auf dem Gelände der Bachritterburg glich einem Set aus einem Tatortkrimi: spektakulär und unwirklich zugleich. Nebelschwaden, die mal mehr, mal weniger dicht darüber hinwegzogen, verstärkten diesen Eindruck noch. Die Schüsse und anderen lautstarken Aktionen auf dem Areal hatten die Aufmerksamkeit der Bewohner aus der näheren Umgebung geweckt. Um die fünfzehn bis zwanzig Personen hatten sich mittlerweile eingefunden und mussten von den Palisaden ferngehalten werden.

Kerkrade war zwar nicht ernsthaft verletzt, litt aber unter Schmerzen. Querlinger war, nachdem der Notarzt eine vorläufige Untersuchung des Patienten vorgenommen und ihn für vernehmungsfähig erklärt hatte, zu ihm in den Sanka gestiegen und hatte ihn einer kurzen Befragung unterzogen.

Die Informationen, die er liefern konnte, hatten eine ganze Reihe offener Punkte geklärt. Unter anderem die zeitliche Abfolge der Geschehnisse. Er war tatsächlich bereits vorgestern, am Abend des 1. Juli, von Ignaz Weh erpresst worden, der sich als Max Müller ausgegeben hatte. Christina von Flunkern sei in seiner Gewalt, so Ignaz Weh alias Max Müller, er werde sie »ins Gras beißen« lassen, es sei denn, Kerkrade komme persönlich, um sie gegen das Dokument auszulösen, das in seinem Besitz sei.

»Ein Dokument?«, hatte Querlinger nachgehakt.

»Ja, ein Brief, konkreter gesagt: ein Testament. Marie Huber, die Mutter von Toni Huber, meines ehemaligen Freundes, hatte es verfasst. Es befand sich in einem versiegelten Umschlag, den mir Christina zur Aufbewahrung überlassen hatte, es war das Original.«

»Und den Umschlag sollten Sie diesem Max Müller übergeben? Wann? Wo?«

»Er wollte, dass ich mich heute – eigentlich gestern, wir haben ja schon Freitag – um neunzehn Uhr dreißig vor der Stiftskirche in Bad Buchau einfinde. Er meinte, die Kirche sei mir bestimmt ein Begriff, schließlich sei ich in der dortigen Krypta zur Welt gekommen.«

»Was Sie wiederum davon überzeugte, dass der Mann, der Sie erpresste, nicht geblufft hat, als er sagte, er habe Frau von Flunkern in seiner Gewalt. Richtig?«

»Richtig. Von wem sonst hätte er das mit der Krypta wissen können. Er erteilte mir klare Anweisungen, die ich befolgen müsse, wenn ich Christina lebend wiedersehen möchte. Ich musste mir in einem Handyladen ein Prepaidhandy besorgen und ihm die Nummer durchgeben. Nur damit durfte ich von diesem Zeitpunkt an telefonieren und auch nur mit ihm. Mein Handy musste ich abschalten. Und wehe, ich würde die Polizei informieren.«

»Das mit neunzehn Uhr dreißig vor der Stiftskirche hat ja offenbar nicht geklappt. Warum nicht?«

»Eine Massenkarambolage auf der Autobahn. Zwar war ich nicht direkt darin verwickelt, aber der Mist hat mich dreieinhalb Stunden gekostet. Stau, verstehen Sie, Herr Kommissar?«

»Verstehe. Sie haben daraufhin Müller, besser gesagt Weh informiert, und der hat Ihnen einen neuen Termin genannt.«

»Richtig. Zwischen zweiundzwanzig Uhr dreißig und dreiundzwanzig Uhr, der Ort blieb der gleiche. Ich bin dann auch tatsächlich pünktlich dort angekommen, aber dann rief mich Weh an und änderte Uhrzeit und Treffpunkt erneut. Ich solle zwischen dreiundzwanzig Uhr fünfundvierzig und null Uhr bei der Wirtschaft »Zum Torfwerk«, vier Kilometer *vor* Bad Buchau, warten.«

»Was Sie taten und was Sie, salopp gesagt, ihr blaues Wunder erleben ließ.«

»Genau! Weh tauchte kurz vor Mitternacht auf, öffnete die Beifahrertür, ließ sich auf den Sitz plumpsen und forderte mich auf, ihm den Umschlag zu geben, den ich leichtsinnigerweise auf dem Armaturenbrett liegen hatte. Ich sagte ihm, ich wolle zuerst mit Christina sprechen, aber er hat nur spöttisch gelacht und den Umschlag an sich gerissen. Als ich ihm den wieder entwenden wollte, bekam ich es plötzlich mit einer zweiten Person zu tun. Die riss die Fahrertür auf und schlug mich nieder. Ich verlor die Besinnung und erwachte kurz darauf in einem Kofferraum. In dem Moment wusste ich, dass Christina nicht mehr am Leben war, und habe Panik bekommen.«

»Woher wusste er, dass das Testament in dem Umschlag war, es hätte ja auch ein x-beliebiger Umschlag sein können?«

Uwe Kerkrade wand sich ein wenig, als wäre ihm peinlich, was er jetzt sagen musste. »Na, ja, auf dem Umschlag stand groß ›Testament‹ drauf.«

Auch einige erhellende Informationen zur »Kleeblatt-Connection« und zu Toni Huber hatte Querlinger aus ihm herausgebracht.

»Wir waren schon im Vorschulalter immer zusammen gewesen, der Toni, der Gernot, der Schorsch, der Zacharias und ich. Als wir fünfzehn waren, haben wir beschlossen, eine Bande zu gründen, die wir die Kleeblatt-Gang nannten. Wir kannten einen Obdachlosen, der sich aufs Tätowieren verstand. Von dem haben wir uns ein fünfblättriges Kleeblatt stechen lassen. Knapp über dem Hinterteil. Wir waren ganz stolz drauf.«

»Der Obdachlose scheint zumindest zwei Ihrer Kameraden als Vorbild gedient zu haben«, hatte der Kommissar ironisch bemerkt.

»Nun ja, vielleicht. Gernot und Schorsch waren jedenfalls

beeindruckt von den Geschichten, die er immer erzählt hatte. So ein Leben auf der Straße, das sei die wahre Freiheit, hatte er gemeint. Sie sind allerdings erst viel später auf den Geschmack gekommen und auch nachdem einiges in ihrem Leben schiefgelaufen war. Da hatten sie bereits eine Ausbildung und ein paar Jahre Berufserfahrung hinter sich.«

»Eine Ausbildung?«

»Klar, jeder von uns hatte 'ne Ausbildung gemacht. Außer Toni, mit Lernen hatte der nix am Hut. Er war ein bisschen beschränkt da oben«, Kerkrade tippte sich an die Stirn, »aber sonst ein guter Kumpel. War schon mit siebzehn so 'ne Art Globetrotter. War immer wieder mal Tage, manchmal auch Wochen weg und gondelte in der Weltgeschichte rum. Immer wenn er zurückkam, hatte er viel zu erzählen. Was er alles gemacht habe und wie toll er drauf gewesen sei und so weiter. Wobei man vieles nicht für bare Münze nehmen konnte.«

»Wann hatten Sie das letzte Mal Kontakt zu Ihren ehemaligen Kameraden gehabt?«

»Ach du liebes Lieschen, vielleicht vor … lassen Sie mich überlegen … vor zwölf, fünfzehn Jahren? Ich weiß nicht mal mehr, wo die jetzt alle leben.«

Querlinger durchzuckte es wie ein Stromschlag. Er wusste also nicht, dass er der einzig Überlebende der Kleeblatt-Gang war. Einen Moment lang war er versucht, ihm zu sagen, was passiert war, verzichtete dann aber drauf. Das würde er später tun …

»Ist es richtig, dass Sie damals einen Spitznamen trugen? Den Namen Götzi?«

Kerkrade riss vor Überraschung die Augen auf.

»Ja. Ich trage seit meinem neunten Lebensjahr eine künstliche Hand, wie Sie sehen. Wie Götz von Berlichingen, der Mann mit der eisernen Hand. Woher wissen Sie das mit dem Spitznamen?«

Querlinger tat so, als hätte er die Frage überhört.

»Noch mal zu dieser Kleeblatt-Gang: Was steckte dahinter?«

»Nichts Besonderes. Eine schwärmerische Spinnerei. Wir

kamen auf die Idee, nachdem wir uns gemeinsam den Film ›Die drei Musketiere‹ angesehen hatten. ›Einer für alle, alle für einen‹. Das war unser Wahlspruch. Wenn einer von uns in die Bredouille kam, waren die anderen da, um ihn rauszuhauen. Hat meistens funktioniert. Wir waren gefürchtet.«

»Wie lange ging das Ganze … also das mit der Gang?«

»Ungefähr fünf Jahre. Bis der Toni verschwand. Kurz nachdem seine Mutter verstorben war. Danach haben wir uns quasi aufgelöst.«

»Wie, bis der Toni verschwand? Wann war das?«

»Im Juni 1985. Der Toni war mal wieder weg gewesen. Diesmal ziemlich lange, ganze zwei Monate. Als er wiederauftauchte, war seine Mutter verstorben. Die hatte 'nen üblen Krebs, ging ganz schnell. Er hatte es nicht mal zur Beerdigung geschafft. Er war völlig von der Rolle, der Toni. Eines Abends, kurz nachdem er zurückgekommen war, haben wir uns auf ein paar Bier getroffen. Der Toni vertrug nicht viel. Er hat plötzlich zu schwafeln angefangen – wir haben zunächst geglaubt, dass er uns wieder irgendwelche Phantasiegeschichten auftischt. Er hat was von einem Testament gesagt, das seine Mutter gemacht habe. Und dass sein Vater, also der Mann seiner Mutter, gar nicht sein richtiger Vater sei. Das sei Ignaz Weh, und dem gehöre ein riesiges Firmenimperium, eine Orthopädie-Werkstätten-Kette oder so was Ähnliches. Und er sei der rechtmäßige Erbe und werde sich mit seinem Vater, also mit diesem Weh, noch in der gleichen Nacht beim Federsee treffen. Und mit ihm über sein Erbe verhandeln. Seine Mutter hatte noch vor ihrem Tod das Treffen arrangiert. Dann, gleich am nächsten Tag, wollte er in die Vereinigten Staaten abhauen.«

»Ein ganz schöner Wirrkopf, dieser Toni«, kommentierte Querlinger.

»Eben. Wir haben uns kaputtgelacht. Da ist der Toni aufgestanden und gegangen. ›Ihr werdet's schon noch erleben. Ich bin demnächst Millionär‹, hat er gebrüllt. Das war das Letzte, was wir von ihm gehört haben. Am nächsten Tag war er verschwunden. Für immer.«

»Hat denn niemand Verdacht geschöpft? Da verschwindet ein Zwanzigjähriger auf Nimmerwiedersehen, und niemand nimmt Notiz davon?«

»Der Toni war immer wieder mal weg und tauchte dann wieder auf. Verwandte hatte er keine, wer hätte ihn vermissen sollen?«

»Christina von Flunkern zum Beispiel, die Hebamme, die vor ihrer Heirat Christa Wolfsperger hieß. Die Freundin von Marie Huber, Tonis Mutter. Die dabei war, als Toni zur Welt kam, und auch, als Sie geboren wurden. Ihre spätere Geliebte.« Querlinger nahm Kerkrade fest in den Blick.

Der wurde auf einmal rot. »Christina wusste, wie unberechenbar der Toni war. So oft, wie der verschwand und dann auf einmal wiederauftauchte.«

»Gehe ich richtig in der Annahme, dass sie es war, die Toni darüber informierte, wer sein richtiger Vater war?«

»Ja. Unmittelbar nach der Beerdigung hatte sie Toni einen an ihn adressierten Brief seiner Mutter lesen lassen, in dem sie ihm gestand, ihn ein Leben lang belogen zu haben. Und ihn darüber informierte, wer sein richtiger Vater ist.«

»Sein Erzeuger, besser gesagt«, korrigierte Querlinger.

»Richtig.«

»Sie sagten, Christa Wolfsperger habe ihn den Brief lesen lassen. Hat sie ihm den nicht übergeben? Eigentlich war es ja ein Testament?«

»Marie Huber wollte, dass Christa das Dokument verwahrt. So lange, bis Ignaz Weh Toni als seinen Sohn anerkannt hätte. Toni war nicht sehr ordentlich im Umgang mit Schriftkram. Marie fürchtete, dass er das Testament verschlampen könnte.«

»Sie muss doch auch Ignaz Weh kontaktiert haben. Ich meine, wenn Toni ihn treffen sollte …«

»Hat sie auch. Sie hat ihm einen Brief geschrieben, in dem sie ihm eröffnete, dass er der Vater Tonis sei und dass sie sich wünsche, dass er ihn als seinen Sohn anerkennt. Christina hat den Brief aufgegeben. Per Einschreiben. Zwei Tage bevor Marie verstarb und eine Woche vor Tonis Geburtstag, der Tag, an dem das Treffen am Federsee stattfinden sollte.«

»Das heißt, sie hat ihn erst zu diesem Zeitpunkt über seine Vaterschaft informiert?«

»Ja. Als sie merkte, dass es mit ihr zu Ende ging. Eigentlich wollte sie, dass er es nie erfährt, weil ja ihr Mann Karl Huber immer als Vater galt. Aber dann, als ihre Krankheit rapide fortschritt, machte sie sich Sorgen. Sie würde ja nicht mehr für Toni da sein können, und deshalb sollte sich sein richtiger, also sein biologischer Vater um ihn kümmern, und sie verlangte, dass er ihn als Erbe einsetzte.«

»Etwas naiv war sie schon, die Marie Huber«, rutschte es Querlinger heraus.

»Sie war fest davon überzeugt, dass es funktionieren würde. Wenn Toni und sein Vater sich erst mal gegenüberstünden, werde sicher der Blutsfunke überspringen, hat sie geglaubt.«

Der »Blutsfunke«. Donnerwetter! Der dann ja auch übersprang, allerdings anders, als die gute Marie sich das vorgestellt hatte.

»Wie kam es, dass sich Vater und Sohn ausgerechnet am Federsee trafen?«

»Ja, also, das hatte folgenden Hinter–«

Ein trockener Knall. Jemand hatte geschossen. Ganz in der Nähe.

»Hundsveregg!« Querlinger sprang auf, stürzte aus dem Sanka und bemerkte, wie alle zu dem Gefangenentransporter hinüberstarrten. Offenbar war der Schuss von dort gekommen.

»Keiner rührt sich von der Stelle, sonst knallt's, aber diesmal richtig!«, hallte eine Stimme über den Platz. Sie war gut zu hören, mit dem Schuss war schlagartig Ruhe auf dem Areal eingekehrt. Im nächsten Augenblick war auch schon klar, wer da gerufen hatte – Waldemar Weh! Er stand zusammen mit dem uniformierten Polizisten, der ihn und seinen Vater bewachen sollte, vor dem Gefangenentransporter. Die Schiebetür des Fahrzeugs war ganz aufgeschoben, er musste soeben mit dem Beamten ausgestiegen sein. Offensichtlich diente er ihm als Geisel: Weh hatte ihm den linken Arm in Schwitzkastenmanier um den Hals gelegt, in der rechten Hand hielt er eine Pistole, deren Lauf er an die Schläfe seines Opfers presste.

Irgendwie war es ihm gelungen, den Mann zu überwältigen, ihm die Dienstwaffe abzunehmen und ihn zu zwingen, seine Handfesseln aufzuschließen.

Polizisten wie Gaffer standen wie erstarrt. »Ich werd verrückt«, murmelte Querlinger fassungslos und begann ungeachtet der Drohung Wehs, sich langsam auf den Gefangenentransporter zuzubewegen.

»Ich sagte, nicht von der Stelle rühren, verdammt. Das gilt auch für dich, Oberbulle«, schrie Weh, als er Querlinger im Licht der blinkenden Signalleuchten auf sich zukommen sah.

Der Kommissar blieb stehen.

»Was soll das, Sie haben keine Chance!«, versuchte er an die Vernunft des Mannes zu appellieren, während er gleichzeitig aus den Augenwinkeln heraus die Lage sondierte. Innerhalb von Sekunden hatte sich eine zum Zerreißen gespannte Atmosphäre über das Gelände gebreitet. Einige der Kollegen hatten die Hand ans Holster gelegt, anderen war es gelungen, hinter den Fahrzeugen in Deckung zu gehen, die entsicherte Waffe in der Hand. Hofzitzel und seine Mitarbeiter standen mit Eulenburg und Feigl zusammen; auch sie wirkten völlig derangiert. Sie waren gerade dabei gewesen, den weiteren Verlauf des Einsatzes zu besprechen, als der Schuss fiel.

»Ob ich ne Chance habe oder nicht, entscheide ich allein, kapiert, Oberbulle?«, schrie Weh. »Ihr werdet uns jetzt ein Fahrzeug zur Verfügung stellen und einen Fahrer. Am besten den, den ich hier am Wickel habe.«

Das also war es, was er wollte. Er bildete sich immer noch ein, zusammen mit seinem Vater und einem Polizisten als Geisel fliehen zu können.

Querlinger wollte gerade zu einer Antwort ansetzen, als sich die Situation auf geradezu absurde Weise klärte. Ignaz Weh war plötzlich in der Fahrzeugkabine zu sehen. Sei es, dass er sich einbildete, seinem Sohn zur Seite springen zu müssen, sei es, dass er einen Blick auf die veränderte Lage werfen wollte – jedenfalls stolperte er und fiel aus dem Fahrzeug direkt auf seinen Filius und den Polizisten. Alle drei kippten nach vorne und kamen übereinander auf die Erde zu liegen.

Zimmernagel und Brüderle gelang es als Ersten, das Überraschungsmoment zu nutzen. Sie spurteten mit wenigen Sätzen zum Transporter; Zimmernagel kickte mit seinem Fuß die Pistole zur Seite, die Weh junior aus der Hand gefallen war, Sekunden später klickten Handfesseln um die Gelenke von Vater und Sohn Weh, und der Spuk war vorbei. Der Polizist, der sich offenbar hatte übertölpeln lassen – er gehörte zum Team Haberstroh –, lehnte an dem Transporter und hielt sich mit beiden Händen den vor Scham rot angelaufenen Kopf: Er hatte beim Sturz eine mächtige Prellung erlitten.

Auch Querlinger war beim Gefangenentransporter angekommen. Als er den Polizisten fragte, was um alles in der Welt eigentlich vorgefallen sei, hatte der eine ebenso skurrile wie simple Erklärung parat: Weh junior habe darum gebeten, austreten zu dürfen. Da sich aber kein Mensch mit Handschellen den Hintern abwischen könne, »außer er arbeitet beim Zirkus«, habe er ihn »angefleht«, ihm dieselben abzunehmen, es sei denn, er wolle das Abwischen übernehmen …

Eigentlich war Querlinger nicht auf den Mund gefallen. Es gab nur wenige Situationen, in denen er spontan nicht wusste, was er sagen sollte. Diese war so eine.

»Verstehe«, sagte er schließlich mühsam beherrscht, »den Gefallen wollten sie ihm natürlich nicht tun. Sie haben ihm also die Handschellen abgenommen, wollten mit ihm zum Austreten gehen, und dann hat er Ihnen plötzlich die Waffe aus dem Holster gerissen. Stimmt's?«

Es stimmte. Der Polizist sah aus wie jemand, der das jüngste Gericht erwartete. Seinem Gesicht nach, auf dem blonder Flaum spross, schien er ziemlich jung zu sein.

»Wie lange sind Sie bei der Polizei?«

»Ich hab …«, ein hauchdünnes Stimmchen, »… vor sechs Wochen den Amtseid geleistet. Im Einsatz bin ich seit … drei Wochen.«

Querlinger hatte richtig vermutet. Er würde mit dem Kollegen Haberstroh ein Wörtchen reden müssen. Wie konnte man einem Anfänger eine solche Aufgabe übertragen?

»Wissen Sie eigentlich, wie man die Worte Kommunikation, Team und Handy buchstabiert?«

Verlegenes Nicken. Der Mann wusste offenbar, was Querlinger meinte.

»Gut. Mein Tipp: Schreiben Sie diese Worte hundertmal auf einen Zettel und hängen Sie sich den übers Bett. Andererseits: Ihre soziale Ader scheint sehr ausgeprägt zu sein. Sie könnten natürlich auch darüber nachdenken, ob Sie den Job wechseln und zur Heilsarmee gehen. Die tragen auch Uniform.«

Minuten später saß Querlinger wieder im Sanka bei Kerkrade und setzte die unterbrochene Befragung fort.

»Noch mal zurück zu Ignaz und Toni. Wie kam es, dass sich Vater und Sohn ausgerechnet am Federsee trafen?«

»Auch das ging auf einen Wunsch Maries zurück. Als Ignaz und Marie miteinander gingen, trafen sie sich immer am Federsee. Sie gingen oft auf dem Steg spazieren, besonders nachts. Und in einer Augustnacht ist es dann passiert, am Ende des Stegs.«

»Was? … Ach so, ja, das. Klar!«

»Eben. Das Ergebnis war Toni. Marie hatte schon immer eine romantisch-theatralische Ader. Sie wollte, dass sich die beiden an der Stelle treffen, an der Toni gezeugt wurde.«

»Wie ging es damals weiter zwischen Marie und Ignaz?«

»Ignaz beendete das Verhältnis, wenige Tage bevor Marie wusste, dass sie schwanger ist. Als sie es dann erfuhr, hat sie darauf verzichtet, ihn darüber zu informieren. Sie zog nach Ulm und heiratete bald darauf Karl Huber, der das Kind als seines annahm.«

»Sie hatte nie wieder Kontakt zu Ignaz Weh?«

»Nie wieder. Bis auf die Tatsache, dass sie später die ortho-pädischen Schuhe, die Toni brauchte, in der Werkstatt von Weh fertigen ließ. Natürlich unter dem Namen Huber.«

»Und das wissen Sie alles von Christina von Flunkern?«

»Ja.«

»Seit wann?«

»Sie hat es mir schon vor Jahren erzählt, als wir … als wir begannen …« Kerkrade räusperte sich und brach den Satz ab.

»Und wann konkret war es, als Sie … ähm … begannen?«

»2010. Da sind wir uns zufällig auf einem Kreuzfahrtschiff begegnet. Wir kamen ins Gespräch, und da stellte sich heraus, dass wir uns kannten.«

»Ich nehme an, Sie unterhielten sich über alte Zeiten?«

»Selbstverständlich.«

»Auch über die dramatischen Umstände Ihrer Geburt?«

»Auch darüber. Meine Mutter, Marie und Christa waren nämlich über die Jahre hinweg ein Herz und eine Seele. Bis Marie dann starb. Christa heiratete im selben Jahr und zog nach Hamburg. Meine Mutter starb fünf Jahre später, da war ich fünfundzwanzig. Danach haben Christa und ich uns fast fünf-undzwanzig Jahre nicht mehr gesehen. Auf der Kreuzfahrt, da passierte es dann – also das zwischen uns –, und von da an trafen wir uns öfter.«

»Zurück zu Toni Huber. Sie sagten, seine Mutter habe dieses Testament – also das Original – Frau von Flunkern zur Auf-bewahrung übergeben. Frau von Flunkern wiederum hat Ih-nen erst kürzlich eine Kopie davon zukommen lassen. Warum eigentlich?«

»Sicherheitshalber. Sie hatte in der Zeitung von dem Leichen-fund im Federsee gelesen. Ihr war sofort klar, dass es sich bei einer von ihnen um Toni handeln musste. Sie wusste ja, dass Toni sich damals mit diesem Weh treffen sollte …«

»Stopp! Hatte Frau von Flunkern damals Kontakt zu Weh?«

»Sie hat versucht, Kontakt aufzunehmen. Eine Woche nach

der Beerdigung Maries und zwei Tage nach Tonis Geburtstag – das war der Tag, an dem das Treffen stattfinden sollte – wollte sie zu Toni, aber der war verschwunden. Dann hat sie es bei Weh probiert. Sie hat ihn an den Brief erinnert, den er ja wohl erhalten habe, aber eine Abfuhr kassiert. Marie sei wohl verrückt gewesen, sie seien zwar mal kurz miteinander gegangen, aber sie hätten nie miteinander geschlafen, es könne gar nicht sein, dass er der Vater sei, und so weiter. Und dass er Toni nicht getroffen habe und auch nicht die Absicht habe, ihn je zu treffen. Deshalb hat er auch nicht auf diesen Unsinn – so hat er sich ausgedrückt – reagiert.«

»Sie hat damals keinen Verdacht geschöpft?«

»Nein. Selbst wenn, was hätte sie tun sollen? Zur Polizei gehen? Da hätte man sie ausgelacht. Hätte den Brief Maries und was darinstand, als Phantasien einer todkranken Frau abgetan, die im Delirium lag, oder so ähnlich.«

»Gut, weiter. Frau von Flunkern hatte also von dem Leichenfund im Federsee gelesen – und dann?«

»Acht oder neun Tage später hat sie mich angerufen und mich von dem Zeitungsbericht in Kenntnis gesetzt. Und dass sie vorhabe, Ignaz Weh zur Rede zu stellen. Sie hat mir eine Kopie des Schriftstücks zukommen lassen, das Marie Huber ihr übergeben hatte. Sie wollte, dass noch jemand Bescheid weiß. Für alle Fälle.«

»Und Sie, wie haben Sie reagiert?«

»Ich habe versucht, sie davon abzuhalten, und sie gebeten, ihren Verdacht der Polizei zu melden und denen die weiteren Ermittlungen zu überlassen. Aber davon wollte sie nichts wissen. Leider. Hätte sie auf mich gehört, würde sie noch …« Kerkrades Stimme bebte, seine Augen wurden feucht.

»Ich danke Ihnen, Herr Kerkrade.« Querlinger legte ihm sanft die Hand auf die Schulter. »Jetzt versuchen Sie sich erst mal zu erholen. Alles Gute. Wir bleiben in Kontakt.«

Er erhob sich, schob die Tür des Sankas auf und nickte den Sanitätern zu, die draußen gewartet hatten.

»Danke, Sie können jetzt fahren.«

Sein Blick suchte und fand Eulenburg, die gerade in ein Gespräch mit einem furchtbar langen und dürren Menschen vertieft war, der sehr erregt schien und mit Händen und Füßen redete. Ein Verantwortlicher für die Verwaltung der Burganlage, wie Querlinger erfuhr. Eulenburg stellte ihn als »Herrn Arnold Ritter« vor. Klar, wie hätte er auch sonst heißen sollen …

»Herr Ritter macht sich große Sorgen um den Zustand der Burg«, klärte Eulenburg ihren Chef auf.

»Unglaublich, was Ihre wilde Schießerei angerichtet hat«, echauffierte sich Herr Ritter. »Ich möchte nicht wissen, in welch traurigem Zustand der Turm ist. Und dann verwehrt man mir auch noch den Zutritt, bevor die Spurensicherung die Räume freigibt. Traurig, sehr traurig. Das Ganze stinkt zum Himmel. Wer bezahlt uns jetzt den Schaden?« Querlinger hatte sofort einen Spitznamen parat: der Ritter von der traurigen Gestalt.

Und da er keine Lust verspürte, sich heute Nacht auch noch mit einem Don Quichotte herumzuschlagen, verabschiedete er sich von ihm mit einem Tipp.

»Wer das bezahlt? Das kann Ihnen sicher mein Sancho Pansa sagen. Die kennt sich mit Sachen, die zum Himmel stinken, perfekt aus, nicht wahr, Frau Kollegin?«

Sprach's, klopfte Sancho Pansa auf die Schulter und verschwand.

44

Mittwoch, 8. Juli

Noch ganz beschwingt von einem erholsamen Kurzurlaub, den er mit seinem Mäusle in einem romantisch gelegenen Hotel im Tal der jungen Donau in der Nähe von Beuron verbracht hatte, betrat Querlinger an diesem Mittwochmorgen sein Büro und griff zum Telefon.

»Hallo, liebe Kollegin, ich wollt mich nur vergewissern: Wir sehen uns in einer Viertelstunde im Vernehmungsraum?«

»Alles klar, Chef, bin vorbereitet.« Auch Eulenburg klang recht aufgeräumt.

»Na perfekt, dann bis gleich.«

Querlinger holte ein Wurschtweggle und die Thermoskanne aus seiner Aktentasche, schenkte sich Kaffee ein und genoss sein zweites Frühstück, während er sich noch mal die Vernehmungsprotokolle durchlas. Viele der offenen Fragen hatte die Vernehmung Uwe Kerkrades klären können, die Querlinger gleich nach dessen Befreiung aus den Händen seiner Geiselnehmer gestartet hatte.

Aber auch was Annemarie Bertele, die Weißbier-Anni, und Sepp Möhnle, den Weißlacker-Sepp, anging, waren sie inzwischen auf dem neuesten Stand. Die Schweizer Polizei hatte das Pärchen tatsächlich in der Nähe des Vierwaldstättersees auftreiben können, wenn auch erst vor wenigen Tagen. Die Vernehmung der beiden per Videokonferenz – von Eulenburg und Feigl gestern geführt – hatte die Ermittlungsergebnisse zum Mord am Maultrommel-Schorsch bestätigt. Die Details, die Sepp geliefert hatte, ließen sich lückenlos in das bisher gewonnene Gesamtbild integrieren und deckten sich mit der Aussage des Zinken-Karle, der unfreiwillig Zeuge der Auseinandersetzung zwischen Schorsch und Sepp unter der Promenadenbrücke geworden war.

Annemarie Bertele hatte verschämt ein paar Tränen verdrückt –
»Ja, ich bin ihm untreu geworden« –, aber war zu dem Schluss
gekommen, der Schorsch sei zu alt für sie gewesen. Sie zwei-
undfünfzig, er fünfundfünfzig: Das wäre nie gut gegangen!

Auch Elsbeth Müller, die Witwe von Zacharias Müller, hatten
sie endlich befragen können. Ihre Aussage hatte den aktuellen
Erkenntnisstand um ein erhellendes Moment ergänzt. Nie, so
Elsbeth Müller, hätte sie hinter dem sympathischen älteren
Herrn, der sich als Bevollmächtigter des Wasserwirtschaftsamtes vorgestellt habe, einen eiskalten Mörder vermutet. Sie
sei zu vertrauensselig gewesen, als sie ihn auf einen Kaffee in
die Villa eingeladen und mit ihm über die Vergangenheit ihres
Mannes geplaudert habe, hatte sie unter heftigem Schluchzen
zugegeben. Und sie hatte von einem Treffen berichtet, das zwischen ihrem Mann und »einem Obdachlosen, den er immer
›Professor‹ genannt hat«, stattgefunden habe. Bei dem Treffen
sei es um einen Outdooranzug gegangen …

Ignaz Weh befand sich noch in der Klinik und hatte, obwohl
vernehmungsfähig, erklärt, nicht »singen« zu wollen, solange er
sich im »Krankenstand« befinde. Kurz nach dem Sturz aus dem
Gefangenentransporter hatte er nämlich über heftige Schmerzen
in der Seite geklagt, worauf der Notarzt, der ja schon vor Ort
war, auf drei gebrochene Rippen getippt und damit goldrichtig
gelegen hatte.

Und so hielten sich Querlinger und Eulenburg an Karo-
Waldi, seinen Sohn, der sie im Vernehmungsraum bereits erwartete und sich als prächtiger Sänger erweisen sollte.

Querlingers erste Frage galt dem zeitlichen Ablauf der Ereignisse, insbesondere was die Komplizenschaft zwischen Waldemar und Ignaz anging.

Er habe bis vor Kurzem vom Doppelleben seines Vaters
gar nichts gewusst, so Karo-Waldi. »Vor ein paar Wochen«,
präzisierte er, »ein paar Tage bevor Sie bei uns in der Firma
aufkreuzten, erhielt mein Vater einen Anruf. Ich hab das zufällig mitbekommen, die Tür zu seinem Büro stand einen Spalt

weit auf. Er telefonierte auf dem Mobilteil seines Festnetzan-
schlusses. Das war aber defekt, der Lautsprecher ließ sich nicht
ausschalten. So konnte ich das ganze Gespräch mithören.«

»Mit wem telefonierte Ihr Vater?«

»Mit einem Penner. Der sich ihm als Maultrommel-Schorsch
vorgestellt hatte. Als Mundharmonikaspieler vom Münsterplatz. Er hat ziemlich laut gesprochen, ich glaube, er hatte einen
sitzen. Er behauptete, er wisse über eine Sache Bescheid, die sich
vor fünfunddreißig Jahren im Federseeried zugetragen habe, ob
sich mein Vater daran erinnere. Es gehe um einen gewissen Toni.
Die Sache sei mindestens fünfhunderttausend Euro wert, hat
er gesagt. Er müsse mit meinem Vater mal drüber reden. Mein
Vater war daraufhin ziemlich derangiert. Ich hab das an seiner
Stimme gemerkt. Und auch, dass er sofort wusste, um was es
ging. Der Typ hat mit ihm einen Termin und einen Treffpunkt
ausgemacht. Unter der Promenadenbrücke.«

»Um was es konkret ging, hat er nicht gesagt?«

»Nein, trotzdem wusste mein Vater genau, was er meinte.«

»Haben Sie Ihren Vater darauf angesprochen?«

»Nein. Mir war zwar klar, dass er erpresst wurde, aber ich
wollte erst mal abwarten.«

»Erzählen Sie!«

»Zwei Tage später stand in der Zeitung, man habe unter der
Promenadenbrücke eine Leiche gefunden. Einen Obdachlosen.
Ermordet. Ich war entsetzt. Ich wusste sofort, was das bedeu-
tete.«

»Ihnen war klar, dass Ihr Vater der Täter war?«

»Ja. Ich habe ihn zur Rede gestellt, ihm gesagt, dass ich das
Telefongespräch mitbekommen hatte. Und ihn auf die Promenadenbrücke angesprochen. Da hat er mir schließlich alles
gesagt.«

»Was heißt alles?«

»Na ja, wie alles anfing. Vor fünfunddreißig Jahren. Und
auch, wie es weiterging beziehungsweise wie er sich vorstellte,
dass es weitergehen sollte.«

»Aha. Ein Thriller in zwei Teilen. Die Morde des Herrn Ignaz Weh. Erster Teil: Vor fünfunddreißig Jahren. Zweiter Teil: Fünfunddreißig Jahre später. Filmreif, finden Sie nicht? Fangen wir doch mal mit dem ersten Teil an. Was passierte vor fünfunddreißig Jahren?«

»Das wissen Sie doch schon. Er hat diesen Anton Huber ausgeschaltet, seinen unehelichen Sohn, der an seine Asche wollte, und auch seinen Zwillingsbruder.«

»Er hat Ihnen gegenüber zugegeben, auch seinen Bruder umgebracht zu haben? Einfach so?«

»Nein, natürlich nicht einfach so. Er wollte an dessen Geschäftsanteile und dessen Vermögen kommen.«

»Erklären Sie das näher. Lassen Sie sich nicht alles aus der Nase ziehen.«

»Also schon damals – ich war da noch gar nicht geboren –«

»Stopp! Sie wurden 1986 geboren. War Ihr Vater zu diesem Zeitpunkt verheiratet? Nur der Vollständigkeit halber, darüber steht nämlich nichts in den Akten.«

»Ja. Meine Mutter starb kurz nach meiner Geburt.«
Querlinger nickte.

»Wie gesagt, schon damals unterhielt die Weh Sanitäts- und Orthopädie GmbH, geführt von meinem Vater und seinem Bruder Walter, eine weitverzweigte Kette von Sanitätsläden und Orthopädischen Werkstätten. Jeder hielt fünfzig Prozent am Unternehmen. Über die Art und Weise, wie es zu führen war, gab es zwischen meinem Vater und seinem Zwillingsbruder oft heftige Auseinandersetzungen. Manchmal hassten sie sich regelrecht. Auf einmal kam dieser Anton Huber daher, der behauptete, der uneheliche Sohn meines Vaters zu sein, und Geld von ihm wollte. Mein Vater schmiedete daraufhin einen Plan, der beide Probleme mit einem Schlag lösen sollte. Unter dem Vorwand, er müsste ihm helfen, jemanden aus dem Weg zu räumen, der ihnen beiden gefährlich werden könnte, forderte mein Vater seinen Bruder auf, ihm behilflich zu sein, diesen Toni Huber auszuschalten. Walter erklärte sich bereit, mitzumachen. Sie sind beide in jener Nacht auf den Steg raus, um Toni zu treffen und die Sache klarzumachen. Dabei entledigte sich mein Vater nicht nur dieses Anton Hubers, sondern auch seines Zwillingsbruders. In einem Atemzug gewissermaßen.«

»Hat Ihr Vater Ihnen gegenüber Details genannt?«

»Er hatte mit seinem Bruder ausgemacht, dass sie den Huber in die Zange nehmen würden. Sie wollten ihm Angst einjagen und ihn dann ... entsorgen.«

»Entsorgen?«

»Mein Vater wartete am Ende des Stegs, bei der Anlegestelle. Er war eigens mit einem Boot dorthin gerudert, in dem er alles transportierte, was er für sein Vorhaben brauchte. Sein Bruder hatte sich ein Stück entfernt in einem Boot versteckt, unmittelbar neben dem Steg. Dann kam der Huber. Mein Vater ging langsam auf ihn zu, er war maskiert, während sein Bruder – er war ebenfalls maskiert – sich im Rücken Hubers aus dem Boot auf den Steg schwang. Es kam zu einem Wortwechsel, mein Vater erschoss Huber und quasi im selben Atemzug auch seinen Bruder. Er lud die Leichen in sein Boot, um sie zu versenken. Vorher zog er ihnen Kleider und Schuhe aus und befestigte die Leichen an einem Betonklotz oder was Ähnlichem. So genau weiß ich das nicht mehr.«

Eulenburg schaltete sich ein. »Andere Frage, Herr Weh. Der Zwillingsbruder Ihres Vaters verschwand von heute auf morgen. Weckte sein Verschwinden denn nicht Verdacht? Bei Angehörigen, bei Mitarbeitern der Firma, was weiß ich?«

»Tat es eben nicht. Meinem Vater kam zupass, dass sein Bruder am nächsten Tag eine schon länger geplante Geschäftsreise antreten sollte. Nach Südafrika. Anschließend wollte er auf die Seychellen, Urlaub machen. Er war begeisterter Klippenspringer und Taucher. Und na ja – statt seines Bruders trat mein Vater die Reise an.«

»Und das ging so einfach?«

»Klar, sie waren eineiige Zwillinge. Glichen sich aufs Haar. Einer kannte die Gewohnheiten des anderen. Er brauchte nur seinen Pass, die Tickets und die Reiseunterlagen an sich zu bringen.«

»Verstehe«, nickte Eulenburg. »Und so reiste Ignaz Weh als Walter Weh nach Südafrika und anschließend auf die Seychellen zum Tauchen, nachdem er zuvor seinem Zwillingsbruder Walter zu einem Tauchgang im Federsee verholfen hatte. Wie hat Ihr Vater es geschafft, ihn tödlich verunglücken zu lassen?«

»Er hat das perfekt inszeniert. Eines Morgens hat er der Hotelrezeptionistin weisgemacht, er wolle zu einem Klippenspaziergang aufbrechen. Abends werde er wieder zurück sein. War er natürlich nicht. Nachdem er sich pro forma zu einer der Klippen aufgemacht hatte, drehte er wieder um und wanderte ein Stück weit ins Landesinnere. Er hielt ein Auto an, das sich auf dem Weg in die Hauptstadt befand, und bezahlte dem Fahrer ein fürstliches Trinkgeld dafür, dass er ihn zum Flughafen fuhr.«

»Und reiste als Ignaz Weh wieder nach Hause, verstehe.«

»Nicht als Ignaz Weh – als Heinrich Hasenbach. Er hatte in der Woche, die bis zur Federsee-Aktion verging, genügend Zeit, sich einen Alternativpass zu besorgen. Er hatte so seine Beziehungen, wenn Sie verstehen, was ich meine.«

Ein Alternativpass. Donnerwetter!

»Einen kreativen Vater haben Sie, Kompliment.« Querlinger meinte es ernst. »Ich nehme an, Heinrich Hasenbach kehrte nach Ulm zurück, wo er wieder zu Ignaz Weh wurde, und dann?«

»Nachdem Walter ja nicht mehr zurückkehren konnte, ließ mein Vater offiziell nach ihm suchen. Er schaltete sogar den Deutschen Honorarkonsul auf den Seychellen ein. Der stellte mit Hilfe der dortigen Polizei Nachforschungen an. Es wurden einige Leute befragt, allen voran die Rezeptionistin, schließlich gelangte die Polizei zu dem Schluss, dass Walter bei seiner Klippenwanderung ums Leben gekommen sein musste. Am Fuß einer der Klippen hatte er ein Handtuch und einige leere Bierdosen hinterlassen –«

»Hinterlassen? Eher doch wohl drapiert, oder?«, unterbrach Eulenburg Karo-Waldi.

Der zuckte die Schultern. »Es stützte jedenfalls die Theorie der Polizei, Walter wäre ums Leben gekommen. Wahrscheinlich von den Klippen gestürzt, lautete das abschließende Resultat der polizeilichen Untersuchung.«

»Von den Klippen gestürzt, aha! Und wenn jemand von den Klippen in die Brandung stürzt, findet man natürlich auch keine Leiche.«

Nachdrückliches Nicken. »Logisch.«

»Sagen Sie, Herr Weh«, Querlinger fand, es war Zeit, das Thema zu wechseln, »wie passt das alles zusammen? Da eröffnet Ihnen Ihr Vater, seinen Zwillingsbruder und seinen unehelichen Sohn sowie einen Obdachlosen massakriert zu haben. Sie sind nach eigenem Bekunden entsetzt, stellen ihn zur Rede, aber dann verhelfen Sie ihm zur Flucht und beteiligen sich auch noch an einer Geiselnahme. Ich frage Sie: Wie passt das zusammen?«

Karo-Waldi nahm die Ist-mir-scheißegal-Pose ein. Lehnte sich in den Stuhl zurück, streckte die Beine von sich und gähnte.

»Geld, Herr Kommissar. Kohle. Asche. Wie immer Sie es nennen wollen. Mein Vater hatte mir an jenem Tag klargemacht, dass es für uns beide, finanziell gesehen, um Sein oder Nichtsein ging. Schiller, Sie wissen schon.«

Schiller? Um Himmels willen! Ein an und für sich eloquenter Mensch, der Schiller mit Shakespeare verwechselte. Ginge es nach ihm, Querlinger, bekäme dieser kulturresistente Sack »lebenslänglich«. Er würde ihn sein Leben lang sämtliche Ränge des Ulmer Theaters schrubben lassen. Zusätzlich zum Schrubben müsste er den Hamlet auswendig lernen und aufsagen.

»Sehen Sie, Herr Kommissar«, Karo-Waldi beugte sich weit über den Tisch, »die Aktionen meines Vaters galten ausschließlich dem Erhalt unseres Vermögens. Sowohl dem der Firma als auch unserem privaten. Wenn herauskäme, dass sich mein Vater die Anteile und das Vermögen seines Bruders widerrechtlich angeeignet hatte – was glauben Sie, würde davon übrig bleiben?

Es würde konfisziert, wir wären am Ende. Als mir das klar wurde, habe ich mich entschlossen, meinem Vater zu helfen, die Sache zu Ende zu bringen. Auf Teufel komm raus, wie man so schön sagt. Es ist nicht meine Art, über Dingen zu grübeln, die nicht mehr zu ändern sind. Dinge, die gelaufen sind, sind nun mal gelaufen. Egal, ob richtig oder falsch. Man muss aus dem, was ist, das Beste machen. Und wenn es schiefgeht, dann geht es eben schief. Aber man muss es versuchen, Herr Kommissar, man muss es versuchen.«

Karo-Waldi in der Rolle des diplomierten Lebensberaters. *Man muss aus dem, was ist, das Beste machen.* Beeindruckend.

»Vorhin sagten Sie aus, dass Sie von den Aktivitäten Ihres Vaters erst erfuhren, nachdem Sie in der Zeitung von dem Mord unter der Promenadenbrücke gelesen hatten. Nach dem Gespräch mit Ihrem Vater hätten Sie beschlossen, ihm zu helfen. Worauf bezog sich dieses Helfen?«

»Nun, die Mission meines Vaters war noch nicht zu Ende. Er verlangte von mir, meinen Teil zur Rettung der Firma und des Vermögens beizutragen. Dem habe ich entsprochen, allerdings nur bedingt.«

»Bedingt?«

»Ich habe ihm«, Karo-Waldi lehnte sich wieder bequem im Stuhl zurück, »klipp und klar zu verstehen gegeben, dass ich ihn nur chauffieren würde. Die eigentliche Arbeit müsse er selbst besorgen. ›Ich fahre dich lediglich zu deinen Einsätzen, mehr lässt mein Gewissen nicht zu‹, habe ich ihm wortwörtlich gesagt.«

Die eigentliche Arbeit müsse er selbst besorgen ... Mehr lässt mein Gewissen nicht zu ... Was war er eigentlich, dieser Karo-Waldi? Ein Psychopath mit einem karierten Gewissen? Vielleicht würde Dr. Hüttenknöter, der vom Gericht bestellte forensische Psychiater, das herausfinden.

»Mit anderen Worten«, insistierte Querlinger weiter, »Sie haben Ihren Vater bei seinen Mordausflügen unterstützt.«

»Ich habe ihn bei seinem Söflingen- und Herrlingen-Einsatz

unterstützt. Als er sich um den Professor und Zacharias Müller kümmerte. Und bei der Entsorgung der Hebamme. Dann, als es für ihn prekär wurde, auch bei seiner Flucht und der Festnahme von Kerkrade. Aber Letzteres wissen Sie ja schon.«

Bei der Entsorgung der Hebamme. Bei der Festnahme von Kerkrade. Es wurde immer bizarrer.

»Bleiben wir mal bei Frau von Flunkern, der Hebamme. Wann trafen sie und Ihr Vater aufeinander?«

»Gleich am Tag nach ihrer Ankunft in Ulm, am Samstagabend. Sie war so freundlich, bei meinem Vater zu Hause aufzukreuzen. Sie wähnte sich sicher, weil ja dieser Kerkrade wusste, dass sie meinen Vater treffen wollte. Sie war so dumm, es ihm zu sagen. Sie dachte, so könnte ihr nichts passieren.«

»Ein tragischer Irrtum, den sie mit dem Leben bezahlte«, warf Eulenburg ein.

»Mein Vater hat sie nicht auf dem Gewissen. Es war das Herz.«

Das stimmte sogar. Zumindest teilweise. Der Gerichtsmediziner hatte bestätigt, dass sie einem Infarkt zum Opfer gefallen war. Der natürlich nicht aus heiterem Himmel kam.

»Wie spielte sich die Begegnung zwischen Frau von Flunkern und Ihrem Vater ab, können Sie dazu was sagen?«, spann Querlinger den Faden weiter.

»Das Miststück wollte ihn erpressen. Genau wie dieser Kleeblatt-Penner und seine Kleeblatt-Kollegen. Meinem Vater gelang es, in ihr Hotelzimmer einzudringen und Unterlagen sicherzustellen, die ihn belasteten. Dabei stieß er auch auf die Adresse von Uwe Kerkrade, genannt Götzi, um den musste er sich ja auch noch kümmern.«

»Kümmern im Sinne von beseitigen?«

»Natürlich, er war das fünfte Kleeblatt. Und die Alte hatte meinem Vater erzählt, dass sie ihn in alles eingeweiht habe. Er wisse Bescheid, und wenn sie sich nicht binnen zwei Tagen bei ihm meldete, solle er zur Polizei gehen.«

»Stattdessen hat sich Ihr Vater bei ihm gemeldet und ihm

dringend davon abgeraten, zur Polizei zu gehen, schon klar. –
Sagen Sie, als Sie Kerkrade zu fassen bekamen, musste Ihnen
doch klar gewesen sein, dass Sie verloren hatten. Wir waren
Ihnen ja schon auf den Fersen.«

»Ein Grund mehr für uns, ihn zu greifen. Er sollte als Geisel
fungieren. Wie Sie gerade gesagt haben: Wir hatten nichts mehr
zu verlieren.«

Eulenburg schaltete sich zu. »Sie sagten vorhin, Ihr Vater sei
erst im Hotelzimmer auf die Adresse von Kerkrade gestoßen?
Davor haben Sie behauptet, Frau von Flunkern habe ihm schon
am Abend zuvor, am Samstag, als sie sich mit ihm traf, von ihm
erzählt.«

»Schon. Aber die Adresse wollte sie nicht rausrücken. Es
gelang ihm nicht, sie rechtzeitig aus ihr herauszukitzeln, sie
kippte ihm vorher vom Stuhl. Herzattacke. Aus, basta!«

»Sie wollte also Geld von ihm?«

»Ja, sie wollte sich ihr Schweigen bezahlen lassen. Entweder
Geld oder Information an die Polizei.«

»Und da ihr Vater weder von der einen noch von der anderen
Option überzeugt war, wählte er eine dritte.«

»Brauchte er nicht, wie gesagt, das Herz. Er musste sie nur
noch entsorgen. Ich half ihm dabei.«

»Und wieso gerade in dem alten Brunnenschacht?«

»Also das war so: Mein Vater hatte beschlossen, Sie, Herr
Kommissar, hin und wieder zu observieren, es hat ihm Spaß
gemacht.« Karo-Waldi grinste höhnisch. »Von der Existenz des
Brunnenschachtes erfuhr er, als er Ihnen und Ihrem Kollegen
hinterherfuhr, an dem Tag, an dem Sie den alten Bauernhof
aufsuchten. Sie erinnern sich, das war der Samstag, als Sie dem
Penner auf den Fersen waren. Mein Vater hatte Sie schon seit
dem Vormittag im Visier gehabt. Auf dem MacDonald's-Parkplatz in der Blaubeurer Straße waren Sie so nett, bei offenem
Fenster zu telefonieren. ›Es gibt neue Erkenntnisse. Ich bin
einem unserer Kleeblatt-Zeugen auf der Spur‹, hatten Sie in dem
Telefongespräch behauptet. Natürlich interessierte sich mein

Vater dafür, wer dieser Zeuge war. Also folgte er Ihnen. Am Abend traf er sich dann mit der Hamburgerin in seiner Villa, wo sie ihm, wie gesagt, unter den Händen wegstarb, und noch in der gleichen Nacht half ich ihm beim Entsorgen.«

Querlinger übernahm wieder. »Wir haben in Ihrem Fluchtfahrzeug siebenhunderttausend Euro in bar sicherstellen können sowie eine Menge Aktien und Obligationen im Wert von weiteren fast zwei Millionen Euro. Außerdem Unterlagen zu mehreren Konten auf den Cayman Islands. Diese ganzen Gelder …«

»… stammen noch aus dem Verkauf unserer Unternehmenskette an einen amerikanischen Investor«, ergänzte Karo-Waldi.

Der Kommissar schwieg. Nickte in Richtung Eulenburg und erhob sich. Die Vernehmung war beendet.

»Na, vielleicht wird Ihnen ja noch etwas von dem Geld bleiben«, wandte er sich an Karo-Waldi, »davon können Sie sich dann Zigaretten und Schokolade kaufen. Am Knastkiosk.«

Eine Woche später

In einen dunklen Regenponcho gehüllt, die Kapuze tief in die Stirn gezogen, kauerte Querlinger an einen Felsen geschmiegt hinter einem Gebüsch und sah hoch zum Himmel. Von Osten kommend hatten sich dunkle Wolkenmassen zusammengezogen. Drohend. Unheilverkündend. Wie prall gefüllte schwarzgraue Säcke hingen sie über dem Kleinen Lautertal. Bald würden die Wolkensäcke platzen, das Tal würde Mühe haben, die Wassermassen aufzunehmen. Aber das war gut so, immerhin brauchten Landschaft und Landwirtschaft den Regen, die letzten Jahre waren sehr trocken gewesen.

Querlinger grinste. Die beiden Säcke, die gleich am Fuß des felsigen Hügels, auf dem er Position bezogen hatte, auftauchen würden, würden den Regen mindestens ebenso brauchen. Vorausgesetzt, sein Plan ginge auf. Der Plan, dem er den klangvollen Namen »Mission Trojanischer Fisch« gegeben hatte. Ein Name, der ohne Weiteres als Titel für einen Agententhriller hätte durchgehen können.

Querlinger holte einen zusammengefalteten Zeitungsausschnitt aus der Innentasche seines Regenponchos und entfaltete ihn. Der Ausschnitt enthielt einen von Dieter Oxheimer verfassten Artikel, der erst vor wenigen Tagen erschienen war. Zum x-ten Mal las der Kommissar ihn durch. Schließlich bildete er die Legitimation für das, was sich hier gleich abspielen würde.

Ein Bericht des Südwestboten über das Bierbähnle-Event der Weißeneggers. Erschienen unter der Rubrik »Ulmer Sommer-Highlights, Rückblick, Teil I«. Überschrift: »Dreißig Jahre und kein bisschen leise«. Unterüberschrift: »Arnulf und Patricia Weißenegger feiern ihr dreißigjähriges Ehejubiläum«. Das

Layout: vierspaltig, fast eine ganze Seite, mit Bildern. Der Text: eine einzige Lobeshymne auf den »verdienten Bürger unserer Stadt und Gründer der größten Physiotherapiepraxenkette in Baden-Württemberg«. Und eine Erwähnung »bedeutender Ulmer Persönlichkeiten«, die zur Feier geladen waren, »unter anderem der Erste Kriminalhauptkommissar der Ulmer Kripo Eugen Querlinger mit seiner bezaubernden Gattin Luise, der mit seiner Tanzeinlage für große Heiterkeit unter den Gästen sorgte«. Und damit auch jeder Leser verstand, was damit gemeint war, gab es ein Bild dazu. Auf dem der Fotograf just den Augenblick eingefangen hatte, in dem Querlinger zusammen mit Pati gestürzt und auf sie zu liegen gekommen war.

Querlinger faltete den Ausschnitt wieder zusammen und steckte ihn in seinen Regenponcho zurück. Und gelangte zum x-ten Mal zu dem Schluss, dass seine Entscheidung, sich bei Oxheimer dafür zu revanchieren, mehr als gerechtfertigt war. Die Revanche würde zwar auch Weißenegger treffen, aber das war okay, schließlich hatte er seinen Teil zu dem für Querlinger peinlichen Artikel – er war Tagesgespräch in der Kriminaldirektion gewesen – mit beigetragen. Der Kommissar hatte ein regelrechtes Spießrutenlaufen absolviert.

Nach dem Erscheinen des Artikels hatte sich zwischen Weißenegger und dem Reporter eine Art Männerfreundschaft entwickelt, die bereits an dem Tag, als das Bierbähnle-Event stattfand, einen zaghaften Anfang genommen hatte. Und da Weißenegger seit Neuestem das Fotografieren für sich entdeckt hatte – »Ich bin ein fotografisches Naturtalent, müssen Sie wissen« –, war er mit Oxheimer übereingekommen, am heutigen Tag eine Fotoexkursion ins Kleine Lautertal zu unternehmen. Gegen sechzehn Uhr würde man sich in der Nähe des Lauterursprungs, bei dem markanten Felsen, von wo aus ein steiler und schmaler Weg zum Hof Hohenstein hinaufführte, treffen und erst mal ein ordentliches Picknick einlegen.

Querlinger hatte durch Luise von dem Plan erfahren und beschlossen, ihn für sein Vorhaben zu nutzen. Verbunden mit einem nicht ganz ernst gemeinten Glückwunsch zu dem »wohlverdienten und gelungenen Artikel« hatte er über Luise und Pati die Übergabe eines »Gschenkles« an Arnulf arrangiert: zwei Dosen Surströmming. Querlinger hatte für das »Gschenkle« einen eigenen Namen kreiert. »Trojanischer Fisch« nannte er es bei sich in Anlehnung an das berüchtigte Danaergeschenk, das die Griechen den Bewohnern Trojas überlassen hatten: das berühmte Trojanische Pferd. Nachdem die leichtsinnigen Trojaner, bescheuert, wie sie waren, das Holzpferd in völliger Unkenntnis, was sich in seinem hohlen Inneren verbarg, mittels Seilen in ihre Stadt gezerrt hatten, war es um sie geschehen gewesen. Zwei Dosen Surströmming würden ein ähnliches Ergebnis zeitigen, davon war der Kommissar überzeugt. Wenngleich natürlich keine Toten zu erwarten wären.

Querlinger hatte Pati gegenüber in einem Telefongespräch die »exzellente Qualität« der »einzigartigen Fischdelikatesse« in den prächtigsten Farben geschildert und ihr richtiggehend den Mund wässrig gemacht. »Sehr teuer« sei die »weltweit einmalige Heringsspezialität«, hatte er behauptet, was noch nicht einmal gelogen war. Die weiteren Einzelheiten waren dann stark von seiner Phantasie geprägt gewesen. Die Schweden verzehrten diese Spezialität »besonders gern beim Picknick«, hatte er behauptet. Und empfohlen, die beiden Dosen unbedingt zum Foto-Exkursions-Picknick mitzunehmen. Surströmming sei – und das war die kühnste Behauptung, zu der er sich verstieg – eine der »Lieblingsspeisen des schwedischen Königshauses«. Zum Schluss hatte er Pati nahegelegt, den Picknickkorb für Arnulf und Dieter zusätzlich mit mindestens zwei Flaschen Aquavit zu bestücken, das würde das Picknick, kulinarisch betrachtet, zu einem »wahrhaft königlichen Event« machen. Ach ja, und die Schweden hätten ein Ritual: »Wenn zwei gestandene Männer Surströmming essen, reißen sie die Dosen gemeinsam auf Kommando auf.« Das erhöhe den Genuss.

Pati hatte, das hatte er durchs Telefon mitbekommen, an seinen Lippen gehangen. Und hatte sich bei ihm überschwänglich bedankt ...

Motorengeräusch. Zwei Fahrzeuge näherten sich. Ein böiger Wind war aufgekommen, erste schwere Tropfen fielen. Über dem Tal zuckten Blitze, Donnergrollen brach sich in den Felshängen.

Die Fahrzeuge hielten am Wegrand. Weißeneggers SUV, Oxheimers VW. Sie stiegen aus.

»Ich grüße dich, lieber Dieter.« Ein stinknormales »Hallo« war nicht Weißeneggers Sache.

»Ja ... ähm ... du mich ... ähm ... ich dich auch, Arnulf.«

»Was meinst du, Dieter«, Weißenegger blickte besorgt zum Himmel, »ob wir es wagen können?«

»Aber sicher, Arnulf. Das bisschen Wetter – wir sind doch keine Memmen.«

»Das nicht, Dieter. Aber wir müssen ja nicht unbedingt nass werden beim Picknick.«

Ein gleißender grellweißer Strahl zuckte vom Himmel, fast synchron dazu zerriss ein ohrenbetäubender Schlag die Luft über dem beschaulichen Lautertal. Aus den ersten schweren Tropfen war im Nu heftiges Prasseln geworden.

»Mist! Lass uns bei mir im Wagen picknicken!«, brüllte Weißenegger und stieg wieder in den SUV.

»Machen wir, ich hol bloß schnell meinen Picknickkorb aus dem Kofferraum«, brüllte Oxheimer zurück.

»Brauchen wir nicht. Ich hab genug dabei. Eine wunderbare schwedische Fischspezialität, gekühlten Weißwein und zwei Flaschen Aquavit. Alles auf der Rückbank. Du brauchst nur einzusteigen«, schrie Weißenegger ihm zu.

»Gut, ich komme!«

Querlinger hatte den Poncho noch enger um sich gewickelt. Hinter dem Gebüsch kauernd, dicht an den Felsen geschmiegt, schob er das Gewirr aus Zweigen, das die Sicht erschwerte, mit den Händen vorsichtig beiseite. So hatte er den Fuß des Hügels viel besser im Blick. Der SUV stand etwa fünfzehn Meter entfernt.

Geräusche aus dem Fahrzeug. Das an- und abschwellende Gequatsche und Gelächter zweier gut gelaunter Männer. Oxheimer hatte – auch das war zu sehen – das Fenster auf der Beifahrerseite ein Stück weit heruntergelassen. Querlinger wartete und übte sich in Geduld. Obwohl der Regen weiter zulegte und er vor Nässe troff wie ein aus dem Wasser gezogener Biber.

Plötzlich ein undefinierbares Geräusch. Eine bräunlich schwarze Masse spritzte an die Innenscheiben des SUV.

Augenblicke traumatisierten Schweigens – dann flogen die beiden Vordertüren des SUV mit Wucht auf, und Oxheimer und Weißenegger torkelten ins Freie.

»Scheiße!«, schrie Oxheimer wütend.

»In Dosen!«, brüllte Weißenegger fassungslos.

»Ich muss kotzen! Wo ist der Aquavit?« Oxheimers Stimme überschlug sich vor Ekel.

Querlinger glaubte, den infernalischen Gestank bis zum Hügel hinauf zu riechen. »Mission Trojanischer Fisch« zu hundert Prozent erfüllt, stellte er bei sich fest. Ein Glücksgefühl durchströmte ihn, wie er es seit Lausbubenzeiten nicht mehr verspürt hatte. Er verließ den Platz hinter dem Gebüsch und sprang ungeachtet des strömenden Regens beschwingt den Hügel hinunter. Ein anonymer, in einen schwarzen Regenumhang gehüllter Wanderer, der, vom Gewitter überrascht, vorübergehend Schutz bei einem Felsen gesucht und es sich dann doch anders überlegt hatte.

Zügig legte er den Weg zu seinem Auto zurück. In einer knappen Stunde würde ihm sein Mäusle ein köstliches Menü servieren. Ein Fischgericht. Natürlich schwäbisch, nicht schwedisch. Forelle Müllerin mit Petersilienkartoffeln und Kopfsalat. Als Vorspeise eine Fischsuppe mit Riebele. Als Nachspeise ein Schwäbischer Kirschenmichel.

Querlinger schmunzelte. Hundsvereggle, das Leben war schön. Einfach nur schön.

Ein Alptraum

Heute Nacht hatte ich einen Alptraum. Einen von denen, in denen man dauernd läuft und läuft und läuft, ohne auch nur einen Schritt voranzukommen. Sie, liebe Leser/-innen (um es ja politisch korrekt zu formulieren), kennen diese Hamsterradträume vielleicht auch. Im Allgemeinen ist es ja so, dass man in einem solchen Traum von jemandem verfolgt wird, der einem Übles will. Von einem fressgierigen Löwen zum Beispiel. Oder von der Schwiegermutter. Oder von einem anderen Monster. Keines dieser Ungeheuer kam in meinem Traum vor. Also habe ich mich, während ich lief und lief (besser gesagt: trat und trat), gefragt, vor wem, um Himmels willen, ich eigentlich davonlaufe? Dann sah ich es. Es verfolgte mich nicht, es lief neben mir her. Lief ich schneller, lief es schneller, lief ich langsamer, lief es langsamer. »Wer bist du?«, fragte ich das Es. »Erkennst du mich denn nicht?«, fragte das Es zurück. »Nein, du dämliches Es, sonst würde ich nicht fragen«, antwortete ich ärgerlich. »Ich bin dein Schreibgewissen«, sagte das Es. »Und deswegen mache ich gleich das, was jedes Gewissen macht, wenn man ihm blöd kommt: ich schlage zu.« Mit diesen Worten zog das Schreibgewissen einen Knüppel hervor – keine Ahnung, wo der plötzlich herkam, aber in einem Traum ist alles möglich –, schwang ihn über dem Hals (der Kopf fehlte, ein fürchterlicher Anblick) und …

Schweißgebadet wachte ich auf, einen Krampf in der linken Wade, wahrscheinlich vom ständigen Auf-der-Stelle-Treten. Doch der Traum hatte seinen Zweck erfüllt. Respektive das Schreibgewissen. Da hatte ich doch tatsächlich das Manuskript zu dem vorliegenden Roman abgeliefert ohne das obligatorische Nachwort beziehungsweise die Dankesworte, die immer am Schluss eines Buches zu stehen haben. Was ich hiermit nachhole. Wenn auch kurz und bündig, weil die Schilderung meines Traums schon genug Platz beansprucht. Also, ein riesiges Dankeschön an alle, die zum Gelingen dieses Romans mit beigetragen haben. Als da sind: mein Literaturagent Thomas Montasser, meine Lektorin Christiane Geldmacher, meine Korrektorin Vera Nohl, sämtliche Mitarbeiter/-innen (!) des Emons Verlags, meine Probeleser/-innen Ulrike Gewald, Richard Riedlberger, Stefan Sporrer und Uwe Vieldorf sowie alle Buchhandlungen, die die »Toten Schwaben« im Sortiment führen (aber nur die). Und natürlich – das Beste kommt immer zum Schluss – großen Dank auch an meine Leser/-innen: Seid umschlungen, Millionen ☺.

Euer Max Abele, im März 2021

Max Abele
NUR TOTE SCHWABEN SCHWEIGEN
Broschur, 384 Seiten
ISBN 978-3-7408-0755-9

Unfassbar – ein Serienkiller im beschaulichen Ländle! Wer ist der Wahnsinnige, der seine Opfer mit Vogelnamen belegt, die Taten mit infantilen Gedichten ankündigt und damit die Polizei foppt? Die bizarren Morde bringen den ehe- und stressgeplagten Kripo-Kommissar Eugen Querlinger an seine Grenzen. Und während der Mörder, der sich selbst »die Schwarze Henne« nennt, schon wieder den Schnabel wetzt, läuft der Polizei die Zeit davon …

www.emons-verlag.de